EVA SIEGMUND

CASSANDRA
Niemand wird dir glauben

Sollte diese Publikation Links auf Webseiten Dritter enthalten, so übernehmen wir für deren Inhalte keine Haftung, da wir uns diese nicht zu eigen machen, sondern lediglich auf deren Stand zum Zeitpunkt der Erstveröffentlichung verweisen.

Dieses Buch ist auch als E-Book erhältlich.

Verlagsgruppe Random House FSC® N001967

1. Auflage
Originalausgabe Dezember 2017
© 2017 by Eva Siegmund
© 2017 by cbt Verlag
in der Verlagsgruppe Random House GmbH,
Neumarkter Str. 28, 81673 München
Alle Rechte vorbehalten
Umschlaggestaltung: Carolin Liepins unter Verwendung verschiedener Motive von © Shutterstock (shanghainese, Soleiko, Dimitry A, Razoom Game, MAKSYM VLASENKO)
MI · Herstellung: eS
Satz: Kompetenzcenter, Mönchengladbach
Druck und Bindung: CPI books GmbH, Leck
ISBN: 978-3-570-31183-7
Printed in Germany

www.cbt-buecher.de

Pandoras Wächter I

Mein Sparschwein – Nachruf auf ein unterschätztes Tier

An meinem fünften Geburtstag schenkte mein Vater mir ein Sparschwein. Es war blau und riesengroß mit einer roten Schleife; ein paar Münzen klapperten verheißungsvoll im Inneren herum. Mein Vater erklärte mir, dass dieses Schwein nur für *mein* Geld da sei. Dass es alles, was ich durch den schmalen Schlitz hineinsteckte, behüten würde. Dass ich mir, wenn ich fleißig sparte, irgendwann tolle Dinge von meinem eigenen Geld würde kaufen können. Und dass ich – und nur ich allein – über das Geld im Inneren dieses Sparschweins verfügen konnte. Ich begriff: Das Sparschwein verhinderte, dass jemand anderes mir das Geld wegnahm. Ich habe es meine gesamte Kindheit über fröhlich und in dem Wissen gefüllt, dass es etwas gibt, das nur mir allein gehört. Es hat sich gut angefühlt.

Heute ist ein schwarzer Tag, denn heute ist mein Sparschwein gestorben. Und es ist nicht einfach so gestorben – es wurde ermordet. Nein, ich habe es nicht mit einem Hammer zerschlagen, weil ich den Schlüssel verloren habe oder weil ich zu alt für Sparschweine geworden bin. Mein Sparschwein musste sterben, weil es keinen Nutzen mehr hat. Und nicht nur mein Sparschwein, sondern alle Sparschweine Europas sind heute aus demselben Grund gestorben. Denn es gibt keine Münzen und keine Scheine mehr, mit denen man sie füllen könnte. In wenigen Jahren werden sich die Menschen kaum mehr daran erinnern, dass es jemals so etwas wie Sparschweine gab.

Und warum? Weil heute um Mitternacht die große europäische Währungsreform in Kraft getreten ist. Wer gestern noch mit den Münzen in seinem Geldbeutel das Brot beim Bäcker bezahlt hat, bekommt dafür heute nicht einmal mehr ein paar trockene Krümel. Wer sein Bargeld nicht ausgegeben oder zur Bank getragen hat, der hat Pech gehabt. Ab heute gelten die EZEs, die ›Europäischen Zahlungseinheiten‹. Und entschuldigt die Wortwahl, aber: Ich finde es zum Kotzen.

Es war schön, Geld in der Hand zu haben, es fühlen und zählen zu können. Nicht ohne Grund lernen Kinder den Umgang mit Geld mithilfe von Münzen und Scheinen aus Plastik. Geld ist eine verrückte, schwer zu erklärende Sache – Bargeld hat diese Sache für mich immer greifbarer gemacht. Und Bargeld bedeutet Freiheit – etwas, das ich in dieser Stadt, in Europa generell immer mehr vermisse. Und das macht mir nicht nur Angst, es macht mich auch stinksauer.

Es war großartig zu wissen, dass das, was ich erarbeitet habe, nur mir alleine gehört. Natürlich habe ich die letzten Jahre meist mit Kreditkarte gezahlt so wie alle anderen auch, aber dennoch hat mich der Gedanke beruhigt, dass ich jederzeit das ganze Geld von meinem Konto abheben und etwas Verrücktes damit anstellen könnte. Das geht jetzt nicht mehr. Befürworter sagen, die Reform schiebe illegalem Drogen- und Waffenhandel genauso einen Riegel vor wie der Geldwäsche. Auch unterbinde man damit die Entführungen von Kindern aus reichen Familien, ebenso wie von Transportschiffen vor den Küsten Afrikas. Terroristischen Vereinigungen werde es schwer gemacht, sich in Europa unbemerkt zu bewegen − natürlich das Totschlagargument schlechthin. Es muss nur einer kommen und laut genug ›Terrorismusbekämpfung‹ schreien und schon geben alle bereitwillig ihre Bürgerrechte an der Garderobe ab. Soll ich euch was sagen? Ich fühle mich stärker von den Politikern terrorisiert, die ›Terrorismus‹ sagen und dabei die Augenbrauen mahnend gen Himmel ziehen, als von Terroristen selbst.

Alles würde mit den Zahlungseinheiten sicherer, so heißt es, weil es ohne Bargeld keine anonymen Konten und keine anonymen Kontobewegungen mehr gibt. Und auch keine Geldkoffer mehr, die unbemerkt den Besitzer wechseln können. So viele Gangsterfilme sind nun mit einem Schlag veraltet. Aber das ist es nicht, was mich daran stört.

Natürlich ist Verbrechensbekämpfung eine gute Sache, aber ich unterstelle, dass sie nicht die Hauptmotivation für diese Reform war. Wie immer geht es eigentlich um Macht und Kontrolle. Den Entscheidungsträgern ist es nicht so wichtig, potenzielle Verbrecher und Terroristen zu kontrollieren, sondern es geht ihnen vielmehr darum, uns zu kontrollieren. Alles, was wir nun kaufen, wird genauso gespeichert werden wie Informationen darüber, wann und wo wir es kaufen. Unser Kontostand wird potenziellen Arbeitgebern und Vermietern genauso zur Verfügung gestellt werden wie Fremdbanken, die wir um Kredite bitten. Davon bin ich fest überzeugt. Von unseren wertvollen Kaufdaten will ich gar nicht erst anfangen.

Wir haben ein großes Stück unserer persönlichen Freiheit verloren – die meisten sogar, ohne es überhaupt zu bemerken.

Nicht das erste Mal in den letzten zwölf Monaten übrigens. Ja, ich rede von der ›Anti-Terror-Schutzzone‹. Warum habe ich nur das Gefühl, wir Wächter sind die Einzigen, denen es merkwürdig vorkommt, Berlin komplett einzuzäunen? Habt ihr denn alle kein historisches Gedächtnis?

Die Leute sagen: »Was ist so schlimm daran? Es ist doch nur zu unserem Schutz! Und im Gegensatz zu den Bürgern der DDR können wir jederzeit raus!«

Muss ich wirklich daran erinnern, dass die Bürger der DDR zu Beginn auch ›jederzeit rauskonnten‹, bis es irgendwann nicht mehr ging?

Muss ich wirklich erklären, was passieren kann, wenn das eigene Geld nur noch virtuell existiert, jede Zahlung aufgezeichnet wird und ein simpler Hack, ein simples Computervirus in Sekundenschnelle alles vernichten kann, wofür man gearbeitet hat?

Und darf ich euch daran erinnern, dass NeuroLink vor nicht allzu langer Zeit wegen des Skandals um sein Vorzeigeprodukt, den SmartPort, ziemlich in Verruf geraten ist und die meisten von uns sich infolgedessen den Internetchip wieder aus dem Kopf haben entfernen lassen?

Und jetzt?
Wer stellt die Scanner her, mit denen wir uns zukünftig ausweisen und bezahlen werden? Wer hat all unsere Fingerabdrücke, unsere Kontodaten, Kontostände und weiß, wann wir zuletzt welche Tamponmarke gekauft haben? Wer produziert die Wachdrohnen, wer bezahlt das Wachpersonal? Zu wem gehört die private Sicherheitsfirma, die in Berlin beinahe alles kontrolliert? Welches Unternehmen ist spezialisiert auf personalisierte Werbung?
Richtig. Die Antwort auf all diese Fragen lautet: Neuro-Link.
Was ist falsch daran, das falsch zu finden?
Uns Wächtern wird manchmal vorgeworfen, dass wir Gespenster sehen, doch das hier sind keine Gespenster. Es sind ganz reale Gefahren. Die freiheitlichen Werte, die demokratische Grundordnung und die Rechtssicherheit – alles Dinge, die Europa einmal ausgemacht haben, hocken mit mir in einer dreckigen Ecke auf dem Boden und heulen. Doch ich will nicht untätig herumsitzen und darauf warten, dass man mir noch das letzte bisschen Freiheit wegnimmt. Ich will nicht wegsehen, nur um hinterher sagen zu können, dass ich ›das alles nicht gewusst‹ habe. Ich will mir selbst ins Gesicht sehen können. Deswegen werde ich nicht aufhören, meine Finger in die Wunden unserer Gesellschaft zu legen. Ich werde auch weiter Geheimnisse haben und diese gegen alles und jeden verteidigen.
Ich werde wühlen, fragen, mich nicht einschüchtern lassen. Und wenn etwas schiefläuft, dann sorge ich dafür, dass ihr es als Erste erfahrt. Ich bin eure Augen, ich bin

eure Ohren, und wenn es sein muss, dann bin ich auch euer Gehirn. Einer muss den Job ja machen.

Hochachtungsvoll,
Watchdog Taylor

Aus den Archiven von ›Pandoras Wächter‹

News of Berlin

Zum Inkrafttreten der Währungsreform

Für Taschendiebe ist heute ein trauriger Tag, denn in Zukunft werden sie sich ein neues Betätigungsfeld suchen müssen. Nachdem die Mitglieder der Europäischen Union vor sechs Monaten beschlossen haben, das Bargeld im gesamten Euro-Raum abzuschaffen, endet heute die Übergangsfrist. Unsere Währung ist somit in der Zukunft angekommen, ab heute gelten die europäischen Zahlungseinheiten, kurz EZEs genannt. Zum reibungslosen Ablauf der Zahlungen hat die Firma NeuroLink alle Geschäfte, mobilen Anbieter und Behörden kostengünstig mit Daumenscannern ausgestattet. Der Transfer der Daumendaten aller deutschen Staatsbürger auf den Server des Konzerns wurde von den Bürgerämtern durchgeführt und dank der Hilfe eines eigens bei NeuroLink eingerichteten mobilen Teams funktionierte auch bei dieser Umstellung alles wie am Schnürchen.

Die Zeiten, in denen wir im strömenden Regen zum nächstbesten Bankautomaten rennen mussten, zwecks Sperrung unserer geklauten Kreditkarte in der telefonischen Warteschlange unserer Hausbank festhingen und in denen Koffer mit Bargeld ihre zwielichtigen Besitzer wechselten, gehören nun endgültig der Vergangenheit an. Die Währungsreform macht es nahezu unmöglich, mit fremdem Geld zu bezahlen oder Schwarzgeldkonten einzurichten. So will Europa auch die Finanzierung von Terrorismus auf europäischem Boden erschweren bzw. unmöglich machen. Es wird sich bald herausstellen, ob diese Strategie Wirkung zeigt.

Sollten Sie noch Bargeld in Ihrer Wohnung oder in der Wohnung von Verwandten finden, so können Sie dieses nach vorheriger Anmeldung in der Zentralbank am Alexanderplatz innerhalb eines Jahres in Zahleinheiten umwandeln lassen.

Nähere Informationen zu diesem Thema finden Sie hier.

LIZ

Ich legte den Kopf auf meine Schreibtischplatte und atmete tief durch. Schon wieder einer dieser verrückten Tage in Berlin, von denen es in letzter Zeit mehr und mehr gab. Seitdem meine Schwester Sophie und ich in den Skandal um die Firma NeuroLink verwickelt gewesen waren, gab es in meinem Leben eigentlich keine normalen Tage mehr. Und so langsam ging mir das gewaltig auf die Nerven.

Nicht nur, dass die Politik verrücktspielte. Erst hatte man die Großstädte des vom Terrorismus gebeutelten Europas eingezäunt, Sicherheitsschleusen und Kontrollpunkte eingerichtet, anschließend war das Bargeld abgeschafft worden. Und kurz darauf hatten sie die Strafrechtsreform in Deutschland beschlossen, die in wenigen Tagen in Kraft treten würde. Eine Eilklage vor dem Europäischen Gerichtshof für Menschenrechte war heute gescheitert, nun war es unausweichlich.

Verbrecher wurden nicht mehr durchgefüttert, sondern einfach vor die Tür gesetzt – oder besser: vor die Stadt. Die Konten der Betreffenden wurden gelöscht und man konnte sehen, wo man blieb. Das würde Geld in die klammen Kassen spülen und man musste sich weder personell noch finanziell mit dem Abschaum der Gesellschaft beschäftigen. Alles in allem eine saubere Lösung, fanden viele.

Ich war natürlich, wie immer, dagegen und wollte heute als Erstes einen wütenden Artikel über die Reform für unseren Blog schreiben, doch ich konnte mich einfach nicht dazu aufraffen. Obwohl ich die Reform schrecklich und unmoralisch fand, kreisten meine Gedanken um etwas völlig anderes.

Vor mir auf dem Tisch stand mein Laptop. Wie jeden Morgen hatte ich mich bei meiner Ankunft in der Redaktion in unsere Redaktionscloud eingeloggt und meine Mails abgerufen. Es waren viele an diesem Mittwochmorgen, die meisten drehten sich um die Strafrechtsreform, obwohl natürlich die obligatorischen Morddrohungen und Liebesbriefe irgendwelcher Querköpfe auch nicht fehlen durften. Ich hätte nie für möglich gehalten, wie viele Typen sich die Mühe machten, einer anonymen Reporterin zu schreiben. Aber scheinbar war mein Deckname Anreiz für die wildesten Fantasien. Manchmal schickten die Männer sogar Fotos ihrer intimsten Teile. Alleine beim Gedanken daran rollten sich mir die Zehennägel hoch. Die meisten der Mails löschte ich, ohne sie genauer durchzulesen.

Doch eine Nachricht war mir an diesem Tag sofort ins Auge gesprungen und hatte mein Gehirn beinahe lahmgelegt. Denn der Absender war niemand Geringeres als Harald Winter, Vorstandsvorsitzender und Altvorderer von NeuroLink höchstpersönlich. Der alte Mann im silbernen Turm, der in unserer Redaktion nur ›Sauron‹ genannt wurde. Einer der reichsten und wichtigsten Menschen der Stadt und mein weißbärtiges fleischgewordenes Feindbild. Tag für Tag setzte ich mich für Datenschutz und Bürgerrechte ein – beides Dinge, die Winter mit Füßen trat und dafür sehr viel Geld kassierte. Es gab wohl kaum einen Konzern, der das Leben der Menschen so dramatisch verändert hatte wie

NeuroLink. Und es gab wohl niemanden, der so verbissen gegen diese Firma anschrieb wie Pandoras Wächter und allen voran ich selbst.

Wir kämpften an zwei verschiedenen, völlig verhärteten Fronten und ich hätte es nicht für möglich gehalten, dass Winter mir einmal persönlich schreiben würde. Und der Grund seiner Mail erst! Der Technikmogul bot mir ein Exklusivinterview über die Arbeit von NeuroLink und sein Lebenswerk an. Winter schrieb, dass es ein ganz bewusster Schritt sei, das Interview mir und niemand anderem anzubieten, da er auch für ›eine gewisse Kompensation‹ dessen sorgen wolle, was ›mir und meiner Familie widerfahren‹ sei. Er schlug für das Interview die große Jubiläumsfeier der Firma am Samstag vor und zwischen den Zeilen war deutlich herauszulesen, dass dieser Termin meine einzige Chance war. Er wollte das Interview auf seinem Hoheitsgebiet geben, in einem Moment, in dem das Unternehmen auf Hochglanz poliert sein würde. Ausgerechnet! Alleine deswegen fühlte ich einen heftigen Widerwillen gegen die ganze Sache. Ich hatte das merkwürdige Gefühl, ausgenutzt zu werden, als größter Triumph vorgeführt – das bockige Kind, das am Ende doch noch Einsicht zeigt.

Im Anhang der Nachricht fand ich eine Einladungskarte mit QR-Code. Der Code führte auf eine Seite, auf der ich meinen Daumenabdruck für den Zugang zur Party hochladen konnte – der Upload würde als Zusage gewertet, schrieb Winter. Beinahe hätte ich aufgelacht. Diese Einladung war so typisch NeuroLink, dass es beinahe wie eine Parodie wirkte. Und Ausdruck all dessen, was ich an dieser Firma so hasste. Augenblicklich überfiel mich ein gewaltiger Kopfschmerz.

Es klopfte und im nächsten Moment flog die Tür zu meinem Büro auf.

»Himmel, wie oft habe ich dir gesagt, dass Anklopfen nur etwas bringt, wenn man anschließend auch wartet, bis man hereingebeten wird!«, schimpfte ich.

»Tschuldigung, Lizzie«, sagte Marek und schenkte mir sein vertrautes schiefes Grinsen.

Wie jeden Morgen versetzte mir auch heute sein Anblick wieder einen Stich. Unser Chefredakteur stand in meinem Büro und sah mit seinen türkisblauen Augen, dem unschuldigen Blick und den strubbeligen blonden Locken wie immer aus, als sei er kurz davor, sich auf ein Surfbrett zu schwingen. Die coole Unbekümmertheit, die ich am Anfang so anziehend gefunden hatte, machte mich mittlerweile beinahe nur noch wütend. Warum nur hatte er immer so unerschütterlich gute Laune? Es gab dafür nicht den geringsten Grund, denn eigentlich ging alles den Bach runter. Natürlich wusste ich, dass er überhaupt nichts dafürkonnte. Ich war es, die sich verändert hatte – mein Leben war düsterer und komplizierter geworden. Genau wie mein Gemüt.

Seit dem Tod meiner Eltern vor drei Monaten hielt ich Marek auf Abstand. Streng genommen waren wir nie offiziell zusammen gewesen, also musste ich auch nicht Schluss machen, aber jeder hatte uns als Paar begriffen. Marek inklusive. Ich wusste, dass er verrückt nach mir war und ich mich ihm gegenüber schrecklich verhielt. Und ich... ich hatte nicht die Kraft, mich anständig von ihm zu trennen, und ließ ihn warten. Natürlich wusste ich, dass das nicht fair war. Aber mich interessierte momentan nur, dass die Arbeit der einzige Weg war, dem Schmerz davonzulaufen.

Da mir klar war, dass all das nicht Mareks Schuld war,

rang ich mir ein Lächeln ab. »Ist schon gut«, sagte ich. »Jetzt bist du ja drin. Was gibt's denn?«

Marek schloss die Tür und setzte sich auf die Lehne meines Besucherstuhls. Das machte er immer so. Er setzte sich nie auf die Sitzfläche.

»Verfluchter Mist mit der Strafrechtsreform!«, sagte er. »Das hätte niemals durchgehen dürfen.«

»Hmmm …« Ich nickte und Marek runzelte die Stirn.

»Was ist denn mit dir los? Die letzten Wochen hast du über nichts anderes gesprochen. Du musst doch rasend vor Wut sein!«

»Bin ich auch«, sagte ich, doch selbst in meinen Ohren klang das ziemlich lahm. Marek horchte auf.

»Ist etwas passiert?«, fragte er und gab sich alle Mühe, nicht alarmiert zu klingen.

Anstelle einer Antwort drehte ich meinen Laptop so, dass er die E-Mail von Harald Winter lesen konnte. Er pfiff durch die Zähne. »Donnerwetter. Wo kommt denn das jetzt auf einmal her?«

Ich zuckte mit den Schultern. »Ich habe keine Ahnung. Vielleicht packt ihn auf die alten Tage doch noch sein Gewissen?«

Marek kratzte sich am Kinn. »Vielleicht. Liz, das könnte eine verdammt fette Story werden. Am Ende rückt er noch mit irgendwas raus!«

Das war tatsächlich kein abwegiger Gedanke. »Ja, ich habe gehört, dieser Claudius sägt kräftig an seinem Stuhl. Vielleicht will er mir etwas über seinen Technikchef erzählen. Wenn schmutzige Details auf unserer Webseite verbreitet werden, dann hat er genau das richtige Zielpublikum erreicht. Es ist immerhin schon recht merkwürdig, dass

Winter mich um ein Interview bittet, nachdem ich Neuro-Link seit knapp zwei Jahren für jede Stellungnahme wochenlang hinterherrennen muss.«

Es klopfte erneut und Sash stand in der Tür. Er sah wahnsinnig schlecht aus. Dunkle Ringe unter den Augen verrieten, dass er seit Wochen nicht mehr richtig geschlafen hatte, seine Haut war noch blasser als sonst und seine eigentlich enge Jeans hing an seinem Körper wie ein übergroßer blauer Müllsack. Es sah aus, als hätte er keinen Hintern mehr. Gegen das, was Sash und Sophie während ihrer Trennung durchgemacht hatten, war das mit Marek und mir der reinste Spaziergang. Sie hatten einander nicht geschont, während ich mich so gut es ging aus der Sache rausgehalten hatte. Sash war immer noch mein Freund und Arbeitskollege. Nur war er mittlerweile eben auch der Exfreund meiner Schwester. Die Zwillinge Karweiler / Kirsch hatten momentan kein Glück in der Liebe.

»Hey. Was ist denn hier los?«, fragte Sash und Marek grinste seinen besten Freund an.

»Rate mal.«

»Was denn?«, Sash zog eine Augenbraue nach oben.

»Harald Winter gibt Liz ein exklusives Interview.«

»Ist nicht dein Ernst!«, rief Sash aus und das erste Mal seit Wochen sah ich das vertraute aufgeregte Funkeln in seinen Augen.

»Moment, Moment«, schaltete ich mich ein und die Jungs sahen mich leicht verwirrt und erwartungsvoll an.

»Ich weiß doch noch gar nicht, ob ich zusagen werde«, sagte ich.

»Machst du Witze?« Marek sprang von der Stuhllehne auf und brachte damit das Möbelstück ins Wanken.

»Das kannst du nicht machen, Liz«, pflichtete Sash ihm bei. »Was auch immer dahintersteckt, es könnte eine Riesenchance sein. So eine kommt nicht wieder.«

Ich atmete tief durch. Die beiden hatten recht. Obwohl sich alles in mir sträubte, mit diesem Mann zu reden, würde ich zusagen müssen. Zwar hatte mir Harald Winter im Gegensatz zum Sandmann nie persönlich etwas zuleide getan, dennoch war er in meinen Augen genauso verantwortlich für das, was mir und meiner Familie widerfahren war, wie der verrückte Wissenschaftler. Nun, vielleicht wollte er mir ja erklären, welche Rolle er selbst damals bei der ganzen Sache gespielt hatte.

»Ist ja schon gut«, seufzte ich. »Ich werde hingehen.«

»Darfst du jemanden mitbringen?«, fragte Marek und die Hoffnung, die in seinen Augen stand, verursachte mir ein tonnenschweres schlechtes Gewissen.

»Nein«, antwortete ich. »Der Code ist nur für einen Upload.«

»Schade. Ich hätte zu gerne einmal das neue NeuroLink-Gebäude von innen gesehen.«

»Und ich hätte gerne darauf verzichtet«, sagte ich. »Aber die Einladung ging personalisiert an mich. Du kannst mich leider nicht vertreten.«

Marek murmelte etwas, das wie ›Ich hätte da eher an begleiten gedacht‹ klang, doch ich ignorierte es. Stattdessen lenkte ich meinen Blick demonstrativ wieder auf meinen Bildschirm. »Na gut, dann werde ich mich mal anmelden«, sagte ich, und als die beiden keine Anstalten machten, sich zu erheben, wies ich mit dem Zeigefinger in Richtung Tür. »Ihr sitzt da, als würdet ihr darauf warten, dass ich euch was vortanze. Raus mit euch, ich muss arbeiten!«

Die beiden verließen mein Büro und ich atmete tief durch. Angst stieg in mir hoch bei dem Gedanken, auch nur das Gelände von NeuroLink wieder betreten zu müssen. Die Ereignisse der letzten zwölf Monate, so furchtbar und aufwühlend sie auch gewesen waren, hatten mir zumindest dabei geholfen, meine Familiengeschichte zu verdrängen. Den Mord an meiner Mutter, den Tod meines Vaters und das Abenteuer, das meine Schwester Sophie und mich um ein Haar ebenfalls das Leben gekostet hätte. Nun kam alles wieder hoch. Die Nachricht von Harald Winter hatte die Erinnerungen hervorgewühlt, wie ein Sturm, der Treibholz an die Küste schleudert.

Doch Marek und Sash hatten recht – zu solch einem Angebot konnte man nicht Nein sagen. Ich war mittlerweile eine angesehene Independent-Journalistin, meine Artikel wurden tausendfach geklickt. Solche Interviews waren Teil meiner Arbeit.

Also atmete ich noch einmal tief durch und lud meinen Fingerabdruck in die verschlüsselte Cloud des Unternehmens hoch.

News of Berlin

Die Revolution geht weiter.

Klage vor dem EuCHR gescheitert.

In den letzten fünfzehn Jahren hat sich Europa enorm verändert, das ist längst kein Geheimnis mehr. Und Deutschland war an dieser Entwicklung immer als starker Partner und Ideengeber, als treibende Kraft und verlässlicher Nachbar beteiligt. Unser Land war federführend beim Entwurf der Währungsreform und Vorreiter in Sachen Safe-City-Project. Doch die Errichtung der sicheren Städtezonen ist nicht spurlos an uns vorübergegangen. Unser einst so reiches Land steckt in finanziellen Schwierigkeiten und besonders die Megacity Berlin ist von dem Geldmangel betroffen, hat die Schutzzone um unsere Stadt doch die meisten Gelder verschlungen. Daher wurden bereits in der Vergangenheit Stimmen laut, die forderten, sich das Geld von denjenigen zurückzuholen, die Schutzzonen überhaupt erst notwendig gemacht haben: von Terroristen und Verbrechern.

Die Diskussion wurde erneut angestoßen von Helmfried Winkler, dem Fraktionsvorsitzenden der Zukunftspartei ZFD im Deutschen Bundestag. Winkler forderte die Wiedereinführung der Todesstrafe, mit dem Argument, dass man ›schändliche Subjekte‹ nicht auch noch ›durchfüttern‹ dürfe.

Die nach der gescheiterten Klage der linken Bundestagsfraktionen vor dem EuCHR heute in Kraft tretende Strafrechtsreform geht dem Hardliner Winkler zwar nicht weit genug, führt aber dennoch zu einschneidenden und weitreichenden Veränderungen.

Die Folgen der Reform fassen wir nun so kurz und knapp wie möglich für Sie zusammen:

1. Die Justizvollzugsanstalten der Städte werden am kommenden Freitag geräumt und Häftlinge, die wegen eines Kapitalverbrechens einsitzen, werden mit Bussen vor die Tore der Safe-City-Zones gebracht. Aus diesem Grund fahren an diesem Tag keine Busse der Berliner Verkehrsgesellschaften. Den Ersatzfahrplan werden wir rechtzeitig veröffentlichen. Häftlinge, die wegen weniger schweren Verbrechen und Vergehen einsitzen, haben hingegen Glück. Ihre restliche Freiheitsstrafe wird in eine Geldstrafe umgewandelt, sie werden mit Fußfesseln ausgestattet und dürfen sich die nächsten zwölf Monate in unserer Gesellschaft bewähren. Als einzige Haftmöglichkeiten verbleiben das Untersuchungsgefängnis und die Gefängniszellen an den Flughäfen.

2. Das Sanktionssystem wird vollständig von Freiheitsstrafe in Geldstrafe umgewandelt, mit der Möglichkeit des kompletten Kontoentzugs und Ausweisung aus einer Safe-City-Zone. Mit Exil geahndet werden unter anderem Mord, Vergewaltigung, schwere Körperverletzung, Bildung einer terroristischen Vereinigung, Mitgliedschaft in einer terroristischen Vereinigung sowie Freiheitsberaubung. Der komplette Strafkatalog steht auf der Webseite des Bundesjustizministeriums für Sie bereit.

3. Die ehemaligen Haftanstalten werden zu Sozialwohnungen umgebaut, die entsprechenden Pläne liegen vor. Die Justiz-

reform sieht vor, die Sanktionsgelder sowohl in die Haushaltssanierung als auch in die Verstärkung der Sicherheit zu investieren. Ein Teil wird auch für den Umbau der JVA-Gebäude verwendet. Das Jugendgefängnis Plötzensee bleibt als Museumsgefängnis bestehen.

4. Für zusätzliche Sicherheit vor den außerhalb der Safe-City-Zones lebenden Verbrechern sorgen eine Fünf-Kilometer-Zone, die von den Verurteilten nicht betreten werden darf, ein Geschwader aus Wachdrohnen vom Typ SafetyWatch sowie die Aufstockung des gut geschulten Wachpersonals an den Außengrenzen unserer Städte.

5. Die Mitarbeiter der JVAs werden zu diesem Zweck zum großen Teil von der Security-Firma SafeSquad übernommen. Mitarbeiter, die das 60. Lebensjahr erreicht oder überschritten haben, erhalten eine der neu entstehenden Sozialwohnungen sowie eine Rente.

Ein Häftling kostet den Staat satte 40000 EZEs im Jahr – davon können zwei berentete JVA-Beamte gut leben.

Der Bundesminister für Justiz und Sicherheit wird heute Abend um 20.00 Uhr eine Pressekonferenz zum Thema abhalten. Den Stream zur Pressekonferenz können Sie ab 19.45 Uhr [hier](#) aufrufen.

SOPHIE

Es war bereits drei Uhr nachts, aber ich konnte einfach nicht einschlafen. So erging es mir in letzter Zeit öfter, wenn Liz ohne mich spät abends unterwegs war.

Seitdem ihre Adoptiveltern Leopold und Carlotta bei einem Flugzeugabsturz ums Leben gekommen waren, hatte sich Liz immer weiter von uns zurückgezogen. Die meiste Zeit des Tages verbrachte sie an ihrem Schreibtisch in der Redaktion von Pandoras Wächtern – sie verschanzte sich regelrecht dahinter.

Früher war sie unheimlich gerne shoppen gegangen oder mit Ashley und Carl von Party zu Party gezogen, doch wann immer einer der beiden nun bei uns anrief oder vorbeikam, musste ich ihn vertrösten. Liz hielt selbst ihre beiden besten Freunde auf Abstand.

Meine Schwester war eine der reichsten Bürgerinnen Berlins, war in der Upperclass aufgewachsen und hatte sich früher immer nach der neusten Mode gekleidet. Doch nun interessierte sie nichts mehr davon. Manchmal fragte ich mich sogar, was sie überhaupt noch interessierte. Und weil sie immer leichtsinniger und verschlossener wurde, machte ich mir Sorgen, wenn sie so spät noch in der Stadt unterwegs war.

Heute war es besonders schlimm, immerhin war sie der

Einladung zur Jubiläumsparty von NeuroLink gefolgt – ausgerechnet der Firma, gegen die Pandoras Wächter schon immer anschrieben –, sogar schon, als unsere Mutter noch für den Blog tätig gewesen war. Die Firma, in der unser leiblicher Vater gearbeitet hatte, in der seine Frau gestorben war, die mithilfe eines dunklen Verbrechers Träume manipuliert und Menschen in den Krieg geschickt hatte. Für Liz und mich war NeuroLink nichts anderes als ›das Böse‹. Mir war von Anfang an nicht wohl bei der Sache gewesen und gerade musste ich mit aller Macht dagegen ankämpfen, vor Sorge nicht verrückt zu werden.

Ich hob die Hand und streichelte Schrödinger, meinen uralten Kater, der daraufhin ein leises Brummen hören ließ. Er klang wie ein kaputter Rasenmäher. Mein hässlicher Fusselkater, so hatte ich das Gefühl, war wirklich das Einzige, was sich in den letzten beiden Jahren nicht verändert hatte. Und dafür liebte ich ihn ganz besonders.

Draußen fuhr ein Auto die Straße entlang und hielt vor unserem Haus. Ich schlich zu den bodentiefen Wohnzimmerfenstern und erreichte sie gerade rechtzeitig, um zu sehen, wie Liz aus einer dunklen Limousine gestoßen wurde und reglos auf dem Gehweg liegen blieb. Der Wagen fuhr mit quietschenden Reifen davon und ich fluchte innerlich darüber, dass ich das Kennzeichen nicht hatte lesen können.

Ich rannte zur Garderobe, zog mir einen Mantel über meinen Schlafanzug, schnappte meine Schlüsselkarte und hastete die drei Stockwerke hinunter. Als ich die Haustür öffnete, schnitt mir die kalte Nachtluft in die Lungen und ich bereute augenblicklich, keine Schuhe angezogen zu haben. Es herrschte ein strenger Winter in Berlin und in Windeseile spürte ich meine Füße nicht mehr.

Meine Schwester lag auf dem Kopfsteinpflaster vor unserem Haus und stöhnte leise. Als ich sah, dass sie an der Lippe und aus einer Wunde an der Stirn blutete, wollte mir das Herz stehen bleiben. War das passiert, als sie aus dem Auto auf den Bordstein gefallen war, oder hatte sie diese Verletzungen schon länger? Ich ging neben ihr in die Hocke.

»Liz? Was ist los mit dir? Was ist passiert?«

Doch meine Schwester antwortete nicht, lediglich ihre Lider flatterten ein wenig und Schweiß stand auf ihrer glühend heißen Stirn. Ich zerrte an ihren Armen und versuchte sie aufzusetzen, doch sie war so schwer wie ein nasser Mehlsack. Als es mir endlich gelang, kippte sie zur Seite und kotzte in unseren Vorgarten. Zum Glück war unsere Nachbarin, Fräulein ›Ich sehe alles und höre alles‹-Pietsch schon lange im Bett.

Offenbar hatte es Liz ein wenig geholfen, sich zu übergeben, denn nun schaute sie mich aus glasigen Augen verwirrt an.

»Was ist mit dir passiert, Liz?«, fragte ich noch mal. Ihre Lippen bewegten sich, doch sie brachte keinen Ton heraus, sondern blickte nur verwirrt und leicht gehetzt um sich, als wüsste sie nicht, wo sie sich befand. Ich beschloss, dass es am wichtigsten war, sie erst einmal nach oben zu bringen.

»Meinst du, du kannst aufstehen?«, fragte ich sie. Wir mussten beide dringend ins Warme, wenn wir uns nicht den Tod holen wollten. Liz nickte langsam.

Als ich diesmal an ihren Armen zog, half sie mit und kam schließlich stöhnend und sehr windschief zum Stehen. Ich legte mir ihren rechten Arm um die Schulter und schleppte sie ins Haus.

Endlich oben angekommen, setzte ich sie im Bad auf den

Toilettendeckel. Meine Schwester sah so elend aus, dass mir beinahe die Tränen kamen.

»Wer hat dir wehgetan?«, flüsterte ich, mehr zu mir selbst, weil ich wusste, dass ich von ihr keine Antwort bekommen würde. Sie war noch immer ziemlich weggetreten.

Ich holte den Verbandskasten hervor, reinigte ihre Wunden so gut ich konnte mit ein paar Wattetupfern, die ich in den Müll warf. Während ich arbeitete, fiel mir auf, dass auch ihre Fingerspitzen voller Blut waren. Doch das war sicher ihr eigenes, versuchte ich mich zu beruhigen. Ganz bestimmt kam es von den Wunden in ihrem Gesicht.

Es gelang mir schließlich, Liz ins Bett zu stecken. Ich brachte sie noch dazu, eine HeadHealer mit einem großen Glas Wasser herunterzuspülen, dann schlief sie auch schon ein. Als sich ihre Augen schlossen, durchzuckte mich kurz die Panik, sie könnten sich nie wieder öffnen. Doch ich wischte den Gedanken ärgerlich beiseite. Sie atmete, ihr Herz schlug, meine Schwester war am Leben.

Ich saß noch eine Weile auf ihrer Bettkante und betrachtete sie. Sie war meine Zwillingsschwester und doch erschien sie mir heute fremder als jemals zuvor. Mich schmerzte sehr, dass ich keine Ahnung hatte, was bei NeuroLink passiert war. Ich hoffte inständig, dass sie morgen in besserer Verfassung sein würde; sonst müsste ich die Abscheu aller Wächter gegen staatliche Einrichtungen ignorieren und Liz in ein Krankenhaus bringen.

Früher hätte sie darauf bestanden, mich mit zu NeuroLink zu nehmen. Zur Not hätte sie mich einfach auf die Party geschmuggelt. Die wilde, impulsive Liz von früher hätte einen Weg gefunden, sie fand immer einen Weg.

Doch diesmal war sie ohne mich gefahren. Und war Stunden später erst wieder zu Hause aufgetaucht. Verletzt und weggetreten. Was auch immer an diesem Abend geschehen war, sie würde es mir erzählen, beruhigte ich mich. Morgen würde ich es wissen, ich musste sie nur ausschlafen lassen.

An diesen Gedanken klammerte ich mich. Doch ich konnte nicht verhindern, dass sich eine tiefe Unruhe in mir breitmachte. Etwas kam auf uns zu – das spürte ich. Für solche Dinge hatte ich schon immer sehr feine Antennen gehabt. ›Wer sich Sorgen macht, leidet doppelt‹, sagte mein Adoptivvater immer, doch ich konnte nicht verhindern, dass sich die dunklen Gedanken in mir festsetzten. Mein Pa war schon immer besonnener gewesen als die meisten Menschen, mich eingeschlossen. Vielleicht brachte das der Beruf des Restaurators einfach mit sich? Mit seiner Stimme im Ohr versuchte ich mich zu beruhigen und langsam ein- und auszuatmen, mich zu erinnern, dass es nichts gab, was ich jetzt noch tun konnte. Es war mitten in der Nacht, Liz war in Sicherheit und schlief tief und fest. Nichts anderes zählte.

Schließlich schlüpfte ich zu ihr unter die Bettdecke und kuschelte mich an sie. Liz roch nach teurem Parfüm, asiatischem Essen und nach sich selbst. Und nach etwas, das ich nicht zuordnen konnte, das mir aber vage bekannt vorkam. Metallisch und ein bisschen süß. Nach einer Sache roch sie jedenfalls definitiv nicht: nach Alkohol.

Ihr gleichmäßiger Atem beruhigte auch mich allmählich.

Ich schloss die Augen in der Hoffnung, dass der morgige Tag besser werden würde als der heutige.

Irgendwann schlief ich ein.

LIZ

Das Tier, das in meinem Kopf tobte, einen ›Kater‹ zu nennen, wäre eine bodenlose Untertreibung gewesen.

In meinem Schädel wohnte eine wilde Bestie, die in genau der Sekunde angefangen hatte zu wüten, in der ich die Augen aufgeschlagen hatte.

Es dauerte eine Weile, bis ich mich blinzelnd an die helle, kalte Wintersonne gewöhnt hatte, die durch die großen Fenster in mein Zimmer fiel.

Sophie lag neben mir und schnarchte leise, ihre Hände umklammerten ein Stück meines T-Shirts, als hätte sie Angst, ich könne ihr im Schlaf davonlaufen. Ich konnte mich gar nicht erinnern, dass sie zu mir ins Bett geschlüpft war; normalerweise wachte ich davon immer auf. Ich stutzte. Und warum trug ich überhaupt noch mein T-Shirt von gestern? Es war gar nicht meine Art, mit Straßenklamotten ins Bett zu gehen. Aber wahrscheinlich war ich zu müde für die übliche Bettroutine gewesen, was auch meinen tiefen Schlaf erklärte.

Vorsichtig, um sie dabei nicht zu wecken, löste ich den Stoff aus Sophies erstaunlich festem Griff. Ich wollte aufstehen und die Rollläden schließen, doch kaum war ich auf den Beinen, schoss mir heftige Übelkeit in den Magen und die Welt begann sich vor meinen Augen zu drehen. Ich musste rennen, um rechtzeitig ins Bad zu kommen. Im letzten Augenblick erreichte ich die Toilette und kniete mich davor, doch sosehr sich mein Magen auch zusammenkrampfte, es kam nichts heraus. Als die Krämpfe endlich aufgehört hatten, mich zu schütteln, tat mir der ganze Bauch weh.

Ich konnte mich nicht erinnern, wann ich mich jemals zuvor so gefühlt hatte; und das, obwohl ich es in letzter Zeit häufiger mal mit dem Alkohol übertrieben hatte. Aber das, was ich gerade fühlte, war eine völlig andere Kategorie. Eine Mischung aus Kopfschmerz, Übelkeit und bodenloser Verzweiflung beherrschte meinen Körper und meinen Geist, ich konnte mich überhaupt nicht konzentrieren.

Auf zittrigen Beinen ging ich zum Waschbecken und schaute in den Spiegel. Automatisch sprang die MagicMirror-Funktion an, doch ich schaltete sie mit einem ärgerlichen Wischen wieder ab. Es störte mich nicht zum ersten Mal, dass der Bauherr die Wohnung zum Teil mit Neuro-Link-Produkten ausgestattet hatte. Wenn der Spiegel jetzt mit meiner Gesichtsanalyse begann, würde das in einer handfesten Depression enden, denn ich sah furchtbar aus. Das vermeintlich menschliche Wesen, das mir aus rot geränderten Augen und mit fahler Haut entgegenstarrte, erkannte ich kaum. Meine feuerrot gefärbten Locken hingen mir zum einen Teil kraftlos und vorwurfsvoll ins Gesicht und klebten mir zur anderen Hälfte fettig am Kopf. Meine Lippe war mit getrocknetem Blut verkrustet, an meinem Haaransatz war ein tiefer Schnitt zu sehen. Ich hatte nicht den blassesten Schimmer, wo ich mir diese Verletzungen zugezogen hatte.

Sophie hatte einmal gesagt, ich sähe zu jeder Tageszeit aus

wie ein Filmstar. Falls irgendwo eine Zombierolle besetzt werden sollte, war heute mein Glückstag.

Ich riss mich zusammen und drehte das kalte Wasser auf. Als ich die Hände unter den eisigen Strahl hielt, erschrak ich erneut. Meine Fingerspitzen waren bräunlich rot verfärbt, als hätte ich meine Hände in Blut getaucht – ich hatte es sogar unter den Fingernägeln. Hatte ich mir die Wunden etwa irgendwie selbst zugefügt? Was zur Hölle war gestern Abend passiert? Ich konnte mich nicht einmal mehr daran erinnern, wann oder wie ich nach Hause gekommen war.

Mit einer Nagelbürste und viel Seife schrubbte ich so lange an meinen Fingerkuppen herum, bis nichts mehr von dem Blut zu sehen war. Der hellrote Strudel, der sich im Waschbecken in Richtung Abfluss kringelte, roch danach. Bei dem Geruch drehte sich mir erneut der Magen um, ich hatte schon immer ein Problem mit Blut. Ganz im Gegensatz zu Sophie. Als wir unser Zwillings-Tattoo hatten stechen lassen, wäre ich beinahe umgekippt, während Sophie den Vorgang mit nahezu wissenschaftlicher Neugier die ganze Zeit über beobachtet hatte.

Wir hatten uns jede einen Flügel auf den Unterarm tätowieren lassen sowie unseren Geburtstag mit der Uhrzeit der jeweils anderen. Ich trug mein Tattoo am linken, Sophie am rechten Arm. Wenn wir einander an den Händen hielten, wurde ein Flügelpaar daraus – gemeinsam konnten wir fliegen.

Doch gerade fühlte ich mich, als könnte ich mich eigentlich überhaupt nicht mehr bewegen. Fieberhaft versuchte ich den gestrigen Abend zu rekonstruieren, doch ich erinnerte mich lediglich daran, das festlich geschmückte Neuro-Link-Gebäude betreten zu haben. Der Rest war Schwärze –

ein klassischer Filmriss. Was für ein Jammer. Da hatte ich die Gelegenheit zum Interview des Jahrhunderts und konnte mich hinterher nicht mehr daran erinnern. Irgendwie war das typisch für mich. Die großen Dinge setzte ich immer in den Sand. Hoffentlich waren wenigstens meine Aufzeichnungen brauchbar. Und hoffentlich hatte ich mich nicht allzu schlimm danebenbenommen. Immerhin war ich in meinem eigenen Bett neben meiner Schwester aufgewacht und nicht in einem völlig anderen Stadtteil neben einem fremden, schnarchenden Kerl. Gerade wollte ich nirgendwo anders als daheim sein.

Ich nahm eine Kopfschmerztablette und kuschelte mich wieder zu Sophie unter die Decke. Keine Macht der Welt würde mich dazu bringen, heute noch einmal das Bett zu verlassen.

Dachte ich zumindest.

Denn das Nächste, was ich hörte, war ein ohrenbetäubender Knall. Sophie und ich schreckten beinahe zeitgleich aus dem Schlaf hoch und starrten einander an. Zwar waren wir seit der Gefangenschaft auf der BER-Brache ohnehin ziemlich schreckhaft und litten beide unter Albträumen, doch der Knall, den wir gerade gehört hatten, war echt.

Als ein zweiter Knall ertönte, war ich bereits wach genug, um zu begreifen, dass gerade jemand unsere Tür eintrat.

In Windeseile waren wir beide auf den Beinen und rannten ins Wohnzimmer. Ich war so geistesgegenwärtig, mir in der Küche noch ein langes Messer zu schnappen. Wer immer es auch wagte, hier einzudringen, hatte die Rechnung ohne mich gemacht, ich war bereit, mich zur Wehr zu setzen. Doch als die Tür aufflog, erkannte ich schnell, dass es nicht etwa Einbrecher waren, denen wir uns gegenübersahen, sondern Polizisten.

Sechs schwer bewaffnete Beamte in schwarzen gepanzerten Uniformen stürmten unsere Wohnung. Noch bevor ich wusste, wie mir geschah, hatte mir einer von ihnen das Messer aus der Hand getreten und mich zu Boden geworfen. Ich schlug so hart auf dem Parkett auf, dass es mir sämtliche Luft aus den Lungen presste – ich konnte nicht einmal schreien.

Das hätte mir auch nichts genützt, ich hörte und fühlte bereits, wie mir Handschellen angelegt wurden.

Meiner Schwester hingegen war offenbar nicht die Luft weggeblieben. »Was wollen Sie hier?«, hörte ich sie schreien. Ihre Stimme verriet, dass sie kurz davor war, in Panik zu geraten. »Lassen Sie mich sofort los!«

Ich drehte den Kopf und sah, dass sich Sophie in genau der gleichen Lage befand wie ich. Sie lag mit auf den Rücken gedrehten Armen nicht weit von mir entfernt am Boden.

Gruselig fand ich, dass die gesamte Aktion nur wenige Sekunden gedauert hatte und die Polizisten währenddessen kein einziges Wort gesagt hatten. Bisher hatte ich immer geglaubt, dass Beamte in so einer Situation wie die Irren herumschreien oder einem nüchtern die Rechte vorlesen. Ich fühlte, wie sich der Polizist neben mir erhob und mich an den Schultern grob nach oben zog. Mein Magen verkrampfte sich und es kostete mich all meine Willenskraft, mich nicht auf unseren Garderobenläufer zu übergeben. Auch Sophie stand nun auf den Füßen. Sie sah mich fragend an, doch ich wusste genauso wenig wie sie, was hier los war.

»Wer von Ihnen beiden ist Elisabeth Ingrid Karweiler?«, fragte nun einer der Beamten.

Ich schluckte. War ja klar, dass sie wegen mir gekommen waren. Warum sollte auch jemand meine Schwester verhaften?

Ich räusperte mich. »Das bin ich.«

Der Beamte trat zu mir und schob mir einen Scanner unter den rechten Daumen. Es piepte und ich wusste, dass nun die Informationen über meinen Namen, Geburtsdatum und -ort sowie meine Meldeadresse auf dem Bildschirm erschienen. Die Bürgerdatenbank war die neuste Errungenschaft der fruchtbaren Beziehung zwischen der Bundesregierung und der NeuroLink AG.

»In Ordnung«, sagte der Mann und Sophies Handschellen wurden wieder gelöst. Nun stand sie etwas verloren in unserem Wohnzimmer herum und rieb sich die Handgelenke. Meine Schwester blickte mich an und ich hielt ihrem Blick schweigend stand, unfähig, auch nur ein Wort zu sagen.

Diese Aufgabe übernahm jemand anderes für mich.

»Elisabeth Ingrid Karweiler, Sie sind verhaftet. Sie sind dringend tatverdächtig, den Vorstandsvorsitzenden von NeuroLink, Harald Winter, mit fünf Messerstichen getötet zu haben.«

Ich hörte die Worte zwar, doch ich konnte sie nicht begreifen. Winter war tot? Wie konnte das sein? Gestern Abend war er doch noch am Leben gewesen. Fieberhaft kramte ich in meinem Gedächtnis nach einer Erinnerung an das Interview mit dem mächtigen Firmenchef – nach irgendetwas, das mir bestätigte, dass ich mit dem Mord nichts zu tun hatte. Doch ich fand nichts. Dort, wo der gestrige Abend hätte sein sollen, befand sich nur ein leeres schwarzes Loch.

Mehr noch: Ich hatte ein Motiv, ich hatte die Gelegenheit und ich hatte definitiv Blut an meinen Händen gehabt, als ich heute früh aufgewacht war. Man musste nicht Sherlock Holmes sein, um mich für schuldig zu halten.

Ich drehte den Kopf und sah, dass Sophie mich fassungslos, ja beinahe verletzt anstarrte. Ihre Gedanken gingen offensichtlich in eine ähnliche Richtung. Wie gerne hätte ich ihr jetzt gesagt, dass alles nur ein Irrtum war, der sich sicherlich bald aufklären würde, hätte wer weiß was dafür gegeben, sie in den Arm nehmen und beruhigen zu dürfen, doch die großen Pranken des Polizisten hielten mich an Ort und Stelle fest und der Zweifel lähmte meine Zunge. Eine weibliche Beamtin fing an, meine Füße in Schuhe zu stecken und diese zu binden. Keiner von uns wies sie darauf hin, dass es nicht meine, sondern Sophies Schuhe waren. Dann legte sie mir meinen alten Kamelhaarmantel um – der Stoff fühlte sich auf meiner Haut wie eine Botschaft aus vergangenen Zeiten an. Als ich noch reich und glamourös gewesen war – und nicht reich und merkwürdig. Mir schoss durch den Kopf, dass ich froh war, dass weder meine Eltern noch Juan oder Fe diese Szene mit ansehen mussten. Es war schlimm genug, dass Sophie sie mitbekam. Ich fühlte mich unendlich schuldig und schämte mich, ohne genau zu wissen, wofür eigentlich.

Die Beamten durchsuchten nun wenig zimperlich unsere Wohnung, was mir sonderbar egal war. Was sie als beweiswürdig erachteten, steckten sie in Säcke und Tüten und beschrifteten alles. Mein Laptop wanderte in eine Tüte, genau wie mein Handy und die Klamotten von gestern Abend. Am Ende musste Sophie eine Liste unterschreiben, die ihr unter die Nase gehalten wurde. Sie schaute nicht einmal hin.

»So, Abmarsch«, rief der Mann, der hinter mir stand, schließlich und Panik stieg in mir hoch. Was würde nun mit mir geschehen?

Sophie sah mich an und weinte leise. »Liz?«, fragte sie schließlich und mir wollte das Herz brechen, weil ich wusste, was in dieser Frage alles mitschwang.

Kommst du wieder?
Hast du ihn umgebracht?
Was soll ich jetzt tun?

Nur die dritte unausgesprochene Frage konnte ich ihr beantworten. »Ruf den Anwalt an, Stuhldreyer«, sagte ich und hörte, dass meine Stimme zitterte.

Wie gerne hätte ich ihr noch mehr gesagt. Dass sie keine Angst haben sollte, dass ich sie lieb hatte, dass sicher alles gut werden würde. Doch nichts davon kam mir über die Lippen.

Sophie nickte. Im nächsten Augenblick wurde ich aus der Wohnungstür geschoben, die Treppen hinunter und raus auf die Straße.

Diverse Nachbarn hatten sich zum Gaffen versammelt, doch ich gab mir Mühe, sie nicht anzusehen. Ich betrachtete stattdessen meine Füße, die wie von Zauberhand ihren Dienst verrichteten, während der Rest meines Körpers und meines Geistes wie abgeschaltet wirkte. Die Schnürsenkel des rechten Schuhs schleiften durch den frisch gefallenen Schnee, weil die Beamtin sie schlampig gebunden hatte. Ich konzentrierte mich auf die kleine Spur, die sie hinter sich herzogen.

Fast war ich froh, dass ich in den großen Van steigen konnte, der auf dem breiten Gehweg für uns bereitstand. Er gaukelte mir eine Sicherheit vor, die es für mich nicht mehr gab. Doch ich war bereit, seinen Lügen zu glauben. Im Innern des Wagens nahmen mich zwei Beamte in die Mitte und wir fuhren los. Wohin auch immer.

SOPHIE

Nachdem die Polizei meine Schwester abgeführt hatte, konnte ich mich eine Weile nicht rühren. Mein Gehirn versuchte, zu verarbeiten, was gerade geschehen war. Ich stand nur da und starrte auf die Tür, die schief in den Angeln hing und sich ohne Reparatur nicht mehr würde schließen lassen. Mir schossen derart viele Dinge durch den Kopf, dass ich einfach nicht wusste, was ich zuerst tun sollte.

Einen Schreiner rufen, der die Tür reparierte? Mich anziehen? Marek anrufen? Joan oder Fe? Den Anwalt? Es gab einfach zu viele Möglichkeiten, wie man mit einer unmöglichen Situation umgehen konnte. Und diese Überforderung lähmte mich.

Erst als Herr Schubert, unser Nachbar von nebenan, seinen runden Kopf durch die Tür steckte, erwachte ich aus meiner Starre.

»Ach du liebe Zeit, was ist denn hier passiert?«, fragte er eine Spur zu besorgt. Mir war klar, dass es mehr Neugier war als echte Sorge, die ihn zu mir herübertrieb. Er reckte den Hals im Versuch, noch mehr von der Wohnung sehen zu können. Wahrscheinlich hatte er die ganze Zeit über am Fenster geklebt und gesehen, wie Liz abgeführt worden war – ich konnte ihm seine Neugier nicht verdenken, der Krach hätte selbst Tote aufgeweckt. Doch ich wollte jetzt auf keinen Fall mit ihm reden. Und noch weniger wollte ich mit weiteren Nachbarn interagieren.

»Es ist alles in Ordnung, Herr Schubert«, sagte ich deshalb und versuchte, möglichst selbstsicher und unbeschwert zu klingen. »Bitte entschuldigen Sie die frühe Störung.«

Herrn Schubert war anzusehen, dass ihn diese Antwort enttäuschte, doch das wollte er sich natürlich nicht anmerken lassen.

»Schon gut«, brummte er und wollte sich gerade wieder in seine Wohnung verziehen, als mir einfiel, dass ich ihn bitten könnte, meine Wohnungstür zu schließen. Er kam meiner Bitte missmutig nach.

Als sich die Tür endlich geschlossen hatte, sank ich innen daran herab und starrte ohne etwas zu sehen auf unsere große graue Couch. Ich wollte weinen, doch es kamen keine Tränen. In meinem Körper herrschte Wasserknappheit – zu groß war der Schock über das, was soeben passiert war.

Sie hatten meine Schwester mitgenommen. Der Mensch, der mir geschworen hatte, mich niemals zu verlassen – verhaftet wegen Mordes. Ich hatte das Gefühl, dass sich hier die Geschichte einen grausamen Scherz erlaubte. Unser leiblicher Vater hatte auch wegen Mordes hinter Gittern gesessen – es hieß, er hätte unsere Mutter umgebracht. Die Wahrheit war erst lange nach seinem Tod ans Licht gekommen – seine eigene Rehabilitation hatte Sebastian Zweig nicht mehr miterlebt.

Tausend Gedanken kreisten durch meinen Kopf und machten es mir schwer, mich zu konzentrieren. In meinem Zimmer hörte ich mein Handy klingeln, doch ich beachtete es nicht. Ich war einfach noch nicht bereit, mich der Realität zu stellen.

Wie sehr hatte ich nach der Geschichte mit dem Sandmann gehofft, gemeinsam mit Liz ein normales, ruhiges Leben führen zu können. Studieren, arbeiten, Kinder bekommen. Das komplette, spießige Programm. Zuckerguss und Sahnehaube.

Stattdessen hatte ich nun eine wegen Mordes verhaftete Zwillingsschwester, einen fusseligen Kater und eine Hündin mit Verdauungsbeschwerden. Und eine Luxuswohnung, die mir kalt, leer und unangemessen vorkam.

Liz und ich hatten sie damals zwar gemeinsam eingerichtet, doch ich hatte ihr in den meisten Fällen die Entscheidung überlassen, da sie in solchen Sachen mehr Erfahrung und deutlich mehr Meinung hatte als ich. Das Ergebnis war, dass ich nun das Gefühl hatte, in der leeren Wohnung meiner Schwester zu stehen, in der ich immer nur Gast gewesen war. Ich fühlte mich merkwürdig fehl am Platz – wie eine Fremde im eigenen Leben.

Da ich wusste, dass ich etwas unternehmen musste, riss ich mich zusammen und rief den Anwalt an. Leopold Karweiler hatte uns seine Nummer zu unserem achtzehnten Geburtstag gegeben. Hatte er geahnt, dass wir sie eines Tages brauchen würden? Herr Stuhldreyer war einer der besten und berühmtesten Strafverteidiger Berlins. Er versprach, sich sofort auf den Weg zu machen und um Liz zu kümmern.

Als das erledigt war, beschloss ich, mich erst einmal zu duschen. So übernächtigt und geschunden, wie ich mich fühlte, konnte ich mich auf keinen Fall einer der anderen Aufgaben stellen. Doch aus irgendeinem Grund traute ich mich nicht, das Wohnzimmer zu verlassen. Die Tür, die schief und provisorisch in den Angeln hing, machte mich nervös. Ein Teil von mir erwartete, dass sie erneut aufschwingen und weitere Polizisten kommen würden, um mich ebenfalls mitzunehmen. Doch nichts passierte. Da ich mich dennoch nicht aufraffen konnte, schob ich schließlich mit einiger Kraftanstrengung das Sofa vor die Tür. Es tat gut, sich zu verschanzen, auch wenn ich wusste, dass diese Barriere im Ernstfall nichts ausrichten würde und ich mich gerade vor mir selbst lächerlich machte.

Dann endlich ging ich ins Bad. Ich schluckte, als ich das Chaos sah, das die Polizisten hier angerichtet hatten. Alle Schubladen waren aufgerissen, die Inhalte auf dem Fußboden verstreut.

Etwas an diesem Durcheinander erregte meine Aufmerksamkeit, doch ich konnte zunächst nicht genau sagen, was es war. Mein Gehirn arbeitete nervtötend langsam und die Gedanken tanzten zudem wild in meinem Kopf herum – ich bekam sie kaum zu fassen.

Dann begriff ich: Sie hatten zwar alles durchwühlt, den Mülleimer aber offensichtlich nicht angetastet. War das nicht ein bisschen merkwürdig? Warfen nicht alle Verbrecher nach der Tat die wichtigsten Beweismittel weg? Ich klappte den Deckel auf und vergewisserte mich – soweit ich das erkennen konnte, war der Inhalt unangetastet; auch die blutigen Wattebäusche von gestern Nacht lagen noch darin. Ich setzte mich auf den Wannenrand und dachte nach.

Was wusste ich? Ich wusste, dass meine Schwester gestern Abend zum NeuroLink-Gebäude aufgebrochen war, um ein Interview mit Harald Winter zu führen. Ich wusste, dass Winter ermordet worden war – erstochen, um genau zu sein. Und ich wusste, dass ich meine Schwester heute Nacht völlig weggetreten vor unserer Wohnung gefunden hatte.

Dort, wo sie von einem schwarzen Wagen einfach abgeladen worden war. Kaum bei Bewusstsein und mit blutigen Fingern.

Ich schloss die Augen und zwang mich zur Konzentration. Wusste ich, dass meine Schwester den Mann nicht getötet hatte? Nein, das hoffte ich nur.

Sie war nicht sie selbst gewesen in der vergangenen Nacht, so viel stand fest. Vielleicht war sie nur betrunken gewesen, doch sie hatte weder betrunken gewirkt noch sonderlich nach Alkohol gerochen. Vielleicht hatte sie stark unter Schock gestanden, weil sie nicht verarbeiten konnte, was sie gesehen oder getan hatte?

Wenn sie auf der Party wirklich den Gastgeber getötet hatte – warum hatte sie dann jemand in einem Auto nach Hause gefahren? Warum hatte man sie nicht festgehalten und sofort die Polizei gerufen? Das passte doch nicht zusammen.

Eines stand fest: Es gab eine Menge offener Fragen. Zwar hoffte ein Teil von mir, dass sich auf dem Revier alles aufklären und Sophie heute Abend nach Hause kommen würde, doch wenn ich ehrlich war, glaubte ich nicht daran. Überhaupt wusste ich nicht, was ich glauben konnte oder sollte. Doch in den letzten Jahren hatte ich gelernt, immer vom Schlimmsten auszugehen. Die Vergangenheit, die wir so verzweifelt hinter uns zu lassen versucht hatten, holte uns gerade wieder ein. Sie hatte nur geschlafen, gelauert, auf einen Moment gewartet, in dem sie uns wieder zeigen konnte, dass wir keine Chance hatten, ihr zu entkommen. Es gab keinen Weg, sich ihr zu entziehen.

Ich riss mich zusammen und holte eine Gabel und eine Plastiktüte aus der Küche. Behutsam bugsierte ich die blutverkrusteten Wattetupfer, mit denen ich wenige Stunden zuvor noch Liz' Wunden gereinigt hatte, in die Tüte. Ich würde sie zur Analyse geben – Marek oder Sash kannten bestimmt jemanden, der das schnell und diskret erledigen konnte.

Sollte sich herausstellen, dass Liz gestern Abend extrem betrunken gewesen war, konnte ihr das vielleicht helfen. Es war das Einzige, was ich im Moment für sie tun konnte.

LIZ

Sie brachten mich direkt zum Strafgericht nach Moabit. Ich erkannte das Gebäude sofort, als sie mich aus dem Van steigen ließen – es war eines der eindrucksvollsten Gerichtsgebäude Berlins. In der fünften oder sechsten Klasse hatte ich das Gericht mit der Schule besucht – Pflichtprogramm für alle Berliner Kinder. Damit man von klein auf lernt, was passiert, wenn man aus dem Rahmen fällt. Es fühlte sich an, als wäre es ein anderes Leben gewesen. Ich fragte mich, ob diese Schulausflüge in Berlin noch immer Pflicht waren oder ob es in Zukunft gepanzerte Busfahrten durch das Brandenburger Umland für die Kleinen geben würde, bei denen sie Verbannte begaffen sollten wie Tiere im Zoo.

Zwar wunderte es mich, dass sie mich hierher und nicht in mein Bezirksgefängnis brachten, doch vielleicht war das ja auch ein Teil der Strafrechtsreform, die vor wenigen Tagen in Kraft getreten war. Ich musste zugeben, dass ich mir wegen der Aufregung über das Interview mit Winter nicht mehr die Zeit genommen hatte, den gesamten Gesetzestext durchzulesen, obwohl ich es mir immer wieder vorgenommen hatte. Nun hieß es wohl für mich ›learning by doing‹.

Ich wurde in ein Zimmer geschoben, in dem mir sämtliche persönlichen Sachen abgenommen wurden. Da ich direkt aus dem Bett heraus verhaftet worden war, ging das sehr schnell, denn ich hatte nichts bei mir, was sich großartig zu protokollieren gelohnt hätte. Kurz dachte ich daran, wie uns der Notar damals die Sachen übergeben hatte, die unserem Vater nach seiner Verhaftung abgenommen worden waren. Der Apfel fiel offensichtlich nicht weit vom Stamm. Doch irgendwas an der Tatsache, dass Sebastian Zweig diese Prozedur ebenfalls durchgemacht hatte, beruhigte mich. Ich fühlte mich schlagartig nicht mehr ganz so alleine. Vielleicht stand ich ja gerade genau dort, wo er damals gestanden hatte, und dieser Vorraum war wie ein Portal, das sein und mein Leben miteinander verband.

Nach der Registrierung nahmen mich zwei mürrische Matronen ins Schlepptau und gingen mit mir in den Keller des Gebäudes. Ich fröstelte, als ich die bis unter die Decke gefliesten Räume betrat, die früher vermutlich als Sanitärräume für die Häftlinge gedient hatten. Hier und da ragten verrostete Duschköpfe aus der Wand, stumpfe Spiegel zeugten von einer Zeit, als es noch keinen MagicMirror gegeben hatte, der einem verriet, wie man sich am besten schminken oder frisieren sollte. Alles sah alt und abgegriffen aus – auf diese traurige Art schäbig, die nur öffentliche Gebäude ausstrahlen konnten. Über allem lag eine gespenstische Stille; nur die Geräusche unserer Sohlen hallten durch die Gänge. Eigentlich hatte ich genug von alten, verlassenen Gängen – genug, dass es für den Rest meines Lebens reichte. Doch natürlich interessierte sich hier niemand dafür, wie ich mich gerade fühlte. Ich fragte mich, was wir ausgerechnet hier unten zu suchen hatten.

Doch schon hinter der nächsten Abzweigung, die wir nahmen, klärte sich dieses Rätsel auf und ich staunte nicht schlecht, als ich sah, worauf wir nun zusteuerten. Ich musste zweimal hinsehen, als wir den riesigen Kellerraum mit Gewölbedecke betraten, denn mein Gehirn brauchte eine Weile, um den Anblick zu verdauen: Im Keller des Gerichtsgebäudes standen mehrere hell erleuchtete Baucontainer. Es war wie ein Haus im Haus.

Als mich die beiden Frauen über die Schwelle des ersten Containers schoben, hatte ich das Gefühl, eine fremde Welt zu betreten, denn der Kontrast hätte größer gar nicht sein können. Hier war alles hochmodern eingerichtet, pieksauber und wirkte beinahe schon steril. Mehrere Männer und Frauen in Uniformen, die keine Abzeichen aufwiesen, saßen an Tablets oder Bildschirmen und tippten geschäftig auf ihren Tastaturen herum. Das waren bestimmt die ehemaligen Vollzugsbeamten, die nun vom Security-Arm von NeuroLink übernommen worden waren. Sicherlich hatte man es in der Kürze der Zeit nicht geschafft, allesamt adäquat einzukleiden. Aus dem Augenwinkel sah ich, dass eine Frau sich kurz an die Schläfe tippte, bevor sie zu sprechen begann. Ohne Zweifel trug sie noch einen der in Verruf geratenen SmartPorts. Mir wurde noch kälter. Alles hier roch förmlich nach NeuroLink.

Ich wurde von zwei weiteren Frauen in Empfang genommen, die mich in einen Container im hinteren Bereich des Komplexes führten. Der Raum war spärlich eingerichtet, nur an den Wänden standen einige Handwagen herum, die denen beim Friseur nicht unähnlich waren. Die Gerätschaften, die darauf herumlagen, kannte ich nicht, doch allein ihr Anblick machte mich nervös. Ich fühlte, dass mein Herz heftig zu pochen begann, und versuchte, mich zu beruhigen. Auf keinen Fall wollte ich ihnen zeigen, dass ich Angst hatte.

Eine der beiden Frauen befahl mir schließlich, mich auszuziehen. Als ich nach wenigen Augenblicken nackt vor ihnen stand, begannen sie, ein scheinbar genau einstudiertes Programm abzuspulen, in einer Geschwindigkeit, als wäre der leibhaftige Teufel hinter ihnen her.

In Windeseile wurden mir die Fingernägel geschnitten, eine Haarsträhne ausgerissen und ich wurde in eine klebrige Decke gewickelt.

»Was ist das denn?«, fragte ich, doch anstelle einer Antwort rissen sie mir mit vereinten Kräften die Decke wieder vom Leib und ich hatte das Gefühl, als würde mir die gesamte obere Hautschicht mit abgerissen.

Ich schrie auf und hätte schwören können, im Mundwinkel einer der beiden Frauen ein Lächeln zu sehen.

»Das gehört zur Spurensicherung«, sagte sie knapp und ich verstand. Wahrscheinlich war das eine neue Methode, Fasern, Haare und Hautpartikel zu sichern. Effektiv, aber schmerzhaft.

Schließlich steckten sie mich in etwas, das mich verdächtig an einen alten Schlafanzug erinnerte, und gaben mir Plastikschuhe zum Reinschlüpfen. Spätestens jetzt fühlte ich mich wie ein hochoffizieller Häftling. Oder wie ein frisch gerupftes Suppenhuhn.

Merkwürdig war, dass mir keiner Fragen zum Verlauf des gestrigen Abends stellen wollte. Sie spulten ein offizielles Protokoll mit mir ab, doch eine Befragung schien hier nicht vorgesehen zu sein. Aber wahrscheinlich wollten sie warten, bis mein Anwalt erschien. Oder sie waren schlicht nicht befugt, mir Fragen zu stellen. B-Klasse-Polizisten, sozusagen.

Am Ende der Prozedur wurde ich kreuz und quer durch verlassene Gänge geführt. Zwar hatte ich früher schon gewusst, dass dieses Gebäude riesig war, doch mit solch einem gewaltigen Ausmaß hatte ich trotzdem nicht gerechnet. Wenn mich die beiden Beamtinnen jetzt verließen, würde ich vermutlich nie wieder den Weg zurückfinden. Nicht, dass ich das überhaupt wollte.

Unser Weg endete in einem anderen Teil des Gerichts, der viel steriler und moderner auf mich wirkte. Wahrscheinlich war das die Untersuchungshaftanstalt, an der ich schon so oft vorbeigefahren war. Man hatte sie erst vor wenigen Jahren modernisiert. Doch was mich wirklich irritierte, war die gespenstische Stille, die auch hier über allem lag. So groß wie Berlin war, müsste das Untersuchungsgefängnis eigentlich voller Menschen sein.

»Warum ist hier niemand?«, murmelte ich vor mich hin und eine der beiden Frauen neben mir schnaubte.

»Vor der Justizreform wurden alle Fälle abgeurteilt. Es sollte keine Überschneidungen oder Rechtsunsicherheiten geben.«

Nun verstand ich. Es war gut möglich, dass ich der erste Einwohner Deutschlands war, der nach neuem Recht behandelt wurde. Die Ironie dessen entging mir natürlich nicht.

Endlich wurde eine Zellentür aufgeschlossen, die kurz danach mit einem lauten Knall hinter mir ins Schloss fiel. Ich war allein. Und fühlte mich einsamer als je zuvor in meinem Leben.

Eine einzelne Leuchtstoffröhre erhellte unerbittlich die Realität, in der ich mich nun befand. Die Zelle wirkte wie eine etwas größere Flugzeugtoilette, alles schien aus einem einzigen weißen Kunststoffstück zu bestehen. Auf einem schmalen Vorsprung lag eine noch schmalere, in Plastik geschweißte Matratze, daneben ragte ein Waschbecken aus der Wand, das nicht größer war als ein Kuchenteller, und direkt neben dem Waschbecken befand sich eine Toilette – ohne Klobrille, ohne Deckel. Alles war so weiß, dass mir schon nach kurzer Zeit die Augen brannten. Hier gab es nichts, woran sich mein Blick hätte festhalten können.

Ich legte mich auf die schmale Pritsche, verschränkte die Arme hinter dem Kopf und wartete darauf, dass ich zum Gespräch mit meinem Anwalt gerufen wurde, doch nichts dergleichen geschah. Eigentlich müsste er längst hier sein – Sophie hatte ihn sicher sofort angerufen. Mit aller Macht versuchte ich, mich nicht verrückt zu machen, doch in dieser schrecklichen Zelle war das gar nicht so einfach.

Ich fragte mich, was sie gegen mich in der Hand hatten. Die Polizisten waren keine vierundzwanzig Stunden nach dem Mord in unsere Wohnung gestürmt – es musste etwas geben, das mich schwer belastete. Vielleicht gab es im Gebäude von NeuoLink Videoüberwachung? Und falls ja: Was war auf diesen Aufzeichnungen wohl zu sehen?

Natürlich fragte ich mich, ob ich den Mord begangen hatte. Und das Schlimmste an meiner Situation war, dass ich genau diese Frage nicht beantworten konnte. Ich konnte es mir nicht vorstellen, hätte nie gedacht, dass ich einen Mord begehen könnte – doch wer dachte das vorher schon von sich? Es tat weh, an Sophie zu denken, darüber wie es ihr wohl gerade ging. Ich hatte das merkwürdige Gefühl, meine Schwester im Stich gelassen zu haben.

Auch wenn ich wusste, dass ich mir besser eine Strategie für den Prozess und meine Aussage überlegen sollte, konnte ich mich nicht dazu aufraffen. Je länger ich auf der Pritsche lag, desto bewegungsunfähiger fühlte ich mich. In mir war eine dumpfe Leere, als hätten sie mir mit der Klebefolie nicht nur sämtliche Haare, sondern auch das Herz abgerissen.

Merkwürdig, wie schnell sich doch ein Leben komplett ändern konnte. Vor nicht einmal zwei Jahren war ich Schülerin an einem Elitegymnasium gewesen, die sich um nichts weiter sorgen musste als ihr tägliches Outfit und den Klatsch und Tratsch der Upperclass. Dann hatte ein Notartermin Sophie in mein Leben katapultiert und alles auf den Kopf gestellt. Bis schließlich am heutigen Tag, in dieser Zelle, alles zum Stillstand gekommen war.

Gerade als ich zu bereuen begann, Marek in den letzten Wochen nicht einmal mehr geküsst zu haben, piepste es laut und auf der Zellentür zeichnete sich ein kleines Viereck ab.

»Zurückbleiben!«, befahl eine Computerstimme, und vor Schreck sprang ich von der Pritsche auf und presste mich gegen das Waschbecken, dessen Plastikrand sich augenblicklich tief in meinen Hintern bohrte. In der Mitte der Tür sprang eine kleine Klappe auf und kurz darauf schob eine Hand ein Tablett mit Plastikbesteck, einem Glas Wasser und einem abgedeckten Teller durch die Luke in meine Zelle hinein.

»Vortreten«, befahl die Stimme und ich nahm den Teller entgegen. Schon durch den dünnen Kunststoff fühlte ich, dass sich lauwarmes Essen darauf befand. Wenn ich eines hasste, dann Dinge, die lauwarm waren. Als könnten sie sich nicht entscheiden, ob sie warm oder kalt sein wollten. Ich hasste Zwischendinge. Bei Essen war es mit Abstand am schlimmsten. Außerdem hatte ich keine Ahnung, wo ich überhaupt essen sollte. Die kleine Zelle hatte keinen Tisch.

Sollte ich mich auf die Toilette setzen und das Tablett auf meinen Knien balancieren oder was? Damit der Weg nicht so weit war, falls einem beim Essen übel wurde? Schon beim Gedanken daran drehte sich mir der Magen um, der sich ohnehin von vergangener Nacht noch immer nicht ganz erholt hatte. Nein, das konnte unmöglich die Lösung sein.

Wie auf Kommando ertönte ein weiteres Geräusch, das mich an das Zischen einer elektrischen Schiebetür erinnerte, und ein kleiner weißer Würfel löste sich seitlich aus der Pritsche und schob sich nach vorne. Ich begriff, dass mein Bett offenbar auch gleichzeitig als Tisch diente. Hier wurde kein einziger Zentimeter verschwendet – sehr effizient, das musste man zugeben. Also stellte ich den Teller ab, nahm die Matratze herunter, lehnte sie vorsichtig neben dem Bett an die Wand und setzte mich auf den Würfel. Dann nahm ich den Deckel vom Teller und betrachtete das, was die Gefängnisaufsicht tollkühn als ›Essen‹ zu bezeichnen schien. Dort auf meinem Teller lag der labbrige Beweis dafür, dass Berlin chronisch pleite war. In den drei Vertiefungen des Tellers befanden sich grauer, schleimiger Tofu, gedämpfte grüne Bohnen und ein Berg pappiger Nudeln, der Farbe nach zu urteilen aus Erbsenprotein. Von dem Ensemble stieg ein Geruch auf, den ich sehr gut von alten Turnmatten kannte. Ich hatte keine Ahnung, wie sich das Zeug ohne Soße überhaupt meine Speiseröhre hinunterbewegen sollte. Mit Wehmut dachte ich an das, was Fe früher immer für mich gekocht hatte. Die Erinnerung an ihre Enchiladas raubte mir fast den Verstand. Angewidert schob ich den Teller von mir weg.

»Sie werden essen!«, ertönte eine schneidende weibliche Stimme und ich zuckte zusammen. Offensichtlich wurde ich die gesamte Zeit über die Kamera beobachtet. Ob die Gefängnisaufsicht mittlerweile auch schon von NeuroLink gestellt wurde? Wurden meine Daten gesammelt und gespeichert? Nur mit Mühe konnte ich die Wut unterdrücken, die bei diesem Gedanken in mir hochstieg.

»Kein normaler Mensch kann das essen!«, sagte ich und versuchte meiner Stimme eine gute Portion Autorität zu verleihen.

»Sie werden essen, was wir Ihnen geben. Und zwar innerhalb von fünfzehn Minuten. Von dieser Regel gibt es keine Ausnahme. Zuwiderhandlungen werden sanktioniert. Haben Sie mich verstanden?«

So fühlte es sich also an, ein Nichts zu sein, dachte ich und nickte grimmig. Egal wie der Prozess ausging – dieses Zeug würde ich dank der Strafrechtsreform nicht lange essen müssen. Alles hatte seine guten Seiten. Während ich die mittlerweile kalte ›Mahlzeit‹ in mich hineinschob, versuchte ich einfach, an gar nichts zu denken. Die weiße Wand half erstaunlich gut dabei, den Kopf auszuschalten. Ich starrte sie an und konzentrierte mich dabei darauf, gleichmäßig zu kauen und mein muffiges Essen herunterzuschlucken. Beim Tofu musste ich mir die Nase zuhalten, damit ich so wenig wie möglich davon schmeckte. Kaum hatte ich nach dem letzten Bissen die Plastikgabel auf den Teller gelegt, öffnete sich die Luke ein weiteres Mal und ich stellte alles darauf, damit es abgeholt werden konnte.

»Wann kann ich meinen Anwalt sprechen?«, rief ich in den Gang hinaus, bevor sich die Luke wieder schloss, doch alles blieb still. Der Würfel zog sich in den Sockel des Bettes zurück und ich schob die Matratze wieder auf den Vorsprung und setzte mich darauf.

Sofort überkam mich eine bleierne Müdigkeit, die in Windeseile all meine Glieder durchzog. Unwillkürlich kam mir der Gedanke, dass in dem Essen ein Schlafmittel gewesen sein könnte, doch ich hatte keine Zeit mehr, darüber nachzudenken. Ich schlief ein, bevor mein Kopf auf die Matratze traf.

SOPHIE

»Was meinen Sie mit ›verkürztem Verfahren‹?«, fragte ich, während ich Anwalt Stuhldreyer fassungslos anstarrte, der mit verlegener Miene in seiner Kaffeetasse rührte. Es war ihm deutlich anzusehen, dass ihm der Grund seines Besuches unangenehm war.

»Nun, sehen Sie, Fräulein Kirsch, ich werde leider nicht zu Ihrer Schwester durchgelassen. Offenbar sieht das neue Strafrecht ein verkürztes Verfahren für eindeutige Fälle vor.«

»Eindeutige Fälle?«, echote ich, weil ich nicht wusste, was ich sonst sagen sollte.

Stuhldreyer nickte betroffen. »Augenscheinlich liegen der Justiz Beweise vor, die eine Verteidigung Ihrer Schwester …« Der Anwalt fuchtelte mit den Händen in der Luft herum, als versuchte er, die Worte, die ihm fehlten, einzufangen. Schließlich gelang es ihm. »… obsolet machen«, schloss er.

Meine Gedanken drehten sich im Kreis und ich fühlte, wie mir übel wurde.

»Aber das geht doch nicht! Es ist verboten, Menschen ohne Anwalt zu verurteilen!«, stammelte ich und Stuhldreyer schüttelte traurig den Kopf. »Bedauerlicherweise nicht mehr. Die Zeiten haben sich geändert und mit ihnen die Gesetze dieses Landes. Hätte Ihre Schwester Herrn Winter auch nur eine Woche früher umgebracht …«

»Sie hat ihn nicht umgebracht!«, schrie ich lauter, als ich es beabsichtigt hatte. Ein bisschen brüllte ich wohl auch gegen meine eigenen Zweifel an. Stuhldreyer zuckte zusammen und seine Kaffeetasse schwappte über.

»Entschuldigung«, murmelte ich betreten.

»Machen Sie sich darüber keine Gedanken«, versicherte er. Doch der Blick, den mir der Anwalt dabei zuwarf, schmerzte mehr als jeder Zweifel. Darin war zu lesen, wie sehr er mich bedauerte. Es tat ihm leid, dass ich, nach allem was ich hatte durchmachen müssen, nun auch noch damit klarkommen musste, dass meine Schwester jemanden umgebracht hatte. ›Es ist ganz natürlich, dass Sie es nicht wahrhaben wollen‹, schienen seine Augen zu sagen. ›Doch es ist wahr.‹

Ich ließ mich auf einen der Wohnzimmersessel sinken. Eigentlich wollte ich nur noch, dass Stuhldreyer verschwand und mich alleine ließ, aber natürlich war ich zu höflich, ihn einfach rauszuwerfen. Es war ja nicht seine Schuld.

»Und was kann ich jetzt machen?«, fragte ich matt.

»Nun«, der Anwalt kratzte sich am Kopf. »Ich habe mich noch nicht bis in alle Einzelheiten mit dem neuen Strafgesetzbuch befassen können, doch ich fürchte, Ihnen bleibt wenig, das Sie tun können.«

Ich riss die Augen auf. »Soll das heißen, ich kann gar nichts tun? Überhaupt nichts?«, fragte ich. Stuhldreyer schüttelte den Kopf.

Augenblicklich sprang ich von meinem Sessel wieder auf und ging im Wohnzimmer auf und ab. »Ich werde eine Aussage machen!«, rief ich. »Meine Schwester war nicht sie selbst, als sie heute Nacht nach Hause kam. Sie war kaum ansprechbar! Das muss doch irgendwie untersucht werden!«

»Man wird Sie nicht vorladen«, sagte Stuhldreyer bitter und ihm war anzusehen, was er von dem neuen deutschen Strafrecht hielt. Nun, in dem Punkt waren wir uns auf jeden Fall einig.

Wütend rannte ich in mein Zimmer und kramte den Beutel mit den blutigen Wattetupfern hervor. Ich hielt ihn Stuhldreyer vor die Nase. »Hier, ich habe Beweise«, rief ich und hasste mich dafür, dass meine Stimme so verzweifelt klang.

Der Anwalt runzelte die Stirn. »Ist das Blut Ihrer Schwester von heute Nacht?«

Ich nickte. Hoffnung keimte in mir hoch.

»Und die Beamten haben die Tupfer nicht mitgenommen?«

»Nein. Das hat mich ja auch gewundert«, erwiderte ich.

Stuhldreyer seufzte. »Ich fürchte, Beweise können von Zivilpersonen nicht in den Prozess eingebracht werden – schon gar nicht von Angehörigen. Und da mir nicht erlaubt ist, Ihre Schwester zu verteidigen, weiß ich nicht…«

Meine Stimme überschlug sich. »Soll das heißen, sie sind wertlos?«, fragte ich und kämpfte gegen die Verzweiflung an, die allmählich in mir hochstieg. Das durfte doch alles nicht wahr sein. »Können wir sie nicht analysieren lassen?«

Stuhldreyer erhob sich. Offenbar wollte er nicht länger bleiben. »Lassen Sie eine Analyse machen«, sagte er. »Wenn etwas Ungewöhnliches gefunden wird, werde ich schauen, ob sich etwas machen lässt.«

Eine Weile stand ich mit dem Beutel in der Hand im Wohnzimmer und starrte den Rechtsanwalt einfach nur an.

Ich hatte mich darauf verlassen, dass er wusste, was zu tun war. Dass er sich der Sache annahm, Liz verteidigte, für sie da war und mir sagte, was ich tun konnte. Dafür war er Anwalt, dafür wurde er bezahlt. Und nicht zu knapp.

Die Tatsache, dass es nichts gab, was er für uns tun konnte, sickerte nur langsam in mein Bewusstsein.

»Wann kann ich sie sehen?«, fragte ich leise und löste damit nur einen weiteren Seufzer vonseiten des Anwalts aus. Ich ahnte bereits, was das bedeutete. Die Angst, Liz niemals wiederzusehen, schnürte mir mit einem Mal das Herz ab. Das konnte nicht sein! Ich wusste nicht, wie ich das überleben sollte. Ich sah den Anwalt an. Meine Stimme klang genauso tot, wie ich mich innerlich fühlte. »Lassen Sie mich raten: Auch das ist nicht vorgesehen.«

»In der Untersuchungshaft dürfen Angehörige die Angeklagten nicht besuchen. Solche Besuche sind erst in der Haft erlaubt. Und diese wurde ja nun abgeschafft.«

Ich schloss die Augen. »Wo ist sie?«

»Soweit ich weiß, in Moabit. Aber ich muss Sie inständig bitten, nicht dort aufzutauchen. Es hilft Ihrer Schwester nicht im Geringsten, wenn Sie sich jetzt auch noch in Schwierigkeiten bringen.«

»Das ist alles, was Sie mir raten können? Zu Hause bleiben, die Füße stillhalten und abwarten? Mich ›nicht in Schwierigkeiten bringen‹?«

»Ich fürchte, ja«, antwortete Stuhldreyer und drückte im Vorbeigehen meine Schulter. »Es tut mir leid, aber mir sind die Hände gebunden. Machen Sie es gut, Fräulein Kirsch.«

Ich schaute ihm dabei zu, wie er sich umständlich durch die schief hängende Wohnungstür schob.

»Ich rufe einen Schreiner an, der sich darum kümmert«,

sagte er noch und schenkte mir ein Lächeln, das wohl aufmunternd gemeint sein sollte.

»Danke«, erwiderte ich matt und ließ mich wieder auf das Sofa sinken.

Ich hatte einen Anwalt beauftragt und stattdessen bekam ich einen Schreiner. Immerhin etwas, dachte ich bitter.

Mein Blick fiel auf den Beutel in meiner Hand. Er kam mir vor wie mein einziger Besitz auf Erden – das Einzige von Wert zumindest. Und das, obwohl ich auf einer Couch saß, die mehrere Tausend Eurodollar gekostet hatte. Ich würde die Analyse durchführen lassen, selbst wenn das Ergebnis nur mir selbst weiterhelfen würde. Die Wattetupfer waren alles, was ich hatte.

Oder doch nicht?

Mit einem Mal setzte ich mich kerzengerade auf. Was war eigentlich mit dem Interview, das Liz mit Winter geführt hatte? Davon musste es doch irgendwelche Aufzeichnungen geben! Ich rannte in Liz' Zimmer und suchte nach ihrem Handy, ihrem Ersatzhandy oder Speicherkarten; irgendwas, das mir weiterhelfen konnte. Doch die Polizisten hatten alles mitgenommen. Das hätte ich mir denken können.

Doch normalerweise gingen die Mitglieder von Pandoras Wächter kein Risiko ein. Der gesamte Content des Blogs lag auf einer verschlüsselten Darknet Cloud. Sash hatte mal behauptet, nicht einmal ihm selbst würde es gelingen, diese Cloud zu hacken, doch das bezweifelte ich stark. Immerhin sprachen wir hier von Sash, dem Hacker-Wunderkind. Beim Gedanken an meinen Exfreund zog sich mir schmerzhaft der Magen zusammen. Ich hatte schon seit Monaten nicht mehr mit ihm gesprochen.

Vor einem halben Jahr hatte eine Blogpraktikantin behauptet, Sash hätte sie an einem Abend, an dem er alleine mit ihr in der Redaktion gewesen war, vergewaltigt. Danach war ein Riesen-Presserummel losgegangen, die Wächter hatten gewaltige Probleme, überhaupt noch normal zu arbeiten. Zur Anklage war es gar nicht mehr gekommen, weil Sash für die angebliche Vergewaltigungsnacht ein wasserdichtes Alibi hatte, doch da war der Schaden schon entstanden, sowohl für seinen Ruf als auch für unsere Beziehung.

Ein paarmal hatte ich mein Telefon in der Hand gehabt, drauf und dran, ihn anzurufen. Doch mir hatten Mut und die richtigen Worte für den Anruf gefehlt.

Ich konnte nichts dagegen tun, dass ich ihn seitdem mit anderen Augen sah. Aber heute fehlte er mir mehr als jemals zuvor.

Und trotzdem wollte ich ihm eigentlich nicht gegenübertreten. Doch ich hatte keine andere Wahl. Das, was hier gerade passierte, konnte ich nicht alleine bewältigen. Ich musste herausfinden, ob Liz gestern Abend noch irgendetwas hochgeladen hatte. Ich brauchte Kontakt zu einem vertrauensvollen Laboranten. Und ich musste mit den anderen sprechen, musste hören, was sie dachten und ob sie eine Idee hatten, wie man meiner Zwillingsschwester helfen konnte. Natürlich hätte ich auch zu meinem Vater nach Prenzlauer Berg fahren und ihm alles erzählen können. Hätte ihn um Rat fragen und mich bei ihm ausweinen können, doch die Wahrheit war: Das hätte nichts gebracht. Er hatte keine Ahnung von der Welt, in der ich mittlerweile lebte. Immanuel Kirsch gehörte zu einer aussterbenden Art – er hatte nicht einmal einen Laptop. Wir waren einander fremd geworden, ohne dass wir uns gestritten hatten.

Die Dinge, die ich erlebt hatte, hatten mich von ihm weggeführt und nun erschöpfte sich unser Kontakt in einer gelegentlichen Verabredung zum Abendessen. Er konnte mir nicht helfen. Ich musste die einzigen Menschen auf der Welt sehen, die vielleicht wussten, was ich gerade durchmachte.

Seitdem Liz aus der Wohnung verschwunden war, hatte ich geahnt, dass ich nicht drum herumkommen würde. Ich musste zur Redaktion von Pandoras Wächter.

Also bestellte ich mir ein Taxi bei dem einzigen Unternehmen, das noch bereit war, Fahrten nach Neukölln durchzuführen, füllte die Fress- und Wassernäpfe der Tiere, stopfte den Beutel mit Wattetupfern und meinen Laptop in meine Handtasche und verließ die Wohnung. Kurz dachte ich, dass es leichtsinnig war, die Tür offen zu lassen, doch bis auf die beiden Tiere befand sich nichts mehr in der Wohnung, was mir wirklich etwas bedeutete. Und ich glaubte nicht, dass irgendjemand einen hässlichen alten Kater und einen Dalmatiner mit Schließmuskelproblemen klauen wollte.

Dennoch bestieg ich das Taxi mit einem mulmigen Gefühl.

Manchmal fühlt man ein Gewitter kommen, noch bevor sich der Himmel verdunkelt. Es ist die Art, wie sich Licht und Luft verändern – das Verhalten des Windes, der Zug der Wolken. Man tritt vor die Tür und weiß, dass ein Unwetter aufzieht.

Genauso ging es mir in diesem Augenblick. Aber ebenso unausweichlich wie das Wetter lag auch meine Zukunft vor mir. Ich hatte auf die harte Tour gelernt, dass man vor ihr genauso wenig davonlaufen konnte wie vor der Vergangenheit.

News of Berlin

Die Geister, die sie rief

Eine Ära geht zu Ende und wieder erschüttert ein Gewaltverbrechen unsere schöne Stadt. Harald Winter, langjähriger CEO von NeuroLink und gesellschaftliche Institution Berlins, ist tot – er wurde am Samstag auf der Jubiläumsfeier seines eigenen Unternehmens mit fünf Messerstichen in den Torso getötet.

Das alleine wäre schon sensationell und skandalös genug, doch hier hört die Geschichte nicht auf. Denn wegen Mordes an dem Technikbaron verhaftet wurde niemand Geringeres als Elisabeth Ingrid Karweiler.

Die Erbin des Kredit-Magnaten Leopold Karweiler wird manchen Lesern noch als Teil des Doppelten Lottchens vom Grunewald bekannt sein (die ganze Geschichte noch einmal zum Nachlesen gibt es hier). Ihre gewaltsame Entführung vor knapp zwei Jahren sowie ihre spektakuläre Befreiung haben sie und ihre Zwillingsschwester schlagartig berühmt gemacht, der Fall ging tagelang durch die Presse.

Doch Karweiler hat sich auch in der Zeit nach ihrer Entführung einen Namen gemacht. Was viele nicht wissen: Elisabeth Karweiler ist einer der journalistischen Köpfe von Pandoras Wächter, dem Blog, der damals NeuroLink beinahe zu Fall gebracht hätte und dafür sorgte, dass der Skandal um den SmartPort aufflog. An den Händen der jungen Journalisten klebt das Blut eines kompletten Kabinetts – zahllose Minister haben damals ihre Posten geräumt, die Regierung war zeitweise handlungsunfähig.

Doch scheinbar war das der jungen Frau nicht genug.

Karweiler hat sich immer wieder kritisch mit der Arbeit von Harald Winter und seinem Konzern auseinandergesetzt und dabei mit harten Worten nie gegeizt. Auch war sie eine ausgesprochene Gegnerin der Strafrechtsreform, die vergangene Woche in Kraft getreten ist.

Es mutet schon wie Ironie des Schicksals an, dass ausgerechnet sie nun nicht nur für den Tod von Winter verantwortlich zu sein scheint, sondern auch die erste Bürgerin Berlins sein wird, die nach neuem Strafrecht abgeurteilt wird. Scheinbar konnte Elisabeth Karweiler ihren Dämonen nie ganz entfliehen. Der jungen Frau stand eine vielversprechende Karriere bevor, doch diese Chancen hat sie nun verspielt. Vielleicht hat der plötzliche Tod ihrer Adoptiveltern und das viele Geld, das die junge Frau geerbt hat, ihren Blick auf die Wirklichkeit verzerrt. Wir können nur spekulieren, was sie angetrieben hat.

Der Prozess wird für die nächsten Tage erwartet. Die Öffentlichkeit, so viel hat der Strafgerichtshof bereits verlauten lassen, ist vom Verfahren ausgeschlossen.

SOPHIE

Mir schlug das Herz bis zum Hals, als ich vor der Tür der Redaktion stand. Es war schon früher Abend, aber wie ich die Mitglieder der Wächter kannte, waren sie sicher noch hier. Sashs Gehirn nahm erst gegen Mittag seine Arbeit auf und bei den anderen war es wohl ähnlich. Ein Teil von mir wünschte sich trotzdem, dass niemand mehr da war, weil ich Angst davor hatte, meinem Ex gegenüberzustehen. Und doch wollte ich ihn unbedingt sehen. Kurz: Ich hatte Angst davor, dass er da war, und gleichzeitig Angst davor, dass er nicht da war.

Es war lange her, seit ich das letzte Mal vor dieser Tür gestanden hatte. Ich hatte die Redaktion immer als Domäne der anderen begriffen, einen Bereich, in dem ich nur Gast war – im Gegensatz zu Liz und Sash hatte ich mir nie viel aus dem Blog gemacht. Meine Welt waren alte Gemälde und Gebäude, Kunstwerke aus vergangenen Jahrhunderten, brüchige Malschichten und verblichene Fresken. Vielleicht lag es daran, dass ich den manipulierten Chip im Kopf getragen hatte, oder daran, dass ich bei einem Restaurator aufgewachsen war – Fakt war, dass ich der digitalen Welt nicht viel hatte abgewinnen können. Und wenn ich ehrlich war, dann hatte ich mich vielleicht auch ein bisschen zu wenig für die Arbeit der Wächter interessiert. Ich wusste, dass es zum Teil gefährlich war, was sie taten, und dass sie glaubten, das Richtige zu tun. Aber mehr hatte ich eigentlich nie hören wollen. Das lag wahrscheinlich daran, dass mir der Blog und das Darknet ein bisschen unheimlich waren. Liz meinte immer, wenn ich das Darknet besser verstünde, dann hätte ich auch weniger Angst davor. Vielleicht hatte sie recht damit, dennoch hatte ich nie das Bedürfnis verspürt, es zu verstehen.

Und nun kam ich angekrochen. Ein wenig schämte ich mich dafür, wieder bei den Wächtern auf der Matte zu stehen, aber mir blieb schließlich nichts anderes übrig. Mit einem mulmigen Gefühl im Bauch drückte ich auf die Klingel.

Ich hoffte, dass Marek oder einer der Praktikanten die Tür öffnen würde, doch ich hoffte vergebens. Als die Tür aufschwang, blickte mir das vertraute Gesicht von Sash entgegen.

»Sophie«, sagte er. In seiner Stimme lag keine Überraschung. Er hatte mit mir gerechnet.

Ich nahm mir ein paar Sekunden, um ihn zu betrachten. Er sah müde und ausgemergelt aus, mit tiefen Ringen unter den Augen. Ich wusste, dass sein Zustand zu einem großen Teil auch mein Werk war. Die schwarzen Haare standen wild in alle Richtungen von seinem Kopf ab und verrieten mir, dass er sie sich in den letzten Stunden mehr als einmal gerauft hatte – das tat er immer, wenn er intensiv nachdachte oder sich Sorgen machte. Heute hatte wohl beides zugetroffen.

Er trug nur Jeans und T-Shirt; Sash war ein Mensch, der so gut wie nie fror. Man konnte die tätowierten Einsen und Nullen, die seinen rechten Oberarm bedeckten, unter dem Ärmel erkennen.

Als ich daran dachte, wie ich die Ziffern nächtelang gezählt hatte, wenn ich schlaflos in seinen Armen lag, stiegen mir Tränen in die Augen.

»Es ist wegen Liz«, murmelte ich, »… ich …«

Weiter kam ich nicht, denn ein heftiges Schluchzen schnitt mir die Stimme ab.

»Ach Sophie«, seufzte Sash und zog mich sanft in die Arme. Ich ließ es geschehen und verbarg mein Gesicht eine Weile in seinem Shirt. Dabei atmete ich seinen Duft ganz tief ein, ein Duft, der mir lange Zeit wie ein zweites Zuhause gewesen war. Nach Kaffee, Waschmittel und seinem ganz speziellen, süßlich-herben Sash-Geruch. Die Liebe, die ich für ihn empfand, überrollte mich regelrecht. In den letzten Monaten war es mir gelungen, sie auszublenden, aber nur, weil ich mich von ihm ferngehalten hatte. Doch nun nahm sie mir Herzschlag und Atem, füllte mich mit Schuld, Angst, Zweifel und Glück. Ließ mich erneut fassungslos der Tatsache gegenüberstehen, dass wir nicht mehr zusammen waren, obwohl wir es sein sollten. Wie hatte ich mich nur von diesem Menschen entfernen können?

»Es tut mir leid«, stammelte ich nach einer Weile in sein T-Shirt und Sash lockerte seine Umarmung. »Ich hätte dich nicht verlassen dürfen.«

Merkwürdig. So viele Wochen hatte ich mir vorgenommen, ihn einfach anzurufen und ihm genau das zu sagen. Und doch hatte ich es einfach nicht über mich gebracht. Dabei war es jetzt, da ich ihn sah, roch und spürte ganz einfach gewesen. Natürlich, wie eine Notwendigkeit. Er sagte nichts. Ich wusste, dass diese Entschuldigung zu kurz ausfiel und viel, viel zu spät kam. Manchmal hasste ich mich dafür, dass ich so langsam sein konnte. Jetzt war einer dieser Momente.

»Komm rein«, sagte Sash schließlich anstelle einer Erwiderung. Und obwohl ich enttäuscht war, wusste ich, dass ich diese Nicht-Reaktion verdient hatte. Ich fuhr mir mit dem Ärmel meines Pullovers über die Augen und folgte ihm in die Redaktion.

Hier hatte sich nicht viel verändert seit meinem letzten Besuch – streng genommen seit meinem ersten Besuch nicht. Die Schreibtische in dem großen Büro wirkten noch genauso chaotisch; Kabel, Platinen, Kekspackungen und Kaffeebecher standen und lagen überall herum. Einzig die durchgesessene Sofaecke kam mir noch eine Spur durchgesessener vor.

Wir gingen in den Konferenzraum, in dem Marek vor einer großen Pizzaschachtel saß. Als ich eintrat, lächelte er mir freudlos entgegen.

»Sieh an, wer sich hier zu uns gesellt! Das ist ja wie ein Familientreffen!« Er stand auf und umarmte mich. Mir kam es so vor, als ob unsere Umarmungen einmal herzlicher gewesen waren, doch vielleicht hatte ihm auch der Tag einfach nur zugesetzt. Was ich voll und ganz verstehen könnte. Marek deutete auf den Pizzakarton. »Du hast Glück, wir haben eine riesige Pizza bestellt, du kommst gerade rechtzeitig. Hast du Hunger?«

Er hielt mir die Schachtel hin, und als mir der köstliche Duft von Käse und Oregano in die Nase stieg, fiel mir auf, wie hungrig ich war. Ich hatte den ganzen Tag noch nichts gegessen – es war mir schlichtweg nicht in den Sinn gekommen.

Dankbar nahm ich mir ein Stück und ließ mich auf einen Stuhl fallen, den Sash mir hinschob. Während ich aß, betrachteten mich die beiden schweigend.

»Was zur Hölle ist da gestern passiert?«, fragte Marek schließlich und sah mich erwartungsvoll an.

»Ich habe keine Ahnung!«, antwortete ich wahrheitsgemäß und Marek fuhr sich mit ärgerlichem Gesichtsausdruck durch die Haare. »Die Polizei war den ganzen Tag hier und hat in unseren Computern herumgewühlt – sie sind gerade erst wieder gegangen. Welche Konsequenzen das für uns haben wird, ist noch nicht abzusehen. Ich muss es wissen, Sophie! Hat sie ihn umgebracht?«

Ich riss die Augen auf. »Natürlich nicht!«, rief ich. »Wie kannst du so was fragen? Du kennst sie doch!«

Marek schnaubte. »Ja, das dachte ich auch immer. Aber in letzter Zeit bin ich mir da nicht mehr so sicher.«

Ich wusste genau, was er meinte, war aber nicht in der Stimmung, das auch zuzugeben. Alles an mir befahl mir, Liz mit Zähnen und Klauen zu verteidigen. Ob das so war, weil ich nicht glaubte, dass sie Winter umgebracht hatte, oder, weil ich es nicht glauben wollte, wusste ich selbst nicht so genau. Es war mir auch egal.

»Vielleicht hat sie es ja nicht mit Absicht getan«, schlug Sash vor. »Vielleicht hat Winter sie ja provoziert. In letzter Zeit war sie ziemlich impulsiv.«

»Jetzt fang du nicht auch noch an«, zischte ich. »Gerade du müsstest wissen, wie es sich anfühlt, wenn einem jemand was anhängen will!«

Ein paar Augenblicke starrten wir einander nur wortlos an. Dann seufzte Sash. »Schade, dass erst so was passieren musste, damit du einsiehst, dass man versucht hat, mir etwas anzuhängen. Aber du hast natürlich recht.«

»Ein Mord ist ja wohl noch mal was anderes!«, warf Marek ein. »Und dann noch Harald Winter. Liz hatte ein

Motiv und die Gelegenheit. Außerdem wird ein verkürztes Verfahren durchgeführt, was bedeutet, dass sie Beweise haben, die Liz schwer belasten.«

Nun wurde ich langsam wütend auf Marek. Natürlich war es nicht schön, wie sich Liz in letzter Zeit verhalten hatte, aber sie hatte auch verdammt viel durchgemacht. Marek wusste nicht, wie es sich anfühlte, seine Eltern zu verlieren.

»Was ist denn auf einmal in dich gefahren?«, schrie ich ihn an. »Ich dachte, du liebst sie!«

Marek sprang auf. »Ja. Und was hat mir das gebracht?« Mittlerweile schrie er ebenfalls und sein Gesicht war hochrot angelaufen. »Scheiße!«

Er stürmte aus dem Konferenzraum und knallte die Tür hinter sich zu.

Ich warf Sash einen fragenden Blick zu, der wieder angefangen hatte, sich die Haare zu raufen.

»Die Redaktion hat geschlossenes Arbeitsverbot«, murmelte er. »Zusammen mit der Polizei war auch ein Staatsanwalt hier und hat das gerichtlich beschlossene Arbeitsverbot verhängt. Es bestehe der Verdacht, dass die Redaktion den Mord gemeinsam geplant habe. Marek und ich dürfen Berlin nicht verlassen.«

Ich riss die Augen auf. »Ihr steht unter Metropol-Arrest?«

Sash nickte. »Ich fürchte, ja. Auf unbestimmte Zeit. Wir müssen uns alle vierundzwanzig Stunden auf der nächsten Polizeiwache melden und unsere Fingerabdrücke sind mit einem Embargo belegt. Würde mich nicht wundern, wenn es dir bald genauso ergeht.«

Ich schluckte. »Ist Marek deswegen so fertig?«, fragte ich. Nun ergab sein Verhalten in meinen Augen wenigstens etwas mehr Sinn. Sauer war ich trotzdem.

»Die Redaktion ist sein Leben. Seitdem er Chefredakteur ist, hat sich der Blog noch einmal enorm weiterentwickelt. Wir sind das wichtigste kritische Medium Deutschlands. Das Arbeitsverbot trifft Marek ins Mark. Außerdem hat er recht: Wir können noch gar nicht abschätzen, wo das hinführt. Es könnte für uns noch viel schlimmer werden.«

Ich fühlte, wie meine Hände kalt wurden. »Was meinst du damit?«

Sash lächelte matt. »Wie du weißt, hatten Marek und ich es seit der SmartPort-Affäre nicht leicht. Wir haben mit unserem Enthüllungsartikel damals die konkrete Gefahr zwar abwenden können, aber NeuroLink hat uns immer im Visier. Dazu noch die Politiker, die ihren Job verloren haben, das Innenministerium und so weiter.« Er hob den Kopf und sah mir das erste Mal wieder direkt in die Augen. »Du weißt, wozu sie fähig sind. Sie haben uns beide auseinandergebracht.« Er ballte die Hände zu Fäusten und murmelte: »Ich dachte immer, das könnte niemand.«

Ich nickte und fühlte, wie Tränen über meine Wangen liefen. Mir war nicht danach, sie wegzuwischen.

»Und Marek glaubt jetzt, das alles sei Liz' Schuld?«, fragte ich leise.

Sash zuckte entschuldigend die Schultern. »Ich schätze, er braucht einen Sündenbock.«

Er streckte die Hand aus, als wollte er nach mir greifen, ließ sie dann aber sofort wieder sinken. »Du glaubst fest daran, dass Liz unschuldig ist?«, fragte er und ich schluckte. Das war die Frage, vor der ich den ganzen Tag davongelaufen war. Ich wusste, dass Liz impulsiv und launisch war, dass sie wütend und einsam war, dass sie NeuroLink bis aufs Blut hasste, dass sie Motiv und Gelegenheit gehabt hatte. Und ich wusste, dass meine Schwester in der vergangenen Nacht nicht sie selbst gewesen war. Dennoch glaubte ich nicht, dass sie jemanden ermordet hatte. Ich kannte Liz. Ich kannte sie in- und auswendig. Deshalb straffte ich die Schultern und nickte. »Ich glaube, dass sie unschuldig ist. Und natürlich habe ich Angst, dass ich falschliege. Aber vielleicht habe ich etwas, das uns Gewissheit verschaffen kann.«

Ich zog den Beutel mit den Wattetupfern aus der Handtasche.

»Was ist das?«, fragte Sash.

»Liz wurde heute Nacht von einer schwarzen Limousine nach Hause gefahren. Ich habe nicht gesehen, wer es war. Sie haben sie einfach in unserem Vorgarten liegen lassen.«

»Liegen lassen?«, fragte Sash und zog die Augenbrauen hoch. Ich nickte.

»Sie war nicht ansprechbar. Hat gekotzt, konnte kaum laufen.«

»War sie etwa betrunken?«, fragte Sash.

»So kam sie mir eigentlich nicht vor. Und ich habe sie schon mehr als einmal betrunken gesehen. Nach Alkohol roch sie auch nicht. Ich hatte eher das Gefühl, sie hat irgendwelche Drogen genommen. Außerdem war sie verletzt. Ich habe sie versorgt und ins Bett gesteckt.«

Sash griff nach dem Beutel und betrachtete die Tupfer neugierig. »Und das ist ihr Blut?«

»Genau«, bestätigte ich. »Sash, ich brauche jemanden, der das Blut analysiert. Schnell und diskret.«

Sash runzelte die Stirn. »Ich kenne niemanden. Aber Tiny könnte jemanden kennen.«

Tiny. Natürlich. Der Berufsspieler, der alle Verletzten aus

der Hackerszene im Notfall wieder zusammenflickte, kannte sicher auch jemanden, der Laboranalysen durchführen konnte.

Sash zog sein altes Handy aus der Hosentasche und tippte eine Nummer ein.

»Operator, verbinden Sie mich mit Nutzer 17483099«, sagte er und ich hielt den Atem an. Es war lange her, dass ich Sash die Dienste des Operators hatte in Anspruch nehmen sehen. Ich hatte gehofft, dass es nie wieder notwendig sein würde.

»Rosen, Tulpen, Nelken, alle drei verwelken«, raunte Sash nun in den Hörer und wartete erneut. Dann warf er mir einen entschuldigenden Blick zu und verließ den Konferenzraum. Er zog die Tür hinter sich zu, sodass ich nur noch sein dumpfes Murmeln durch die Glasscheibe hören konnte.

Es verletzte mich, dass er mir nicht vertraute. Doch natürlich wusste ich, dass gerade ich auf dieses Gefühl überhaupt kein Anrecht hatte. Und ich wusste, dass Geheimhaltung in der Hackerszene das oberste Gebot war. Einer Szene, der ich im Gegensatz zu meinen Freunden nicht angehörte, weil ich mich dagegen entschieden hatte. Ich hatte mich völlig freiwillig ausgeschlossen.

Da ich nicht wusste, was ich sonst tun sollte, angelte ich ein weiteres Stück Pizza aus dem Karton. Die Pizza war mittlerweile kalt, der Käse hatte sich zu einer bretthartem Schicht zusammengefunden, die sich vom Teig gelöst hatte. Eine klassische Zwei-Lagen-Margarita. Dennoch schob ich mir das zweite und schließlich ein letztes Stück in den Mund. Wenn man aß, hatte man wenigstens etwas zu tun.

Schließlich ging die Tür wieder auf und Sash kam zurück.

»Tiny kennt jemanden, ich kann ihm die Proben heute Abend vorbeibringen.«

»Danke«, sagte ich und Sash nickte knapp. »Wir müssen zusammenhalten, oder?«, fragte er. »Das ist alles, was wir tun können.«

Ich nickte und fühlte mich seltsam schuldig dabei. »Da ist noch etwas«, sagte ich. »Habt ihr die Cloud schon überprüft?«

Sash sah mich an. »Du meinst, ob ich den Wächter-Account deiner Schwester schon gehackt habe?«

Ich spürte, wie meine Wangen rot wurden.

»So habe ich das nicht gemeint«, versicherte ich schnell. »Ich wollte nur wissen, ob es Material von gestern Abend gibt, das ist alles.« Und nach einer Weile fügte ich flüsternd hinzu: »Ich möchte so gerne verstehen, was passiert ist, Sash. Ich muss es wissen.«

Sash rieb sich die Nasenwurzel. »Wir haben einander versprochen, die Accounts des anderen nicht anzurühren, Sophie. Digitale Privatsphäre ist eines der höchsten Güter von Pandoras Wächtern. Wir dürfen uns nicht darüber hinwegsetzen, das wäre Verrat!«

»Den Account von unserer Mutter hast du doch auch gehackt!«, platzte es aus mir heraus und ich konnte sehen, dass ich ihn damit verletzte.

»Das ist etwas anderes«, sagte Sash und blickte mich über den Rand seiner Brille hinweg an. »Und das weißt du.«

Ja, natürlich wusste ich das. Als Sash ihren Account gehackt hatte, war Helen Zweig nicht mehr am Leben gewesen.

»Liz hätte ganz sicher nichts dagegen«, versuchte ich es weiter. »Kannst du es bitte tun? Für mich?«

Sash schwieg eine unerträglich lange Weile. Fast hätte ich gedacht, er würde niemals antworten.

»Ich überleg es mir und sag dir dann Bescheid«, antwortete er schließlich.

»Danke«, flüsterte ich. Mir war bewusst, dass ich ohne Sash vollkommen aufgeschmissen wäre. Und dass er keinen Grund hatte, mir überhaupt zu helfen. Dennoch tat er es – weil er nun mal Sash war. Auf ihn konnte man sich verlassen. Ich schwor mir, das nicht noch einmal zu vergessen.

»Wir können aber nicht über die normale Leitung telefonieren«, sagte er. »Jede Wette, dass wir abgehört werden. Er zog einen zerknüllten Zettel aus seiner Hosentasche und schrieb mit einem Bleistift zwei Zahlenreihen darauf.

»Das«, sagte er und zeigte auf die oberste Zahlenreihe, »ist die Nummer des Operators. Und das«, nun zeigte er auf die untere Zahlenreihe, »ist meine Nutzernummer. Du darfst den Zettel nicht behalten und die Nummern nirgendwo speichern. Du musst sie auswendig lernen. Hast du verstanden?«

Ich schluckte.

»Verstanden.«

Ich beugte mich über den Zettel und versuchte, mich zu konzentrieren. Beide Zahlenreihen hatten acht Ziffern, die ohne Muster oder System angeordnet waren. Doch ich schätzte, das war der Trick dahinter. Zum Glück war ich schon immer gut darin gewesen, mir Zahlen zu merken. Ich starrte ein paar Minuten auf das Papier und murmelte die Zahlen vor mich hin. Als ich mir sicher war, sie im Kopf zu haben, nickte ich Sash zu, der den Zettel an sich nahm und mit einem Feuerzeug in Brand steckte.

»Jeder in der Zentrale riskiert Kopf und Kragen, Sophie. Ruf also bitte nur an, wenn es nicht anders geht.«

»Verstanden«, sagte ich. Dann fiel mir etwas ein. »Brauche ich nicht noch ein Codewort, um zu dir durchgestellt zu werden?«

Sashs Gesicht versteinerte. Dann nickte er langsam. Etwas an seinem Blick brachte mein Blut in Aufruhr.

»Wie lautet dein Codewort?«, fragte ich und verfluchte mich dafür, dass meine Stimme zitterte.

Sash drehte sich weg und ging in Richtung Tür. Es war offensichtlich, dass er mich nicht ansehen wollte.

»Sophie Charlotte«, antwortete er schließlich. »Das Codewort lautet Sophie Charlotte.«

Mit diesen Worten ließ er mich stehen und mir begann augenblicklich alles wehzutun. Ich verließ die Redaktion, ohne mich von ihm oder Marek zu verabschieden.

Als ich draußen auf der Straße stand, fiel mir auf, wie gut die eiskalte Abendluft tat, die mich nun umgab. Früher hatte ich Angst vor Neukölln gehabt, vor allem vor den Straßen rund um den Hermannplatz, doch nun hatte ich mehr Angst vor dem Chaos und der Einsamkeit, die mich zu Hause erwarteten. Daher beschloss ich, zu Fuß zu unserer Wohnung zu gehen.

Die Kälte half mir beim Denken und betäubte meine Gefühle, tat also genau das, was ich jetzt brauchte. Ich musste funktionieren – etwas Besseres fiel mir im Moment nicht ein.

Natürlich wollte ich nicht zurück in unsere Wohnung, doch ich wusste nicht, was ich sonst tun sollte. Ohne Liz würde es nicht dasselbe sein.

Während ich durch die Straßen des Stadtteils spazierte, der erst nachts so richtig lebendig wurde, stellte ich mir vor, wie es wohl wäre, völlig normal zu sein, eine normale Familie zu haben, eine normale Partnerschaft, einen normalen Job. Gab es so etwas überhaupt – Normalität? Gab es ›ganz normale Menschen‹ oder waren wir alle auf die eine oder andere Art völlig verrückt? Manchmal hatte ich das Gefühl, dass ein Leben, wie mein Vater es gerade noch führte, für meine Generation unmöglich geworden war. Die analoge Ruhe war uns nicht mehr vergönnt. Dass ich Kunstgeschichte und Archäologie studierte, würde daran auch nichts ändern.

Ich gelangte in den etwas hübscheren Kiez, der nicht mehr ganz Neukölln, aber auch noch nicht ganz Kreuzberg war und deshalb von allen Berlinern nur ›Kreuzkölln‹ genannt wurde. Hier waren die Überwachungskameras auf den Plätzen nicht mit Steinen demoliert oder mit Farbe beschmiert worden. Blank polierte Linsen nahmen alles auf, was die Bürger des Viertels so trieben. Doch aufzuzeichnen gab es nur wenig. Hier ging es ordentlich zu, die Verbrechensrate hielt sich in Grenzen und viele Leute wohnten schon ewig in der Nachbarschaft. Ich mochte die Ecke, weil sie noch nicht ganz so nobel wie unsere schicke Wohngegend in Kreuzberg war, belebter und irgendwie cooler, aber dennoch gemütlich und sicher.

Ich kam an den Landwehrkanal, spazierte eine Weile am Ufer entlang und überquerte schließlich eine der vielen Brücken, auf denen sich im Sommer immer die Nachtschwärmer tummelten.

Viel zu schnell stand ich vor unserer Haustür. Gerne wäre ich noch ein wenig weiter durch den kalten Abend geschlendert, wäre meinem Leben noch eine Weile davongelaufen, doch es half nichts. Ich schloss die Tür auf und stieg die drei Treppen hoch ins Dachgeschoss.

Schon auf dem dritten Treppenabsatz merkte ich, dass etwas nicht stimmte, und hielt inne. Unsere Wohnungstür saß noch immer schief in den Angeln, doch sie stand weiter auf als zuvor. Auch hing ein schwacher Geruch nach teurem Aftershave in der Luft. Ich erinnerte mich, dass Leopold Karweiler, Liz' Adoptivvater, oft genauso gerochen hatte. Meine Hände wurden kalt, doch ich ging weiter. Vielleicht hatte mein Nachbar auch einfach nur Besuch, vielleicht bildete ich mir das mit der Tür ja nur ein.

Doch meine Nackenhaare, die sich in diesem Augenblick aufstellten, wussten es besser.

Ich trat in die Wohnung und der Geruch von Aftershave verstärkte sich.

Kaum war ich eingetreten, kam mir Daphne humpelnd und winselnd entgegen. Ihre Nase blutete – es sah aus, als hätte sie jemand geschlagen.

Während ich versuchte, den Hund zu beruhigen, sah ich mich vorsichtig um. Auf den ersten Blick schien die Wohnung noch genauso chaotisch wie am Morgen, nachdem die Polizisten hier alles durchwühlt hatten.

Doch Schubladen standen auf, die zuvor geschlossen gewesen waren, die Kissen auf der Couch waren vertauscht.

Jemand war hier gewesen und hatte etwas gesucht. Das war ganz offensichtlich.

Und Daphne hatte sicher versucht, ihn in die Flucht zu schlagen. Dieser tapfere, dumme Hund.

Panisch rief ich nach Schrödinger, doch er kam nicht. Ich suchte ihn in der ganzen Wohnung und dachte schon, er sei in dem Chaos davongelaufen, als ich ihn schließlich in der hintersten Ecke unter meiner Kommode fand. Als ich ihn herauslocken wollte und ihn schließlich sogar ein Stück ziehen musste, wehrte er sich nach Kräften. Nachdem ich ihn endlich in die Katzenbox verfrachtet hatte, sahen meine Hände aus, als hätte ich mich durch eine Dornenhecke gekämpft. Mein Kater benahm sich normalerweise nicht so. Was musste der Typ mit ihm veranstaltet haben, dass Schrödinger selbst mir nicht mehr über den Weg traute? Wir hatten beinahe unser gesamtes Leben miteinander verbracht, er kratzte sonst nur andere Leute, aber doch nicht mich!

Obwohl ich nicht davon ausging, dass derjenige, der hier gewesen war, zurückkommen würde, konnten mich keine zehn Pferde dazu bringen, in der Wohnung zu übernachten. Alles hier fühlte sich schlecht, zerstört und falsch an – von meinem Zuhause schien nichts mehr übrig zu sein.

Ich wusste zwar noch nicht, wohin ich wollte, aber ich musste hier raus – und zwar schnell.

In Windeseile packte ich meinen großen Trekkingrucksack mit Klamotten und kramte ein paar Habseligkeiten zusammen, die mir am Herzen lagen.

Als wir schließlich alle reisefertig waren, stand ich komplett angezogen mit Jacke und Schuhen unschlüssig in unserem Flur herum. Denn obwohl ich wusste, dass ich hier nicht bleiben wollte, war mir überhaupt nicht klar, wohin ich gehen sollte. Zu meinem Vater wollte ich nicht; mir war nicht danach, heute Abend über das zu reden, was geschehen war. Außerdem wollte ich nicht, dass er mehr als nötig von den Schwierigkeiten mitbekam, in denen wir gerade steckten. Er würde mich wie eine eifersüchtige Glucke bewachen und ich hätte keinerlei Bewegungsfreiheit mehr. Außerdem wollte ich ihn nicht belasten – er hatte wahrlich genug eigene Sorgen.

Zu Sash konnte ich auch nicht, ich hatte ihn heute schon

genug strapaziert. Und wenn wir beide uns wieder annähern sollten, dann musste das langsam passieren, behutsam und am besten nicht in einer Extremsituation. Falls mein Leben überhaupt noch etwas anderes bereithielt.

Heute konnte ich mich jedenfalls nicht näher mit meinem Gefühlsleben befassen. Ja, ich liebte ihn noch. So viel wusste ich. Doch auch dieses Gefühl konnte ich jetzt nicht gebrauchen. Wenn ich noch mehr fühlen musste, würde ich ganz sicher explodieren.

Mein Blick fiel auf den Schlüsselkasten neben der Tür. Dieser Kasten erinnerte mich daran, dass es noch einen Ort in Berlin gab, an den ich gehen konnte. Einen, an dem mich ganz sicher niemand suchen würde. Ich griff nach dem passenden Schlüsselbund. Er lag schwer und bedeutsam in meiner Hand und versprach mir eine sichere Zuflucht.

Eines der wirklich guten Dinge an meinem neuen Wohlstand war, dass ich, sooft ich wollte, mit dem Taxi fahren konnte. Mein Konto war seit meinem achtzehnten Geburtstag derart prall gefüllt, dass ich nicht wusste, wie ich das Geld jemals ausgeben sollte. Und deshalb war ich so dekadent, gleich zwei Taxen zu bestellen.

Den einen Fahrer überredete ich mit viel Trinkgeld dazu, die Tiere zu meinem Vater zu bringen, den ich per SMS darum bat, sich um sie zu kümmern. Er sicherte es zu und stellte zu meiner großen Verwunderung keine Fragen. Wahrscheinlich hatte er in den letzten Jahren auch gelernt, wann er von mir Antworten erwarten konnte und wann nicht.

Das zweite Taxi bestellte ich für mich selbst. Es brachte mich durch die Berliner Nacht, vorbei an feiernden Leuten, die mit Eiswolken vor den Münden von Kneipe zu Kneipe zogen und das Wochenende mit ihren Freunden ausklingen ließen. Ich blickte sie an und stellte mir vor, einer von ihnen zu sein. Unbeschwert und fröhlich. Doch das war ich nicht.

Nach einer knappen Dreiviertelstunde Fahrt hielt der Wagen vor dem Pförtnerhäuschen der Gated Community Grunewald III und ich stieg aus.

Falls der diensthabende Pförtner mich erkannte, so war er so nett, es sich nicht anmerken zu lassen. Einer der großen Vorteile dieser Communitys war die Diskretion, der alle Mitarbeiter verpflichtet waren. Und genau diese Diskretion war, was ich jetzt brauchte.

Ein bisschen mulmig war mir schon zumute, als ich das große Eisentor aufschloss und den langen Kiesweg zur Villa Karweiler hinaufging. Die weißen Steine knirschten unter meinen Füßen, das riesige Haus ragte dunkel und einsam vor mir auf. Seit dem Tod von Leopold und Carlotta waren wir nicht mehr hier gewesen und etwas gruselte mich an der Tatsache, dass ich dieses Gebäude gleich würde betreten müssen. Ein bisschen kam es mir so vor, als wäre das Haus mit seinen Bewohnern gestorben. Die Vorfreude, die ich sonst immer empfunden hatte, wenn ich diese Einfahrt hinaufgegangen war, wollte sich nicht einstellen; alles in mir sträubte sich. Doch ich hatte keine Wahl, es war meine einzige Zuflucht.

Liz hatte Fe und Juan eine fürstliche Rente zugesichert und sie aufgefordert, ihr Leben mit ihren Familien zu genießen. Sie waren nur widerwillig gegangen, doch schließlich waren sie eingeknickt. Was hätten sie auch tun sollen?

Deshalb stand das Haus nun leer. Liz hatte sich noch nicht entscheiden können, ob wir es verkaufen sollten oder nicht. Jetzt war ich froh, dass es noch da war, denn in dieses Haus konnte so schnell keiner einbrechen. Es war zigfach gesichert.

Nachdem ich die Tür hinter mir geschlossen und einen neuen, sechsstelligen Sicherheitscode für die Alarmanlage eingegeben hatte, sank ich auf der Treppe zum ersten Stock in mich zusammen. Die vergangenen vierundzwanzig Stunden waren mir so lang vorgekommen wie ein ganzes Menschenleben.

Mittlerweile war es weit nach Mitternacht und der schreckliche Tag ging allmählich in einen weiteren über. Mit einem Mal war ich so unendlich müde, dass ich es nicht einmal mehr schaffte, in Liz' alte Wohnung unter dem Dach zu gehen und mir dort ein Bett zu machen. Stattdessen schleppte ich mich ins Wohnzimmer und ließ mich auf das Sofa fallen, das mittlerweile Staub angesetzt hatte, doch das kümmerte mich nicht. Nach wenigen Minuten glitt ich in einen traumlosen Schlaf.

Der schwarze Wagen rumpelte mit zu hoher Geschwindigkeit über das Kopfsteinpflaster in einem Wohngebiet nahe der Schönholzer Heide. Ein paar Bewohner der kleinen, sonst so ruhigen Straße waren noch wach und wunderten sich, wer es wohl um diese Uhrzeit so eilig haben konnte.

Vor dem letzten Haus in einer Sackgasse hielt das Auto an und ein kleiner Mann in Uniform mit Chauffeursmütze stieg aus, umrundete den Wagen und öffnete die hintere Tür auf der Beifahrerseite.

Ein großer, hagerer Mann stieg aus. Er war so groß, dass es aussah, als hätte er die Fahrt zusammengefaltet hinter sich gebracht und müsste nun, beim Aussteigen, seine Gliedmaßen in Ordnung bringen. Er hatte sehr kurzes schwarzes Haar, einen Dreitagebart und hohe Wangenknochen. In der rechten Hand hielt er einen Aktenkoffer, seine Miene wirkte wachsam und sein Blick war skeptisch.

»Hier ist es?«, fragte er schließlich und der Fahrer nickte.

»Das ist die Adresse, Herr Claudius.«

Tobias Claudius betrachtete den kleinen Bungalow aus den Sechzigerjahren des vergangenen Jahrhunderts, der so viel verblichene Vorstadtidylle verströmte, dass es kaum auszuhalten war. Das Haus hätte einige Modernisierungen und Reparaturen nötig, war allerdings noch nicht so baufällig, dass es einem Spaziergänger sofort ins Auge stach. Die neuen, dunklen Vorhänge, die er angeordnet hatte, waren zugezogen, kein Licht drang durch sie nach außen. Dass dieses Häuschen wieder bewohnt war, würde kaum jemandem auffallen. Die Straße selbst schien zu jenem Teil Berlins zu gehören, in dem hauptsächlich alte und weniger betuchte Menschen wohnten, und die Lage am Ende einer Sackgasse war optimal. Er nickte zufrieden.

Zwar war ihm bereits zu Ohren gekommen, dass seinem Gast die Behausung nicht gefiel, doch objektiv betrachtet war sie nahezu perfekt. Der Makler, den Claudius für die Suche angeheuert hatte, hatte ganze Arbeit geleistet.

Er stieg die vier Stufen zur Haustür hinauf und klopfte an die Tür.

Ein junger SafeSquad-Mitarbeiter öffnete ihm die Tür.

»Ist er noch wach?«

»Ja, Herr Claudius. Ich habe das Gefühl, der Kerl schläft nie«, sagte der junge Mann und ließ Claudius hinein.

Im Flur roch es abgestanden, nach altem Teppich und noch älteren Eintopfgerichten, deren Duft über viele Jahre in die Tapeten gezogen war, die sich, trocken und vergilbt, mit viel Mühe noch an den Wänden festhielten.

Der Wachmann wies ihm mit einem Nicken die Richtung und Claudius betrat ein schäbiges altes Wohnzimmer, dem man mehr als deutlich ansah, dass es in den vergangenen zwei Tagen hastig und mit kleinem Budget eingerichtet worden war. Pressspan und Resopal dominierten das Zimmer. Helle Flecken auf der Blümchentapete verrieten, dass hier einmal Bilder gehangen haben mussten – vielleicht Fotos der alten Bewohner. Der braune Teppichboden, den Claudius schon von Weitem gerochen hatte, biss sich farblich mit den rosa Blüten im Tapetenmuster. Hier passte nichts zusammen.

Genauso wenig passte jener Mann ins Gesamtbild, der in einer eleganten Stoffhose auf dem billigen Klappsofa saß und ihm zum Gruß kurz zunickte. Den feuerroten Bart hatte er sich seit ihrem letzten Treffen sorgsam gestutzt, die weißen Haare trug er allerdings immer noch zu einem ordentlichen Pferdeschwanz gebunden. Die Haare hatte er sich in der JVA wachsen lassen. Neben ihm auf einem kleinen Beistelltisch stand ein aufgeklappter Laptop.

Claudius zeigte auf das Gerät. »Zufrieden?«

Der Mann lächelte leicht. »Der Rechner ist so ziemlich das Einzige hier, was meine Zufriedenheit auch nur annähernd verdient.«

»Sei nicht so undankbar, Sandmann. Wenn ich nicht wäre, hättest du jetzt ein Ticket nach Brandenburg – ohne Wiederkehr.« Tobias Claudius warf seinen Aktenkoffer auf einen Sessel und zog sich den Mantel aus.

»Der Alte ist tot«, stellte Sandmann im Plauderton fest.

Claudius nickte. »Du hast es also schon gelesen. Wie du dir denken kannst, war das ein ziemlich anstrengender Tag für mich.«

»Natürlich, natürlich.« Sandmann lächelte sein typisches dünnes Lächeln, bei dem Tobias Claudius immer ein bisschen übel wurde. Dieser Typ hielt sich für besser und schlauer als den ganzen Rest der Welt, er blickte auf Claudius herab, und genau das war es, was diesen so störte. Niemand sollte auf ihn herabblicken; unter anderen Umständen würde er sich mit so einem Typen gar nicht erst abgeben. Sandmann war zweifelsohne völlig verrückt. Leider war er jedoch ebenfalls komplett genial und das war auch der Grund, warum sich Claudius überhaupt für ihn eingesetzt hatte. Er hatte den Sandmann dank seiner guten Beziehungen und diverser Bestechungszahlungen davor bewahrt, mit den anderen Häftlingen vor den Toren Berlins sich selbst überlassen zu werden. Weil er ihn noch brauchte. Tobias Claudius hatte Großes vor und er wollte, dass der Sandmann ihm bei seinem Vorhaben half. Bisher hatte sich der wahnsinnige Programmierer als äußerst nützlich erwiesen.

»Wann wird das Programm so weit sein?«, fragte er.

Der Sandmann zog die Augenbrauen hoch. »Ich bin gerade erst angekommen, hab noch ein bisschen Geduld. Aber ich arbeite daran. Immerhin habe ich die Pläne schon vor Wochen gemacht. Hast du mein Konto eingerichtet?«

»Natürlich.«

Claudius ging im Wohnzimmer auf und ab – und wurde dabei amüsiert beobachtet.

»Warum setzt du dich nicht einfach hin?«, fragte Thomas Sandmann. »Beunruhigt dich irgendwas?«

»Nein, nein. Es ist nichts.«

Der Sandmann kicherte. »Nichts kann alles bedeuten. Haben sie das Mädchen schon festgenommen?«

»Ja«, bestätigte Claudius. »Es wird ein verkürztes Verfahren geben, die Sache dürfte in ein paar Tagen ausgestanden sein.«

Der Sandmann lächelte zufrieden. »Dann ist es ja gut. Das heißt aber auch, dass wir uns beeilen müssen, um rechtzeitig fertig zu werden. Konntest du in der Firma schon alles vorbereiten?«

Claudius schüttelte den Kopf. »Dazu bin ich noch nicht gekommen.«

»Verstehe.« Sandmann nickte wissend. »Aufräumarbeiten.«

»Richtig. Aber ich werde morgen alles vorbereiten. Wir müssen uns tatsächlich beeilen, wenn uns nichts durch die Lappen gehen soll. Wir sprechen hier immerhin von einem verkürzten Verfahren – das kann in ein paar Tagen durch sein.«

»Da hast du allerdings recht«, bestätigte der Sandmann. »Das wäre wirklich ein Jammer – es ist ein dicker Fisch.«

Claudius griff nach seinem Aktenkoffer. »Richtig. Einer der dicksten, wenn du mich fragst. Dann will ich dich nicht länger bei der Arbeit stören. Wenn du irgendwas Bestimmtes brauchst, sagst du einem meiner Leute Bescheid.«

»Natürlich.«

Claudius verabschiedete sich und ließ Thomas Sandmann wieder alleine im Wohnzimmer zurück.

Der Sandmann schnalzte ungehalten mit der Zunge und nahm erneut den Laptop zur Hand.

Er hatte schon an vielen Orten auf der Welt gewohnt und nicht immer waren diese besonders komfortabel gewesen. Doch dieser schäbige Bungalow war wirklich der Gipfel. Jedenfalls, wenn man das Gefängnis nicht mitzählte. Dafür hatte dieses andere Vorteile gehabt. Er hatte in der JVA sehr viel dazugelernt.

Doch er konnte es sich nicht leisten, wählerisch zu sein. Noch nicht. Immerhin war er nun seiner Freiheit wieder ein Stück näher gekommen.

Er lächelte in sich hinein. Tobias Claudius war ein Geschenk des Himmels. Einer dieser Männer, die glaubten, niemand könnte es mit ihnen aufnehmen – die immer dachten, allen anderen meilenweit voraus zu sein. Solche Menschen stolperten früher oder später immer über ihre eigene Selbstüberschätzung. Dem technischen Leiter von NeuroLink würde es ganz genauso ergehen. Sein Ego war einfach zu groß, es stand ihm permanent im Weg. Aus purer Selbstverliebtheit machte dieser Mensch schlimme, schwerwiegende Fehler.

Der Beweis stand leise summend und matt silbrig glänzend

vor ihm auf dem hässlichen Couchtisch. Kein Mensch, der bei klarem Verstand war, hätte Thomas Sandmann einen Computer gegeben. Und doch stand das Gerät nun vor ihm. Das Neuste vom Neuen, mit riesigem Arbeitsspeicher und High-Speed-Internetzugang.

Claudius dachte, der Sandmann bräuchte all das, um das gewünschte Programm zu entwickeln, aber diesen Kindergartenkram hatte er in kürzester Zeit erledigt. Es war seiner Meinung nach mehr als fahrlässig von Winter gewesen, einen Mann auf den Posten des Technikchefs zu heben, der keine Ahnung vom Programmieren hatte. Der bestellte Trojaner lag schon seit über zwölf Stunden in der Cloud bereit, natürlich mit ein paar nützlichen, gut versteckten Sonderfunktionen.

Seitdem widmete sich der Sandmann wichtigeren Dingen.

Er würde sich sein altes Leben zurückholen. Doch dafür bedurfte es akribischer Planung und eines kühlen Kopfes. Der Sandmann wusste genau, dass er sich nicht ablenken durfte, dass er sich konzentrieren und all seine Energie in sein Projekt stecken musste.

Doch seitdem er gelesen hatte, dass Elisabeth Karweiler verhaftet worden war, wanderten seine Gedanken immer und immer wieder zu ihr: Sophie.

Das Mädchen saß ihm wie ein Stachel im Fleisch – so viele Nächte hatte er im Gefängnis von ihr geträumt. Wenn er an Sophie dachte, dann war es fast, als wäre Helen noch am Leben. Ganz so, als hätte es die schreckliche Nacht vor nunmehr fünfzehn Jahren nie gegeben.

Schon einmal hatte er sie bei sich gehabt. Doch im letzten Augenblick war Sophie ihm entglitten.

Er hatte Fehler gemacht, die sich nicht mehr rückgängig machen ließen, doch der Gedanke an Sophie ließ ihn nicht mehr los. Vielleicht gab es einen Weg, sie zurückzuholen. Und vielleicht, so dachte er, war sie ja auch der Schlüssel zu seiner Freiheit.

LIZ

Mein Leben in der Haft bestand hauptsächlich aus Schlafen und Essen. Ich tat nichts anderes und es war mir eigentlich auch egal. Ein Teil von mir war dankbar, nicht nachdenken zu müssen. Mittlerweile war ich mir sicher, dass den Mahlzeiten ein wohldosiertes Schlafmittel untergemischt wurde, denn ich wachte immer direkt vor einer nächsten Mahlzeit auf, nur um danach wieder in Tiefschlaf zu fallen. Wenn das so weiterging, würde ich in dieser Haft auseinandergehen wie ein Plunderteilchen. Doch auch das war mir egal, die Drogen machten nicht nur schläfrig, sondern auch gleichgültig.

Ich hatte keine Ahnung, wie viele Tage auf diese Art verstrichen. Natürlich registrierte ich, dass meine Haare immer fettiger wurden und ich nach Schweiß zu stinken begann. In meinem alten Leben hatte ich immer Deo und teures Parfum in der Handtasche mit mir herumgeschleppt, weil ich es hasste, schlecht zu riechen. Ohne Zahnbürste war ich nicht aus dem Haus gegangen. Und ich hätte erst recht nicht gepinkelt, wenn mir jemand dabei zusah. Aber mein früheres Leben im Grunewald gehörte sowieso nicht mehr zu mir. Es war in eine merkwürdige Parallelrealität abgerutscht, zu der ich keinen Zugang mehr hatte.

Während ich aß, grübelte ich öfter darüber nach, warum

Herr Stuhldreyer nicht aufgetaucht war, doch ich fand keine Antwort. Niemand sprach mit mir. Ich wurde nicht verhört, meine Fragen verhallten in den Gängen. Die Haftanstalt Moabit war ein Palast des Schweigens.

Doch ich hörte, dass sich die Zellen um mich herum nach und nach gefüllt hatten; immer mehr Menschen bekamen Essen durch die Klappen verabreicht, und wenn die leeren Teller wieder abgeholt wurden, schwappten für einen kurzen Augenblick Geräusche anderer Häftlinge zu mir in die Zelle. Ich fragte mich, was ihnen wohl vorgeworfen wurde, und war froh darüber, dass ich die Zelle nicht verlassen musste. Sie war Verlies und Kokon zugleich. Hier stand die Zeit still und ich war zu nichts verpflichtet.

Doch dann kam ein Abendessen, nach dem mich nicht das mittlerweile vertraute bleischwere Müdigkeitsgefühl überkam. Der Schleier, der meinen Geist bedeckte, begann sich nach kurzer Zeit zu lichten, und als ich am nächsten Morgen die Augen aufschlug, fühlte ich mich so wach wie schon lange nicht mehr. Ich konnte nur vermuten, dass nun der Prozesstag gekommen war.

Und tatsächlich wurde ich nach dem Frühstück von zwei Beamtinnen abgeholt. Ich durfte duschen, die Haare waschen und die Zähne putzen. Es fühlte sich an, als müsste ich eine zentimeterdicke Schicht von meinem Körper kratzen – die billige Seife, die sie mir zur Verfügung stellten, verbrauchte ich beinahe komplett. Sie hatten mir auch normale Kleidung bereitgelegt. Ich erkannte sie als meine eigene. Eine elegante schwarze Hose hing zusammen mit einer hellen Bluse gewaschen und gebügelt über einem Haken im Waschraum für mich bereit. Ich fragte mich, ob die Beamten die Kleidung bei meiner Verhaftung mitgenommen hatten oder ob Sophie sie hergebracht hatte. Es war ein Outfit, das perfekt zu einem Gerichtstermin passte. Der weiche, teure Stoff fühlte sich auf meiner Haut beinahe fremd an – ich hatte mich an das kratzige Schlafhemd gewöhnt. Außerdem hatte ich das letzte halbe Jahr eigentlich nur noch Jeans und Hoodie getragen.

Zurück in meiner Zelle musste ich nicht lange warten, bis ich von zwei Beamten geholt wurde. Als sie mich aufforderten, ihnen zu folgen, sträubte sich alles in mir dagegen, die Sicherheit der Zelle zu verlassen. Zuerst hatte ich nicht hineingewollt – nun wollte ich nicht mehr heraus. Nicht, weil ich das Ambiente so sehr schätzte, sondern einfach, weil ich Angst vor dem hatte, was mich nun erwartete. Natürlich hatte ich gewusst, dass dieser Tag kommen würde, und gleichzeitig musste ich mit aller Macht gegen die Panik ankämpfen, die nun in mir hochstieg.

Ich weiß nicht, was ich mir vorgestellt hatte, doch irgendwie kam mir der Gerichtssaal, in den ich kurze Zeit später trat, seltsam mickrig vor. Der Situation nicht angemessen. Hier wurde über mein Leben entschieden und dennoch hatte dieser Raum, der nicht viel größer war als mein Zimmer zu Hause, nichts mit einem Saal zu tun. Tatsächlich sah er eher aus wie eine etwas größere Version meiner Zelle. Weiß, unecht, aus Plastik. Drei Richter mit goldenen Gerichtsmasken saßen hinter einem erhöhten weißen Pult. Diese Masken sollten für Anonymität und Neutralität sorgen. Sie stellten sicher, dass nur der zu verhandelnde Fall betrachtet wurde und eventuelle persönliche Beziehungen der im Gericht Versammelten keine Rolle spielten. Rechtsanwälte trugen silberne Masken, Staatsanwälte weiß und die Masken der

Richter waren aus purem Gold. So einleuchtend mir dieses System bisher immer vorgekommen war, so gruselig erschien es mir jetzt. Ich hatte das Gefühl, Gerichtsrobotern gegenüberzustehen. Wahrscheinlich hatten die Masken auch noch einen weiteren Zweck: den Angeklagten einzuschüchtern. In unserer Nachbarschaft im Grunewald lebten viele Richter, ich fragte mich, ob sich hinter einer der Masken vielleicht wirklich ein Mensch verbarg, den ich kannte.

An der rechten Wand saß ein Staatsanwalt und tippte auf seinem Tablet herum. Neben ihm saß ein großer, hagerer Mann, der mir vage bekannt vorkam. Aus der Tatsache, dass er keine Maske trug, folgerte ich, dass es sich um einen Zeugen handelte. Ein Anwalt war weit und breit nicht in Sicht. Ich fühlte, wie ich in der dünnen Bluse zu schwitzen begann. Wahrscheinlich lag es daran, dass ich mich ausgeliefert fühlte – und wenn es eines gab, das ich hasste, dann das Gefühl, nichts tun zu können.

»Setzen Sie sich«, ertönte eine blecherne Stimme und ich versuchte, mir den Schock nicht anmerken zu lassen. Natürlich wusste ich, dass die Masken nicht nur das Gesicht vor den Augen des Gerichtssaales verbargen, sondern auch die Stimmen durch einen eingebauten Verzerrer verfremdeten. Doch ich hatte nicht mit einer so harten, kalten Stimme gerechnet wie der, die mich da ansprach.

Ich nahm auf dem mitten im Raum stehenden Hocker Platz und bemühte mich um einen möglichst neutralen Gesichtsausdruck.

»Gemäß § 7 Abs. IIIa der Strafprozessordnung neuer Fassung wird das Verfahren gegen die Angeklagte verkürzt durchgeführt. Die Beweise, die dem Gericht vorliegen, berechtigen zu einem solchen Vorgehen. Ich belehre die Angeklagte hiermit darüber, dass aufgrund der bestehenden Beweislast auf eine anwaltliche Verteidigung verzichtet werden kann und in ihrem Fall auch verzichtet wurde. Sie bekommt zum Ende des Verfahrens Gelegenheit, sich selbst zum Fall zu äußern.«

Ich schluckte. Nun hatte ich Gewissheit darüber, was ich vorher nur geahnt hatte: Ich würde keinen Anwalt bekommen. Niemand war hier, um mich vor Gericht zu verteidigen oder mir wenigstens zur Seite zu stehen. Ich war vollkommen allein. Wegen ›bestehender Beweislast‹. Allmählich bekam ich Angst vor dem, was ich in den kommenden Minuten erfahren würde.

Nachdem man mich über das Verfahren belehrt hatte, stellte der Richter die Anwesenden vor. Bei dem Zeugen handelte es sich um Tobias Claudius, den technischen Leiter von NeuroLink. Als sein Name fiel, trafen sich unsere Blicke für den Bruchteil einer Sekunde. Seine dunklen Augen waren hart wie Kieselsteine. Ich hatte das unbestimmte Gefühl, nicht das erste Mal hineinzublicken, und gleichzeitig war ich mir sicher, dass ich ihm vorher nie begegnet war. Obwohl ich sein Gesicht natürlich von unzähligen Fotos kannte. Doch heute lächelte er nicht. Seine Armee strahlend weiß gebleichter Zähne verbarg er gekonnt hinter seriös trauernd verschlossenen Lippen. Ich nahm ihm seine Betroffenheit nicht ab.

»Die Staatsanwaltschaft hat das Wort!«, schnitt die Stimme des Richters durch meine Gedanken.

Aus der rechten Ecke des Raumes war ein verzerrtes Räuspern zu hören, das mir beinahe das Trommelfell zerschnitt.

»Hohes Gericht, die Beweise, dass Frau Karweiler das zu verhandelnde Verbrechen begangen hat, liegen eindeutig und ohne Zweifel vor. Unter ihren Fingernägeln wurde die DNA des Opfers festgestellt, die Spurensicherung hat Überreste von Blut gefunden. Seifenreste sowie ein Stück Borste einer Nagelbürste deuten darauf hin, dass sich die Angeklagte zuvor bemüht hat, das Blut zu entfernen. Außerdem hat sie sich nach der Tat als einziger geladener Gast vom Gelände der NeuroLink AG entfernt, bevor die Polizei vor Ort eintraf.«

Mein Hals wurde so trocken, dass es mir nicht einmal mehr gelang, zu schlucken. Ich hörte die Worte des Staatsanwaltes zwar, doch es fiel mir schwer, sie zu begreifen. Es war, als spräche er über einen mir völlig fremden Menschen.

»Außerdem hafteten an ihr noch weitere DNA-Spuren«, fuhr der Staatsanwalt fort. »Die Angeklagte hatte am fraglichen Abend Zugang zum Gebäude der NeuroLink AG sowie eine schriftliche Einladung des Opfers persönlich. Es ist kein Geheimnis, dass sie im Rahmen ihrer journalistischen Tätigkeit immer wieder kritisch über das Opfer und seine Firma berichtete. Außerdem war Frau Karweiler persönlich in den Skandal um den Internetchip des Konzerns verwickelt, was einen weiteren Teil ihres Motives darstellen dürfte. Zeugen haben übereinstimmend ausgesagt, dass die Angeklagte dabei beobachtet wurde, wie sie die privaten Büroräume von Herrn Winter in den oberen Stockwerken des LinkTowers betrat. In diesem privaten Bereich des Hauses findet keine Videoüberwachung statt, doch haben wir Aufzeichnungen aus den anderen Bereichen des Gebäudes, die uns Herr Claudius freundlicherweise zur Verfügung gestellt hat.«

Der technische Leiter nickte bei seiner Erwähnung leicht. Er war einer von den Menschen, die sehr viel mit nur einem einzigen Nicken vermitteln konnten. Jetzt bedeutete es zum Beispiel: ›Aber das ist doch selbstverständlich.‹

»Mit Erlaubnis des Gerichts möchte ich die Aufzeichnungen nun noch einmal vorspielen.«

Der Richter nickte und ich hatte das Gefühl, als hätte man die Temperatur im Raum auf minus zwanzig Grad abgesenkt. Meine Gliedmaßen begannen zu zittern, als das Licht gedimmt wurde und sich eine Leinwand aus der Decke senkte.

Es war seltsam, Aufzeichnungen von einem Abend zu sehen, an den ich mich nicht mehr erinnern konnte. Ich sah einen festlich geschmückten Empfangsbereich, sah hübsch aufgetakelte junge Frauen, dünn wie Salzstangen, die mit Tabletts voller Champagnergläsern die Runde machten. Sie erinnerten mich an die Jongleure aus dem chinesischen Zirkus, die Porzellanteller auf Essstäbchen drehen konnten. Genau genommen erinnerten sie mich nur an die Essstäbchen. Der technisch-industrielle Hochadel ließ es sich auf Kosten von NeuroLink sichtlich gut gehen. Man lachte mit erhobenen Gläsern und zurückgeworfenen Köpfen. Und inmitten der Menge entdeckte ich plötzlich mich selbst. Elegant, aber dezent in einen Hosenanzug gekleidet, ein bisschen rebellisch durch ein altes Band-Shirt aufgelockert, stand ich neben dem Empfang am Tresen und schien auf etwas zu warten. Oder vielmehr auf jemanden, denn kurz darauf veränderte sich meine Miene. Jemand kam auf mich zu und sprach mich an. Es war Tobias Claudius. Die Aufnahme stoppte und der Richter forderte Claudius auf, zu erklären, was er mit mir besprochen hatte.

»Frau Karweiler hatte einen Interviewtermin mit Herrn Winter. Ich habe sie auf seinen Wunsch hin abgeholt und nach oben in die Büroräume von Herrn Winter begleitet.«

»Und dann sind Sie sofort wieder nach unten gegangen?«

»Genau. Es war meine Aufgabe, mich in Abwesenheit des Geschäftsführers um die Gäste zu kümmern.«

»Haben Sie eine Erklärung dafür, warum sich Ihr Vorgesetzter ausgerechnet einen solch festlichen Anlass ausgesucht hat, um Frau Karweiler ein Interview zu geben?«

Claudius' Augen verengten sich. Für den Bruchteil einer Sekunde verkrampfte er sich, doch kurz darauf schien er wieder die Entspannung in Person zu sein.

»Sehen Sie, die Feierlichkeiten waren ein großer Triumph für seine Firma, vor allem nach den…«, er hielt inne und schien nach dem richtigen Wort zu suchen, »…Turbulenzen der letzten Jahre, an denen die Angeklagte nicht ganz unschuldig ist. Der Termin hatte sicherlich Symbolkraft. Er wollte Pandoras Wächtern zeigen, dass unser Konzern die stärkere Kraft ist, gleichzeitig aber eine Hand zur Versöhnung ausstrecken.« Claudius blickte traurig in die Runde und ließ dann den Kopf sinken. »Er war ein großherziger Mann und fehlt uns allen sehr.«

Ich schluckte. Ganz offensichtlich wollte dieser Kerl ganz sichergehen, dass ein Schuldspruch fiel. Und er machte seine Sache leider verdammt gut.

Der Richter nickte und forderte den Staatsanwalt auf, die Aufzeichnungen weiter abzuspielen. Tatsächlich sah man, wie ich mit Claudius die große Treppe hinaufstieg und er wenige Minuten später alleine wieder herunterkam. »Hier spulen wir ein wenig vor«, bemerkte der Staatsanwalt und stellte auf Zeitraffer um. Die Minuten und Sekunden, die in der linken oberen Ecke angezeigt wurden, überschlugen sich regelrecht.

Als er die Aufzeichnung wieder normal weiterlaufen ließ, stockte mir der Atem. Eine junge Frau war auf dem Treppenabsatz aufgetaucht. Sie trug ein elegantes, helles Kleid, das am Saum dunkelrot verfärbt war. Zwar hatte das Video keinen Ton, doch ich wusste auch so, dass sie aus vollem Halse schrie. Die Gäste starrten sie entgeistert an. Ich fühlte, wie Gänsehaut über meinen gesamten Körper kroch. Auf dem Gesicht der jungen Frau stand der blanke Horror – bei ihrem Anblick zogen sich all meine Organe schmerzhaft zusammen.

Der Staatsanwalt stoppte die Aufnahme und wandte sich wieder an Claudius. »Wenn Sie noch einmal so nett wären ...« Claudius räusperte sich. »Selbstverständlich. Da ich mich wunderte, dass das Interview so lange dauerte, bat ich Fräulein Beck, die persönliche Sekretärin des Geschäftsführers, nachzusehen, ob alles in Ordnung ist.« Er schüttelte den Kopf. »Hätte ich gewusst, was sie vorfinden würde, dann hätte ich sie nicht darum gebeten. Wie Sie sehen können, war sie völlig aufgelöst.«

»Nur für das Protokoll: Sie hat den Toten gefunden?«

»So ist es«, bestätigte Claudius. »Ich bin sofort in die Führungsetage geeilt, um zu sehen, ob ich noch etwas tun kann, doch es war längst zu spät.«

»Und wo war die Angeklagte zu diesem Zeitpunkt?«, fragte der Staatsanwalt.

»Verschwunden«, antwortete Claudius knapp. »Wahrscheinlich hat sie das Chaos genutzt, um sich aus dem Staub zu machen. Nachdem Frau Beck den Toten gefunden hatte, ging alles drunter und drüber.«

Der Richter nickte.

»Danke, das wäre alles. Ich bitte die Staatsanwaltschaft nun, zum Schluss zu kommen.«

Der Staatsanwalt räusperte sich. Durch die Verzerrung klang es, als würde ein Auto gegen eine Mauer krachen. »Neben den eben gezeigten Videoaufzeichnungen sowie den Aufzeichnungen der Zeugenaussagen liegen dem Gericht noch die Proben sowie deren Auswertungen vor. Ich plädiere somit darauf, die Angeklagte des Mordes an Harald Winter schuldig zu sprechen und im Sinne des Strafmaßkataloges mit ihr weiter zu verfahren. Danke.«

Alle drei Richter nickten leicht. Ob sie das taten, weil sie bestätigen wollten, dass ihnen alle Beweise vorlagen, oder weil sie dem Staatsanwalt zustimmten, vermochte ich nicht zu sagen.

»Möchte die Angeklagte dem Gericht noch etwas sagen?«, fragte einer der Richter.

Ich überlegte kurz, ob mir noch etwas einfiel. Irgendetwas. Doch da war nichts. Die Beweise waren überwältigend, ganz im Gegensatz zu meiner Erinnerung. Trotz der Videoaufzeichnungen konnte ich mich an keine einzige Sekunde des fraglichen Abends erinnern. Egal, was ich sagte, es würde mir nicht helfen. Also schüttelte ich den Kopf.

Hinter dem Richterpult ging eine Tür auf und die Richter erhoben sich.

Die Computerstimme erklärte: »Das Gericht zieht sich nun zur Beratung zurück.«

Ich fragte mich, wie lange so eine Beratung wohl dauern würde. Das, was nun folgen musste, würde schrecklich werden, das wusste ich. Doch noch schrecklicher war es, auf das Grauen zu warten. Mein gesamtes Leben lang schon hatte ich es gehasst, auf etwas zu warten. Geduld war nicht unbedingt meine Stärke.

Doch sie wurde nicht allzu lange auf die Probe gestellt. Nur wenige Augenblicke vergingen, bis die Computerstimme verkündete: »Die Verhandlung wird fortgeführt!«

Mein Herz pochte so wild, dass ich das Gefühl hatte, es wollte meinen Körper verlassen. Ich konnte ihm keinen Vorwurf machen – wenn ich gekonnt hätte, wäre ich auch davongelaufen.

Die Richter setzten sich.

»Videoaufzeichnung zur Urteilsverkündung starten«, sagte der Richter, der in der Mitte saß. Dann hob er den Kopf und schien mich direkt anzusehen. Unwillkürlich straffte ich die Schultern.

»Elisabeth Ingrid Karweiler, Sie werden des Mordes an Harald Winter für schuldig befunden. Das Gericht sieht es als erwiesen an, dass Sie das Opfer während der Jubiläumsfeier der Firma NeuroLink mit fünf Messerstichen töteten. Sie werden nun Ihr Urteil empfangen.«

Der dritte Richter, der bis dahin kein einziges Wort gesagt hatte, tippte auf sein Tablet. Auf der Wand hinter dem Richterpult erschienen gleißend helle Worte wie auf einer Kinoleinwand.

Dort stand: ›Auszug aus dem Sanktionskatalog des Strafgesetzbuchs neuer Fassung.

§ 108

Wird eine Person des Mordes für schuldig befunden, so ist sie auf null zu stellen und der Gesellschaft zu verweisen.‹

Dann erhob der Richter erneut seine Stimme: »Zum Wohle aller ergeht folgendes Urteil: Elisabeth Ingrid Karweiler wird auf null gestellt. Ihre Daten werden aus dem

System der Gemeinschaft gelöscht, die Zahleinheiten auf ihrem Konto werden eingezogen und der Allgemeinheit zur Verfügung gestellt, um das Unheil auszugleichen, das sie verursacht hat. Im Anschluss an die Verhandlung wird sie von Polizeibeamten aus der Stadt begleitet, wo sie für den Rest ihres Lebens verbleibt. Sie ist nicht länger Bürger der Bundesrepublik Deutschland oder der Europäischen Union. Es ist ihr verboten, sich Berlin bis auf fünf Kilometer zu nähern. Gegen dieses Urteil sind Rechtsmittel nicht zulässig. Das Verfahren ist beendet.«

News of Berlin

Urteil im Karweiler-Prozess

Nach einer einwöchigen Ermittlungsphase erging heute Morgen das Urteil gegen Elisabeth Karweiler. Wie erwartet wurde die Journalistin des Mordes an CEO Harald Winter für schuldig befunden. Gemäß des neuen Strafrechts werden ihre Daten nun aus dem System gelöscht und sie muss innerhalb von zwölf Stunden die Stadt verlassen.

Karweiler ist die erste deutsche Staatsbürgerin, mit der nach neuem Strafrecht verfahren wird. Hat die Strafrechtsreform auch für viel Kritik in den Reihen von Juristen und Bürgerrechtlern gesorgt, kommt man nicht umhin zu erkennen, dass die neue Art der Sanktionierung sehr kostengünstig ist. Und Berlin muss sparen, da dürften wir uns alle einig sein.

Es wird nun spannend zu beobachten sein, ob dies das letzte Kapitel im Kriminalroman um Harald Winter war oder ob der Fall noch weitere Kreise ziehen wird.

In Harald Winters familiärem Umfeld wurde das Urteil heute jedenfalls mit Wohlwollen aufgenommen. ›Wir sind sehr zufrieden, dass der Gerechtigkeit Genüge getan wurde. Frau Karweiler hat bekommen, was sie verdient‹, sagte Florian Winter, der

Enkel des Ermordeten, am frühen Nachmittag auf einer kurzen Pressekonferenz. Wir wünschen der Familie, dass sie nun zur Ruhe kommen kann.

SOPHIE

Die nächsten Tage verbrachte ich abgeschottet in der Villa und wartete. Ich bestellte mir Pizza, trank Wasser aus dem Hahn und schaute DVDs aus der umfangreichen Sammlung von Klassikern in Leopolds Arbeitszimmer. Die Filme schafften es immerhin, mich von der Machtlosigkeit abzulenken, die mich immer stärker quälte. Ich hasse es, zum Warten verdammt zu sein. Und ich hasse es, alleine zu sein.

Nachts lag ich so lange vor der großen Leinwand, bis mir die Augen zufielen, um dann den halben Tag zu verschlafen. Und jedes Mal brauchte die grausame Realität ein paar Augenblicke, um mir wieder ins Bewusstsein zu sickern. Kurz nach dem Aufwachen, wenn mein Geist noch träge war, hatte ich immer die schönsten Sekunden des Tages. Von dort ging es nur noch bergab.

So auch an diesem Morgen. Mit der Zuverlässigkeit eines Uhrwerks erinnerte ich mich wieder an das, was geschehen war. Es kam plötzlich wie ein Faustschlag und nahm mir die Luft.

Liz war fort. Verhaftet wegen Mordes an einem der mächtigsten Männer Berlins. Das fühlte sich so surreal an. Ich griff nach meinem Telefon. Neben einem Haufen Anrufe von meinem Vater und diversen unbekannten Nummern hatte ich auch eine SMS von Sash. Ich klickte darauf.

›In Liz' Blut war eine hohe Konzentration Hydroxybuttersäure, auch bekannt als Liquid Ecstasy. Die Menge hätte einen ausgewachsenen Bullen ausgeknockt. Tiny sagt, in dem Zustand hätte Liz nicht einmal ein Messer halten können. Ich habe ihr Cloud-Konto gehackt. Sie hat nichts hochgeladen. Lösch diese Nachricht nach dem Lesen. Sash.‹

Ich saß auf der Couch und starrte eine Weile auf das Display meines Telefons, während die Erleichterung durch mich hindurchbrandete. Das war der Beweis, dass Liz unschuldig war. Sie hatte Winter nicht getötet. Ich fühlte, wie mir diese Nachricht wieder neue Hoffnung verlieh. Es konnte doch nicht sein, dass meine Schwester trotzdem verurteilt wurde. Wozu gab es denn Kohlenstoff-, Gen- und Blutanalysen? Wozu hatte sich die forensische Wissenschaft denn so rasant weiterentwickelt?

Ich durchsuchte das Telefonverzeichnis nach der Nummer von Anwalt Stuhldreyer, der schon nach dem ersten Klingeln abhob.

»Fräulein Kirsch!«, rief er und ich hörte, wie erleichtert er darüber war, dass ich anrief. »Ich habe mir schon Sorgen um Sie gemacht! Den ganzen Morgen versuche ich bereits, Sie zu erreichen!«

»Ich habe geschlafen«, murmelte ich und schämte mich, da mir ein Blick auf die Uhr verriet, dass es schon halb zwölf war. Dann erinnerte ich mich, warum ich den Anwalt angerufen hatte.

»Ich habe das Blut analysieren lassen. Meine Schwester hatte eine erhebliche Menge Drogen im Blut. Sie war nicht bei Sinnen, als der Mord geschah! Sie ist unschuldig!«

Anwalt Stuhldreyer schwieg eine Weile und die Zuversicht, die ich noch vor wenigen Augenblicken verspürt hatte, verließ mich schlagartig wieder.

»Das ist doch gut, oder nicht?«, fragte ich schließlich und der Rechtsanwalt seufzte.

»Für Sie ist es sicher eine gute Sache, Fräulein Kirsch. Ihrer Schwester wird das allerdings nicht helfen.«

»Warum nicht?«, flüsterte ich, obwohl ich die Antwort nicht hören wollte.

»Weil das Urteil heute früh gefallen ist. Sie wird gerade aus der Stadt gebracht.«

Ich fiel. Unter mir tat sich ein riesiges schwarzes Loch auf, das mich einsog und mit in die Hölle nahm. Meine Hände begannen zu zittern und in meinen Ohren rauschte das Blut. Das, was hier gerade geschah, durfte nicht sein. Es war gegen jedes Prinzip, gegen jede Gerechtigkeit, kurz: gegen alles, woran ich glaubte.

»Kann ich mich von ihr verabschieden?«, hörte ich mich flüstern, während ich mich gleichzeitig fragte, wo die Worte herkamen. Es fühlte sich an, als würde mein Körper nicht mehr mir gehören, die Lippen bewegten sich ganz von alleine.

»Ich fürchte, das ist nicht vorgesehen.« Die Stimme des Anwalts drang wie durch eine Schicht Wasser an mein Ohr. »Es tut mir leid.«

Ich legte auf, ohne mich zu verabschieden. Ein ekelhaftes Gefühl wuchs in meiner Brust, wallte und wogte hin und her, trieb mich auf die Füße. Am liebsten hätte ich mir das Herz mit den Händen aus der Brust gerissen. Zum ersten Mal, seitdem ich in der Villa angekommen war, öffnete ich die Tür zur großen Terrasse und ging barfuß in den Garten. Der Raureif, der auf dem Rasen glitzerte, schnitt mir in die Füße, während ich den kurzen Weg zum Pool rannte, in dem eine dünne Eisschicht dunkelbraunes Wasser überzog. Es kümmerte mich nicht, ich nahm es kaum wahr. Ohne Zögern sprang ich in das eiskalte Nass, das mich aufnahm, von allen Seiten bedeckte und in einen frostigen Mantel wickelte.

Als meine Füße den Boden des Pools berührten, fing ich an zu schreien.

LIZ

Berlin zu verlassen, war schmerzhafter, als ich angenommen hatte. Während ich im Polizeiauto saß, das mich aus der Stadt bringen sollte, hatte ich Gelegenheit, mich still von ihr zu verabschieden.

Die große, raue und laute Metropole war keine Schönheit, noch nie gewesen, doch sie war mein Zuhause. Mein gesamtes Leben hatte sich zwischen diesen Häusern abgespielt.

Ich liebte die breiten Straßen, die Gründerzeithäuser und alten Plattenbauten, die kleinen Parks, die großen Malls und Townhouses. Ich mochte die Mischung aus reich und arm, bunt und farblos, mutig und angepasst. Ich mochte das Gefühl, dass hier jeder seinen Platz hatte.

Nur ich hatte hier keinen Platz mehr.

Bei dem Gedanken, nie wieder Berliner Boden betreten zu dürfen, zog sich in mir alles zusammen. Natürlich hatte ich hin und wieder mit dem Gedanken gespielt, an einem anderen Ort zu leben – doch ich hatte es niemals ernst gemeint. Selbst in den vergangenen Monaten nicht, in denen das Leben hier beklemmender geworden war und es mir immer schwerergefallen war, frei zu atmen.

Ich hatte die Stadt zwar schon oft verlassen, aber immer mit der Gewissheit, wieder nach Hause zurückzukehren.

Jedenfalls, wenn man meine Zeit in den Händen des

Sandmannes nicht mitzählte – damals hatte ich nicht daran geglaubt, überhaupt zu überleben.

Und jetzt?

Wo sollte ich hingehen, wenn sich die Tore Berlins hinter mir schlossen? Wovon sollte ich leben?

Bis vor wenigen Stunden war ich eine der reichsten Bürgerinnen der Stadt gewesen, nun war ich ein Niemand. Das ganze Geld, das mein Vater erwirtschaftet hatte, war fort. Die Villa würde versteigert werden, die Wertgegenstände fortgeschafft, das Vermögen zugunsten der Staatskasse aufgelöst. Ich hatte nichts mehr. Und das alles wegen einer einzigen Nacht, an die ich keine Erinnerung mehr hatte.

Nur gut, dass die Wohnung in Kreuzberg auch auf Sophies Namen lief, so war sie jetzt nicht obdachlos. Meine Schwester hatte genug eigenes Geld, sie würde schon zurechtkommen. Nach einer kurzen Zeit des Schocks und der Trauer würde sie sich wieder erholen; sie war zäher und stärker, als die meisten glaubten. Sogar stärker, als sie sich selbst eingestand. Das wusste ich.

Ich fühlte, wie mir beim Gedanken an Sophie die Tränen kamen, doch ich drängte sie wütend zurück. Das half mir jetzt auch nicht. Streng genommen konnte mir nur noch ein handfestes Wunder helfen.

Wir fuhren auf der Ostseite aus der Stadt heraus. Das erkannte man gut daran, dass wir erst durch einen Plattenbautengürtel fuhren und dann durch die noblen Neubaugebiete, die Berlin zu allen Seiten hin in den letzten Jahren erweitert hatten. Mittlerweile wohnten über sechs Millionen Menschen in der Stadt – die Dörfer um Berlin herum waren entweder ausgestorben oder von der Metropole verschluckt worden. Nur in der Stadt fanden die Leute Sicherheit und

Arbeitsplätze; auf dem Land gab es nichts mehr, was zum Bleiben einlud. Wenn man es genauer betrachtete, bestand Deutschland eigentlich nur noch aus zehn Städten: Berlin, Hamburg, Köln, München, Düsseldorf, Stuttgart, Leipzig, Dortmund, Frankfurt am Main und Hannover. Sie platzten allesamt aus allen Nähten, während auf dem Land niemand mehr wohnte. Dort wurden auf gut gesicherten und streng bewachten Ackerflächen Obst und Gemüse angebaut, doch abends zogen sich alle in die Städte zurück. Die Leute fühlten sich hinter Zäunen und Kontrollpunkten sicherer. Ich konnte es verstehen.

Als vor einem Jahr der Bau der Sicherheitszäune angekündigt wurde, hatte der Staat günstige Kredite an all jene vergeben, die sich noch schnell sicheren Wohnraum in den Städten aneignen wollten. Das hatte eine letzte Welle an Zuzügen ausgelöst.

Ich selbst war seitdem nur ein paarmal durch Brandenburg gefahren und hatte die Landschaft immer als trostlos empfunden. Alte, hässliche Plattenbauten rotteten in der Pampa vor sich hin, kleine Dörfer standen verlassen und verrammelt in der Landschaft herum wie kaputte Spielzeuge – und oft fuhr man kilometerweit an umzäunten Obstwiesen vorbei.

In Brandenburg wollte man eigentlich nicht tot überm Zaun hängen und doch war es der Ort, an den ich gehen musste. Keine einzige deutsche Metropole würde mich aufnehmen. Ich hatte nicht die leiseste Ahnung, wie ich dort draußen überhaupt zurechtkommen sollte – scheiße, ich war noch nie im Leben Zelten gewesen.

Der Wagen kam schließlich vor einem kleinen Containerhäuschen zum Stehen, das direkt vor der Umzäunung lag.

Ich staunte nicht schlecht, als ich im Inneren nicht nur von Polizisten, sondern auch von einer Ärztin im weißen Kittel in Empfang genommen wurde, die direkt auf mich zukam.

»Geben Sie mir Ihren Arm!«, forderte sie mich auf und ich gehorchte widerwillig.

Die streng dreinblickende Frau trug eine Spritze in der Hand, die selbst den härtesten Junkie nervös gemacht hätte. Die Kanüle war lang und ziemlich dick. Ich schluckte.

»Was wird denn das?«

Anstelle einer Antwort umfasste die Ärztin mein Handgelenk mit stählernem Griff. Sie sah mich an. »Wenn Sie zucken, wird das für Sie noch unangenehmer. Verstanden?«

Mein Mund wurde trocken und ich fühlte, wie mein Herz zu rasen begann. Ich hätte wegsehen sollen, doch stattdessen starrte ich auf die Hände der Frau, die mir die Kanüle nun tief in den Arm hineintrieben. Der stechende Schmerz, den diese Prozedur verursachte, raubte mir fast den Atem. Ich stöhnte und schnappte nach Luft.

»Es ist gleich vorbei«, sagte die Ärztin teilnahmslos, während sie konzentriert auf meinen Arm blickte. Ich hatte den Verdacht, dass sie sich ihren Job ausgesucht hatte, weil sie auf diese Weise ganz legal Menschen foltern durfte. Ihr pinkfarbenes Haargummi stand im krassen Gegensatz zu ihrer offensichtlich grausamen Persönlichkeit.

Als ich spürte, wie sie die Kanüle unter meiner Haut hin und her bewegte, hatte ich kurz Angst, in Ohnmacht zu fallen. Es war unbeschreiblich widerlich, zu fühlen, wie das Metall in meinem Arm hin und her geschoben wurde. Außerdem tat es höllisch weh. »Suchen Sie was Bestimmtes?«, stöhnte ich und kniff die Augen zusammen.

Ich bekam auch diesmal keine Antwort. Nach einer gefühlten Ewigkeit drückte sie den Stempel der Spritze nach unten und zog die Kanüle wieder aus meinem Arm. Ich atmete erleichtert aus.

»In Ihrem Arm sitzt nun ein Chip mit persönlicher Kennung. Sie wissen, dass es Ihnen verboten ist, sich bis auf fünf Kilometer der Stadtgrenze zu nähern?«

Ich nickte.

»Wenn Sie die Fünf-Kilometer-Linie übertreten, fängt der Chip an zu vibrieren. Entfernen Sie sich nicht innerhalb von zehn Minuten, hat das Drohnengeschwader Erlaubnis, das Feuer auf Sie zu eröffnen. Sollten Sie versuchen, den Chip eigenmächtig zu entfernen, wird ein Selbstzerstörungsmechanismus ausgelöst, der ihn noch im Körper zur Explosion bringt.«

Die Ärztin zog ihre Handschuhe aus und warf sie mit einer geübten Handbewegung in einen nahe stehenden Papierkorb.

»Touchdown«, rutschte es mir heraus, doch die Ärztin war offenbar durch nichts auf der Welt aus der Reserve zu locken. Ich fragte mich kurz, ob sie vielleicht ein Roboter war. Oder ein Android. Wahrscheinlich reizte mich ihre steinerne Miene ganz besonders; schon in der Schule war ich häufig diejenige gewesen, die versucht hatte, das Lehrpersonal aus der Reserve zu locken. Und ich hatte es meistens geschafft. Doch bei Frau Doktor Granitgesicht war jeder Annäherungsversuch vergebens.

»Sollte der Chip explodieren, verbluten Sie innerhalb von circa zwanzig Minuten«, sagte sie nun. »Ich habe ihn direkt an der Hauptschlagader platziert.«

Ich schluckte. Das wollte ich mir unter keinen Umständen bildlich vorstellen.

»Haben Sie alles verstanden?«

»Ja«, antwortete ich. Was gab es daran auch nicht zu verstehen?

»Gut. Die Beamten werden Sie dann jetzt nach draußen begleiten.«

›Nach draußen‹. Das hörte sich so angenehm harmlos an. Als ginge es lediglich um einen Spaziergang an der frischen Luft. Oder um ein simples Hausverbot. Die Polizisten forderten mich auf, ihnen zu folgen, und ich gehorchte.

Als ich wieder aus dem Container trat, erschrak ich beinahe zu Tode. Mehrere Journalisten standen mit kleinen Aufnahmegeräten bereit und hielten mir ihre Smartphones entgegen. Sie fingen beinahe gleichzeitig an, mich mit ihren Fragen zu bombardieren.

»Frau Karweiler, wie fühlen Sie sich?«, rief einer von ihnen, als ich den Container verließ.

»Fantastisch«, murmelte ich, aber so leise, dass mich niemand hören konnte. Was war das auch für eine bescheuerte Frage?

»Warum haben Sie Harald Winter umgebracht?«

»Wollten Sie Ihren Vater rächen?«

»Haben die anderen Wächter etwas mit dem Mord zu tun?«

»Haben Sie schon mit Ihrer Schwester gesprochen?«

»Was wollen Sie jetzt tun?«

»Glauben Sie, dass Sie überleben werden?«

Die Reporter riefen alle durcheinander und wurden von ein paar hinzugeeilten Beamten in Schach gehalten. Zwischen ihren Rufen hörte ich auch immer wieder: »Bleiben Sie zurück! Keine Fotos!«

Doch die Handys klickten unaufhörlich. In kürzester Zeit

würden Fotos von meiner Verbannung in jedem Berliner Online-Magazin zu finden sein. Vielleicht wurde ja sogar deutschlandweit darüber berichtet. Als Journalistin hatte ich mich immer über die Leute geärgert, die nicht mit mir reden wollten, doch heute verstand ich, warum manche lieber schwiegen. Meine sonst so schnelle Zunge lag mir wie ein Backstein im Mund.

Ich wollte auf keine ihrer Fragen antworten. Einfach wortlos zu verschwinden, wäre mir allerdings auch nicht richtig vorgekommen. Schließlich hatte ich nie den Mund gehalten – wieso sollte ich das heute tun?

Ich drehte mich um und augenblicklich hörten die Journalisten auf, durcheinanderzuschreien. Gespannt warteten sie darauf, was ich zu sagen hatte. Auf ihren Mienen lag sensationsgeile Erwartung, die mir einen Schauer über den Rücken jagte. Für diese Leute war meine Verbannung einfach nur eine gute Story. Wenn ich der Einladung von Harald Winter nicht gefolgt wäre, stünde ich heute mitten in der Menge und nicht ihr gegenüber.

Mit gestrafften Schultern und erhobenem Kopf sagte ich: »Die Strafrechtsreform verstößt gegen diverse Menschenrechte und ich bin der lebende Beweis. Lassen Sie sich nicht diktieren, was Sie denken oder schreiben sollen!«

»Es reicht«, knurrte einer der Beamten und zerrte mich am Ärmel meiner Bluse unsanft hinter sich her.

Ich hörte, wie unter den Journalisten wieder Gemurmel einsetzte.

Wir durchquerten ein kleines Schleusenhäuschen, das normalerweise wohl dazu diente, Wachhabende aus- und einzulassen. Es war spärlich eingerichtet, die billigen Stühle und der Kaffeeautomat in der Ecke sprachen eine eindeutige

Sprache. Hier roch es förmlich nach öffentlicher Verwaltung.

Als wir außerhalb der Umzäunung in der Kälte standen, verlas einer der Beamten noch einmal mein Urteil.

»Sie haben nun sechzig Minuten, um die Fünf-Kilometer-Zone zu verlassen«, klärte mich der andere anschließend auf und tippte auf seinem Tablet herum. »Sie sollten nicht trödeln, da sich die Distanz als Luftlinie versteht und eventuelle Hindernisse, die Ihnen den Weg versperren können, nicht berücksichtigt werden.« Dann blickte er mich an. »Ihre Zeit läuft ab – jetzt.«

Er tippte erneut auf sein Tablet und in diesem Augenblick fühlte ich, wie etwas in meiner Armbeuge zu vibrieren begann. Der Chip war offensichtlich aktiviert worden. Und er funktionierte hervorragend. Eigentlich hatte ich mir geschworen, nie wieder einen Chip in meinen Körper zu lassen. Nicht, dass ich überhaupt gefragt worden wäre.

Ohne ein weiteres Wort drehten sich die Polizisten um und verschwanden in dem kleinen weißen Pförtnerhäuschen. Ich hörte, wie sich der Schlüssel im Schloss drehte und wie sie auf der anderen Seite des Zaunes wieder ins Freie traten. In eine Stadt, in der ich geboren und aufgewachsen war und in der ich mich nun nicht mehr aufhalten durfte. Kurz fragte ich mich, was die Männer jetzt wohl taten. Hatten sie Feierabend oder wartete noch eine lange Schicht auf sie? Sprachen sie über das nahende Abendessen oder irgendein anstehendes oder vergangenes Fußballspiel? Jedenfalls würden sie nicht über mich sprechen, dessen war ich mir ziemlich sicher. Ich war reine Formalität.

Nervös blickte ich mich um und versuchte zu entscheiden, in welche Richtung ich jetzt gehen sollte. Die Welt, die nun vor mir lag, sah in alle Richtungen gleich aus. Vor mir erstreckten sich öde Felder und zugefrorene Wiesen mit einzelnen Bäumen. Es war völlig egal, wohin ich lief. Doch ich musste mich in Bewegung setzen, wenn ich nicht erfrieren oder erschossen werden wollte. Um die Zone möglichst schnell hinter mir zu lassen, war es wohl am sichersten, wenn ich direkt geradeaus lief. Es war der kürzeste Weg.

Schon nach kurzer Zeit merkte ich, dass es gar nicht so einfach war, aus der Fünf-Kilometer-Zone zu kommen. Der Boden war zugefroren und zerfurcht, ich kam längst nicht so schnell voran, wie ich gedacht hatte. Außerdem war mir bitterkalt. Kurz erwog ich, ein Stück zu rennen, doch ich hatte zu viel Angst, umzuknicken und mir den Fuß zu verletzen.

Jedes Mal, wenn ich eine Drohne über meinen Kopf hinwegfliegen hörte, zuckte ich zusammen. Mein Handy hatten sie mir abgenommen, ich hatte also keine Uhr, mit der ich die Stundenfrist im Auge behalten konnte. Wie viel Zeit war wohl schon vergangen? Eine Viertelstunde? Eine halbe? Ich hatte nicht die leiseste Ahnung und diese Ungewissheit machte mich nervös.

Während ich einen Fuß vor den anderen setzte, dachte ich über die Strafrechtsreform nach, gegen die ich so erbittert angeschrieben hatte und die mir nun diese seltsame Form von Freiheit eingebrockt hatte. Verbrecher wurden einfach ausgesperrt. Vielleicht starben sie, vielleicht auch nicht. Wen kümmerte es? Hauptsache, sie kosteten die Gesellschaft, der sie geschadet hatten, nichts.

Ich versuchte, mir vorzustellen, wie es gewesen wäre zu wissen, dass ich den Rest meines Lebens in der kleinen Zelle hätte verbringen müssen. Mit einer Computerstimme, die mir sagte, was ich zu tun und was ich zu essen hatte. Wann ich duschen durfte. Immer unter Drogeneinfluss, gleichgültig und müde. Hätte ich die Sicherheit und Wärme der Zelle der Kälte und dem Schnee, der nun in dichten, dicken Flocken vom Himmel fiel, vorgezogen? Ich wusste es nicht. Hier draußen konnte ich laufen, wohin ich wollte, solange ich der Stadt nicht zu nahe kam. Doch was war das wert, wenn man die Richtung nicht kannte? Wenn es nichts gab, was man essen konnte, kein fließendes Wasser, mit dem man sich waschen konnte? Wenn keine Menschenseele mitbekam, ob man überhaupt am Leben war? Allmählich begann es zu dämmern und schlagartig wurde mir bewusst, was es hier draußen ebenfalls nicht gab: Licht. Im Sommer hätte ich noch ein paar Stunden länger gehabt, doch im Winter verschwand das Tageslicht dank der dicken Smogschicht in der Metropolregion am frühen Nachmittag.

Wenn es dunkel wurde, dann konnte ich mich überhaupt nicht mehr orientieren. Was, wenn ich dann wieder in Richtung Berlin zurücklief? Allein der Gedanke daran jagte mir einen kalten Schauer den Rücken hinunter. Ich beschleunigte meine Schritte. Mit der Zeit wurden meine Beine immer schwerer und mein Atem begann zu rasseln, doch ich versuchte, es zu ignorieren. Laufen hieß Leben.

Und endlich, als ich mir sicher war, schon mehr als eine Stunde unterwegs zu sein, hörte der dämliche Chip in meinem Arm auf, zu vibrieren. Das war doch wenigstens schon mal etwas.

Von der Erleichterung abgelenkt sah ich die Wurzel zu spät, die nur noch ein kleines Stück aus dem Schnee ragte. Ich stolperte und fiel der Länge nach hin. Zwar rappelte ich mich schnell wieder hoch und bemühte mich, möglichst viel

Schnee von meiner Kleidung zu klopfen, aber bereits nach kurzer Zeit merkte ich, wie die Feuchtigkeit durch den dünnen Stoff kroch und ich stärker zu zittern begann. Ich trug noch immer das, was ich heute Morgen zur Verhandlung angezogen hatte, und nun war die leichte Bluse nicht nur viel zu kalt für das Wetter, sondern zu allem Überfluss auch noch nass. Ich fluchte. Verstieß es nicht gegen irgendwelche Menschenrechte, Verurteilte unzureichend gekleidet in der Kälte auszusetzen?

Kurz dachte ich daran, eine wütende Mail an das Europaparlament zu verfassen, doch dann fiel mir schlagartig wieder ein, dass mir solche Mittel nicht mehr zur Verfügung standen. Ich hatte ja nicht einmal mehr mein Handy. Und mein knurrender Magen erinnerte mich daran, dass mir streng genommen überhaupt nichts mehr zur Verfügung stand.

Es kostete mich alle Mühe, die aufkeimende Verzweiflung zurückzudrängen. »Reiß dich zusammen«, murmelte ich. »Und hör auf, Selbstgespräche zu führen.« Ich biss die Zähne zusammen und setzte mich wieder in Bewegung.

Es war eine Sache, die Worte ›Dunkelheit‹ und ›Kälte‹ zu kennen. Und eine völlig andere Sache, zu wissen, was diese Worte bedeuteten. Zwar kannte ich die Begriffe bereits mein ganzes Leben lang, doch erst jetzt lernte ich ihre Bedeutung kennen. Dunkelheit war mehr als nur die Abwesenheit von Licht.

Mit der einsetzenden Schwärze schwand auch meine Hoffnung. Außerdem hatte ich das Gefühl, dass es noch ein paar Grad kälter wurde, obwohl die Sonne sich an diesem Tag gar nicht erst gezeigt hatte. Die Geräusche, die meine Schritte, mein Atem und mein Herz machten, schienen viel lauter als zuvor. Angst und Dunkelheit waren alt vertraute Freunde, die einander nährten. Sie wuchsen gleichzeitig, gingen Hand in Hand und schienen ihre Freude daran zu haben, mich zu quälen.

Und die Kälte klatschte Applaus. Sie umgab mich mit Unerbittlichkeit, schien mir deutlich machen zu wollen, dass dies hier draußen ihre Welt war, dass ich hier nicht hingehörte. Der schneidende Wind, der mir unaufhörlich entgegenblies, gönnte mir keine einzige Pause. Ich lief immer und immer weiter und verlor allmählich mein Zeitgefühl.

Wie albern das doch alles war! Ich hatte gelernt, Kurven zu berechnen, die sich dem Nichts zuwandten, es aber nie erreichten. Ich wusste, dass Licht aus Spektralfarben bestand, Eis nur gefrorenes Wasser war, das sich ausdehnte, und unsere Gesellschaft das Ergebnis jahrhundertelanger Geschichte. Ich wusste, dass mein Herz schlug, weil es den Körper mit Blut versorgen musste, dass Liebe nichts weiter als eine chemische Reaktion und mein Leben endlich war. Doch all das nützte mir jetzt nichts mehr. Meine Welt kippte ins Nichts, die Farben waren mit dem Licht erloschen, mein Herz war müde und die Liebe, die ich für eine Handvoll Menschen in Berlin empfand, das Einzige, was mich davon abhielt, stehen zu bleiben.

Und wenn ich doch stehen blieb, dann würde ich die Nacht wohl nicht überleben.

Wie grausam einfach es doch sein konnte.

Ich hatte einmal gelesen, dass Erfrieren ein schöner Tod wäre. Man würde von einem Glücksgefühl überschwemmt und schlafe schließlich ein. Nicht die schlechteste Art, zu sterben. Ich könnte mich einfach in den Schnee setzen und darauf warten, dass das Glück mich davontrug.

Jedenfalls fürchtete ich, dass ich nicht die ganze Nacht ziel- und planlos durch die Kälte laufen konnte, dafür würden meine Kräfte sicher nicht ausreichen. Wenn ich wenigstens etwas fand, wo ich die Nacht halbwegs warm und geschützt ausharren konnte, dann wäre mir schon sehr geholfen. Doch wie sollte ich einen solchen Ort finden?

Also schleppte ich mich weiter voran, immer weiter. Irgendwann gelangte ich in einen Wald, der Boden unter meinen Füßen raschelte vom gefrorenen Laub und immer wieder schlugen mir tief hängende Äste ins Gesicht. Merkwürdigerweise fühlte ich mich zwischen den Bäumen gleich viel sicherer, obwohl mir dunkle Wälder eigentlich seit frühsten Kindheitstagen Angst einjagten.

Nachdem ich ein ganzes Stück tiefer in den Wald vorgedrungen war, hörte ich Stimmen, die einander etwas zuriefen.

Erschrocken hielt ich inne – das mussten andere Verbannte sein, Menschen, die bis vor Kurzem noch in einer der Haftanstalten ihre Freiheitsstrafe abgesessen hatten. Ich wusste nicht, ob ich mich ihnen nähern oder doch lieber von ihnen fernhalten sollte. Einerseits konnte ich bei den anderen Verbannten vielleicht Wärme oder Schutz finden, andererseits waren sie ganz bestimmt gefährlich.

Die Stimmen kamen näher und näher, bald schon bemerkte ich, dass es sich um zwei Männer handelte, die sich heftig miteinander stritten.

»Halt dich gefälligst von meinen Sachen fern, du Wichser!«, hörte ich eine Stimme brüllen. »Oder ich erwürge dich mit bloßen Händen!«

»Komm doch her, wenn du dich traust, du Null!«, schrie der andere zurück. Die wütenden Stimmen tanzten zwischen den pechschwarzen Bäumen umher und wurden teils geschluckt, teils zurückgeworfen. Mir kam es so vor, als seien die Männer überall. Mein Herz schlug bis zum Hals. »Ich habe keine Angst vor dir!«, brüllte einer der beiden jetzt so laut, dass sich seine Stimme überschlug.

Er hatte vielleicht keine Angst, ich aber schon – panische Angst sogar. Diesen beiden wollte ich unter keinen Umständen begegnen.

So schnell ich konnte, trat ich den Rückzug durch die Bäume an. Es war noch immer stockfinster, die Männer schienen sich in völliger Dunkelheit zu streiten. Ich lauschte angestrengt, damit ich nicht verpasste, ob und wann sie ihre Richtung änderten, und gleichzeitig versuchte ich, ruhig und besonnen zu bleiben. Doch neben den Stimmen der Männer hörte ich bald noch etwas, das mir das Blut in den Adern gefrieren ließ: das dumpfe Grollen eines Tieres. Es klang wie ein Knurren. Und es war wirklich sehr nah.

Ich ließ sämtliche Vorsicht fallen und rannte los, die Arme weit nach vorne gestreckt, um Ästen und Bäumen ausweichen zu können. Doch natürlich knallte ich ein paarmal schmerzhaft gegen irgendetwas. Es war mir egal. Natürlich hatte ich gelesen, dass sich die Wölfe immer stärker in Brandenburg ausbreiteten, doch ich war nie zuvor einem begegnet. Eigentlich hatte es mich sogar gefreut, zu wissen, dass sich die gefährdeten Tiere wieder in Deutschland ansiedelten, doch gerade konnte ich diese Freude nicht mehr nachvollziehen. Ganz sicher wollte ich nicht von Tieren gerissen und zerfleischt werden. Da war es doch besser, erst zu erfrieren.

Gerade als die düsteren Gedanken mich mitzureißen drohten, merkte ich, dass es leicht bergauf ging. Offenbar lief ich einen Hügel hinauf. Kurz erwog ich, eine andere

Richtung einzuschlagen und zu versuchen, den Hügel zu umrunden, doch das schien mir zu gefährlich. Ich musste wenigstens versuchen, die von mir eingeschlagene Richtung beizubehalten. Also kämpfte ich mich blind die Erhebung hinauf. Es war schwer, ich rutschte im Schnee immer wieder aus. Doch als ich oben ankam, wurde ich belohnt.

Vor mir lag eine Senke und in der Senke eine umzäunte landwirtschaftliche Fläche. Wie schön so eine simple, langweilige Obstwiese doch sein konnte, vor allem, wenn sie so hell erleuchtet war. Wo Licht war, da war auch Wärme. Ich blickte hinter mich und stellte erleichtert fest, dass ich nicht verfolgt wurde. Hinter dem Zaun, der die Fläche begrenzte, wäre ich vor allen Tieren und anderen Menschen sicher. Und wo Landwirtschaft betrieben wurde, da gab es vielleicht auch etwas zu essen und Schutz vor der eisigen Kälte – vielleicht in einer Hütte oder einem kleinen Schuppen. Ich musste es versuchen. Vielleicht gelang es mir ja, den Zaun zu überwinden – es wäre nicht das erste Mal, eigentlich war ich ganz geschickt im Klettern.

Die Lichtkegel, die von den Lampen ausgingen, wirkten einladend – dort, wo das Licht jenseits des Zauns auf den Boden traf, brachte es den Schnee zum Glitzern.

Ich versuchte, meinen Schritt zu beschleunigen, merkte aber, dass meine Glieder steif geworden waren. Mir kam es so vor, als hätte mir jemand anstelle meiner Beine zwei Besenstiele angenäht.

Um mich aufzuwärmen, hüpfte ich ein wenig auf der Stelle und ruderte mit den Armen. Hier draußen beobachtete mich ja niemand.

Dann fasste ich mir ein Herz und griff nach dem Maschendrahtzaun, was nicht so leicht war, da ich meine Finger kaum noch spürte. Es fiel mir schwer, sie zu öffnen und um den kalten Draht zu schließen. Allein meine Willenskraft schien sie zu bewegen.

Ich zog mich nach oben. Je weiter ich kam, desto leichter wurde es, denn die Anstrengung wärmte mich ein wenig auf. Gerade als ich mein rechtes Bein über den Scheitelpunkt des Zauns geschwungen hatte, hörte ich hinter mir eine männliche Stimme.

»Das würde ich lassen, wenn ich du wäre.«

Ich erschrak so heftig, dass ich beinahe vom Zaun gefallen wäre. Meine abrupte Bewegung hatte ihn bedrohlich ins Wanken gebracht und ich klammerte mich daran fest, als hinge mein Leben davon ab.

Vorsichtig drehte ich den Kopf in die Richtung, aus der die Stimme gekommen war.

Unten am Fuß des Zaunes stand eine große, unförmig wirkende Gestalt. Mehr konnte ich leider nicht erkennen, da der Kerl außerhalb des Lichtkegels stand. Er kam mir ziemlich groß vor.

»Was willst du?«, rief ich.

»Gar nichts, gar nichts!« Der Mann kicherte. »Aber du scheinst mehr an dem Zaun als an deinem eigenen Leben zu hängen.«

Ich stutzte. »Wie meinst du das?«

Der Mann hob einen Arm und zeigte auf den Zaun, den ich gerade so mühsam bestiegen hatte.

»Hier sind überall Lichtschranken eingerichtet. Wenn deine Füße den Boden berühren, wirst du abgeknallt!«

Bei diesen Worten erschrak ich. Darüber hatte ich gar nicht nachgedacht – obwohl ich es hätte wissen müssen.

Offiziell galten die Schussanlagen räuberischen Tieren, doch sie konnten auch bei Menschen erheblichen Schaden anrichten. Ich fluchte. Der bloße Gedanke an die Wärme hatte mich jede Vorsicht vergessen lassen.

Doch was sollte ich nun tun? Woher sollte ich wissen, dass der Fremde mich nicht niederschlug, sobald meine Füße den Boden berührten? Hier draußen konnte ich niemandem trauen, vielleicht war er sogar einer der Männer, die sich eben gestritten hatten, vielleicht hatte er gerade jemanden umgebracht und wollte mich nun in eine Falle locken.

Der Kerl schien meine Gedanken zu lesen. Er griff nach einem Ast, der zu seinen Füßen lag, und schleuderte ihn mit aller Kraft über den Zaun.

Als das Stück Holz den Boden berührte, brach unter mir die Hölle los.

»Okay, okay!«, rief ich, als der letzte Schuss verklungen war. »Du hast mich überzeugt!«

Er hatte die Übergabe des Trojaners so lange wie möglich hinausgezögert, doch schließlich hatte er ihn an Claudius transferiert. Sie konnten sich keine weiteren Verzögerungen leisten. Einen Tag später und ihnen wäre der dickste Fisch direkt durch die Lappen gegangen. Doch das war nicht passiert. Alles war glatt verlaufen, das Programm hatte genau so funktioniert, wie es sollte. Doch zufrieden stellte das den Sandmann nicht, im Gegenteil.

Der Trojaner war seine Lebensversicherung gewesen. Nur deshalb hatte Claudius sich überhaupt für seinen Hausarrest eingesetzt, nur deshalb hatte er ihm einen Rechner besorgt. Weil sie es in zwei Jahren nicht geschafft hatten, Programmierer heranzuziehen, die gleichzeitig so fähig und unmoralisch waren wie er.

Thomas Sandmann war nicht so naiv, zu glauben, dass der Technikchef ihn noch lange durchfüttern würde. Zwar war Claudius nicht so schlau, wie er sich fühlte, aber schlau genug, sich eines Mitwissers zu entledigen, wenn dieser nicht mehr von Nutzen war.

Deshalb, und nur deshalb, hatte er bei dem Programm ein paar Bugs eingebaut, die seine ständige Betreuung notwendig machten. Es ekelte ihn an, den braven Handlanger zu spielen, und kratzte an seiner Ehre, ein angeblich fehlerhaftes Programm geschrieben zu haben, doch diese Maßnahmen waren unumgänglich. Wenn das Programm reibungslos lief, hatte der Sandmann nur noch wenige Tage Zeit, sich in Sicherheit zu bringen. Und dafür brauchte er einen Plan, eine Exit-Strategie. Daran arbeitete er Tag und Nacht. Er konnte von Glück reden, dass die Dumpfbacken, die ihn in Schichten bewachten, keine Ahnung vom Programmieren hatten, sonst wäre ihnen wohl aufgefallen, dass er längst an einer völlig anderen Sache arbeitete. Einer todbringenden Sache.

Der Sandmann biss in das labbrige Brötchen, das auf einem Teller neben seinem Rechner lag, und kaute angestrengt. Etwas an diesem Haus nagte an seinen Nerven. Wahrscheinlich waren es die Ruhe und Eintönigkeit. Alles hier war beige und langweilig, Höhepunkte gab es so gut wie keine. Für einen Mann, der einst über schier grenzenlose Macht verfügt hatte, war das eine ganz besondere Qual.

Doch damit würde bald Schluss sein. Es war ihm gelungen, Cerberus unbemerkt zu installieren und sich im Darknet nach ein paar alten Kontakten umzuschauen. Es gab genug Leute, die ihm noch ein paar Gefallen schuldeten, und jetzt war die Zeit gekommen, diese Gefallen einzufordern.

Er konnte leider nicht verhindern, dass sein Plan einige Lücken aufwies; er hatte keine Zeit, alles sorgfältig zu durchdenken, alle Fehler auszumerzen. Auch brauchte er eigentlich noch ein paar Dinge – ein Mobiltelefon mit Internetzugang war unumgänglich. Noch besser wäre ein SmartPort, doch er wusste nicht, ob es ihm gelingen würde, einen in die Finger zu bekommen. Es entbehrte nicht einer gewissen Ironie, dass der Mann, der wesentlich zur Entwicklung des Chips beigetragen hatte, selbst niemals einen eingepflanzt bekommen hatte. Jetzt könnte er ihn wirklich gut gebrauchen. Wenn der Tag seiner Flucht gekommen war, dann würde er improvisieren müssen.

Den ersten Schritt hatte er schon einmal geschafft. Er hatte sich Zugriff auf eine der Wachdrohnen beschafft, die in und um die Stadt herum patrouillierten. Mit ihrer Hilfe konnte er alles, was geschah, im Auge behalten. Das war zwar noch lange nicht so gut wie ein SmartPort, erfüllte aber seinen Zweck.

Natürlich hatte er es sich nicht verkneifen können, mit dem Fluggerät ein wenig die Stadt abzufliegen und nach Sophie zu suchen. Doch bisher hatte er sie nicht gefunden. Er behielt die Seekerbewegungen im Auge, doch auch hier hatte sich nichts getan, was auf Helens Tochter hinwies.

Nicht zum ersten Mal verfluchte er sich dafür, dass er den Gedanken an sie nicht loswurde. Er quälte ihn wie ein Fieber. Er war ihr schon einmal so nahe gewesen, hatte ihr gegenübergestanden. Ihr Gesicht hatte ihn so sehr an Helen erinnert. Sie hatte Helens Gesicht, dachte er bitter, und Sebastians Augen.

Dennoch. Sie hatte unheimlich viel von ihrer Mutter. Und allmählich war sie in genau dem Alter, in dem Helen und er sich kennengelernt hatten. Sophie wurde langsam erwachsen.

Er hatte die gemeinsame Wohnung der Zwillinge kontrolliert, doch hier war seit Tagen niemand mehr aufgetaucht. Das Chaos, das Claudius' Männer hinterlassen hatten, war unverändert.

Auch an der Uni hatte sie sich seither nicht mehr blicken lassen, er hatte die Vorlesungen ihrer Fächer gecheckt. Vergebens. Bei ihrem Adoptivvater im Prenzlauer Berg war sie ebenfalls nicht.

Nach der Verhaftung von Elisabeth hatte Sophie sich verkrochen. Die Frage war nur: wo?

Er kaute eine Weile nachdenklich und lustlos auf seinem Mittagessen herum und starrte auf seinen Bildschirm, auf dem er eine Karte von Berlin geöffnet hatte.

Sollte er es wirklich weiter versuchen? Das letzte Mal hatte ihm der Kontakt zu Sophie nichts als Ärger eingebracht, er hatte teuer dafür bezahlt. Streng genommen war sie verantwortlich für das gesamte Dilemma, in dem er steckte. Und dennoch konnte er sie nicht loslassen.

Sie war seine Verbindung zu der Liebe seines Lebens. Der lebende Beweis dafür, dass auch in seinem Leben einmal etwas hell und gut gewesen war. Schön, leicht, unbeschwert. Der Beweis, dass ihn einst jemand geliebt hatte. Der Gedanke daran, Berlin den Rücken zu kehren, ohne sie noch einmal zu sehen, war ihm unerträglich. Er musste sie sehen. Und vielleicht, dachte er, vielleicht konnte sie ihm diesmal sogar von Nutzen sein.

Der Sandmann lächelte, als ihm eine Idee kam. Der Teufel, so dachte er, steckte meist im Detail.

Mit hektischen Fingern rief er das Backend der NeuroLink-Konzernseite auf und gab seine alten Zugangsdaten ein. Als sich eine neue Seite öffnete, weitete sich das Lächeln im Gesicht des Mannes zu einem hässlichen Grinsen.

Die Pfeifen hatten nicht daran gedacht, seine Zugangsdaten zu löschen. Wahrscheinlich hatte es niemand für nötig befunden, da er ja verhaftet worden war.

Was für ein böser, böser Fehler!

Er klickte sich durch die Sektionen der einzelnen Produkte und blieb schließlich an einem der Verkaufsschlager des Konzerns hängen. Dem MagicMirror.

Der Badezimmerspiegel mit Haut- und Haaranalyse, einer riesigen Datenbank mit Frisuranleitungen, Rasuren und Schminktipps, Memorychip und Social-Media-Schnittstelle. Dieser Spiegel war kein harmloses Spielzeug, sondern ein hochentwickeltes Überwachungstool. Ohne diverse Extrafunktionen hätte das Amt für digitale Sicherheit und Cyberkriminalität das Ding niemals durchgewinkt. Wenn sie schon ein Gerät zuließen, das gegen sämtliche Statuten verstieß, so wollten sie auch etwas davon haben. Diese Symbiose war das Fundament der fruchtbaren Beziehung zwischen NeuroLink und der Bundesregierung, der seit dem Beinahe-Crash der Firma ohnehin neunundvierzig Prozent der Anteile gehörten, wovon allerdings fast niemand etwas wusste. Eine Hand wusch die andere.

Eine Extrafunktion des Spiegels machte es möglich, vermisste und flüchtige Personen zu suchen. Dass er da nicht früher draufgekommen war! Die Zeit im Gefängnis hatte ihre Spuren hinterlassen – in letzter Zeit entfielen ihm Dinge.

Eine halbe Stunde später hatte der Sandmann Sophies biometrisches Identifikationsfoto in die Suchsektion der MagicMirror-Cloud hochgeladen.

Er summte leise vor sich hin, als er den Suchauftrag bestätigte.

Wenn Sophie das nächste Mal in den Spiegel schaute, dann würde bei ihm ein Alarm ausgelöst.

»Spieglein, Spieglein an der Wand«, flüsterte er kichernd. »Sag mir, wo ist Sophiechen hingerannt!«

SOPHIE

Mein Lebensmittelpunkt hatte sich von der Couch in die Badewanne verlagert. Das lag daran, dass mir beinahe den ganzen Tag kalt war. Mein Bad im eisigen, dreckigen Pool war nicht ohne Folgen geblieben – ich hatte mir eine dicke Erkältung zugezogen. Aber eigentlich war mir das ganz recht, entband sie mich doch von der Pflicht, etwas zu unternehmen. Solange ich krank war, durfte ich mich verkriechen. Der Akku meines Handys war leer und ich hatte es noch nicht wieder aufgeladen. Mein Leben stand auf Pause – ich hatte Schonfrist. Doch so langsam musste ich der Tatsache ins Auge sehen, dass diese Schonfrist ablief.

Liz war zu Unrecht verurteilt und aus der Stadt geworfen worden. Ich wusste nicht, ob es ihr gut ging, ob sie überhaupt noch lebte. Draußen war es bitterkalt und die Polizisten hatten keine ihrer Wintersachen mitgenommen. Vielleicht war sie schon längst erfroren.

Allein dieser Gedanke sollte mir genügen, damit ich mich endlich in Bewegung setzte und etwas unternahm. Ich hatte nur keine Ahnung, was das sein sollte. Die Justiz, so hatte mir Stuhldreyer unmissverständlich klargemacht, würde mir keine Hilfe sein. Aber was konnte ich sonst tun? Mich an die Presse wenden? Pandoras Wächter hatten Veröffentlichungsverbot, Marek und Sash konnten mir hier also nicht weiterhelfen. Und soweit ich wusste, war der Blog das einzige unabhängige Medium Berlins, das wirklich Reichweite hatte.

Eine Protestveranstaltung organisieren? Mir einen anderen Anwalt suchen? Einen Privatdetektiv anheuern? Die Stadt verlassen und sie suchen gehen? Letzteres kam mir tatsächlich am attraktivsten vor, obwohl das die Option war, die objektiv am allerwenigsten brachte. Ich hatte noch meine Zahleinheiten und meinen Laptop, doch mit diesen Dingen konnte ich in der brandenburgischen Ödnis wohl wenig bis gar nichts anfangen.

Es war zum Verrücktwerden.

Doch der erste Schritt war, mich endlich wieder aufzuraffen. Beinahe eine ganze Woche hing ich schon bei zugezogenen Vorhängen in der Villa Karweiler herum und fraß mich durch das Angebot verschiedener Lieferservices. Die Pförtner waren allesamt schon genervt. Da Lieferanten ein Sicherheitsrisiko darstellten, war es ihr Job, die Lieferungen zu überprüfen und anschließend persönlich zuzustellen. Einer der Männer hatte mir sogar schon angeboten, seine Frau zu bitten, für mich mitzukochen, damit er nur noch einmal am Tag zu mir hochlaufen musste.

Es wurde höchste Zeit.

Ich stieg aus der Badewanne und wickelte mich in eines der sündhaft teuren, wattenweichen Handtücher, die in schier endlosen Stapeln den Schrank im Flur füllten. Merkwürdig, dass man Reichtum oft an so kleinen Dingen wie flauschigen Handtüchern bemerkte.

Der große Spiegel, der sich beinahe über die gesamte Länge der einen Wand erstreckte, war beschlagen. Ich rieb ihn mit einem kleineren Handtuch trocken und betrachtete mich nachdenklich.

Ich sah immer noch aus wie siebzehn. Zwar hatte ich mich von Liz hin und wieder zu einem Friseurbesuch überreden lassen, doch mehr als Strähnchen färben und Spitzen schneiden hatte ich mich nie getraut. Das fühlte sich jetzt so lächerlich an. Hatte ich etwa gedacht, gegen die Veränderungen in meinem Leben ankommen zu können, indem ich mich selbst einfach nicht veränderte? Indem ich die gute, zuverlässige, strebsame und ängstliche Sophie blieb? Vielleicht.

Doch jetzt, in diesem Augenblick, machte mich mein braves Spiegelbild nur noch wütend. Die mittelblonden langen Haare mit dem spießigen, geraden Pony ließen mich wie ein zerbrechliches Püppchen wirken. Ein Mädchen, das wusste, wo sein Platz war, das immer Bitte und Danke, Ja und Amen sagte. Jemand, der nicht auffiel und keine Schwierigkeiten machte.

Aber genau das durfte ich ab jetzt nicht mehr sein.

Plötzlich wurde ich von unerklärlichem Tatendrang gepackt. Denn nun wusste ich, was ich als Nächstes tun wollte. Alles an meinem Leben hatte sich verändert, ich wollte, dass man es mir endlich auch ansah.

Ich durchwühlte die Schubladen des Badezimmerschranks und fand schließlich, was ich brauchte: einen Rasierapparat und eine Schere. Leopold hatte immer einen akkurat gestutzten Bart getragen, das Badezimmer war entsprechend gut ausgestattet.

Ich platzierte mich wieder vor dem Spiegel und aktivierte die MagicMirror-Funktion.

›Willkommen‹, sagte die vertraute Computerstimme. Ich

hatte einmal gelesen, dass berühmte Schauspieler dem Gerät ihre Stimmen geliehen hatten, doch ich hatte keine Ahnung, wer mir da entgegensäuselte.

Ich klickte mich durch das Frisuren-Menü, bis ich bei Kurzhaarfrisuren für Frauen angelangt war. Die meisten waren mir zu modisch, zu lang, zu verspielt. Doch schließlich fand ich genau, was ich suchte. Ganz ohne Schnickschnack, Pony oder alberne Fransen, die wohl modern wirken sollten. Ich klickte auf das Bild.

›Vorschau wird geladen‹.

Fasziniert betrachtete ich, wie sich mein Bild im Spiegel veränderte. Wie vorgegeben versuchte ich, vollkommen stillzuhalten, damit die Vorschau möglichst akkurat ausfiel. Was ich schließlich im Spiegel vor mir hatte, gefiel mir gut. Es war genau, wonach ich gesucht hatte.

Mit klopfendem Herzen drückte ich auf den grünen Haken.

›Anleitung wird geladen‹, flötete die Spiegelstimme. Ein Statusbalken füllte sich, während sich rechts und links an den Seiten Teile des Spiegels einklappten und von oben ein weiterer Teil ausgefahren wurde, um mir die Sicht auf meinen Hinterkopf zu ermöglichen. An der Unterseite des Spiegels erschienen drei Symbole: ein Rasierer, ein Kamm und eine Schere. Das Rasierersymbol blinkte.

›Bitte synchronisieren Sie Ihre Geräte‹, forderte mich die Stimme auf und ich startete den Rasierer. Als er hochgefahren war, hielt ich den Kontaktpunkt an den Kontaktpunkt des Spiegels, damit dieser die Schnittlänge und Geschwindigkeit für meine neue Frisur auf das Gerät übertragen konnte.

Als alles synchronisiert und geladen war, erschien ein großer grüner Haken auf dem Spiegel. ›Let the magic happen!‹, sagte die Stimme und ich setzte den Rasierer an. Als die ersten dicken Strähnen auf meine nackten Füße fielen, spürte ich grimmige Befriedigung in mir aufsteigen.

Keine zwanzig Minuten später war ich nicht mehr wiederzuerkennen.

Die Frau, die mir aus großen braunen Augen unter raspelkurzen Haaren entgegenblickte, erinnerte mich an meine Schwester, meinen Vater, meine Mutter und mich selbst. Als wäre mit den Haaren ein Vorhang gefallen, erkannte ich, wie viel ich von ihnen in mir trug. Ich sah mich mit Sebastians Augen, sprach mit Helens Mund, trug den Kopf mit Liz' Entschlossenheit hoch erhoben. Sie waren tot oder fort, doch sie waren alle drei ein unübersehbarer Teil von mir. Und ich sah aus wie eine Kriegerin.

Es gelang mir kaum, mich loszureißen, so faszinierend fand ich die Veränderung, die gerade vonstatten gegangen war. Was so ein paar Haare ausmachen konnten.

›Willkommen in ihrem neuen Ich‹, sagte der Spiegel. Ich streckte die Hand aus, um die MagicMirror-Funktion zu beenden, als etwas auf dem Spiegel erschien, das da ganz und gar nichts zu suchen hatte.

Auf der glänzenden Oberfläche erschien eine Schrift, direkt neben meinem Gesicht.

›Sophie‹ stand dort.

Ich erschrak beinahe zu Tode. Woher wusste der Spiegel, wer ich war?

Noch mehr Buchstaben erschienen.

›Was hast du mit deinen wunderschönen Haaren gemacht?‹

Unwillkürlich trat ich einen Schritt zurück und wäre beinahe auf meinen abgeschnittenen Haaren, die den Fliesenboden bedeckten, ausgerutscht. Ich konnte mich gerade noch am Waschbecken festhalten, prallte aber mit dem Knie schmerzhaft gegen den Unterschrank. Wenigstens bestätigte mir der Schmerz, dass ich nicht träumte.

»Was soll das?«, fragte ich laut, nicht zuletzt, um mir selbst Mut zu machen. »Auf so einen Blödsinn habe ich keine Lust.«

Ich hob erneut die Hand, um den Spiegel endgültig abzuschalten, doch die Worte, die als Nächstes auf der gläsernen Oberfläche erschienen, ließen das Blut in meinen Adern zu Eis gefrieren.

›Ich weiß, wer Harald Winter ermordet hat.‹

Der Sandmann saß im Dunkeln und starrte auf seinen Laptop, dorthin, wo eben noch das Gesicht von Sophie gewesen war. Sie hatte sich die schönen blonden Haare abgeschnitten, was ihn unheimlich wütend machte. Helen hatte ihre langen Haare immer geliebt und wäre nie auf die Idee gekommen, sie schneiden zu lassen. Schon gar nicht so!

Die nette, süße Sophie sah jetzt aus wie eine Soldatin. Das gefiel ihm ganz und gar nicht.

Aber Haare konnten nachwachsen, vielleicht kam sie ja doch noch zur Vernunft.

Dass sie überhaupt zu solch überstürzten Aktionen neigte, war Sebastians Schuld. Der Vater der Mädchen war ein selbstverliebter und impulsiver Mann gewesen, kein Wunder, dass seine Kinder etwas von diesem Wesenszug geerbt hatten.

Bisher hatte der Sandmann jedoch gedacht, dass einzig Liz die schwierige von den beiden war. Diejenige, auf die man aufpassen und die man loswerden sollte.

Vielleicht hatte er sich doch getäuscht.

Wenigstens hatte er Kontakt zu ihr aufgenommen. Er hatte einen Trumpf in der Hand.

Sophie war allein, sie hatte niemanden, der ihr helfen konnte, die Unschuld ihrer Schwester zu beweisen. Sie hatte nur ihn.

Er musste sich noch überlegen, was er von ihr verlangen sollte.

Der Sandmann brauchte viel, wenn er seinen Plan in die Tat umsetzen wollte.

Geld war nicht das Problem, Zahleinheiten hatte er wahrlich genug. Claudius hatte zwar nicht dafür gesorgt, doch damit hatte Thomas Sandmann auch gar nicht gerechnet. Menschen wie Claudius spielten niemals fair, also hatte er es auch nicht vor.

Er hatte sich selbst ein Konto mit fremden Daten eingerichtet, und zwar in Australien – dort, wo man noch mit Bargeld zahlen konnte und nicht jeder Schritt, jeder Einkauf überwacht wurde. Nur musste er dort erst einmal hinkommen. Und das war die große Schwierigkeit. Es gab viele verschiedene Möglichkeiten. Einen Sportpiloten anheuern, damit dieser ihn aus Europa herausflog. Einen Schiffskapitän bestechen.

Am komfortabelsten wäre sicher, eine Identität zu stehlen, doch das war dank der Fingerprint-Überwachung nicht mehr so einfach wie früher.

Das Darknet hatte dazu auch noch keine passenden Lösungen parat. Ein Auftragskiller, der ihm einen fremden Daumen besorgte, war dem Sandmann schlicht zu teuer. Außerdem bestand dann noch immer die Möglichkeit, dass die Leiche zu schnell entdeckt wurde und man die Daten aus dem System nahm oder schlimmer noch: sie verfolgte, um den Mord aufzuklären.

Er knirschte mit den Zähnen.

Eines hatte das neue System erreicht: Es war wirklich viel schwerer, unbemerkt Verbrechen zu begehen.

Doch es würde ihm gelingen. Beinahe sein gesamtes Leben lang war er schon hauptberuflich in der Unterwelt unterwegs – er war ein verfluchter Vollprofi.

Sophie konnte sein Schlüssel sein. Wenn sie den Spiegel wieder anschaltete, dann würde er den nächsten Köder auslegen. Und sie würde anbeißen. Es blieb ihr überhaupt nichts anderes übrig.

LIZ

Ich folgte dem Mann, der sich als Cliff vorgestellt hatte, nun schon eine Weile. Als ich vom Zaun heruntergeklettert war, wurde mir schlagartig klar, warum er von oben so unförmig gewirkt hatte: Cliff trug ein wildes Sammelsurium verschieden dicker Jacken übereinander, von denen er mir zwei wie selbstverständlich umhängte, sobald meine Füße den Boden berührten. Dank seiner dunklen Haut konnte ich die meiste Zeit nur seine Augen und seine Zähne erkennen. Sein Grinsen war förmlich breiter als sein Gesicht.

»Wo gehen wir eigentlich hin?«, fragte ich nach einer Weile und Cliff drehte sich zu mir um.

»Zu meinem Auto. Ich habe es in einem Waldstück abgestellt und versteckt. Wir können nur hoffen, dass es noch da ist.«

Seine langen Beine verschafften Cliff mühelos einen beachtlichen Vorsprung. Ich musste immer wieder ein kleines Stück rennen, um zu ihm aufzuschließen. Er schien es eilig zu haben.

»Warum sollte es weg sein?«, fragte ich außer Atem und Cliff schnalzte mit der Zunge.

»Seitdem Berlin seinen Abschaum hier abgeladen hat, musst du aufpassen, dass dir niemand den Stuhl unterm Hintern wegklaut!«

Natürlich, dachte ich. Die Strafrechtsreform. Irgendwie war ich einfach davon ausgegangen, dass auch Cliff einer der Gefangenen war, die man aus der Stadt gebracht hatte.

»Du bist schon länger hier?«, fragte ich und hörte, wie Cliff wieder zu kichern begann.

»Das kann man so sagen. Ich bin raus aus der Stadt, kurz nachdem der SmartPort gelauncht wurde.«

»Warum das?«, wollte ich wissen.

»Na, das fragt die Richtige«, erwiderte er.

Abrupt blieb ich stehen. »Du weißt, wer ich bin?«, fragte ich. Jetzt verstand ich überhaupt nichts mehr.

»Das hoffe ich doch. Schließlich habe ich schon ein paar Stunden nach dir gesucht!«

»Du hast mich gesucht?«, echote ich und verfluchte mich selbst dafür, dass ich mich wie ein dämlicher Papagei anhörte. Doch mir fiel nichts anderes ein – ich war einfach zu erstaunt.

»Was hätte ich denn sonst bei diesem Wetter hier draußen verloren? Kannst du mir das mal verraten?«

Ich hatte keine Ahnung, schließlich kannte ich den Kerl überhaupt nicht.

»Wie hast du mich denn mitten in der Nacht gefunden?«

»Eine Kombination aus Nachtsichtfernglas, gesundem Menschenverstand und viel Zeit. Zum Glück laufen hier draußen sehr viel mehr Männer als Frauen herum, sodass die Wahrscheinlichkeit sehr groß war, dass du es bist, als ich eine weibliche Silhouette im Sucher hatte.«

Ich verstand es immer noch nicht. »Aber Brandenburg ist riesig, ich hätte überall sein können.«

»Klar. Aber wir wussten, wo sie dich aus der Stadt bringen würden. Jeder normale Mensch wäre direkt geradeaus gelaufen, um möglichst schnell aus der Fünf-Kilometer-Zone zu kommen. Daran habe ich mich orientiert.«

»Woher wusstet ihr …? Moment: Was heißt eigentlich ›wir‹?«, fragte ich.

Cliff seufzte. »Kannst du nicht einfach dankbar sein und nicht so viele Fragen stellen? Das würde mir wirklich sehr helfen. Du bekommst deine Antworten noch früh genug.«

Er knipste eine Taschenlampe an und suchte den Boden unter einer Gruppe verschneiter Birnbäume ab. »Ich hab dich ja für schlauer gehalten«, murmelte er und drückte mir die Lampe in die Hand.

»Hier, halt die mal.«

Ich nahm die Lampe an mich und leuchtete gehorsam auf die Stelle, die Cliff mir zeigte. Die Taschenlampe gab mir Gelegenheit, ihn etwas näher zu betrachten. Er war viel jünger, als ich anfangs gedacht hatte, vielleicht Anfang dreißig. Dicke Rastazöpfe schauten unter seiner Mütze hervor – oder besser gesagt: unter seinen Mützen. Wie bei den Jacken, so schien Cliff auch bei seinen Kopfbedeckungen zu denken: Mehr ist mehr.

»Du frierst wohl leicht?«, fragte ich und Cliff grinste mich spitzbübisch an.

»Du könntest Sherlock Holmes Konkurrenz machen, weißt du das? Durch meine Adern fließt afrikanisches Blut, ich friere eigentlich immer!«

Schließlich bückte er sich und schob mit den Händen etwas Schnee beiseite. Zum Vorschein kamen zwei große schwarze Plastiksäcke. Er warf sich einen der Säcke über die Schulter und zeigte auf den anderen: »Bist du so gut?«

Ich griff nach dem zweiten Plastiksack und hob ihn hoch. Er war erstaunlich schwer und es fühlte sich an, als bewegten sich viele harte Kleinteile darin hin und her. Cliff drehte sich zu mir um. »Wir haben es nicht mehr weit. Vorausgesetzt natürlich, das Auto ist noch da. Aber ich bin zuversichtlich. Sheila ist eine Eins-a-Alarmanlage. Wenn sich jemand an dem Wagen zu schaffen gemacht hätte, dann hätten wir sie gehört.«

Wer zur Hölle war Sheila? Ich hatte so viele Fragen, dass ich gar nicht wusste, wo ich anfangen sollte, doch momentan kostete es mich all meine verbleibende Kraft, den Sack über meine Schulter zu werfen. Kurz schoss mir der Gedanke durch den Kopf, dass ich am heutigen Morgen noch in meiner Zelle aufgewacht war, was bedeutete, dass seit dem Prozess noch keine vierundzwanzig Stunden vergangen waren. Das fühlte sich völlig surreal an.

Je weiter wir uns von der landwirtschaftlichen Nutzfläche entfernten, desto vollkommener wurde die Dunkelheit. Die dichte Wolkendecke verbarg den Mond beinahe vollständig und nach einer Weile musste ich mich auf mein Gehör verlassen, um Cliff nicht zu verlieren.

Deshalb bemerkte ich auch nicht, dass er plötzlich stehen blieb. Ich konnte ihm im letzten Moment ausweichen, prallte dann aber gegen etwas Hartes, rutschte im Schnee aus und fiel hin. Dabei bohrte sich der Sack in meinen Rücken.

»Eine gute Nachricht«, kicherte Cliff. »Das Auto ist noch da!«

Er knipste die Taschenlampe wieder an und mein Blick fiel auf etwas, das wie ein großer Haufen Tannenzweige aussah. Cliff machte sich an ihnen zu schaffen und darunter kam ein kleines Elektroauto zum Vorschein. Er öffnete die Tür und im nächsten Augenblick wurde ich von einem gleißend hellen Licht geblendet – die Scheinwerfer des Autos beleuchteten die Ebene. Und auch den Sack, der mir von der Schulter gerutscht war. Er stand offen und mein Blick fiel unwillkürlich auf das, was sich darin befand: Tablets, Lifetracker, GPS-Geräte, SmartPads, Telefone und haufenweise Armbanduhren. Ich staunte nicht schlecht.

»Wo hast du das alles her?«, fragte ich.

»Es ist nicht geklaut, falls du das denkst. Wir haben Unterstützer in der Stadt«, antwortete Cliff, während er die Säcke in den Kofferraum des Wagens hievte.

»Wen meinst du mit ›wir‹?«, versuchte ich es noch einmal, doch er zog nur die Beifahrertür auf und bedeutete mir mit einer Handbewegung, einzusteigen.

»Das wirst du bald sehen!«, sagte er und lachte sein kehliges Lachen. Ich hatte noch nie zuvor einen Menschen getroffen, der so viel lachte. Er schien keinen besonderen Grund dafür zu brauchen. Bei jedem anderen Menschen hätte ich das nervtötend gefunden, doch bei Cliff wirkte es irgendwie ansteckend.

Im Auto war es zwar auch erbärmlich kalt, doch wenigstens wehte drinnen kein schneidender Wind. Kaum hatte ich mich hingesetzt und die Tür hinter mir zugezogen, fühlte ich etwas Feuchtes an meiner linken Hand. Ich drehte den Kopf und blickte in zwei dunkle Augen. Auf der Rückbank stand ein großer, zottiger Hund von undefinierbarer Farbe, der träge mit dem Schwanz wedelte.

»Sag Hallo zu Sheila!«, sagte Cliff, während er sich mitsamt seiner Kleidungsschichten hinter das Lenkrad klemmte. Ich begann, den Hund hinter den Ohren zu kraulen, während ich beobachtete, wie Cliff das Auto startete. Gleichzeitig leuchtete ein kleines Gerät auf, das in der Ablage unter der Armatur lag und via USB mit dem Fahrzeug verbunden war.

Cliff zog die Handschuhe aus und tippte auf dem Bildschirm herum.

»Ja!«, erklang plötzlich eine Stimme, die das gesamte Fahrzeug ausfüllte, und ich erschrak fast zu Tode.

»Ich hab sie«, verkündete Cliff fröhlich und mir wurde mulmig zumute. Ohne Zweifel war ich damit gemeint. Augenblicklich fragte ich mich, ob es eine gute Idee gewesen war, Cliff zu folgen. Allerdings befand ich mich nun an einem relativ warmen Ort und das war eine absolute Verbesserung der Gesamtsituation. Außerdem war ein fröhlicher, zotteliger Hund wie Sheila ein Zeichen für Vertrauenswürdigkeit. Nur leider erinnerte sie mich an Daphne und somit an alles, was ich in Berlin zurückgelassen hatte.

Der Hündin schien meine Streicheleinheit zu gefallen, sie quetschte sich zwischen den beiden Vordersitzen hindurch und ließ sich kurz darauf mit einem tiefen Seufzer auf meinem Schoß nieder. Sofort breitete sich eine wohlige Wärme auf meinen Beinen aus und ich liebte sie dafür.

»Schleimbolzen«, murmelte Cliff mit einem zärtlichen Seitenblick auf den Hund und schaltete das Automatikgetriebe in den Drive-Mode. Wir setzten uns langsam und schlitternd in Bewegung.

»Sagst du mir jetzt, wo wir hinfahren?«, fragte ich Cliff.

»Wir fahren zu mir nach Hause«, antwortete er.

»Und wo ist das?« Langsam ging mir seine Geheimniskrämerei wirklich auf die Nerven.

»Der Ort heißt Klein-Bresekow. Eine Weltstadt, du hast sicher schon davon gehört.«

Schnaubend schüttelte ich den Kopf. »Klingt ja spannend.«

»Ist es auch, ist es auch. Das Nachtleben wird dich begeistern«, feixte Cliff und unwillkürlich musste ich grinsen. Ich mochte den Kerl, er war lustig.

»Wir nennen es aber alle nur ›den Bau‹«, fügte er hinzu.

»Warum das?«, fragte ich, doch Cliff schüttelte nur den Kopf. Auf diese Frage würde ich keine Antwort bekommen.

»Sei nicht so ungeduldig«, sagte er schlicht.

Der Kerl hatte leicht reden, immerhin war Ungeduld mein zweiter Vorname. Gut, eigentlich mein dritter. Elisabeth Ingrid Ungeduld Karweiler. Ich seufzte und blickte aus dem Fenster.

Viel war nicht zu sehen, außer den Lichtkegeln der Scheinwerfer, die sich durch den Schnee fraßen. Zum Glück verfügte das Auto über ein modernes Navigationsgerät. Cliff fuhr also mehr nach Bildschirm als nach Sicht.

Deshalb bemerkte er auch nicht, dass vor uns jemand auf den verschneiten Feldweg trat.

»Vorsicht!«, rief ich und Cliff fluchte. Im letzten Augenblick trat er auf die Bremse.

Im Scheinwerferlicht stand ein älterer Mann und starrte uns an. Er hatte seinen Körper in eine alte, von Flecken übersäte Decke gewickelt, darunter blitzte eine dünne Hose hervor, deren Muster ich nur allzu gut kannte – der Mann trug Gefängniskleidung. Offenbar hatte ich noch Glück gehabt, dass sie mich in Zivilkleidung ausgesetzt hatten. Seine rechte Hand umklammerte etwas, das wie ein Messer aussah.

Cliff drückte auf einen Knopf und der Wagen verriegelte sich von innen.

»Scheiße«, schimpfte er und hupte. »Mach, dass du von der Straße kommst!« Als Antwort auf das Hupen hob der Mann die Faust und ließ sie auf die Motorhaube niedersausen. Ein dumpfer Knall erfüllte das Wageninnere. Er starrte uns derart hasserfüllt durch die Scheibe an, dass ich automatisch tiefer in den Sitz rutschte und mich hinter Sheila versteckte.

»Er wird erfrieren«, murmelte ich fassungslos.

»Mag sein, aber ich habe keine Lust, ihn mitzunehmen. Du etwa?«

Ich schluckte und schüttelte den Kopf.

»Eben. Niemand, den ich zu einer Teeparty einladen würde.«

Cliff hupte erneut und Sheila fing an zu bellen. Der Mann warf einen letzten Blick auf unseren Wagen und rannte nach rechts in den Wald hinein. Mein Blick folgte ihm und ich meinte, zwischen den Bäumen den Schein eines Feuers zu entdecken. »Schau, er hat schon andere Freunde gefunden«, bemerkte Cliff grimmig und trat wieder aufs Gas.

»Ich hätte nicht gedacht, dass es so schlimm ist«, murmelte ich tonlos.

»Du hast ja keine Ahnung«, erwiderte Cliff und ich dachte mit Schaudern an den Streit, den ich im dunklen Wald gehört hatte. Doch, eine Ahnung hatte ich schon. Und mehr wollte ich eigentlich auch gar nicht wissen.

Den Rest der Fahrt verbrachten wir schweigend. Ich hätte auch nichts zu sagen gehabt. Das Gesicht des Mannes im Scheinwerferlicht geisterte durch meine Gedanken und ich hatte das merkwürdige Gefühl, mich schuldig gemacht zu haben.

Wir hielten schließlich vor einem großen Holztor, das nach zweimaligem Hupen von innen geöffnet wurde. Das Auto fuhr in einen großen Vierseithof hinein und dann in eine alte Scheune, die dem Tor gegenüberlag.

»Die Sachen können wir erst mal drinlassen«, bemerkte Cliff, als wir ausstiegen. Neugierig betrat ich den dunklen, großen Hof und sah mich um, während sich das Scheunentor hinter uns lautlos wieder schloss. Weder auf dem Hof noch in einem der vier Häuser, die ihn umschlossen, brannte Licht. »Na dann«, sagte Cliff fröhlich und öffnete die Tür, »willkommen!«

Ich folgte Cliff und Sheila in das größte der Häuser hinein. Außer uns schien kein Mensch weit und breit zu sein. Im Inneren des Hauses roch es leicht nach Essen, der Duft von Knoblauch und Gewürzen hing in der Luft. Cliff machte kein Licht, sondern knipste nur seine Taschenlampe an, was dafür sorgte, dass ich mich augenblicklich wie eine Einbrecherin fühlte. Der Lichtkegel, der über Wände und Boden hüpfte, ließ das Haus noch gespenstischer erscheinen, als es ohnehin schon war. Mein Herz begann, in meiner Brust wild zu klopfen. Die Dunkelheit und der muffige Geruch, der im Gebäude herrschte, gefielen mir überhaupt nicht.

Merkwürdig war auch, dass alles unbewohnt wirkte. Cliff öffnete einen kleinen Garderobenschrank, der direkt im Eingangsbereich stand, und händigte mir eine weitere Taschenlampe aus, die ich sofort anknipste. Augenblicklich fühlte ich mich ein bisschen besser.

Wir gelangten durch einen kleinen holzvertäfelten Flur in eine große Wohnküche, an der die Jahre nicht spurlos vorübergegangen waren. Alles wirkte alt, verstaubt, abgegriffen. So, als hätten die Bewohner den Hof schon vor langer Zeit verlassen. Die Einrichtung war alles andere als zeitgemäß und der alte Herd starrte vor Dreck. Die kleinen Fenster, die sich unter die niedrige Decke duckten, waren vor lauter Staub beinahe blind.

Ich begriff nicht, was hier vor sich ging. In diesem Haus lebte definitiv niemand mehr.

»Hier wohnst du also?«, fragte ich vorsichtig und Cliff lachte.

»Ja. Gemütlich, oder?«

»Ich fühle mich gleich wie zu Hause«, murmelte ich.

»Mi casa es tu casa«, sagte Cliff beschwingt. Er war weiterhin bester Laune. Wir durchquerten die Küche und gelangten durch eine kleine Hintertür in eine riesige Scheune. Der Wind pfiff eisig durch die Ritzen in den großen Holztoren, das Stroh, das vereinzelt noch in den Ecken lag, war sicherlich schon hundert Jahre alt.

So langsam wurde ich unleidig. Ich war verurteilt worden, man hatte mich aus der Stadt geworfen und ich war durch Schnee und Kälte gelaufen. Ich hatte an einem einzigen Tag mehr durchgemacht als viele Leute in ihrem gesamten Leben, verflucht noch mal! Eigentlich wollte ich nur noch was essen und dann ins Bett.

»Das ist doch scheiße«, entfuhr es mir und Cliff drehte sich zu mir um. Er zog seine rechte Augenbraue nach oben.

»Kannst du mir endlich mal sagen, was zur Hölle hier los ist?«

Cliff hob zwei Finger in die Luft. »Es dauert noch maximal zwei Minuten, okay? Meinst du, das hältst du noch aus?«

»Nein«, knurrte ich und Cliff grinste.

In der hintersten Ecke der Scheune blieben wir plötzlich stehen und Cliff leuchtete auf den Boden. Wenn man genau hinsah, konnte man eine verschlossene Falltür erkennen. Ich schluckte. Besonders sympathisch war mir diese Tür nicht gerade.

Cliff sah mich an und legte einen Finger an die Lippen.

Ich fühlte, wie meine Nervosität wieder deutlich anstieg, aber ich nickte. Wieso sollte ich still sein? Außer uns war doch niemand hier!

Er zog einen riesigen Schlüssel aus der Hosentasche und steckte ihn in das Schloss der Tür. Dann zog er sie auf und mein Blick fiel auf eine schmale, steile Treppe, die in einen dunklen Abgrund führte. Ich fühlte, wie sich mein Körper bei diesem Anblick mit Gänsehaut überzog. Dort unten konnte alles sein. Vielleicht war Cliff ein gefährlicher Massenmörder, der sich seine Opfer von den Feldern pflückte wie andere Leute Äpfel oder Birnen. Der sie in einem Verließ im Keller folterte und schließlich umbrachte, weil sie ohnehin niemand mehr vermissen würde.

Wer hätte gedacht, dass sich mein übermäßiger Konsum von Splatterfilmen einmal so bitter rächen würde? Ich war kurz davor, mir in die Hose zu machen.

Mit einem Kopfnicken bedeutete mir Cliff, die Treppe hinabzusteigen. Alles in mir schrie mich an, es nicht zu tun, sondern auf dem Absatz kehrtzumachen und wegzulaufen, so schnell mich meine Füße trugen. Doch da draußen war nur das kalte, dunkle Nichts.

Ich schaute Cliff an und er lächelte mich mit echter Wärme aufmunternd an. Natürlich könnte das gespielt sein. Natürlich kannte ich ihn kaum und wusste nicht, wer er war und was er tat. Und dennoch beruhigte mich dieses Lächeln. Ich stieg ein paar Stufen hinab und hörte, wie er mir folgte. Als die Klappe sich hinter uns wieder schloss, sprang auf einmal helles Licht an – auf der gesamten Länge der Treppe waren Lampen an die Decke montiert worden, die mit der Tür verbunden zu sein schienen. Schlagartig fühlte ich mich besser.

Am Ende der Treppe gelangten wir an eine beeindruckende Metalltür, die mit einem Codeschloss gesichert zu sein schien. Ein altes Ziffernpaneel war direkt neben der Tür angebracht. Die ganze Konstruktion sah mir verdächtig nach Marke Eigenbau aus. Cliff quetschte sich an mir vorbei und tippte einen zehnstelligen Code ein, den ich mir so schnell nicht merken konnte. Die Tür gab ein leises Klicken von sich und Cliff drückte sie auf.

Auf das, was nun passierte, war ich wirklich nicht gefasst gewesen. Als ich hinter Cliff den Raum betrat, brach Jubel los. Ein paar Leute kamen angerannt und klatschten, ich war auf einmal von aufgeregten, lächelnden Gesichtern umzingelt. Ein Typ klopfte mir so fest auf die Schulter, dass meine müden Knie beinahe nachgaben. Cliff lachte, zog seinen Jackenstapel aus und ließ ihn achtlos zu Boden fallen, was Sheila sofort zum Anlass nahm, sich seufzend darauf zusammenzurollen. Wahrscheinlich machte sie das immer so. Jetzt war deutlich zu sehen, wie unheimlich dünn er war. Sein Grinsen war mit Abstand das Breiteste an ihm.

Ich zählte vier Leute im Raum, alle älter als ich, aber insgesamt doch ziemlich jung.

Cliff ließ sich stöhnend in einen alten Schreibtischstuhl fallen und sah mich an.

»Tut mir echt leid, aber ich konnte dir nicht erzählen, wo ich dich hinbringe. Wir wissen nie, ob oder wann wir abgehört werden. Eine Menge Leute würde nur allzu gerne wissen, wo wir uns verstecken.«

»Klar.« Ich nickte abwesend und sah mich im Raum um. Hier sah es ein bisschen so aus wie in der Redaktion von Pandoras Wächtern, nur noch provisorischer, noch chaotischer und mit noch mehr Kabelsalat. Mindestens zwanzig

Rechner standen auf verschiedenen Tischen herum, Kabel ragten aus allen möglichen Stellen an den Wänden, in der Ecke des Raumes brummte ein großer Server und an einer Wand war eine abenteuerlich wirkende Konstruktion aus verschiedenen Steckplätzen und alten Telefonen angebracht. Ich staunte nicht schlecht. So was hatte ich bisher nur im Kommunikationsmuseum gesehen.

Auf einmal war meine Müdigkeit wie weggeblasen und Hoffnung keimte in mir auf. Vielleicht konnten mich diese Leute mit meinen Freunden in Berlin verbinden. Vielleicht konnte ich sogar mit Sophie sprechen!

Ich fühlte, wie meine Wangen zu glühen begannen.

»Habt ihr Kontakt zum Operator?«, fragte ich und löste damit große Heiterkeit aus. Eine schlaksige Asiatin mit endlos langen schwarzen Haaren lachte so laut, dass es mir fast in den Ohren wehtat. Ich spürte, wie ich sauer wurde.

»Was ist daran so komisch?«, fragte ich.

Die Asiatin strich sich das Haar aus dem Gesicht und verschränkte die Arme.

»Schätzchen«, sagte sie und lehnte sich gegen einen Türrahmen. »Wir *sind* der Operator.«

SOPHIE

Ich hatte den Spiegel ausgeschaltet und war aus dem Bad gerannt, als wäre der leibhaftige Teufel hinter mir her. Nun saß ich im Wohnzimmer und starrte mein Handy an, während es so lange lud, bis ich es anschalten konnte. Ich verfluchte mich dafür, dass ich es überhaupt hatte ausgehen lassen.

Als es endlich aufleuchtete, wählte ich mit zitternden Fingern die Nummer des Operators und ließ mich mit Sash verbinden. Schon nach dem ersten Klingeln ging er ran. Er klang besorgt.

»Ja?«

»Ich bin's«, flüsterte ich überflüssigerweise.

»Sophie, wo steckst du? Ich habe mir Sorgen gemacht.«

»Es tut mir leid. Ich …« Ich suchte nach Worten. »Ich hab mich verkrochen. In der Villa Karweiler.«

»Verstehe.« Er schwieg eine Weile, vermutlich wartete er darauf, dass ich etwas sagte.

»Sash, der Spiegel hat eben mit mir gesprochen.«

Ich konnte förmlich hören, wie er eine skeptische Miene aufsetzte.

»Was meinst du damit?«

»Der MagicMirror hier im Bad«, erklärte ich hastig. »Als ich ihn eben aktiviert habe, hat er mit mir gesprochen.«

»Ist das nicht der Sinn und Zweck von diesem Ding?«
Sashs Stimme bekam einen ungeduldigen Unterton.
»Du verstehst das nicht. Er hat mich mit Namen angesprochen. Und er…« Ich brach ab, weil mich der bloße Gedanke an das, was im Bad passiert war, erschaudern ließ.
»Ja?«
»Er hat gesagt, er wüsste, wer Harald Winter ermordet hat.«
Sash sog hörbar Luft durch die Zähne ein. »Sophie, bist du dir ganz sicher?«
Ich schnaubte. »Natürlich bin ich mir sicher. Schließlich habe ich in der Schule lesen gelernt.«
»Schon gut, schon gut«, beschwichtigte Sash. »Ich glaube dir ja. Phee, das ist gar nicht gut.«
In meinem Magen bildete sich der mittlerweile vertraute Knoten aus unheilvoller Vorahnung und Angst. Dazu kam unbändige Sehnsucht nach Sash.
»Was meinst du, wer dahintersteckt?«, flüsterte ich.
Sash holte Luft, doch er kam nicht dazu, noch etwas zu sagen.
Ich hörte es durch den Hörer poltern und krachen. Sash fluchte leise und im nächsten Augenblick war er weg. Als ich den Operator erneut bat, mich zu verbinden, war die Leitung tot. Sash war nicht mehr zu erreichen.
Ich fasste mir ein Herz und versuchte es bei Marek, doch er ging gar nicht erst an sein Handy.
Natürlich konnte das alles eine ganz normale Erklärung haben. Vielleicht hatte Sash sein Telefon fallen lassen und es war dabei kaputtgegangen – er war nicht besonders geschickt und ließ ständig irgendetwas fallen. Oder es war ihm etwas dazwischengekommen.

Dennoch hatte ich das Gefühl, dass nun auch Sash in Schwierigkeiten steckte, und dieser Gedanke machte mir unheimlich große Angst. Zudem hatte ich ein schlechtes Gewissen. Ich hätte ihm sagen müssen, dass ich ihn noch liebte. Dass es mir leidtat. Immer wieder hatte ich es mir in den vergangenen Tagen vorgenommen, mir ausgemalt, wie es wäre, sich wieder mit ihm zu versöhnen. Und doch hatte ich nicht zum Hörer gegriffen, aus Angst, dass er mich nicht mehr zurückhaben wollte. Jetzt war es vielleicht zu spät.

Mit allergrößter Mühe zwang ich mich zur Ruhe und beschloss, mich erst einmal anzuziehen.

Doch in meinem Rucksack fand ich nichts, was ich hätte tragen wollen. Bunte Pullover, Kleider und Röcke, ein paar karierte Hemden und Jeans quollen aus ihm hervor, aber mir war nicht danach. Ich brauchte etwas Dunkleres. Etwas, das mir zur Not ermöglichte, mich im Dunkel zu verbergen. Diese Klamotten passten nicht mehr zu meinem neuen Ich. Doch sie waren alles, was ich eingepackt hatte.

Zum ersten Mal, seitdem ich das Haus betreten hatte, wagte ich mich hoch in Liz' alte Wohnung. Sie hatte kaum etwas von dort mitgenommen; wir hatten beinahe alles neu gekauft, was zur Folge hatte, dass auch hier oben alles aussah wie immer.

Das große Sofa mit Blick auf den Balkon, die hübschen weißen Balken, der große Spiegel über ihrer Wäschekommode. Alles schien hier geduldig auf die Rückkehr meiner Schwester zu warten. Es fühlte sich vollkommen surreal an.

Liz' Kleiderschrank war allerdings wie leer gefegt. Auf zwei Bügeln hingen offensichtliche Fehlkäufe in Apricot und Hellblau, ansonsten war alles leer. Hier wurde ich also wohl auch nicht fündig, doch alleine der Gedanke daran, in die Stadt zu gehen und in die glitzernd-bunte Warenwelt zum Shoppen einzutauchen, machte mich unheimlich müde. Es war das Allerletzte, was ich jetzt wollte.

Mir blieb also nur noch eine Möglichkeit, wenn ich nicht wie eine Kriegerin im Blümchenkleid aussehen wollte. Es fühlte sich merkwürdig an, im Schlafzimmer von Liz' Adoptiveltern zu stehen. Zwar hatte ich sie nicht häufig gesehen, doch Leopold und Carlotta hatten mich von Anfang an sehr herzlich aufgenommen. Direkt beim ersten Besuch hatte ich die Codes für das Haus bekommen und war beim Pförtner angemeldet worden, sodass ich jederzeit Zugang zum Haus hatte. Die beiden hatten immer viel gearbeitet, aber ein paar Tage hatten wir doch zusammen verbracht und es war immer schön gewesen.

Ich hatte die Karweilers für ihre Eleganz und Weltgewandtheit immer bewundert – ihr plötzlicher Tod war auch für mich ein Verlust gewesen. Umso mehr fühlte ich mich in ihrem Schlafzimmer wie ein pietätloser Eindringling. Auch dieser Raum wartete auf Rückkehrer, die niemals wiederkommen würden. Ich fühlte mich seltsam schuldig, ohne zu wissen, warum.

Doch ich sagte mir, dass Carlotta nichts dagegen gehabt hätte, wenn ich sie gefragt hätte, ob ich mir ein paar ihrer Kleider ausborgen durfte. Sie hatte mich immer aufgefordert, mir alles zu nehmen, was ich brauchte.

Carlotta konnte ja jetzt ohnehin nichts mehr damit anfangen.

Ich gab mir einen Ruck und öffnete die große Schranktür, die geräuschlos zur Seite glitt. Es war beinahe wie das Tor zu einer fremden Welt.

Der Kleiderschrank, der vom Fußboden bis zur Decke

reichte, war komplett ausgefüllt. Als ich die Tür öffnete, sprang Licht im Schrank an und erleichterte meine Suche. Und noch etwas machte meine Mission leichter: Die Kleidung war nach Farben sortiert. Nach kurzem Zögern griff ich nach einem Stapel schwarzer Pullover, die ich auf das große Doppelbett warf. Es folgten Hosen, Blusen und Röcke. In einem begehbaren Kleiderschrank, den ich für ein weiteres Bad gehalten hatte, fand ich sogar noch Schuhe und Taschen sowie Winterkleidung.

Carlotta hatte ungefähr meine Größe und Figur gehabt und ich fand erstaunlich viele Sachen, die mir passten. Ich entschied mich schließlich für zwei Paar eng anliegende schwarze Jeans und zwei unglaublich weiche Rollkragenpullover. Außerdem noch robuste Schnürstiefel und einen leichten, aber warmen Anorak.

Als ich mir die Kapuze in die Stirn zog, konnte ich mir ein leichtes Lächeln nicht verkneifen. Die Verwandlung war absolut perfekt.

Ich staunte, was Kleidung und Frisur doch ausmachen konnten. Es war beinahe so, als würde mir mein Äußeres Kraft geben; beim Blick in den Spiegel fühlte ich Entschlossenheit in mir hochsteigen.

Zurück im Wohnzimmer klappte ich meinen Rechner auf und loggte mich ins ›Karweiler Safenet‹ ein, ein WLAN-Netz, von dem Liz einmal behauptet hatte, dass es sicher sei.

In den letzten Tagen hatte ich es vermieden, überhaupt in meine Nachrichten zu schauen, weil ich nicht lesen oder sehen wollte, wie Liz verurteilt und aus der Stadt gebracht wurde. Alleine der Gedanke daran machte mich ja schon völlig verrückt. Doch damit war jetzt Schluss. Die Welt da draußen drehte sich weiter, ob ich mich nun vor ihr verkroch oder nicht.

Allerdings hatte ich nicht mit dem gerechnet, was ich als Erstes zu sehen bekam, als ich die Nachrichtenseite jetzt aufrief.

So fühlte es sich also an, wenn ein Herz brach. Ich sackte neben dem Sofa zusammen und weinte so lange, bis ich mich dumpf und leer fühlte.

News of Berlin

Pandoras Wächter gehen offline – das Ende einer Ära

Was viele von uns bereits erwartet haben, wird nun zur Gewissheit: Der einflussreiche, technikkritische Blog ›Pandoras Wächter‹ geht unwiderruflich und komplett vom Netz. Die Betreiber hatten nach der Verhaftung ihrer bekannten Redakteurin Elisabeth Karweiler alias Watchdog Taylor ein Veröffentlichungsverbot auferlegt bekommen, doch nach der Verhaftung von Sascha Stubenrauch und Marek van Rissen am heutigen Morgen war schnell klar, dass die Wächter aus dieser Krise nicht mehr herauskommen würden. Die wackeren Praktikanten, die in der Redaktion noch bis zuletzt die Stellung hielten, haben nun auch das Büro geräumt und den Ermittlern das Feld überlassen.

Pandoras Wächter haben in den letzten Jahren für viel Wirbel gesorgt und einige Skandale aufgedeckt bzw. verursacht. Ihr größter Coup war wohl die Aufdeckung des SmartPort-Missbrauchs vor zwei Jahren, doch auch die entscheidenden Berichte zu den gefälschten IntelliVan-Zahlen und dem Schwarzgeldvermögen von Zentralbanksekretär Leonard Huber gingen auf das Konto der Wächter.

Doch nun, so scheint es, sind die Kollegen eindeutig einen

Schritt zu weit gegangen. So liegen den Behörden nach offiziellen Angaben Beweise vor, dass van Rissen und Stubenrauch in den Mord an Harald Winter verwickelt waren. Karweiler, so scheint es, war keine Einzeltäterin.

Dass sich Journalisten mit den Großen und Mächtigen anlegen, ist nichts Neues, es gehört seit jeher zu unserem Beruf. Doch die Waffe, die wir benutzen, sollte immer unser Wort sein – und niemals ein Messer.

Die ganze Zeit sahen sich die Wächter von der Obrigkeit, der Politik und dem Technik-Adel dieses Landes bedroht, nun haben sie sich selbst zu Fall gebracht.

Ein tragisches, aber folgerichtiges Ende für das letzte linksradikale Großmedium Deutschlands.

Nun wird die Frage zu diskutieren sein, ob man den Chefredakteur van Rissen und den berühmten Hacker Stubenrauch ebenfalls aus der Stadt verbannt oder ob es als zu riskant eingestuft wird und die Männer außer Landes gebracht werden. Schließlich bestünde die Chance, dass sich die beiden mit ihrer Komplizin Karweiler wieder zusammentun – und wie gefährlich dieses Trio sein kann, das hat es jüngst bewiesen.

Der Prozessbeginn gegen die beiden Freunde wurde jedenfalls noch nicht festgesetzt. Aus Polizeikreisen heißt es, man wolle erst noch die Rechner der beiden Männer sowie die Redaktionsrechner untersuchen und die Daten auswerten.

Wie man sich denken kann, dürfte das etwas Zeit in Anspruch nehmen.

LIZ

So langsam konnte ich die sechs Mitglieder des Operator-Teams auseinanderhalten. Cliff, die Frohnatur von der Elfenbeinküste, war der Techniker der Gruppe und hatte alles, was es im ›Bau‹ gab, zusammengelötet beziehungsweise -geschraubt. Dann gab es Svenja, die kühle Blonde, deren Spezialgebiet Chiffrierung und Dechiffrierung war, Lien, die Asiatin mit dem seidig-weichen Haar, die für Netzsicherheit sorgte, Thore, der hauptsächlich an der Telefontafel saß und Mitglieder miteinander verband und dessen geringe Körpergröße und große Brille gar nicht zu seinem Namen passen wollten, Linus, der Philosoph und Schönling der Gruppe, der so was wie der Anführer zu sein schien, und schließlich Matthis, ein schweigsamer Hüne, der den Hof gekauft hatte und den Haushalt schmiss. Sie alle lebten und arbeiteten gemeinsam in diesem merkwürdigen Quartier unter der Erde, am Arsch der Heide von Brandenburg. Ein Leben, das ich freiwillig wohl niemals gewählt hätte – doch nun war ich hier.

Wir saßen alle gemeinsam am Tisch und aßen einen Auflauf aus Kartoffeln und Gemüse, der viel besser schmeckte, als er aussah. Was keine große Kunst war, schließlich sah das, was sich auf dem Teller vor mir befand, aus wie überbackenes Hundefutter.

»Alles aus eigenem Anbau«, erklärte Matthis stolz.

Linus beugte sich zu mir herüber und erklärte: »Es gehören noch einige Beete und Obstwiesen zum Haus. Wir müssen uns überwiegend selbst versorgen. Seit der Währungsreform kann nur noch Matthis einkaufen gehen. Wir anderen haben kein Konto.«

Ich hob die Augenbrauen. »Ihr seid nicht registriert?«

Die Mitglieder der Gruppe schüttelten allesamt den Kopf.

»Nein«, erklärte Lien. »Offiziell sind wir sogar tot.«

»Verschwunden und nie wieder nach Hause zurückgekehrt«, verkündete Cliff fröhlich und steckte sich grinsend Auflauf in den Mund. Und als er meinen entsetzten Gesichtsausdruck auffing, ergänzte er kauend: »Die Menschen, die uns nahestehen, wissen natürlich, dass es nicht so ist. Aber in den Augen der Behörden haben wir alle den Löffel abgegeben.«

Ich schaute auf meinen Teller. »Ihr versorgt euch komplett selbst?«

»Nicht komplett«, erwiderte Linus. »Aber überwiegend. Matthis hat zwar einen Job, aber wir brauchen auch Geld für Kleidung oder andere Dinge, die nicht auf Feldern wachsen. Öl, Bettwäsche, Lötzinn und so weiter. Aber wir bekommen auch Geld von unseren Unterstützern.«

»Wow«, sagte ich und meinte es auch so. Weil ich in überbordendem Reichtum aufgewachsen war, konnte ich mir das, was die Gruppe erzählte, kaum vorstellen.

Svenja schien meine Gedanken zu lesen. »*Du* kannst dir das sicher nicht vorstellen. Aber es funktioniert erstaunlich gut. Und auch du wirst dich dran gewöhnen.«

Ich blickte Svenja an und sie hielt meinem Blick stand. Es war offensichtlich, was sie dachte: Das Töchterchen aus reichem Hause weiß nicht, wie es ist, kein Geld zu haben. Richtig, das wusste ich nicht. Aber ich wusste, was es bedeutete, Probleme zu haben.

»Ich habe nichts mehr«, murmelte ich. »Ich war einmal die reichste Erbin von Berlin, aber soll ich euch was sagen?«

Am Tisch war es still geworden, die Gruppe sah mich aufmerksam an.

»Ich habe seit meiner Verhaftung nicht einmal an das verfluchte Geld gedacht. Ich denke an meine Schwester und die anderen Menschen, die ich in Berlin zurückgelassen habe.« Ich schluckte. »Und ich denke an meine Eltern. Im Gegensatz zu anderen Menschen hatte ich gleich vier Stück. Doch sie sind alle tot.«

Eine Träne lief mir die Wange hinab, doch ich hatte keine Lust, sie wegzuwischen. Stattdessen hielt ich Svenjas Blick weiter stand. »Du hast recht, wenn du glaubst, dass mir einiges vielleicht in den Schoß gefallen ist, aber denk bloß nicht, dass ich nicht weiß, wie es sich anfühlt, nichts zu haben. Ich bin hier und ich werde mich anpassen. Doch das wird nichts daran ändern, dass mir mein altes Leben immer fehlen wird.«

Die Ops schwiegen eine Weile.

Cliff hielt das Schweigen jedoch nicht sonderlich lange aus. »Will noch jemand einen Kaffee?«, fragte er und sprang auf. Zustimmendes Gemurmel war zu hören, dann beobachtete ich ihn dabei, wie er Wasser aus einem Tank zapfte, der in einer Ecke stand. Da auch ich die düstere Stimmung, die ich gerade selbst verursacht hatte, vertreiben wollte, fragte ich: »Habt ihr kein Leitungswasser?«

»Oben schon«, erklärte Linus. »Hier unten nicht. Das mit der Selbstversorgung gilt auch für Strom und Wasser. Hier auf dem Hof wohnt Matthis offiziell alleine. Wir können es uns nicht leisten, durch zu hohen Strom- und Wasserverbrauch aufzufallen. Wir haben einen eigenen Brunnen gebohrt und Solarzellen auf dem Dach angebracht.«

Ich musste zugeben, dass ich davon beeindruckt war, was diese Gruppe für etwas, woran sie glaubte, zu opfern und zu tun bereit war. Pandoras Wächter war im Vergleich zu den Ops eine Krabbelgruppe.

Vom vorangegangenen Gespräch offenbar unbeeindruckt hob Matthis den Kopf und sah mich an. »Wenn es Frühling wird, kannst du mir im Garten helfen.«

›Bloß nicht!‹, dachte ich. Ich hasste alles, was mit Erde zu tun hatte, und tötete beinahe alles, was Chlorophyll in seinen Zellen trug. Sogar für Kakteen war ich zu unfähig. Doch bis zum Frühling war es noch lange hin, also nickte ich und lächelte.

Die Operator-Crew hatte mir zu verstehen gegeben, dass jeder, der hier wohnte, eine Aufgabe übernehmen musste. Allein bei dem Gedanken daran wurde mir mulmig. Nach der Schule hatte ich eigentlich immer nur unbequeme Fragen gestellt und Artikel geschrieben. Und ich hatte auch sonst nichts gelernt, was auf einem Hof in Brandenburg oder in einer Gruppe, die sich im Darknet tummelte und sichere Telefonleitungen bereitstellte, nützlich sein könnte.

»Bis dahin kannst du mir helfen«, sagte Thore. »Ich kann oftmals nicht alle Anrufe gleichzeitig durchstellen und gerade im Moment laufen die Leitungen heiß.«

»Warum?«, fragte ich und lud mir noch eine Kelle Auflauf auf den Teller. Mein Magen schien ein schwarzes Loch zu sein, ich konnte mir nicht vorstellen, in diesem Leben noch einmal mit dem Essen aufzuhören.

»Nun«, sagte Thore und rückte die Brille auf seiner Nase

zurecht. »Für die Netzrebellen wird es zunehmend unbequemer in Deutschland. Das hast du ja am eigenen Leib erfahren. Einige von uns meinen, es sei an der Zeit, sich zur Wehr zu setzen.«

»Uns Aktivisten war früher eigentlich unsere eigene Netzsicherheit das Wichtigste«, warf Linus ein. Er sah mich an und ich schluckte. Seine dunkelbraunen Augen erinnerten mich an Sophie. Und an unseren Vater.

»Wir waren ein versprengter Haufen, unorganisiert und weitgehend unpolitisch.«

»Unorganisiert sind wir immer noch«, knurrte Lien, die ich noch keinen Bissen hatte essen sehen. So waren diese Püppchenhüften natürlich schnell erklärt.

»Ja, aber es findet ein sehr reger Austausch statt. Und seit deiner Verhaftung steht hier nichts mehr still!«

Wie auf Kommando schrillte im Nebenraum eines der Telefone und Thore stand seufzend auf. Tatsächlich war er während des gesamten Abendessens schon mindestens zehnmal aufgestanden.

»Schaut man sich auf unseren Foren im Darknet um, dann sind die Meinungen gespalten«, bemerkte Svenja mit einem leichten Lächeln. Ich sah sie an.

»Die eine Hälfte denkt, dass du Winter ermordet hast, die andere Hälfte glaubt, dir wurde etwas angehängt.«

Sie zog die schmalen Augenbrauen hoch. »Für die meisten wäre aber beides in Ordnung. Alle werden froh sein, zu hören, dass du heil und in einem Stück bei uns angekommen bist.«

»Da fällt mir ein, dass ich vielleicht mal bei den Data-Rebels Bescheid geben sollte«, sagte sie und stand ebenfalls vom Tisch auf. Ich musste gestehen, dass ich nicht gerade böse darüber war, sie los zu sein. Sie war die Einzige in der Gruppe, die mir nicht auf Anhieb sympathisch war.

Lien sprang auf und folgte Svenja mit federndem Schritt. Sie schien auf keinen Fall verpassen zu wollen, was diese Nachricht im Forum auslösen würde. Ich konnte es ihr nicht verübeln – sicherlich passierte hier unten nicht allzu viel, was sich zu erzählen lohnte. Unwillkürlich fragte ich mich, wie es wohl war, auf so engem Raum ständig zusammenzuleben. Gab es Pärchen in der Gruppe? Was machten sie, wenn es einmal Streit gab? Groß aus dem Weg gehen konnte man sich hier unten ja nicht.

Matthis murmelte etwas, das wie ›Wäscheaufhängen‹ klang, und auch Cliff verzog sich mit seiner Tasse Kaffee in einen anderen Teil des weitverzweigten Bunkers, von dem ich noch längst nicht alles gesehen hatte. Ehe ich michs versah, saß ich mit Linus alleine in der Küche.

Obwohl Küche ein viel zu simples Wort für den Raum war, in dem wir uns befanden. Ganz offensichtlich war hier das Herzstück des Baus, der Ort, an dem sich alle Mitglieder der Gruppe am liebsten aufhielten. Und sie war riesig. Im Zentrum standen ein enormer Küchenblock mit Fünf-Flammen-Gasherd und einer großen Spüle, dahinter ragten zwei verchromte Kühlschränke, zwei Kühltruhen und Regale voller Einmachgläser auf. Sie stapelten sich bis unter die gewölbte Decke. Ich sah Möhren, Kartoffeln, Kraut, Erbsen, Kichererbsen, Bohnen und allerlei Gläser, deren Inhalt ich nicht zuordnen konnte. An einer weiteren Wand hingen an einer Art Seilsystem alle möglichen Kräuter in Sträußchen zusammengefasst sowie getrocknete Tomaten und Chilis, Zwiebeln und Knoblauch. Fe hätte an dieser Küche ihre helle Freude.

Der runde Holztisch, an dem wir gerade saßen, wurde

von zwölf unterschiedlich gepolsterten Stühlen umrahmt, die allesamt sehr gemütlich aussahen. Irgendwie passten sie zusammen und irgendwie auch nicht. Hinter dem Tisch gab es auch noch eine große Sofaecke. Alles war sauber und ordentlich, strahlte aber jene Art Gemütlichkeit aus, die nur Räume haben, in denen gelebt wird. Außerdem fiel mir auf, dass die Möbel und die gesamte Ausstattung auf mich insgesamt recht hochwertig wirkten, was in krassem Gegensatz zu dem Gespräch stand, das wir gerade geführt hatten. Der Raum bildete einen starken Kontrast zum benachbarten Technikraum, in dem alles so provisorisch aussah, dass man beinahe Angst haben musste, eine der abenteuerlichen Kabel-Basteleien könnte demnächst in Flammen aufgehen.

»Sicher, dass ihr kein Geld verdient?«, fragte ich so unverfänglich wie möglich. »Der Kram hier hat doch bestimmt ein halbes Vermögen gekostet!«

Doch Linus lächelte nur spöttisch. »Gerne weihe ich dich in die finanziellen Einzelheiten der Ops ein, wenn du mir sagst, ob du Winter umgebracht hast oder nicht.«

Gut, einen Versuch war es wert gewesen. Ich räusperte mich verlegen. »Das ist kaum etwas, das ich jemandem anvertrauen möchte, den ich gerade erst ein paar Stunden kenne.«

Nun grinste Linus. »Siehst du, so geht es mir auch. Die Gruppe ist unser aller Lebenswerk und Diskretion ist das Wichtigste überhaupt. Wir müssen dich eine Weile beobachten, um herauszufinden, ob wir dir vertrauen können. Ich denke, du verstehst das.«

Ich nickte. Natürlich verstand ich.

»Und was ist, wenn sich herausstellt, dass ihr mir nicht vertrauen wollt?«, fragte ich.

Linus schenkte mir einen Blick, den ich nicht deuten

konnte. Doch ich wusste in dem Augenblick, dass er ein Mann war, der sehr weit gehen würde, um sein Lebenswerk zu schützen. In seiner sonst so hübschen, weichen Miene lag keine Freundlichkeit.

»Das solltest du besser vermeiden«, erwiderte er schlicht und ich schluckte.

Die ganze Zeit war es mir hervorragend gelungen, die Gedanken an den Mord auszublenden. Immerhin war ich mit Überleben beschäftigt gewesen. Doch Linus' Bemerkung hatte meine Fragen und Sorgen wiederbelebt, die während der letzten Stunden tief in meinem Inneren geschlafen hatten. War ich tatsächlich die Mörderin, als die ich verurteilt worden war? Und wenn ja: Wie würde meine Zukunft aussehen? Eigentlich hatte ich nicht vorgehabt, mich wie ein Maulwurf unter der Erde zu verkriechen. Obwohl ich dankbar dafür war, dass mich die Ops gesucht hatten, wusste ich jetzt schon, dass ich es hier nicht lange aushalten würde. Schließlich musste ich mich der Gruppe unterordnen und das war überhaupt nicht mein Ding. Außerdem brauchte ich Tageslicht.

Und dann war da noch Sophie. Ich konnte mir nicht vorstellen, mein ganzes restliches Leben ohne meine Zwillingsschwester zu verbringen.

Mein einziger Trost war, dass sie noch Sash und Marek hatte. Die beiden würden sich um sie kümmern und ihr beistehen, da war ich mir sicher. Mir war völlig klar, dass sich Sophie und Sash mittlerweile wieder versöhnt hatten. Die Sache zwischen den beiden war die echte große Liebe. Sie konnten nicht auf Dauer ohne einander leben. Wenn meine Verhaftung etwas Gutes hatte, dann, dass sie Sophie und Sash bestimmt wieder zusammengebracht hatte. Den Gedanken an Marek, der sich automatisch in mein Hirn schob, wischte ich hastig beiseite.

In diesem Augenblick kam Lien in die Küche geplatzt, dicht gefolgt von Svenja und Cliff. Alle drei sahen ziemlich besorgt aus und augenblicklich verrutschte mein Herz. Was war nun schon wieder passiert?

»Sie haben Marek und Sash verhaftet«, sagte Lien und wirkte dabei leicht außer Atem.

Linus setzte sich auf. »Weiß man schon, wann der Prozess sein wird?«

Svenja schüttelte den Kopf. »Sie wollen erst alle Rechner filzen, das kann ewig dauern. Außerdem wurden wohl Stimmen laut, die Sash und Marek außer Landes wissen wollen, damit sie sich nicht mit Liz zusammentun können.«

»Fuck!«, entfuhr es mir und Linus legte beruhigend eine Hand auf meinen Arm.

»Soviel ich weiß, geben das die neuen Strafgesetze gar nicht her.«

»Wenn ein anderer EU-Staat bereit ist, sie in einer ihrer Haftanstalten aufzunehmen, ginge das schon«, entgegnete Lien.

Allein beim Gedanken daran wurde mir schlecht. Das durfte doch nicht wahr sein! War das etwa alles meine Schuld? Mit Sash und Marek im Gefängnis war Sophie alleine in Berlin. Und diese Tatsache gab mir ein verdammt ungutes Gefühl.

Ich blickte auf die große Uhr, die zwischen den Regalen an der Wand hing. Dabei fiel mir auf, wie lange es her war, dass ich auf eine normale Uhr mit Zeigern und Zifferblatt geschaut hatte. Ich konnte mich nicht erinnern, wo ich so was zuletzt gesehen hatte. Schade eigentlich.

Die Zeiger verrieten mir, dass es fast zehn Uhr war. Hier unter der Erde verlor man sämtliches Zeitgefühl.

»Kann ich mal telefonieren?«, fragte ich und brachte damit Svenja und Lien zum Kichern. Schön, dass ich zur Erheiterung beitragen konnte, dachte ich bitter.

Einzig Linus lachte nicht. »Du willst deine Schwester anrufen«, stellte er fest und ich nickte.

»Hat sie eine Nummer von uns?«

»Soviel ich weiß, nicht.«

»Das ist ein Problem«, sagte Linus. »Dann kannst du nur Festnetztelefone anrufen. Wir können keine sichere Verbindung zu einem Mobiltelefon von einem fremden Nutzer garantieren.«

»Festnetz!« Ich stöhnte. Natürlich gab es noch ein paar Festnetztelefone in Berlin, aber ich konnte nur eine Handvoll Nummern auswendig. Und die Wahrscheinlichkeit, Sophie auf diese Weise zu erreichen, war sehr gering. Dennoch musste ich es versuchen. Also nickte ich.

»Thore wird dir alles zeigen«, sagte Linus und schenkte mir ein aufmunterndes Lächeln. »Dann kannst du gleich anfangen, ein bisschen zu üben!«

Mit einem Knoten im Herzen stand ich auf und ging in Richtung Nebenraum. Als ich die Tür erreichte, hörte ich ihn hinter mir rufen: »Hey!«

Ich drehte mich um. Auf einmal sah er wieder sehr sympathisch und warmherzig aus, keine Spur von der Kälte, die ich eben noch in seinem Gesicht gesehen hatte.

»Ich hoffe, du erreichst jemanden«, sagte er und klopfte auf den Holztisch.

Ich lächelte ihn an. Vielleicht hatte ich mir das mit der Kälte ja auch nur eingebildet?

Thore nahm mich in Empfang und zeigte mir ein Telefon, das ich benutzen konnte. Ich setzte mich davor in einen abgewetzten Ledersessel. Dann zog er einen Stecker aus der Wand und drückte ihn mir in die Hand.

»Wenn du eine nicht registrierte Nummer anrufst, muss der Steckplatz 1000 immer besetzt sein.« Er schob seine Brille hoch. »Das ist sehr wichtig. Und nach jeder Verbindung musst du ihn einmal herausziehen und wieder einstecken. Auch dann, wenn keiner drangeht. Diese Regel gilt absolut ohne Ausnahme. Verstehst du?«

»Ja klar«, erwiderte ich und nahm den Stecker entgegen. »Was ist das überhaupt für ein abgefahrenes Teil?«

Thore zeigte mit dem Daumen auf die gewaltige Wandkonstruktion, die aussah, als sei sie sehr viel älter als ich. »Du meinst die Stecktafel?«

Ich nickte.

»So was war früher ganz normal. Bis in die Sechzigerjahre des letzten Jahrhunderts wurden Menschen über Zentralen miteinander verbunden. Wir machen hier nichts anderes. Diese Tafel hat Cliff in einem Bunker aus dem Zweiten Weltkrieg gefunden und wieder flottgemacht.«

Meine Augen wanderten über die alten Steckplätze und ich versuchte mir vorzustellen, wie die Menschen vor gut hundert Jahren miteinander kommuniziert hatten. Das Leben war in rasender Geschwindigkeit so viel komplizierter geworden.

Thores Telefon klingelte und er nickte mir noch einmal zu, bevor er sich wieder an die Arbeit machte. Ich atmete zweimal tief durch und steckte den Stecker ein. Dann wählte ich die erste Nummer, die mir in den Kopf kam. Während es tutete, klopfte mir das Herz bis zum Hals.

»Rodriguez«, meldete sich die wunderbar tiefe und mir unendlich vertraute Stimme von Fe, doch ich brachte kein Wort heraus. Ich saß einfach da und bewegte den Mund wie ein Fisch, den man an Land geworfen hat. Der Gedanke daran, wie viel Kummer ich ihr bereits gemacht hatte, nahm mir den Atem. Ich wusste nicht, wie ich überhaupt ein Gespräch anfangen sollte.

»Hola?«, hörte ich Fe sagen und wusste genau, dass sich gerade eine tiefe Falte über der Nasenwurzel in ihre Stirn grub. Sie war kein sonderlich geduldiger Mensch, in dieser Beziehung waren wir einander sehr ähnlich. Wahrscheinlich hatte sie eine Hand in die Hüfte gestemmt und tippte mit der Fußspitze auf dem Flurboden herum. Gerade als ich Luft geholt hatte, um wenigstens irgendetwas zu sagen, hörte ich sie »Madre mia« murmeln. Kurz darauf ertönte ein Klicken. Fe hatte aufgelegt.

Wenigstens wusste ich jetzt, dass sie zu Hause war, sagte ich mir, zog den Stecker raus und steckte ihn wieder rein. Ich konnte immer noch ein zweites Mal anrufen.

Bei Juan hob keiner ab. Vielleicht hatte er einen neuen Job, vielleicht eine neue Liebe, vielleicht ging er aber auch gerade nur etwas einkaufen. Mich schmerzte, dass ich es nicht wusste. Seine Stärke, Traurigkeit und unendliche Sanftmut fehlten mir gerade sehr. Wenn ich als Kind ein Problem hatte, so hatte Juan es immer gelöst. Gerne hätte ich ihm aufgetragen, Sophie zu sich zu holen und auf sie aufzupassen. Doch vielleicht wäre das auch zu viel verlangt.

Während ich vor dem Telefon saß und es ins Leere tuten hörte, fühlte ich mich unendlich einsam. Die letzten Jahre waren in rasender Geschwindigkeit an mir vorbeigerauscht. In Windeseile war ich von einem Kind zur Erwachsenen geworden, dabei war ich noch gar nicht bereit gewesen. Ich war noch nicht fertig mit dem Glücklichsein, verdammt! Heftiges Heimweh überkam mich, doch ich durfte es jetzt nicht an mich heranlassen. Statt schon wieder zu heulen, überlegte ich, wen ich noch anrufen konnte. Es gab nur noch eine andere Nummer, die ich auswendig wusste. Doch dort würde ganz sicher niemand abheben. Ich verfluchte mich selbst dafür, nicht noch mehr Nummern gelernt zu haben, als ich noch die Gelegenheit dazu gehabt hatte. Es war mir schlicht nie notwendig erschienen, da ich alle Kontakte auf meinem Telefon und früher auf meinem Port bei mir getragen hatte. Nie wäre ich auf die Idee gekommen, dass mir jemand den Zugang zu allem, was mir vertraut war, mit einem Schlag nehmen konnte.

Die dritte Nummer würde mich ganz sicher nicht zu meiner Schwester führen – sie führte zu niemandem mehr. Trotzdem steckte ich den Stecker ein drittes Mal ein und wählte die Nummer. Einfach nur, um für ein paar Sekunden eine Verbindung in mein altes Leben zu haben. Ich drückte die Tasten herunter und fühlte eine traurige Genugtuung, als nach der letzten Ziffer das vertraute Tuten in der Leitung erklang.

Es war schön, zu wissen, dass in der Karweiler Residenz gerade die Telefone klingelten. Eines in der Küche direkt neben der Tür, eins im Schlafzimmer meiner Eltern und eins im Wohnzimmer auf dem kleinen Beistelltisch direkt neben der Sitzecke. Beinahe konnte ich es hören. Es hallte durch die verlassenen Räume, das vielleicht erste Geräusch seit langer Zeit. Ich schloss die Augen und dachte an mein altes Zuhause, an meine Kindheit und an all die schönen Momente, die ich mit meiner Familie oder mit Freunden in diesem Haus verbracht hatte. Es fühlte sich gut an, zu wissen, dass noch Leitungen in mein altes Zuhause führten. Das Kabel verband mich damit. Während ich dem Tuten lauschte, hatte ich wenigstens das Gefühl, nicht ganz verloren zu sein. Es kümmerte mich nicht, dass keiner abnahm. Ich ließ es einfach klingeln.

Und erschrak zu Tode, als schließlich doch jemand abnahm.

»Hallo?«, flüsterte eine Stimme leise und vorsichtig. Eine Stimme, die ich so genau kannte, dass mir Tränen in die Augen stiegen. Das konnte doch nicht sein, halluzinierte ich?

»Sophie?« Ich klang wie ein heiserer Dackel.

Auf der anderen Seite der Leitung war es eine ganze Weile still. Ich fürchtete schon, meine Schwester wollte gar nicht mit mir reden, bis ich sie am anderen Ende geräuschvoll schniefen hörte.

»Liz«, stammelte sie schließlich. »Oh mein Gott!«

SOPHIE

Ich kniff mir so heftig in den Arm, dass ganz sicher ein blauer Fleck entstehen würde, doch das war mir vollkommen egal.

»Du lebst, du lebst, du lebst, du lebst«, quietschte ich und hüpfte dabei im Wohnzimmer der Karweilers auf und ab. Hätte ich das nicht getan, wäre ich todsicher geplatzt. Liz war am Leben! Mehr noch: Ich hatte sie gerade am Telefon. Das kam mir beinahe wie ein Wunder vor.

»Was«, entfuhr es mir, gefolgt von: »Wie ... wo ...?«

Liz lachte. Es war ein lautes und befreites Lachen. Ich konnte mich nicht erinnern, wann ich es zum letzten Mal gehört hatte. Das tat so gut.

»Lange Geschichte«, sagte sie schließlich. »Aber was machst du in unserem Haus?«

Ich setzte mich wieder auf das Sofa. Schließlich musste ich mich jetzt zusammenreißen und konzentrieren.

»Haben wir Zeit?«

Liz murmelte etwas, dann hörte ich eine männliche Stimme, die mir merkwürdig vertraut vorkam.

»Ungefähr eine Viertelstunde. Länger ist es nicht sicher.«

Ich nickte. »Dann fasse ich mich so kurz wie möglich.«

In knappen Worten und Sätzen schilderte ich meiner Schwester nun, was seit ihrer Verhaftung geschehen war. Bis auf ein paar kräftige Flüche hörte ich währenddessen nichts von ihr. Ihr Schandmaul hatte mir entsetzlich gefehlt.

Danach erzählte sie mir, dass sie von der Gruppe, die den Operator betrieb, gerettet worden sei und sich nun bei ihnen in Sicherheit befand. Und dass sie eigentlich nur aus Heimweh die alte Nummer der Villa gewählt hatte. Was für ein Glück!

»Stell dir vor«, sagte sie jetzt. »Im Darknet werden schon Wetten darüber abgeschlossen, ob ich Winter getötet habe oder nicht.«

Das war so typisch meine Schwester, dass ich lachen musste. Sie war gut darin, große Worte unbedacht auszusprechen.

Schlagartig fiel mir ein, was ich ihr direkt als Erstes hätte sagen müssen.

»Du warst es nicht!«, sagte ich bestimmt und hörte, wie Liz am anderen Ende scharf Luft einsog. Sie dämpfte ihre Stimme.

»Woher willst du das wissen?«, raunte sie. Ich konnte hören, wie nervös sie war.

»In der Nacht nach dem Interview warst du völlig weggetreten. Du hast geblutet und warst gar nicht ansprechbar«, erzählte ich hastig. »Ich habe deine Wunden gesäubert und die Wattebäusche in den Müll geworfen. Die Polizei hat sie nicht mitgenommen.«

»Und da hast du sie untersuchen lassen«, schlussfolgerte Liz.

»Genau. Und rate mal! Du warst vollgepumpt mit Drogen! Tiny sagt, du hättest nicht einmal ein Messer halten können! Irgendjemand hat dir Liquid Ecstasy gegeben – und zwar nicht gerade wenig.«

Liz atmete hörbar aus, dann lachte sie erleichtert. »Wenn du wüsstest, wie gut sich das gerade anfühlt«, sagte sie, nun wieder viel lauter.

»Oh glaub mir, ich weiß es«, erwiderte ich lachend. Dann wurde ich wieder ernst. Dass sich Liz bei den Operators befand, eröffnete auf einmal völlig neue Möglichkeiten.

»Liz, hör zu. Ich brauche einen Hacker!«, sagte ich nach kurzem Nachdenken, denn genau das war es, was ich wirklich brauchte. Ich hatte in den letzten Stunden lange über den Badezimmerspiegel nachgedacht und war zu dem Schluss gekommen, dass ich ihn wieder anschalten musste. Ich musste herausfinden, was dahintersteckte. Vielleicht konnte ich so meine Schwester rehabilitieren. Oder zumindest die Wahrheit ans Licht bringen.

Auch wenn ich das Gefühl hatte, den Spiegel anzuschalten könnte gefährlich werden, blieb mir unterm Strich nichts anderes übrig. Doch vielleicht musste ich es ja nicht ganz ungeschützt tun.

»Wozu?«, fragte meine Schwester alarmiert und ich erzählte ihr von dem Spiegel.

»Oh, Sophie, das klingt gar nicht gut!«, hörte ich sie sagen. »Lass lieber die Finger davon!«

Ich stutzte. »Wie bitte? Hörst du dich selbst reden? Jemand weiß, wer Harald Winter wirklich getötet hat. Vielleicht weiß er noch mehr! Willst du nicht wissen, was hinter der ganzen Sauerei steckt?«

»Ja, aber«, setzte Liz an, doch ich ließ sie nicht ausreden.

»Nichts aber«, sagte ich ungeduldig und fühlte abermals die wütende Entschlossenheit in mir hochbrodeln.

Liz gluckste. »Was ist denn mit dir los? So kenne ich dich ja gar nicht!«

»Mir reicht es jetzt langsam!« Ich atmete einmal tief durch und schloss die Augen, um mich zu sammeln. Dann sagte ich: »Lizzie, ich werde den Spiegel auf jeden Fall wieder einschalten, ob du es willst oder nicht. Er ist unsere einzige Chance, herauszufinden, warum du verbannt wurdest. Die werde ich ganz sicher nicht ungenutzt verstreichen lassen. Das Einzige, was du tun kannst, ist, mir herausfinden zu helfen, wer dahintersteckt.«

Liz war eine Weile still. Ich konnte förmlich hören, wie sie den Kopf schüttelte. Dann vernahm ich ein vertrautes Geräusch.

»Hör auf, an deinen Nägeln rumzuknabbern!«, sagte ich mahnend und wir fingen beide an zu lachen. Ich konnte sie wahrscheinlich bis an ihr Lebensende daran erinnern, sie würde es doch nie bleiben lassen.

»Also, was ist jetzt?«, fragte ich nach einer Weile und sie seufzte.

»Es fühlt sich nicht so an, als würde es dir helfen, sondern mir. Und es fühlt sich gefährlich an.«

»Wenn es dir hilft, dann hilft es auch mir«, sagte ich sanft. »Du und ich gegen all den Wahnsinn hier. Habe ich recht?«

Liz schniefte leise. »Ich war ein verdammt schlechter Einfluss auf dich, soviel ist sicher. Warte kurz. Ich ruf dich gleich wieder an.«

LIZ

»Könnt ihr bitte mal alle herkommen?«, rief ich und die Ops versammelten sich mehr oder weniger hastig hinter dem Stuhl, auf dem ich saß. Als alle da waren, fragte ich Thore, ob es einen Weg gab, das Telefon laut zu stellen. Dieser nickte. »Hier unter dem Apparat ist ein Hebel«, er zeigte auf einen kleinen grauen Metallhebel. »Den musst du einfach nur umlegen.«
»Meine Schwester hat ein paar ungeheuerliche Dinge zu erzählen«, erklärte ich. »Und sie hat eine Bitte. Ich dachte, es wäre am besten, wenn ihr das alle hört.«

Die Gruppe nickte, Lien und Svenja setzten sich auf einen Schreibtisch, der in der Nähe stand, die Männer blieben bis auf Thore hinter mir stehen.

Ich steckte den Stecker ein weiteres Mal bei der Nummer 1000 ein und wählte erneut. Sophie war beim ersten Klingeln dran, sie hatte sicher die ganze Zeit über das Telefon angestarrt. Ich lächelte und legte den Hebel um.

»Sag mal was!«, forderte ich sie auf.

»Was denn?«, fragte Sophie und ihre Stimme hallte blechern aus uralten Lautsprechern. Es klang zwar merkwürdig, aber es funktionierte.

»Reicht schon!«, rief ich lachend. »Ich habe mir ein bisschen Verstärkung geholt, sie können dich jetzt alle hören.

Erzähl bitte einfach noch mal, was du mir eben erzählt hast.«

Sophie kam meiner Bitte nach und erzählte, was ihr vor wenigen Stunden mit dem MagicMirror im Badezimmer meiner Eltern passiert war.

»Und keiner wusste, dass du dort bist?«, fragte Lien dazwischen, was Sophie verneinte. Lien runzelte nachdenklich die Stirn.

Überhaupt wurden die Gesichter der Ops immer ernster, während sie den Worten meiner Schwester lauschten. Sie schienen das ungute Gefühl, das auch mich überfallen hatte, zu teilen.

»Ich brauche einen Hacker, der das Signal vom Spiegel bis zur Quelle zurückverfolgt«, sagte Sophie schließlich, und ich war erstaunt, wie fest ihre Stimme klang. Ich merkte, dass ich ganz schön stolz auf meine ›kleine‹ Schwester war.

»Kann das einer von euch tun?«, fragte sie in die Stille des Raumes hinein. »Ich kann auch bezahlen!«

Linus klang leicht amüsiert. »Wir verkaufen unsere Dienste nicht.«

»Oh.« Sophie klang enttäuscht. »Dann werdet ihr mir nicht helfen?«

»Das haben wir nicht gesagt.« Nun grinste Linus breit. Er schaute hinüber zu Svenja. Diese nickte und verzog sich hinter einen der Rechner, die weiter hinten im Raum standen. »Gebt mir die Adresse des Spiegels und zwanzig Minuten. Wenn die Verbindung steht, musst du ihn mindestens fünfzehn Minuten bei der Stange halten. Schneller schaffe ich es nicht.«

»Verstanden?«, fragte ich Sophie.

»Verstanden.«

»Aber versprich mir, dass du heute Abend nichts weiter unternimmst, selbst wenn Svenja herausfindet, wo der Rechner steht, von dem die Nachrichten kommen, okay?«
»Wenn du drauf bestehst!«
»Das tue ich. Ich muss dringend schlafen, aber wenn ich mir Sorgen um dich machen muss, dann kriege ich heute Nacht sicher kein Auge zu.«

SOPHIE

Es dauerte wesentlich länger als zwanzig Minuten, bis das Telefon erneut klingelte. Ich ließ es klingeln. Als es nach dem dritten Ton verstummte, wusste ich, dass es so weit war. Die Ops waren bereit, was für mich bedeutete, dass ich den Spiegel starten musste.

Also stieg ich mit klopfendem Herzen die geschwungene Treppe mit dem dicken Holzgeländer wieder hinauf in den ersten Stock. Der Staub, den ich beim Laufen aufwirbelte, kitzelte mich in der Nase. Erst jetzt fiel mir auf, dass es draußen stockfinster geworden war. Die vergangenen Tage hatte ich mich nicht weiter darum gekümmert, jetzt war mir die Dunkelheit unheimlich.

Vielleicht hätte ich Liz' Einwand als Gelegenheit nehmen müssen, mit der ganzen Aktion bis zum nächsten Tag zu warten.

Aber eigentlich war das ja lächerlich, mahnte ich mich. Dunkelheit alleine hatte noch niemandem etwas getan. Genauso wenig wie ein Spiegel.

Ich betrat das Badezimmer und sah mich kurz um. Da ich nicht wusste, ob mich derjenige, der sich mit dem Spiegel verbunden hatte, sehen konnte oder nicht, checkte ich kurz, ob etwas im Badezimmer lag, das niemand sehen sollte. Doch bis auf zwei benutzte Handtücher und meine alten

Klamotten war nichts zu sehen. Und meinen Aufenthaltsort kannte er oder sie ja ohnehin bereits.

Außer Sichtweite des Spiegels platzierte ich eine Uhr so, dass ich die Zeit sehen konnte. Eine Viertelstunde musste ich mit dem Spiegel kommunizieren, sobald die Verbindung stand. Das konnte verdammt lang sein – und ich hatte keine Ahnung, was ich sagen sollte.

»Also dann«, murmelte ich und schaltete den Spiegel an.

Die vertraute Melodie erklang, als das Gerät zum Leben erwachte. Das MagicMirror-Logo flackerte kurz auf, dann wurde es von dem allgegenwärtigen NeuroLink-Logo abgelöst. Ich konnte mir ein Schnauben nicht verkneifen. Wie oft hatte ich mir in den letzten Jahren gewünscht, dieses Logo niemals wiedersehen zu müssen? Aber das war ohnehin unmöglich, es war überall.

Ich blickte in den Spiegel und wartete. Dabei betrachtete ich noch einmal mein neues Ich und war hochzufrieden. Es wunderte mich, dass ich mir nicht schon viel früher die Haare geschnitten hatte. Wahrscheinlich, weil Liz früher die Haare kurz getragen hatte. Ich hatte nicht den Eindruck erwecken wollen, ihr nachzueifern.

›Da bist du ja wieder‹.

Ich zuckte zusammen. Die blauen Buchstaben leuchteten auf dem Spiegel genau dort auf, wo normalerweise ›Seien Sie Ihr bestmögliches Ich‹ stand.

»Hallo«, sagte ich und kam mir dabei selten dämlich vor. Eigentlich durfte nur Schneewittchens Stiefmutter mit einem Spiegel sprechen. Und wohin das geführt hatte, wussten wir alle.

›Ich hatte schon gedacht, du kommst nicht mehr wieder‹.

»Ich hatte zu tun«, antwortete ich, ein wenig zu schnell.
›Natürlich …‹, erschien auf dem Spiegel.
Ich runzelte die Stirn. Was meinte er denn damit? Die Erklärung ließ nicht lange auf sich warten.
›Du warst seit über einer Woche nicht bei deinen Vorlesungen.‹
Ich las die Worte und erschrak. Wer auch immer hier gerade mit mir sprach, wusste viel mehr, als mir lieb war. Und zu allem Überfluss schien man mir den Schreck auch anzusehen.
›Schockiert?‹, fragte der Spiegel.
Ich schielte vorsichtig auf die Uhr. Seit Verbindungsaufbau waren gerade erst vier Minuten vergangen. Vier Minuten hatten gereicht, um mich aus der Fassung zu bringen. Ich musste mich stärker zusammennehmen. Das Problem war nur, dass ich noch nie wirklich gut darin gewesen war, meine Emotionen zu verbergen. Doch das war die alte Sophie, sagte ich mir. Die neue Sophie hatte ein Pokerface. Und genau das bemühte ich mich jetzt aufzusetzen.
»Du hast gesagt, du wüsstest, wer Harald Winter ermordet hat.«
›Ich weiß es.‹
»Nur deshalb bin ich hier. Ich will die Wahrheit wissen«, sagte ich mit fester Stimme und stellte mit Genugtuung fest, dass mein Gesicht nun wieder sehr entschlossen wirkte. Es kostete Nerven, sich mit jemandem zu unterhalten, der einen sah, während man selbst nichts sehen konnte. Ich hatte das Gefühl, verwundbar zu sein, obwohl mir der Spiegel ja gar nichts tun konnte.
›Umsonst ist nur der Tod – und der kostet das Leben‹, antwortete der Spiegel.

»Sehr philosophisch«, erwiderte ich. »Soll das heißen, dass du Geld willst?«

Die Zeilen verschwanden vom Spiegel und zwei neue Worte tauchten auf.

›Kein Geld‹

Ich schnaubte ungeduldig und schielte auf die Uhr. Acht Minuten.

»Was willst du dann?«, fragte ich.

Auf dem Spiegel erschien ein D, das kurz darauf wieder verschwand. Ich runzelte die Stirn.

Die Sekunden verstrichen, doch es erschien kein weiteres Wort mehr.

Ich begann, nervös zu werden. Zehn Minuten waren erst verstrichen, das reichte nicht, die Quelle zu orten.

»Hallo?«, fragte ich.

›Komm morgen früh um acht wieder hier her. Dann werde ich dir sagen, was ich will.‹

Kurz nachdem diese Worte erschienen waren, verschwanden sie auch wieder. Eine neue Botschaft leuchtete mir vom Spiegel entgegen.

›Gute Nacht, Sophie!‹

Zwölf Minuten.

»Warte!«, rief ich hastig.

Kurz hatte ich Angst, die Verbindung sei unterbrochen, doch nach ein paar bangen Augenblicken fragte der Spiegel:

›Was?‹

Ich straffte die Schultern. »Woher weiß ich, dass du nicht bluffst?«

›Du wirst mir wohl vertrauen müssen.‹

Ich lachte freudlos. »Ich vertraue keinen Produkten der Firma NeuroLink.«

›Kluges Mädchen.‹
»Das ist keine Antwort«, sagte ich und fühlte, wie Wut in mir hochkochte. Vierzehn Minuten. Gleich hatte ich es geschafft. Schweiß trat mir auf die Stirn und ich wischte ihn ärgerlich mit dem Handrücken weg.
›Bist du nervös oder hast du in der Villa Karweiler die Heizung aufgedreht?‹
Natürlich wusste er, wo ich war. Doch dass er auch wusste, dass dies die Adresse der Villa Karweiler war, behagte mir ganz und gar nicht. Zum ersten Mal sah ich die eindeutigen Vorteile der Gated Communities. Zu meiner großen Zufriedenheit sah man mir meinen Schock diesmal allerdings nicht an. Um Halt zu finden, krallte ich mich am Waschtisch fest. Meine Knöchel traten weiß hervor, so fest presste ich meine Finger gegen die harte Marmorplatte.
»Also?«, stieß ich hervor.
Die Uhr verriet mir, dass ich schon sechzehn Minuten mit dem Spiegel sprach. Eigentlich müsste die Zeit reichen, doch ich widerstand dem Impuls, das Gerät einfach wieder auszuschalten. Immerhin schuldete es mir noch eine Antwort.
›Deine Schwester hatte Liquid Ecstasy im Blut‹
Ich nickte. »Und weiter?«
›Ich habe es besorgt.‹
»Wem hast du es gegeben?«, fragte ich, doch ich wusste bereits, dass ich keine Antwort mehr bekommen würde. Eine Weile starrte ich den Spiegel an, als hoffte ich, durch ihn hindurch auf die andere Seite blicken zu können. Als säße derjenige, der mit mir kommuniziert hatte, direkt dahinter – wie in einem schlechten Polizeifilm.

Als nichts mehr kam, schaltete ich den Spiegel ab.

»Wer bist du?«, murmelte ich leise, doch mein eigenes Spiegelbild hielt keine Antworten für mich bereit. Weder wusste ich, wer ich selbst war, noch wer hinter den Botschaften im Spiegel steckte.

Doch er hatte mir einen Hinweis darauf gegeben, wer er war. Ein Mensch, der Liquid Ecstasy besorgen konnte. Allerdings glaubte ich nicht, dass es sich um einen einfachen Drogenhändler handelte, der nun versuchte, mit seinem gefährlichen Hintergrundwissen Geld zu machen.

Dafür wusste er viel zu viel. Und er betrieb einen gewaltigen Aufwand.

Ein unguter Gedanke stieg in mir auf, doch ich bekam ihn noch nicht zu fassen.

Es war, als fiele einem der Name einer Person nicht ein, die man eigentlich ganz gut kannte. So wie einem manchmal etwas auf der Zunge lag, so lag mir jetzt etwas im Kopf.

Doch gerade als ich das Gefühl hatte, der merkwürdigen Ahnung näher zu kommen, klingelte das Telefon.

Ich hastete ins Schlafzimmer und nahm den Hörer ab. Leider etwas zu schnell, denn er polterte zu Boden.

»Sophie?«, hörte ich die Stimme meiner Schwester fragen und ich hob das Telefon wieder auf.

»Ich bin hier!«

»Wir haben die Adresse.«

Der Sandmann ballte die rechte Hand zur Faust und konnte den Impuls, sie auf die Tischplatte sausen zu lassen, nur mit Mühe unterdrücken. Die Wut, die er sich selbst gegenüber empfand, war gewaltig. Warum nur? Warum hatte er sich bei ihr so schlecht unter Kontrolle? Er hatte Menschen ohne mit der Wimper zu zucken töten lassen, war der Polizei ein ums andere Mal entwischt, hatte Professoren, Priester und Politiker unerkannt manipuliert – eiskalt, berechnend und gefühllos.

Es ärgerte ihn, dass ihm bei Sophie immer wieder fatale Fehler unterliefen.

Um ein Haar hätte er sie verschreckt. Auf ihre Frage hin, was er von ihr wollte, hätte er beinahe ›dich‹ geschrieben. Dann wäre sie niemals zu ihm gekommen. Er musste sich zusammenreißen.

Der Sandmann hatte sich lange überlegt, was er von ihr fordern könnte, und er war sich noch immer nicht ganz sicher. Ihm blieb noch diese Nacht, um Sophie in seinen komplizierten Plan ›einzubauen‹.

Er riss sich zusammen und dachte nach. Viel Zeit blieb nicht mehr, das Programm lief nun rund, Claudius hatte ein paar Leute abgestellt, die sich eingearbeitet hatten. Die Zahleinheiten auf den Konten wuchsen und wuchsen. Das bedeutete für ihn, dass er so schnell wie möglich das Weite suchen musste, wenn er nicht unter die Räder kommen wollte.

Seine Wachmänner hatten ihre Beobachtung schon verstärkt. Sie behielten ihn nun schärfer im Auge als bisher. Doch er war ihnen einen Schritt voraus. Zu seinem großen Glück hatte das Personal der NeuroLink AG noch Chip-Pflicht und so trugen auch die vier Männer, die ihm im Schichtdienst Gesellschaft leisteten, SmartPorts im Kopf. Und der Sandmann hatte vollen Zugriff.

Ihn ärgerte, dass Claudius eine Ausnahme bildete. Der Chef der Technik trug keinen Chip im Kopf. Aber natürlich wusste er genau, warum.

Dem Sandmann hätte es natürlich gefallen, Claudius still und leise aus dem Weg räumen zu können, anstatt vor ihm davonzulaufen. Allerdings war es vielleicht besser so. Schließlich konnte er nicht voraussagen, was passierte, wenn sein Protégé urplötzlich verstarb.

Die Kompliziertheit des gesamten Vorhabens ging ihm gewaltig auf die Nerven. Früher hatte er seine Männer für alles gehabt, es war Jahre her, dass er sich selbst um Dinge hatte kümmern müssen. Auch im Gefängnis war ihm stets die Arbeit abgenommen worden. Für reiche Männer wie ihn gab es hinter Gittern noch weniger Grenzen als in Freiheit. Jetzt musste er alles alleine machen. Und die Welt hatte sich verändert, ob es ihm nun passte oder nicht.

»Hey, was machst du da?«

Der Sandmann zuckte zusammen, als er eine Stimme hörte. Er war zu sehr in Gedanken gewesen, um einen der Wachmänner zu bemerken, der hereingekommen war.

Mit einem gezwungenen Lächeln sagte er: »Du weißt doch, dass ich an einer sehr dringenden Sache arbeite.«

»Und du weißt, dass Nachtruhe ist«, sagte der Wachmann streng und Thomas Sandmann biss die Zähne zusammen. Eine der Auflagen des Hausarrests war, dass die Gefängniszeiten auch im Haus eingehalten wurden. Er hasste diese schwachsinnige Regel und beinahe noch mehr hasste er diesen speziellen Wachmann, dem es besondere Freude bereitete, die Einhaltung sämtlicher Regeln sicherzustellen. Als wäre er ein verfluchtes Kleinkind. Die anderen Wachmänner kümmerte es nicht, was er trieb. All seine Selbstbeherrschung war notwendig, um nicht auszurasten.

»Ich habe Schlafprobleme«, erwiderte der Sandmann süßlich, während er auf seinem Laptop unbemerkt das Programm startete, an dem er die ganzen letzten Tage gearbeitet hatte. Wenn der Kerl es nicht anders haben wollte, dann musste er eben als Versuchskaninchen herhalten.

»Das ist mir scheißegal. Und wenn du gar nicht schlafen kannst: Du wirst das Ding jetzt ausmachen und ins Bett gehen. Und wenn du die ganze Nacht an die Decke starrst.«

»Natürlich«, sagte der Sandmann unterwürfig. »Lass mich nur schnell alles speichern, damit meine Arbeit nicht verloren geht.«

Der Wachmann grunzte zustimmend.

Die Finger des Sandmannes flogen nur so über die Tastatur. Ein paar Kleinigkeiten musste er noch ändern, die Befehle abwandeln, denn noch durfte er das Potenzial des kleinen Programms nicht ganz ausschöpfen. Wenn man sich zu früh aus der Deckung wagte, riskierte man alles. Eine Lektion, die er schon sehr früh gelernt hatte.

»Beeil dich ein bisschen!«

»Ich bin gleich so weit«, murmelte der Sandmann und drückte zwei Sekunden später die Eingabetaste seines Laptops.

Sofort atmete der Wachmann scharf ein. Seine Hand sauste in Richtung Schläfe und er verzog schmerzerfüllt das Gesicht.

Es kostete den Sandmann einige Mühe, sich sein triumphierendes Lächeln zu verkneifen. Stattdessen fragte er scheinheilig: »Ist alles in Ordnung?«

»Verdammt, das geht dich gar nichts an!«, knurrte der Wachmann, während er sich mit einem verwirrten Gesichtsausdruck die Schläfe rieb.

»Soll ich dir ein Glas Wasser holen?«

»Halt die Klappe!«, schrie der Wachmann und Thomas Sandmann gehorchte. Er fuhr den Rechner herunter und klappte ihn zu.

»Ich werde dann jetzt ins Bett gehen!«, sagte er zu dem Mann, der kreidebleich auf einem der Stühle in sich zusammengesunken war. Der nickte nur in stummer Qual.

Während der Sandmann den muffigen Flur entlang zu seinem Schlafzimmer ging, kroch das unterdrückte Grinsen doch noch seine Mundwinkel nach oben.

Es hatte funktioniert!

Wieder einmal hatte er bewiesen, dass er der größte Hacker und Programmierer war, den es in Deutschland gab. Fairerweise musste man sagen, dass er die anderen entweder umgebracht oder mundtot gemacht hatte.

Dennoch: Man unterschätzte ihn nicht ungestraft. Man demütigte ihn nicht ungestraft. Und man verließ ihn nicht ungestraft.

Der Wachmann hatte ihm unfreiwillig einen großen Dienst erwiesen. Nun wusste er, dass alles funktionierte.

Darüber hinaus wusste Thomas Sandmann nun, was er von Sophie verlangen würde. Tatsächlich gab es einen Weg, ihn aus der Stadt zu bringen. Und das Mädchen hatte buchstäblich den Schlüssel dazu.

Das Grinsen lag noch auf seinen Lippen, als er einschlief.

LIZ

Himmel, was war ich müde! Mit allergrößter Wahrscheinlichkeit war ich der müdeste Mensch auf Erden. Als Linus mir vorschlug, mich nach dem letzten Telefonat mit Sophie zu meinem Zimmer zu bringen, hätte ich ihn beinahe geküsst. Es wäre nicht zu viel gesagt, wenn man behaupten würde, dass ich ihm durch die engen Gänge hinterherkroch. Und doch kam ich nicht umhin, mich immer wieder erstaunt umzusehen. Im ›Bau‹ der Ops gab es so viel mehr als die große Küche und die ›Zentrale‹. Wir kamen an zwei oder drei Büros, einer großen Vorratskammer, einer völlig chaotischen Werkstatt, einem großen Wohnzimmer und einem Sportraum vorbei.

»Ein Laufband?«, fragte ich belustigt.

»Die meisten von uns bleiben wochenlang hier unten«, erklärte Linus ernst. »Wir können es uns nicht leisten, zu oft in der Nähe des Hofs gesehen zu werden. Wie gesagt, offiziell wohnt nur Matthis hier.«

»Und da nutzt ihr diesen Raum, um nicht wahnsinnig zu werden«, schlussfolgerte ich.

»Genau.«

Das konnte ich wirklich gut verstehen. Bei der Vorstellung, viele Wochen unter der Erde verbringen zu müssen, lief mir ein kalter Schauer den Rücken herunter. Nicht, dass ich undankbar war! Aber ich musste den Gedanken, dass um mich herum nichts als tonnenweise Brandenburger Erdreich war, immer wieder zurückdrängen.

Wir bogen in einen sehr schmalen Gang ab, der mich ein wenig an einen Bergwerkstollen erinnerte. Vermutlich lag das daran, dass hier kleine, schäbige Lampen an den gewölbten Decken hingen, während die Gänge zuvor noch gewirkt hatten wie ganz normale Kellerflure.

»Wir mussten den Bau vor einem Jahr ordentlich erweitern«, erklärte Linus, als hätte er meine Gedanken gelesen.

»Warum?«, fragte ich.

»Wir nehmen immer wieder mal Flüchtlinge bei uns auf«, erklärte er schmunzelnd. »Du bist nicht unser erster Gast.«

»Ihr solltet überlegen, ein Hotel zu eröffnen«, sagte ich. »Das Ambiente ist ... einzigartig!«

Linus lachte. »Matthis hätte sicher seine helle Freude daran. Er ist ein unheimlich geselliger Zeitgenosse.«

Er öffnete die letzte Tür auf der rechten Seite. »So!«, sagte er. »Hier sind wir.«

Ich trat in das Zimmer und staunte nicht schlecht. Es war größer und gemütlicher, als ich es mir vorgestellt hatte.

Alles in allem wirkte es wie eine kleine Höhle. Die Wände waren mit Lehm verputzt und hatten eine raue Oberfläche. Es gab zwar kein Fenster, aber überall in der Wand waren kleine Glühbirnen installiert, die fast wie ein Sternenhimmel wirkten. Das kleine Bett sah gemütlich aus und schien förmlich nach mir zu rufen, die weißen Laken wirkten frisch gewaschen. Gegenüber dem Bett war ein großes Tablet in die Wand eingelassen, daneben stand eine rustikale Holzkommode.

Linus zeigte darauf. »Hier drin findest du Handtücher und ein paar frische Sachen zum Anziehen. Lien hat deine Größe anhand von Fotos aus dem Netz geschätzt, ich hoffe, sie passen dir.«

Damit hätte ich nicht gerechnet. Warum betrieben diese Menschen so viel Aufwand, um mir zu helfen?

»Warum seid ihr so nett zu mir?«, fragte ich ungläubig. Linus trat einen Schritt auf mich zu, sodass er ganz dicht vor mir stand. Ich musste den Kopf heben, um ihm ins Gesicht sehen zu können.

»Eines der großen Probleme unserer Gesellschaft ist, dass alle Menschen glauben, man bräuchte einen Grund, um nett zu sein. Ich dagegen glaube, dass man einen Grund braucht, nicht nett zu sein.«

Er sah mir in die Augen und mein Mund fühlte sich mit einem Mal sehr trocken an. Ich wusste nicht genau, ob ich wollte, dass er ging oder dass er blieb.

Mareks schiefes Grinsen schoss mir durch den Kopf und ich fragte mich, was er wohl sagen würde, wenn er mich jetzt so sehen könnte. In einer Höhle unter der Erde, viel zu dicht vor einem attraktiven Kerl stehend, den ich erst seit ein paar Stunden kannte und der einige Jahre älter war als ich.

Ich trat einen Schritt zurück und räusperte mich. »Vielen Dank jedenfalls. Ich weiß nicht, was ich ohne euch getan hätte.«

Linus zog eine Augenbraue nach oben. »Nichts«, sagte er. »Du wärst entweder erfroren oder man hätte dich erschossen.«

Ich grinste. »Richtig.«

»Das Bad ist direkt gegenüber. Nimm dir einfach, was du brauchst.«

Ich nickte.
»Gute Nacht, Liz. Schlaf dich aus.«
»Gute Nacht.«
Linus zog die Tür hinter sich zu und ich musste mit aller Kraft den Impuls unterdrücken, mich einfach in Klamotten auf das Bett fallen zu lassen. Ich fühlte mich klebrig und traute mich kaum, an meiner Kleidung zu riechen.
Also zog ich die oberste Schublade der Kommode auf und fand darin mehrere flauschig-weiche Handtücher. Dann trat ich erneut auf den Flur hinaus und öffnete die Tür zum Badezimmer.
Und schnappte augenblicklich nach Luft.
Das, was sich vor meinen Augen erstreckte, war die mit Abstand größte Überraschung an diesem Abend. Ich weiß nicht, womit ich gerechnet hatte, aber ganz sicher nicht damit.
Hätte ich nicht auf einem kleinen Regal weiße Zahnputzbecher mit Namensschildern erspäht, wäre es mir schwergefallen, zu glauben, dass ich mich überhaupt in einem Badezimmer befand.
Denn ich stand mitten in einem wunderschönen Gewölbekeller. Sicher hatte er in früheren Zeiten einmal als Eiskeller gedient, die Backsteinwände, die sich über mir zu kreuzförmigen Gewölben zusammenfanden, wirkten sehr alt. Der Boden war komplett mit kleinen Kieselsteinen aufgeschüttet worden, das weiche Licht leuchtete hinter Dutzenden Steinen hervor und das riesige Waschbecken schien aus einem großen Marmorblock handgefertigt worden zu sein. Drei alte Wasserhähne ragten unter einem antiken goldenen Spiegel aus der Wand. An einer Seite befanden sich drei Toilettenkabinen aus geschnitztem Holz, dahinter ging es

durch eine Nische in der Wand in einen Duschbereich, der eigentlich nur aus fünf großen Duschköpfen bestand, die aus der Decke kamen.

Aber das absolute Highlight war die Badewanne. Aus einem einzigen schwarzen Stein gefertigt stand sie im Zentrum des Raumes und sah beinahe unverschämt einladend aus. Sie war so groß, dass locker drei bis vier Personen darin Platz hatten, und meinen geschundenen Knochen würde ein Schaumbad sicher guttun. Doch ich war zu müde. Wenn ich mich jetzt in eine Badewanne legte, dann würde ich sicher ertrinken, ohne auch nur aufzuwachen.

Doch für den nächsten Tag stand ein Bad fest auf meinem Plan. Auf dem Regalbord fand ich tatsächlich einen Zahnputzbecher, auf dem mein Name stand. Darin befanden sich eine Zahnbürste, eine kleine Tube Zahnpasta und ein Duschgel. Allmählich kam ich mir tatsächlich weniger wie in einem geheimen Aktivistenquartier und mehr wie in einem Hotel vor. Ein weiteres Mal fragte ich mich, wer das alles bezahlte.

Als ich endlich ins Bett kroch, hatte ich das Gefühl, mein Körper müsste die komplette Matratze durchdrücken, so schwer fühlte sich jeder einzelne Zentimeter an. Dieser Tag war länger gewesen als ein Menschenleben.

Doch obwohl ich so unendlich müde war, konnte ich lange nicht einschlafen. Ich dachte an Sophie und was sie jetzt gerade tat – allein in meinem riesigen Elternhaus. Hatte sie Angst? Schaute sie einen Film aus der schier unendlichen Sammlung meines Vaters oder hatte sie sich eine Pizza bestellt?

Ich hätte alles dafür gegeben, in diesem Augenblick bei ihr sein zu können.

SOPHIE

Ich weiß nicht genau, was mich dazu gebracht hatte, das Taxi zu bestellen. Nachdem ich den Spiegel ausgeschaltet hatte, war ich von einer plötzlichen Unruhe ergriffen worden. Relativ schnell war mir klar geworden, dass ich nicht würde schlafen, einen Film schauen oder ein Buch lesen können – ich war viel zu aufgekratzt.

Mein ganzer Körper kribbelte, als hätte man ein Glas voller Ameisen in mich hineingeschüttet.

Ich wollte nicht untätig herumsitzen und bis zum nächsten Morgen warten; darauf, dass mir der Spiegel sagte, was ich als Nächstes tun sollte. Alles in mir sträubte sich dagegen, wieder diejenige zu sein, die reagierte. Diesmal wollte ich nicht abwarten, bis mir etwas passierte – ich wollte jemandem passieren. Und dafür musste ich meinem Gegenüber einen Schritt voraus sein. Doch das war ich im Moment ganz und gar nicht. Diesen Zustand galt es zu ändern, denn wer wusste schon, ob ich morgen noch die Zeit haben würde, mich vorzubereiten?

Deshalb saß ich nun in einem Nachttaxi, obwohl ich Liz versprochen hatte, sofort ins Bett zu gehen, keine Dummheiten zu machen und bis zum nächsten Morgen abzuwarten.

Aber Liz hatte ja auch gut reden, sie war weit weg, während ich mit der Situation hier in Berlin völlig alleine war. Meine Schwester verbannt, meine große Liebe in Haft, meine Wohnung zerstört. Dafür, dass ich für dieses Semester eigentlich meinen Bachelor in Kunstgeschichte geplant hatte, war das eine reichlich merkwürdige Bilanz. Aber dagegen konnte ich jetzt auch nichts tun.

Während der langen Taxifahrt blickte ich aus dem Fenster und dachte darüber nach, wie schnell sich sowohl die Stadt als auch mein Leben vollkommen verändert hatten. Noch vor drei Jahren hatte ich mit meinem Vater und Schrödinger in einer Altbauwohnung gewohnt, war mit meinen Freundinnen zur Schule gegangen und einmal im Jahr mit meinem Vater nach Italien gefahren. Ich hatte noch keine Ahnung gehabt, dass Liz überhaupt existierte, war noch nicht Opfer eines Verbrechers geworden, hatte noch nie um mein Leben oder das Leben eines geliebten Menschen bangen müssen. Ich hatte noch nie einen festen Freund gehabt.

Jetzt war ich auf mich allein gestellt, in einer umzäunten Stadt und einer Welt ohne Bargeld. Ohne die Menschen, die ich auf der Welt am meisten liebte. Und ich war nicht gerade gut vorbereitet. Ich konnte zwar ein barockes Säulenkapitell von einem klassizistischen unterscheiden, aber ich wusste nicht, wie man sich selbst verteidigte, seine Datenspuren verwischte oder ins Darknet gelangte. Ich bereute, mich immer nur mit der Vergangenheit beschäftigt zu haben. Das war mir immer so sicher erschienen, jetzt kam ich mir nur noch dumm vor.

Mit einem Restauratorenhämmerchen konnte ich niemandem ernsthafte Verletzungen zufügen und mein Wissen über gotische Fresken half Liz und mir auch nicht viel weiter. Oft hatte mich meine Schwester für meine Weltfremdheit gescholten – und sie hatte recht gehabt. Wenn ich sie wieder in die Arme schloss, würde ich ihr genau das sagen.

Das Verrückteste aber war: Ich hatte kein Bedürfnis, die Zeit zurückzudrehen. Trotz all der schlimmen Dinge, die passiert waren und die gewiss noch kommen würden, konnte ich mir eine Realität ohne meine Zwillingsschwester nicht mehr vorstellen. Ich war nur vollkommen, wenn sie bei mir war.

Deshalb fühlte ich mich jetzt auch nur wie ein halber Mensch, meine Seele humpelte. Und das war auch der Grund, warum ich alles daransetzen musste, die ganze Wahrheit über den Tod von Harald Winter in Erfahrung zu bringen. Es war die einzige Chance für Liz und mich.

Langsam gelangten wir in den Norden der Stadt. Das Taxi kam gut voran, es war weit nach Mitternacht und die Straßen waren nicht so voll wie sonst, auch wenn Berlin niemals richtig ruhig, leer und dunkel wurde. Die Stadt schlief nie – irgendwas war immer los. Besonders in den zentralen Bezirken, die wir durchquerten, waren noch viele Menschen unterwegs. Sie gingen ins Kino, zu Partys, trafen Freunde oder begannen ihre Nachtschicht.

Egal wie merkwürdig die Welt auch wurde, das Leben ging immer weiter. Und dass bei mir alles in Trümmern lag, interessierte so gut wie niemanden. Warum auch?

Schließlich hielt der Fahrer am Ende einer schmalen Kopfsteinpflasterstraße vor einem kleinen Bungalow. In dieser Ecke von Pankow war ich in meinem ganzen Leben noch nicht gewesen.

»Fahren Sie bitte ein Stück zurück und halten Sie auf der anderen Straßenseite«, bat ich den Fahrer, der ein unzufriedenes Knurren von sich gab, das Taxi aber wendete und auf der anderen Straßenseite ein Stück vom Haus entfernt an der Bordsteinkante parkte.

»Warten Sie hier auf mich. Es dauert auch nicht lange.« Der Fahrer warf mir im Rückspiegel einen spöttischen Blick zu.

»Nur wenn Sie vorher zahlen!«, grunzte er und hielt mir einen kleinen Scanner nach hinten.

Ich blickte kurz auf den viel zu hohen Betrag, der mir in roten Ziffern entgegenblinkte, dann legte ich meinen Daumen auf das dafür vorgesehene schwarze Feld.

Wenig später erschienen auf dem Display die Worte ›Transaktion ausgeführt‹.

Ich setzte die Kapuze auf und schloss den Reißverschluss von Carlottas schwarzer Jacke. Dabei wurde ich die ganze Zeit im Rückspiegel beobachtet. Kurz fragte ich mich, was der Fahrer wohl über mich dachte, doch dann entschied ich, dass es mir egal sein konnte. Er sollte mich ja nicht heiraten.

Als ich die Tür aufstieß, schnitt mir die kalte Luft beinahe den Atem ab. Es schien hier noch kälter zu sein als im Grunewald. Der Temperaturunterschied erinnerte mich mal wieder daran, wie riesig die Stadt tatsächlich war. Bei diesem Gedanken fühlte ich mich wie eine Ameise, die durch ein glitzerndes Labyrinth rannte.

Im Schatten der Bäume, die die Straße säumten, näherte ich mich dem gedrungenen Haus. Der Flachbau sah alles andere als einladend aus, ganz so, als beherberge er seine Bewohner nur widerwillig und hätte eigentlich viel lieber seine Ruhe. Zwar hatte das Haus keine Rollläden, doch die Fenster schienen verdunkelt zu sein. Unter der Eingangstür fiel jedoch ein Lichtstrahl auf die kurze Eingangstreppe und verriet mir, dass sich nicht nur jemand im Haus aufhielt, sondern derjenige tatsächlich auch noch wach war.

Ich hoffte inständig, dass es mir gelingen würde, unbemerkt zu bleiben. Und dass die Ops die richtige Adresse ausgemacht hatten. Wenn ich schon diese wahnwitzige Aktion durchführte, dann wollte ich es wenigstens nicht vergebens tun.

Der Metallzaun, der den kleinen Vorgarten von der Straße abgrenzte, war zum Glück so niedrig, dass ich einfach über ihn hinwegsteigen konnte. So musste ich das kleine Türchen nicht öffnen, das mir selbst im matten Schein der Straßenlaterne den Eindruck machte, als ob es quietsche. Kurz fragte ich mich, ob der Zaun noch aus einer Zeit stammte, in der die Stadt geteilt gewesen war; er sah schon ziemlich alt, aber noch lange nicht antik aus.

Ich kletterte über den Zaun und drückte mich an die Seite des Hauses. Meine Füße hatten große Abdrücke in den ungepflegten Beeten vor dem Haus hinterlassen, doch daran konnte ich jetzt auch nichts ändern. Und durch ein Beet zu laufen, war ja an sich noch nicht verboten.

Das Fenster, neben dem ich stand, lag vollkommen im Dunkeln und ich traute mich nicht, die drei Stufen zur Eingangstür hochzugehen. So leise und schnell ich konnte, ging ich über die alten Waschbetonplatten zur hinteren Seite des Hauses, wo sich ein kleiner Garten erstreckte. Auch hinter den großen Fenstern, die zusammen mit einer großen Glastür vermutlich zum Wohnzimmer gehörten, brannte kein Licht, kein Mensch war zu sehen. Dennoch duckte ich mich instinktiv, als ich die Ecke umrundete und weiter zum nächsten Fenster schlich. Zwar machten meine Füße auf dem Rasen kaum einen Laut, aber in der Stille der Nacht kamen mir meine Bewegungen dennoch unheimlich laut vor. Die Geräusche der Stadt drangen kaum in die Straßen der beschaulichen Wohnsiedlung vor und die Stille machte mich ein wenig nervös. Ich kam mir sonderbar nackt vor.

Als ich mich aufrichtete, um in das nächste Fenster zu spähen, sprang auf einmal im gesamten Garten grelles Licht an. Kurz darauf begann im Inneren des Hauses ein Hund zu bellen. Ich erschrak fürchterlich und duckte mich wieder.

So ein Mist! Beinahe jeder Zentimeter des Gartens war nun ausgeleuchtet wie eine Theaterbühne und ich stand mitten im Rampenlicht. So hatte ich kaum noch eine Chance, mich unbemerkt zu bewegen. Wer immer hier wohnte, schien großen Wert auf seine Sicherheit zu legen; wahrscheinlich war ich nicht mehr lange alleine. Ich sah mich zu allen Seiten nach einem Ort um, an dem ich mich verstecken konnte, doch außer einem schmalen Rasen gab es hinter dem Haus kaum etwas, das mir Schutz bieten konnte.

Doch ich wusste, dass ich mich dringend vom Fleck bewegen musste. Von dort, wo ich gerade stand, hatte ich nur wenig Überblick, und so überquerte ich mit wild klopfendem Herzen den Rasen und kauerte mich neben einen zusammengefallenen Holzschuppen an den einzigen Ort, der noch ein bisschen dunkel war. Von dort aus konnte ich den Weg zur Straße überblicken. Noch war niemand zu sehen; wenn ich so schnell rannte, wie ich konnte, kam ich vielleicht noch unbemerkt zum Taxi zurück. Unbemerkt, aber auch unverrichteter Dinge, dachte ich bitter, doch welche Wahl hatte ich schon? Ich richtete mich auf und setzte zum Sprint an, verharrte allerdings kurz darauf wieder, denn was im nächsten Augenblick geschah, lähmte meine Glieder.

Im Fenster gegenüber wurde ein schwerer Vorhang zur

Seite gerissen und gab den Blick auf ein hell erleuchtetes, spartanisch eingerichtetes Zimmer frei. Ein Mann stand darin und starrte mit undurchsichtiger Miene in den Garten hinaus.

Es dauerte ein paar Augenblicke, bis ich begriff, was ich dort sah. Ich kannte dieses Gesicht. Seine harten Züge hatten sich unwiderruflich in mein Gedächtnis gebrannt. Diese Augen verfolgten mich in unzähligen Träumen. Ich hatte gehofft, sie nie mehr wiederzusehen.

Es war eigentlich unmöglich und dennoch wusste ich, dass ich mich nicht irrte. Die erbarmungslosen Augen unter scharfen Augenbrauen, die hohen Wangenknochen, der rote Bart – diese Gesichtszüge würde ich überall und jederzeit wiedererkennen. In einem kleinen Bungalow in der Nähe der Schönholzer Heide stand der Sandmann.

Dieser Mann hatte nicht nur meine leibliche Mutter getötet und einen Chip entwickelt, mit dem man die Träume der Menschen manipulieren konnte, er hatte mich auch wochenlang gequält und um ein Haar Liz, Marek, Sash und mich ums Leben gebracht. Und meinen leiblichen Vater hatte er ebenfalls auf dem Gewissen. Der Sandmann hatte mein Leben schon zweimal zerstört. Nach seiner Verhaftung hatte ich gedacht, ich wäre ihn endgültig los, doch nun war er wieder da. Wie ein Bumerang, der immer wieder kam, egal wie weit man ihn von sich fortschleuderte.

Doch was um alles in der Welt tat er hier? Anstatt im Gefängnis zu sitzen oder irgendwo in Brandenburg auf einem Feld zu erfrieren, wohnte er in einem Bungalow und manipulierte meinen Badezimmerspiegel. Das war so verrückt, dass sich mein Gehirn weigern wollte, es zu glauben. Ich starrte das Gesicht an, als wäre es eine Geistererscheinung.

In diesem Augenblick ging im Wohnzimmer das Licht an und ein Wachmann mit einem großen Hund erschien hinter der Glastür, die sich kurz darauf mit einem leisen Quietschen öffnete.

»Hallo?«, rief der Wachmann mit dunkler Stimme schroff in den Garten.

Ich riss meinen Blick vom Sandmann los und drückte mich tiefer in den Schatten.

»Was ist denn los?«, hörte ich die vertraute Stimme des Sandmannes rufen, was bei dem anderen Mann großen Unmut auslöste.

»Mach gefälligst das Licht aus und zieh die Vorhänge zu!«, blaffte er zurück. Ich konnte sehen, dass sein Gesicht ganz rot angelaufen war. Offenbar ärgerte er sich an diesem Abend nicht zum ersten Mal. Ich fragte mich, in welcher Beziehung die beiden Männer wohl zueinander standen, denn der Sandmann verzog zwar keine Miene, schloss aber die Vorhänge weisungsgemäß, wobei er jedoch einen breiten Spalt offen ließ. Dann ging in seinem Zimmer das Licht aus.

Zu meinem Entsetzen hatte der Wachmann nun allerdings begonnen, sich am Halsband des Hundes zu schaffen zu machen. Es handelte sich bei dem Tier um einen großen, schönen Dobermann, dessen Fell im Scheinwerferlicht seidig glänzte. Die schlanken, muskulösen Beine des Tieres verrieten mir, dass sich ein Fluchtversuch in Richtung Straße kaum lohnen würde.

»Such, Artos!«, brummte der Mann nun und ließ den Hund los, der mit einem kräftigen Sprung in den Garten schoss.

Ich hatte keine Zeit mehr zu verlieren, wenn ich dem Wachmann nicht in die Finger fallen wollte, musste ich hier weg! Doch der Weg durch den Garten war versperrt und zur Straße würde ich es nicht mehr rechtzeitig schaffen. Hinter mir wuchsen Thujen dicht an dicht und begrenzten das Grundstück zum Nachbarn hin. Kurz entschlossen trat ich ein paar Schritte zurück und quetschte mich zwischen zwei Bäumen hindurch. Das Geräusch schreckte den Hund auf, der gerade auf der anderen Seite des Gartens am Boden geschnüffelt hatte. Das Tier riss den Kopf herum und raste auf mich zu.

Ich kämpfte mich durch die Zweige, was nicht so einfach war, denn das Licht aus dem Garten drang nicht bis in die dichte Hecke. Hinter mir hörte ich das Trommeln der Hundepfoten auf dem weichen Rasen, kurz darauf begann das Tier wieder zu bellen.

Panisch schob ich mich weiter und stieß schließlich mit der Schulter gegen etwas, das sich als Zaun herausstellte. Das durfte doch nicht wahr sein! War den Leuten denn eine Hecke als Grundstücksgrenze nicht genug?

Das laute Gebell zerrte an meinen Nerven, ich konnte kaum denken, so allgegenwärtig war es. Mit zusammengebissenen Zähnen griff ich nach dem Maschendraht und versuchte, mit den Füßen Halt zu finden. Als kleines Mädchen war ich haufenweise solche Zäune hochgeklettert, doch nun schienen meine Füße zu breit zu sein. Ich rutschte immer wieder ab. Beinahe war ich versucht, mich zu ergeben, doch dann hörte ich ein Wort, das meine Meinung schlagartig änderte.

»Fass!«

Der Hund kämpfte sich durch die Bäume hindurch auf mich zu. Ich rammte meinen rechten Fuß mit aller Kraft in einen Zwischenraum zwischen den Maschen und zog mich hoch. Einen Wimpernschlag später fühlte ich einen stechenden Schmerz in meinem rechten Knöchel. Das Tier hatte mich gebissen. Zwar hatte es mich nicht richtig zu fassen bekommen, doch das Pochen verriet mir, dass mich seine Zähne trotzdem ordentlich verletzt hatten. Ich fluchte leise und zog mich weiter nach oben, was mir noch schwererfiel, da mir mein verletzter Fuß nicht recht gehorchen wollte.

»Scheiße, was ist denn da los?«, hörte ich den Mann ungehalten brüllen. Seine Stimme klang nun näher als vorhin. Offenbar kam er nun auch auf mich zu, um sich die Sache selbst anzusehen. Der Hund hatte sich auf die Hinterbeine gestellt und schnappte immer wieder nach meinem Fuß, der nun aber zu hoch für ihn war.

Endlich erreichte ich das obere Ende des Zauns und hievte meinen Körper darüber.

Obwohl er ziemlich hoch war, ließ ich mich einfach auf die andere Seite fallen.

Meine Rippen knackten schmerzhaft, als ich auf dem Boden auftraf.

Offensichtlich hielten die Nachbarn nichts von begrünten Gärten, denn mein Körper landete auf Betonplatten. Es fühlte sich an, als wäre ich mit voller Wucht gegen eine Mauer gerannt.

Hinter mir hörte ich, wie sich ein großer Körper schnaufend den Weg durch die Hecke bahnte.

Es kostete mich all meine Kraft, mich aufzurichten und mich so schnell ich konnte vom Zaun wegzubewegen.

Ich stieß mit der Hüfte gegen die Motorhaube eines geparkten Autos und konnte mich gerade noch auf dessen Rückseite kauern, bevor der breite Strahl einer Taschenlampe über meinen Kopf hinwegwanderte.

»Ist da jemand?«, fragte der Wachmann und ich hielt den Atem an, während der Hund leise knurrte.

Der Strahl der Lampe zuckte noch quälend lange durch die Nacht.

Schließlich hörte ich ein Geräusch, das wie ein Schlag klang, gefolgt von einem hohen Winseln.

»Dämlicher Hund«, brummte der Wachmann und verschwand schließlich wieder durch die Hecke.

Ich sackte auf der anderen Seite des Wagens zusammen und lehnte meinen Kopf gegen die Fahrertür. Eine ganze Weile füllte mein pochendes Herz mich beinahe vollständig aus; ich bestand komplett aus dumpfem Dröhnen.

Doch allmählich kam der Schmerz zurück. Ein scharfes Brennen begann sich von meinem rechten Fuß ausgehend in meinem ganzen Bein auszubreiten.

Ich war froh, dass es dunkel war und ich so meine Verletzung nicht sehen konnte. Es war leichter, sich einzubilden, dass es nur ein Kratzer war, wenn man nicht hinsah.

Mit einem leisen Stöhnen richtete ich mich schließlich auf. Nicht nur mein Fuß, sondern auch meine gesamte rechte Seite tat höllisch weh und bei jedem Atemzug fuhr mir ein stechender Schmerz in den Brustkorb. Der Preis, den ich für diesen kleinen Ausflug gezahlt hatte, überstieg die horrenden Taxikosten um ein Vielfaches.

Als ich auf die Straße trat, wunderte es mich kaum, dass ich den Wagen nirgendwo entdecken konnte. Sicherlich hatte der Fahrer die Geduld verloren, als ich nicht sofort zurückgekommen war, und sich anderen Kunden zugewandt.

Eigentlich war mir das auch ganz recht. Auf neugierige Blicke und Fragen hatte ich gerade überhaupt keine Lust.

Außerdem wusste ich noch gar nicht, was ich als Nächstes tun sollte.

Ich zog den Reißverschluss der Jacke bis zum Kinn hoch und die Kapuze tiefer ins Gesicht. Dann machte ich mich auf den Weg zur nächsten großen Straße.

LIZ

Diese Nacht war absolut verhext. Nachdem ich irgendwann endlich eingeschlafen war, schreckte ich mitten in der Nacht aus einem bösen Traum auf. Ich war schweißgebadet, das Shirt, in dem ich schlief, klebte auf meiner Haut und ich zitterte. Ob vor Hitze oder Kälte konnte ich gar nicht sagen. Zum Glück hatte ich die LED-Sterne angelassen, sonst hätte ich nicht gewusst, wo ich mich gerade befand. Meine Zunge lag wie ein pelziger, trockener Klumpen in meinem Mund und ich hatte ein leichtes Kratzen im Hals.

Was ich jetzt brauchte, war ein großer Schluck Wasser, also stand ich vorsichtig auf und ging auf Zehenspitzen in Richtung Tür.

Zwar hatte ich keine Ahnung, wie spät es war, aber so gerädert wie ich mich fühlte, konnte ich noch nicht lange geschlafen haben. Vorsichtig, da ich niemanden aufwecken wollte, öffnete ich die Tür einen Spaltbreit und lauschte in den Gang hinaus. Es lag alles still und dunkel da, also schlüpfte ich aus der Tür und ging hinüber ins Badezimmer, wo ich meinen Kopf unter einen der Wasserhähne hielt und gierig von dem kalten Wasser trank, das in einem dicken Strahl herausschoss. Dass meine Haare und mein Gesicht dabei nass wurden, kümmerte mich überhaupt nicht.

Während ich trank, wunderte ich mich darüber, wie großartig Wasser manchmal sein konnte. Es gab Momente, da war es das Beste auf der Welt.

Doch schließlich hatte ich das Gefühl, nicht noch mehr trinken zu können. Also stellte ich den Hahn ab und wischte mir mit einem Handtuch schnell über Gesicht und Haare.

Ein flüchtiger Blick in den Spiegel verriet mir, dass ich besser noch ein paar Stunden schlafen sollte, wenn ich nicht wie ein blasser alter Fisch aussehen wollte. Auch sollte ich wohl am nächsten Morgen als Erstes eine Dusche nehmen, wenn ich nicht wie einer riechen wollte.

Gerade als ich in mein Zimmer zurückgekehrt war und die Tür hinter mir schließen wollte, hörte ich zwei gedämpfte Stimmen. Ich lehnte die Tür nur an und spitzte neugierig die Ohren.

Wenn mich nicht alles täuschte, dann gehörten die Stimmen zu Cliff und Linus. Es hatte den Anschein, als würden sich die beiden über etwas streiten, doch so sehr ich mich auch anstrengte, ich konnte sie nicht verstehen.

Allerdings hatte ich den Eindruck, als kämen die beiden näher, denn nach ein paar Sekunden konnte ich sie schon besser hören.

»Du musst es ihr sagen!«, zischte Cliff. »Es ist nicht fair, es vor ihr zu verheimlichen!«

»Wieso nicht fair?«, gab Linus flüsternd zurück. »Wir helfen ihr doch, so gut wir können!«

Ich hielt die Luft an. Es war nicht schwer zu erraten, dass die beiden über mich sprachen.

»Das ist was völlig anderes, Mann! Das weißt du genau!«

»Nicht so laut, verdammt!«, schimpfte Linus leise. »Ich will nicht, dass uns jemand hört.«

»Ich verstehe nicht, was so schlimm daran wäre!«
Die beiden waren stehen geblieben, ich hörte keine Schritte mehr.
»Hör zu!« Linus' Stimme hatte einen bedrohlichen Unterton angenommen. »Ich verstehe ja, dass wir es ihr sagen müssen, aber nicht jetzt.«
»Wann denn sonst?« Ich konnte förmlich hören, wie Cliff eine Augenbraue hob.
»Wenn sie sich eingelebt hat und wir sie ein bisschen besser kennen. Wir wissen doch gar nicht, wie sie reagiert.«
»Du hast Angst um deinen Posten!«, schlussfolgerte Cliff.
»So ein Quatsch«, erwiderte Linus. »Darum geht es mir nicht. Wir haben im Moment sehr viele Aufgaben zu bewältigen, es kommt einiges auf uns zu. Da kann ich Unruhe im Team einfach nicht gebrauchen.«
Cliff grunzte. »Wenn du es ihr nicht sagst, dann sag ich es ihr.«
»Wag es ja nicht!«
Cliff kicherte. »Du kannst mir nicht drohen, Linus. Du nicht.«
»Jetzt sei doch nicht so ein verdammter Dickkopf!«, schimpfte Linus.
»Einer von uns muss es ja sein.«
»Ich werde es ihr sagen, verlass dich drauf.«
»Das solltest du. Sie hat ein Recht darauf.« Cliff gähnte. »So, und jetzt gehe ich ins Bett. Gute Nacht.«
»Gute Nacht.«
Es klang, als würden sich die beiden auf die Schulter klopfen.
Kurz darauf kamen schlurfende Schritte näher und ich zog die Tür zu, so leise ich konnte.

Auf Höhe meines Zimmers verstummte das Schlurfen und ein Schatten, der durch meinen Türschlitz fiel, verriet mir, dass Cliff stehen geblieben war.

Ich hörte ihn auf der anderen Seite der Tür leise kichern.

»Gute Nacht, Prinzessin.«

»Gute Nacht«, murmelte ich lautlos.

SOPHIE

Ich war kaum ein paar Hundert Meter gelaufen, als ich mir eingestehen musste, dass es so nicht weiterging. Mein Fuß schmerzte höllisch, und als ich aus der schummrigen Seitenstraße auf eine größere trat, musste ich im Licht der hellen Straßenlaternen feststellen, dass mir Blut aus dem Turnschuh quoll. Der Dobermann schien mich ziemlich heftig erwischt zu haben und ich musste einsehen, dass ich Hilfe brauchte. Ein Pflaster würde für diese Wunde jedenfalls nicht ausreichen.

Ich setzte mich im Schein einer Straßenlaterne in den nächstbesten Hauseingang und krempelte das Hosenbein hoch. Dann nahm ich all meinen Mut zusammen und inspizierte meinen Fuß. Augenblicklich drehte sich mein Magen um. Die Haut um meinen Knöchel war völlig zerfetzt und erinnerte mich auf grausame Weise an einen Klumpen Hackfleisch. Die Überreste des kaputten Sockens hingen klatschnass über den Rand des Turnschuhs und konnten nichts mehr von dem Blut aufnehmen, das stetig aus der Wunde floss.

Kurz überlegte ich, die andere Socke auszuziehen und um den Knöchel zu knoten, doch dann kam mir der Gedanke, dass es wohl weniger ratsam war, einen getragenen Strumpf auf eine offene Wunde zu pressen – rein bakteriell gesehen.

Leider hatte ich kein Taschentuch oder frisches Shirt bei mir, und so konnte ich nichts tun, um die Blutung zu stoppen.

Früher wäre ich in einer solchen Situation einfach in das nächstbeste Krankenhaus gefahren, doch seitdem ich Sash kannte, traute ich öffentlichen Krankenhäusern nicht mehr.

Und nach allem, was geschehen war, wollte ich auch nicht mit einem Hundebiss in irgendwelchen offiziellen Akten auftauchen. Es war besser, wenn ich so lange wie möglich unter dem Radar blieb.

Doch was konnte ich dann tun?

Es dauerte nicht lange, bis mir einfiel, wer mir helfen konnte.

Den Schmerz ignorierend zog ich mich an der Hauswand hoch und humpelte weiter. Wenn ich mich richtig erinnerte, dann war ganz in der Nähe ein Nachttaxi-Stand; auf dem Hinweg waren wir daran vorbeigefahren. Ich konnte nur hoffen, dass ich mich nicht irrte und der Fahrer mir keine blöden Fragen stellen würde.

Tatsächlich hatte ich Glück und fand wenig später ein Taxi, das von einem lustigen Inder gelenkt wurde, der sich kaum für mich interessierte.

Er schien seine Nächte damit zu verbringen, eine Quizshow im Radio zu verfolgen. Nach jeder Frage, die der Moderator stellte, brüllte er noch vor dem jeweiligen Kandidaten eine Antwort, als hoffte er, der Moderator könnte ihn hören, wenn er nur laut genug schrie.

Obwohl ich mittlerweile starke Schmerzen hatte, brachte der Mann mich zum Lachen. Egal ob Politik, Geografie, Literatur oder Fragen zu den Eskapaden irgendwelcher Prominenter – der Taxifahrer wusste immer die richtige Antwort und schlug hinterher zufrieden lachend auf sein

Lenkrad. Ein bisschen erinnerte mich der Mann an Mustafa, Sashs Freund und Nachbar in Schöneberg, der einen Blumenladen betrieb und notorisch seine Frau betrog.

Beim Gedanken an Sash zog sich mein Herz schmerzhaft zusammen. Ich fragte mich, was er in diesem Augenblick wohl gerade tat. Schlief er? Oder lag er in seiner Zelle und machte sich Sorgen um mich? Hatte er Angst?

Ich schluckte, weil mir augenblicklich die Tränen kamen. Zwar hatte ich mich vor Monaten von Sash getrennt, aber erst jetzt fühlte ich die riesige Distanz zwischen uns. Als hätte man ihn aus meinem Inneren herausgerissen.

Warum nur hatte ich ihm nicht geglaubt, dass er seine Praktikantin nicht vergewaltigt hatte? Niemals hätte ich an ihm zweifeln dürfen. Aber allein die Vorstellung, dass er einer anderen Frau etwas so Schreckliches angetan haben könnte, hatte mich völlig aus der Bahn geworfen. Sie hatte den Teil meines Herzens blockiert, in dem die Liebe für Sascha Stubenrauch zu Hause gewesen war. Ich hatte mich von Sash zurückgezogen und er hatte es traurig hingenommen. Sensibel und verständnisvoll wie immer, hatte er mir gegeben, was ich brauchte: Abstand. Und das, obwohl die schrecklichen Monate nach den Vorwürfen eigentlich eine Zeit gewesen waren, in der ich ihm hätte zur Seite stehen müssen.

Doch ich hatte ihn alleingelassen.

Liz hatte immer vermutet, jemand hätte die Praktikantin für ihre Behauptungen bezahlt. Sie hatte nie an Sashs Unschuld gezweifelt und mir immer gut zugeredet. Natürlich war mir auch immer klar gewesen, dass Pandoras Wächter einen Haufen Feinde hatten – nicht zuletzt, nachdem sie einige wichtige Politiker zu Fall gebracht hatten.

Dennoch...
Und nun fühlte ich mich schäbig, weil ich ihm nicht vertraut hatte. Bei der ersten großen Bewährungsprobe hatte ich mich einfach aus dem Staub gemacht. Eine feine Freundin war ich.
Ich würde alles tun, was in meiner Macht stand, um unser Leben wieder in Ordnung zu bringen. Egal, was es kostete.
»Wir sind da!«, riss mich die Stimme des Fahrers aus den Gedanken. Ich bedankte mich, zahlte und verließ das Taxi. Zu allem Überfluss hatte es während der Fahrt angefangen, in Strömen zu regnen. Nach nur wenigen Metern war ich komplett durchnässt. Ich drückte mich in den überdachten Hauseingang und zog mit eiskalten Fingern das Handy aus meiner engen Hosentasche.

Zum Glück war das Gerät von den Abenteuern dieser Nacht unbeschadet, was mich doch ein wenig wunderte.

Ich wählte eine Nummer und führte ein kurzes Gespräch. Zu meiner riesengroßen Erleichterung ertönte kurz darauf ein Summen und ich drückte die Haustür auf.

Als die Aufzugtür aufglitt, wurde ich schon erwartet. Tiny, der Profigamer und ehemalige Tierarztassistent, stand mit besorgter Miene in der Tür.

Seitdem ich ihn das letzte Mal gesehen hatte, war er merklich schmaler geworden. Auch hatte er sich die Haare geschnitten und trug ein schickes Hemd, er sah richtig gut aus. Vielleicht hatte er ja eine Freundin? Tiny blickte mir mit ernster Miene entgegen – zu behaupten, dass er sich freute, mich zu sehen, wäre definitiv nicht korrekt gewesen.

»Ich hätte es wissen müssen«, seufzte er zur Begrüßung.
»Tut mir leid«, murmelte ich. Tiny hatte mehr als einmal

deutlich gemacht, dass er es nicht schätzte, in krumme oder gefährliche Machenschaften hineingezogen zu werden.
»Ich wusste nicht, wo ich sonst hinsoll.«
Der Gamer nickte grimmig. »Bist du verletzt?«
Ich blickte auf meinen rechten Fuß. »Allerdings.«
Tiny seufzte erneut und hielt mir die Tür auf. »Dann komm mal rein.«

In der Wohnung, die ich nun betrat, hatte sich seit unserem letzten Besuch nicht viel geändert. Das letzte Mal war ich mit Sash und Liz hier gewesen, nachdem Sash im alten NeuroLink-Gebäude vom Sandmann mit einem Messer verletzt worden war. Über zwei Jahre war das jetzt her und wieder war der Sandmann indirekt schuld an meinem Besuch.

Tiny wies mich mit einer Handbewegung an, auf dem Sofa Platz zu nehmen. Als er sah, dass ich beim Laufen eine Blutspur auf dem Boden hinterlassen hatte, zog er besorgt die Augenbrauen hoch. »Seit wann blutest du schon so?«, fragte er und ich runzelte die Stirn.

Wie auf Kommando begann sich auf einmal alles um mich herum zu drehen. Ich musste die Augen schließen. »Weiß nicht. Halbe Stunde vielleicht?«, murmelte ich und ließ den Kopf auf die Sofalehne sinken.

Auch mit geschlossenen Augen drehte sich alles, meine Glieder wurden unheimlich schwer und ich hatte das Gefühl, meine Augen nie im Leben wieder öffnen zu können.

»Wie ist das passiert?« Tinys Stimme klang, als sei er viele Kilometer weit weg, dabei wusste ich genau, dass er noch immer neben mir stand. Wenn ich nicht so müde gewesen wäre, hätte ich es mit der Angst zu tun bekommen. Doch ich war gar nicht mehr richtig anwesend.

»Hundebiss«, murmelte ich.

Der Schmerz war nun überall, meine ganze rechte Seite war ein einziges loderndes Feuer. Gleichzeitig war mir schwindelig und auch noch ziemlich schlecht. Ich merkte nur noch, dass Tiny mein rechtes Bein anhob, dann entglitt mir mein Bewusstsein.

Als ich meine Augen wieder aufschlug, fühlte ich mich, als wäre alles Leben aus mir herausgelaufen. Tatsächlich stellte ich aber fest, dass es genau anders herum war. Tiny hatte mich an einen Tropf gehängt. Ich lag auf der großen, gemütlichen Couch und mein verletzter Fuß war dick bandagiert auf ein großes Kissen gebettet. Von meinem Knöchel ausgehend zog ein heftiges Puckern durch mein Bein.

Das leise Klacken der Tastatur verriet mir, dass Tiny an seinen Arbeitsplatz zurückgekehrt war, von dem aus er auf verschiedenen Rechnern gegen Bezahlung knifflige Stellen in Online-Games spielte. Doch er schien einen siebten Sinn zu haben, denn er drehte sich augenblicklich zu mir um. Als er sah, dass ich wach war, kam er zu mir herüber.

»Hey, da bist du ja wieder«, sagte er sanfter, als ich erwartet hatte. Tiny zog sich den abgewetzten Sessel heran und setzte sich neben mich.

»Geht es dir besser?«

Ich dachte über die Frage nach und horchte in meinen Körper hinein. Da war nichts. Kein Schmerz – nur Müdigkeit, Leere und das stetige Pochen. Also nickte ich.

»Was hast du gemacht?«

Tiny kratzte sich am Kopf. »Da es sich um einen Hundebiss handelt, kann ich die Wunde leider nicht nähen. Im Speichel von Tieren sind oft Bakterien und es könnte passieren, dass sich die Wunde dann schwer entzündet und du dein Bein verlierst.«

Bei diesem Gedanken lief es mir eiskalt den Rücken hinunter und ich fluchte leise. Warum musste es eigentlich immer mein Bein erwischen? Bei der Flucht aus dem alten Flughafen vor zwei Jahren hatte ich mir eine Verletzung am Oberschenkel zugezogen, deren Folgen man immer noch in Form einer sternförmigen Narbe sehen konnte. Und jetzt das.

»Ich habe die Wunde gesäubert und einen Kompressionsverband angelegt. Den nimmst du die nächsten Tage am besten einfach gar nicht ab.«

»Okay.« Ich zeigte auf den Tropf. »Und was ist das?«

Er verzog das Gesicht. »Eine Mischung aus einem Antibiotikum, Schmerzmittel und ionisierter Kochsalzlösung. Dafür hat mich mein Kontakt bei der Charité ganz schön geschröpft.«

Ich stützte mich auf die Ellbogen und hob den Oberkörper, sodass ich Tiny besser ansehen konnte.

»Du hast das extra für mich besorgt?«

»Natürlich!« Er lachte kehlig. »So was habe ich normalerweise sonst nicht im Haus.«

Ich runzelte die Stirn. Tatsächlich hatte ich gar nicht mitbekommen, dass Tiny telefoniert oder das Haus verlassen hatte. »Wie lange war ich denn weg?«

»Du hast gute acht Stunden geschlafen.«

Als er meinen entsetzten Gesichtsausdruck sah, fügte er schnell hinzu: »Das ist gut so! Du hast Schlaf gebraucht, ich habe dir extra noch ein leichtes Mittel gegeben.«

Ich setzte mich ruckartig auf und bereute es im nächsten Augenblick, da mich ein heftiger Schwindel überkam. »Wie spät ist es?«

Tiny schaute auf sein Handy. »Kurz nach sieben.«

»Scheiße!« Ich würde es nicht mehr rechtzeitig zu meiner Verabredung mit dem Sandmann nach Grunewald schaffen. »Ich muss weg«, murmelte ich und versuchte aufzustehen, wurde jedoch von Tinys großer Hand sanft daran gehindert.

»Das könnte dir so passen! Du bleibst hier!«, sagte er streng.

»Das verstehst du nicht!«, erwiderte ich in flehendem Tonfall. »Ich muss um acht Uhr unbedingt in Grunewald sein!«

Tinys Gesicht wurde ernst. »Jetzt hör mir mal zu, Sophie. Ich habe dich ganz sicher nicht wieder zusammengeflickt, die halbe Nacht herumtelefoniert und einem Idioten ein kleines Vermögen gezahlt, damit du mit deinem Hitzkopf meine Arbeit wieder zunichtemachst. Wer zu mir kommt und meine Dienste in Anspruch nimmt, der hört gefälligst auf das, was ich sage! Mein Haus, meine Behandlung, meine Regeln!«

»Aber es ist wichtig!«, protestierte ich nun schon recht halbherzig. Denn gleichzeitig fühlte ich, dass er recht hatte. Ich war noch nicht bereit, aufzustehen.

»Nichts ist wichtig genug, dass du dich selbst noch mehr in Gefahr bringst, Sophie. Du bleibst so lange hier, wie ich es sage. Verstanden?«

Ich gab mich geschlagen und nickte. Inständig hoffte ich, dass ich mit meiner überstürzten Aktion heute Nacht nicht alles versaut hatte. Ich hoffte, dass der Sandmann noch da war, wenn ich wieder in der Villa Karweiler ankam. Dass er wieder mit mir sprechen würde. Dass ich nicht die einzige Chance vertan hatte, meiner Schwester zu helfen. Doch es gab nichts, was ich jetzt tun konnte. Tinys Worte gingen mir durch den Kopf und ich zeigte auf den Beutel, aus dem langsam Flüssigkeit durch einen Schlauch in meinen Arm sickerte.

»Das Geld bekommst du auf jeden Fall zurück.«

Tiny schnaubte. »Ich habe nicht mit Geld bezahlt. Wie stellst du dir das vor? Und du überweist mir besser auch nichts. Eine Verbindung zu euch Mädchen ist das Letzte, was ich jetzt noch brauchen kann.«

Bei diesen Worten überkam mich schlagartig ein schlechtes Gewissen, ohne dass ich sagen konnte, warum das so war.

»Tut mir leid«, sagte ich. »Kann ich mich sonst irgendwie erkenntlich zeigen?«

»Es würde mir schon sehr helfen, wenn du hier in Zukunft nicht mehr aufschlägst.«

Sein Ton klang zwar scherzhaft, aber ich wusste genau, dass auch ein wenig Ernst dahintersteckte. Ein Teil von Tiny wünschte sich sicher, er wäre Sash, Liz und mir nie begegnet. Der Gamer riskierte viel, um uns zu helfen. Und trotzdem verletzten mich seine Worte. Und verwandelten mein schlechtes Gewissen in heiße Wut. Tiny war momentan der einzige Mensch in Berlin, dem ich vertrauen konnte. Und ausgerechnet er wollte mich eigentlich gar nicht um sich haben. Noch bevor ich es verhindern konnte, liefen mir Tränen die Wangen hinab. Ich heulte blöderweise immer, wenn ich sauer war, was viele Leute missverstanden.

So auch Tiny. Er blickte augenblicklich drein, als hätte er aus Versehen etwas Wertvolles kaputtgemacht. Mit einer Hand griff er nach einer Kleenex-Box, die neben ihm auf dem Tisch stand, und hielt sie mir hin.

Wütend auf mich selbst, Tiny und den Rest der Welt riss

ich ein paar Taschentücher aus der Box und schnäuzte mich geräuschvoll.

»Ich hab mir das nicht ausgesucht, weißt du?«, sagte ich mit verstopfter Nase. »Und wenn du so scharf darauf bist, in Ruhe gelassen zu werden, dann müsstest du uns ja nicht helfen! Aber mich reinlassen, mich verarzten und mir hinterher dafür ein schlechtes Gewissen einreden, das geht gar nicht!«

Erstaunt stellte ich fest, dass ich gerade genau wie meine Schwester klang. Seitdem ich sie kannte, hatte ich mich immer wieder darüber gewundert, wie sie es schaffte, Leute derart anzupampen. Nun hatte ich meine Antwort: Manchmal tat es einfach nur gut. Ich riss das nächste Taschentuch aus der Box und wischte mir damit über die Augen.

»Weißt du, ich habe meine Eltern verloren und jetzt noch meine Schwester. Der Mann, den ich liebe, sitzt im Gefängnis. In meine Wohnung kann ich nicht zurück. Und warum das alles? Tja, so genau weiß ich das selbst noch nicht einmal. Ich weiß nur, dass ich nichts getan habe, um in diese Lage zu geraten – außer vielleicht, geboren worden zu sein. Es tut mir leid, wenn ich dich belästige, aber du bist unglücklicherweise der einzige Mensch, zu dem ich momentan noch gehen kann.«

Der Gamer fuhr sich mit seinen großen Händen über das Gesicht. Dann sah er mich eine lange Weile schweigend an und ich starrte zurück.

Während wir einander ansahen, verrauchte meine Wut genauso schnell, wie sie gekommen war. Tiny war ein guter Mensch und ohne ihn wäre ich heute Nacht verloren gewesen. Trotzdem tat es weh, wie etwas Gefährliches oder Schmutziges behandelt zu werden. Wie jemand, mit dem sich kein normaler Mensch auf offener Straße zeigen wollte.

Tiny stand wortlos auf. Ich sah ihm dabei zu, wie er sich nach und nach bei allen Spielforen abmeldete und die Rechner ausschaltete. Dann holte er aus einem kleinen Vitrinenschrank in der rechten Ecke des Raumes eine Flasche mit einer dunkel honigfarbenen Flüssigkeit sowie zwei dickwandige Gläser.

Er stellte die Gläser vor uns auf den Tisch und goss jeweils einen Fingerbreit Flüssigkeit ein. Eines der beiden Gläser hielt er mir hin.

Ich zog fragend die Augenbrauen hoch, weil ich nicht diejenige sein wollte, die das Schweigen brach. Ich fand, das war seine Aufgabe.

»Das ist mein ›Überlebens-Brandy‹«, erklärte er. »Den bekommen alle, die sich hier von mir behandeln lassen. Außerdem trinke ich ihn gerne in bedeutsamen Momenten.«

Ich lachte ungläubig. »Es ist früh am Morgen!«

Er zuckte die Schultern. »Na und? Tageszeiten waren für mich noch nie besonders wichtig. Und du scheinst ja auch ganz gerne mal die ganze Nacht auf den Beinen zu sein.«

Ein leichtes Grinsen schlich sich auf sein Gesicht. »Sieh es als Feierabendgetränk.«

Wir stießen miteinander an. Ich nippte an der Flüssigkeit und fühlte, dass sie sich ihren Weg durch meinen Körper bahnte.

»Du hast recht, Sophie«, sagte Tiny, nachdem er sein Glas in einem Zug geleert hatte. »Ich bin ein Feigling.«

Ich lächelte. »Das habe ich so nicht gesagt.«

»Aber gemeint. Und es stimmt.« Er sah mich an und in seiner Miene lag eine Ernsthaftigkeit, die ich so nur von Politikern kannte.

»Du bist deutlich jünger als ich und noch dazu ein Mädchen, und trotzdem hast du mehr Eier in der Hose, als ich je hatte!«

Ich fing an, zu lachen.

»Ich meine es ernst«, sagte er bestimmt. »Es wird langsam Zeit, den Tatsachen ins Auge zu sehen. Erzähl mir bitte, was passiert ist.«

Grinsend legte ich den Kopf schief. »Bist du sicher? Es könnte lang und gefährlich werden.«

Tiny zeigte auf den Tropf. »Der gesamte Beutel muss durchlaufen, vorher lasse ich dich hier eh nicht raus. Ich habe, seitdem ich dich und deine Schwester kenne, viele Freunde verloren. Die ganze Zeit über wollte ich lieber nicht wissen, wieso, aber das ist kindisch. Ich benehme mich wie ein Kleinkind, das denkt, die bösen Dinge würden verschwinden, wenn es nur fest genug die Augen zumacht. Doch auf diese Weise verschwinden die Dämonen nicht. Deshalb bitte ich dich jetzt, mir alles zu erzählen. Damit ich es wenigstens verstehe.«

Also erzählte ich. Ich begann bei Liz' Einladung zur Jubiläumsfeier von NeuroLink und wie ich meine Schwester in der Nacht vor unserer Haustür gefunden hatte, machte weiter mit ihrer Verhaftung, erzählte von den Blutproben, der Verhaftung von Marek und Sash, unserer verwüsteten Wohnung und dem sprechenden Spiegel. Als ich erzählte, dass sich Liz zurzeit bei den Ops befand, horchte er auf.

»Bist du sicher?«

»Natürlich«, bestätigte ich. »Ich habe sogar selbst schon mit ihnen gesprochen!«

»Erstaunlich. Das ist das erste Mal, dass sich Linus derart einmischt«, murmelte Tiny nachdenklich.

»Wer ist Linus?«, fragte ich neugierig.

»Er ist so was wie der Leiter des Operators. Er war der Erste und hat alle anderen mit ins Team geholt.«

Ich erinnerte mich an die angenehm dunkle Stimme, die ich durch das Telefon gehört hatte. Nun hatte ich einen Namen dazu: Linus.

Tiny schüttelte den Kopf. »Er wollte mich unbedingt dabeihaben.«

Das konnte ich mir lebhaft vorstellen. Tiny war eine Art Allzweckwaffe. »Und warum hast du abgelehnt?«, fragte ich neugierig. Tiny schüttete sich noch einen Brandy in sein Glas, es war mittlerweile der dritte. Mir war ja noch vom ersten ziemlich flau, allerdings war Tiny ein Riese und vertrug sicher bedeutend mehr als ich.

»Ich kann Linus nicht leiden«, antwortete er.

Das überraschte mich. »Ach. Und warum nicht?«

Tiny winkte ab. »Nur ein Grundgefühl. Ist nicht so wichtig. Erzähl weiter!«

Viel gab es nicht mehr zu erzählen. Ich berichtete Tiny, wie die Ops die Adresse herausgefunden hatten und von meinem nächtlichen Ausflug dorthin. Als ich zu der Stelle mit dem Vorhang kam, der zurückgezogen wurde, machte ich eine dramatische Pause. Es tat gut, sich alles von der Seele zu reden, und Tiny war ein wirklich exzellenter Zuhörer. Er quittierte jedes Wort von mir mit einem passenden Gesichtsausdruck. Beinahe machte es Spaß, das alles zu erzählen. Wenn es sich dabei um eine ganz normale Gruselgeschichte gehandelt hätte und nicht um mein Leben.

»Und jetzt rate mal, wen ich dort gesehen habe«, sagte ich schließlich und Tiny zog – halb neugierig und halb belustigt – die rechte Augenbraue nach oben. »Ich habe keine Ahnung. Den Weihnachtsmann?«

Ich kicherte. »Fast. Den Sandmann!«
Tinys Gesichtszüge verrutschten. »Du verarschst mich!«
»Nein«, erwiderte ich kopfschüttelnd. »Das tue ich nicht. Dieses Gesicht würde ich überall erkennen.«
»Sophie, das ist gar nicht gut.« Tinys Stimme klang besorgt. »Das ist überhaupt nicht gut.«
»Sag bloß!«, knurrte ich.
Wir schwiegen eine Weile. Dann fragte Tiny: »Ich würde jetzt gerne sagen, dass du keine Dummheiten machen sollst, aber ich kann dich bestimmt sowieso nicht davon abhalten, oder?«
Ich lächelte ihn an. Doch anstatt ihm zu antworten, fragte ich: »Tiny, wie verschwinden Dämonen?«
Er lachte leise und schüttelte den Kopf. Dann sah er mich an. »Indem man sie bekämpft.«
»Genau. Ich kann nicht hier sitzen und nichts tun! Nicht, solange es diesen Dämon in meinem Leben gibt.«
»Dein Leichtsinn könnte alles, was du hast, zerstören«, gab Tiny zu bedenken.
Ich biss die Zähne fest zusammen. »Da ist nicht mehr viel, was man noch zerstören kann.«
Tiny stand auf und verschwand wortlos im Flur. Mittlerweile hatte ich mich schon daran gewöhnt, dass er einen manchmal sprichwörtlich ohne Erklärung sitzenließ. Ich fragte mich, ob das daran lag, dass er alleine lebte.
Wenig später kam er zurück und legte einen kleinen schwarzen Kasten vor mir auf den Tisch. Das Ding sah ein bisschen aus wie ein krumm geratener elektrischer Rasierer.
»Wenn du schon drauf und dran bist, dich ins Verderben zu stürzen, dann nimm wenigstens das hier mit.«
Ich nahm es in die Hand und betrachtete es neugierig. An

der Oberseite konnte man eine Kappe abnehmen, darunter kamen zwei Metallstifte zum Vorschein, die aus dem Plastik ragten.

»Was ist das?«

»Eine Elektroschockpistole«, antwortete Tiny und zeigte auf das Gerät in meiner Hand. »Auch Taser genannt, weil die ersten Dinger dieser Art von der Firma Taser hergestellt und vertrieben wurden. Den Konzern gibt es nicht mehr, aber der Name hat sich gehalten.«

Ich betrachtete die Pistole neugierig von allen Seiten.

»Du zielst damit auf den Kerl, es schießen zwei Haken an Metallschnüren heraus und versetzen ihm einen elektrischen Stoß. Er geht zu Boden. Wenn er sich dann noch bewegt, drückst du einfach noch einmal ab. Solange die Nadeln in seinem Körper stecken, kannst du ihn beliebig oft unter Strom setzen.«

Tiny legte noch zwei kleine Plastikkästen auf den Tisch. »Ein Schuss ist schon in der Waffe, zwei hast du hier noch. Du steckst die Köpfe einfach obendrauf.«

Ich betrachtete die Pistole von allen Seiten. »Ist sie tödlich?«, fragte ich.

»Ist das wichtig?«, entgegnete Tiny und brachte mich damit zum Lachen.

»Nicht wirklich! Aber ich bin kein besonders blutrünstiger Charakter.«

»Normalerweise tötest du damit niemanden. Nur wenn es ganz blöd läuft.«

Ich wog die Waffe noch eine Weile in der Hand, um mich mit dem Gefühl vertraut zu machen.

»Es ist genau das, was ich brauche«, sagte ich schließlich.

News of Berlin

Der Panther wird zum König – vom steilen Aufstieg des Tobias Claudius

Der Tod des Magnaten und Firmenvaters Harald Winter ist für den gesamten NeuroLink-Konzern eine große Tragödie, so viel steht fest und dürfte nicht anzuzweifeln sein. Doch für den Technischen Leiter Tobias Claudius könnte er auch eine Gelegenheit und große Chance darstellen. Denn nun heißt es aus Firmenkreisen, dass Claudius als Kandidat für die Nachfolge auf den CEO-Posten gehandelt wird – und seine Chancen stehen nicht schlecht.

Zwar ist Claudius erst vor knapp 18 Monaten in die Firma eingestiegen, doch die Neuerungen, die unter seiner Federführung durchgeführt wurden, sind nicht nur technologisch bahnbrechend, sondern haben dem Konzern nach seinem langen, dramatischen Fall wieder auf die Beine geholfen. Claudius hat Tausende Arbeitsplätze gesichert, was ihm auch das Vertrauen und die Sympathie des gesamten Vorstands eingebracht haben dürfte.

Qualifiziert ist der 42-Jährige, der von Pressevertretern wegen seiner dunklen Haare und seiner katzenhaften Bewegungen gerne ›der Panther‹ genannt wird, ebenfalls. Neben seinen Studien in den Fächern ›Neuro engineering‹ und ›Robotik‹ hat er eine klassische wirtschaftswissenschaftliche Ausbildung genossen. Beste Voraussetzungen also, um einen Großkonzern zu leiten. Damit wäre Claudius nicht nur der jüngste CEO eines der Top 10-EUREX-Unternehmen, sondern auch pünktlich zu seinem 43. Geburtstag am Ziel seiner Träume angekommen. Wenn der Vorstand zustimmt, dann wird Claudius nämlich am kommenden Freitag vor laufenden Kameras und in einem großen Festakt zum CEO gewählt und kann um Mitternacht auf seinen Geburtstag anstoßen.

Der vielbeschäftigte Technikleiter war für eine Stellungnahme nicht zu haben, doch aus Vorstandskreisen hieß es: ›Wir müssen nach der furchtbaren Tragödie wieder aufstehen und nach vorne sehen. Und Tobias ist genau der richtige Mann hierfür.‹

Klingt, als sei die Entscheidung längst gefallen. Sobald der Vorstand eine offizielle Stellungnahme herausgibt, lesen Sie hier bei uns natürlich sofort darüber.

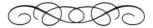

Sie war nicht da. Warum zur Hölle war sie nicht da? Der Sandmann starrte auf seinen Monitor und versuchte, die Fassung zu bewahren, obwohl sie ihm Stück für Stück entglitt. Sophie war pünktlich. Sie war strebsam. Sie ließ Verabredungen nicht einfach so ausfallen. Vor allem dann nicht, wenn es sich um einen derart wichtigen Termin handelte, wie der, den sie heute Morgen um acht mit ihm gehabt hatte. Doch nun war es fast halb neun und sie war noch nicht vor dem Spiegel aufgetaucht. Er wusste nicht, ob er sich ärgern oder sorgen sollte. Sophie war unabdingbar für den Plan, den er bereits begonnen hatte in die Tat umzusetzen. Er brauchte sie, und er brauchte sie heute, sonst war alles dahin.

Vielleicht, so dachte er sich, hatte er zu vorschnell gehandelt. Vielleicht hätte er sein kleines Programm doch noch nicht anwenden sollen. Doch jetzt war es zu spät, er konnte nicht mehr zurück.

Der Sandmann war ein Machtmensch durch und durch, er hasste es, auf andere angewiesen zu sein, und noch mehr hasste er es, Anweisungen folgen zu müssen. Sie hatten ihn provoziert – unendlich viele Male. Hatten ihm den Mund verboten, ihn ins Bett geschickt, ihn angeschrien. Er hatte alles geduldig ertragen, hatte wie eine Spinne im Netz gesessen und auf den Moment gewartet, in dem er zuschlagen konnte.

Heute sollte der Tag seiner Befreiung sein. Er musste aus Berlin raus, musste sich Claudius entziehen, wenn er am Leben bleiben wollte. Sollte jemand entdecken, was er getan hatte, bevor Sophie bei ihm eintraf, war er verloren.

Doch sosehr er es sich auch wünschte – der Bildschirm blieb leer.

LIZ

Ich lag zwar schon eine ganze Weile wach, aber mir war noch nicht danach, die höhlenartige Sicherheit meines kleinen Zimmers zu verlassen. Zum einen, weil mir nach dem gestrigen Tag jeder Knochen wehtat, zum anderen, weil ich noch nicht wusste, wie ich Linus und Cliff gegenübertreten sollte. Vor allem bei Linus wusste ich es nicht. Das Gespräch, das ich heute Nacht belauscht hatte, hatte mich noch eine ganze Weile verfolgt und sich sogar in meine Träume eingeschlichen. Ein als Sophie verkleideter Cliff hatte mich im Traum wiederholt aufgefordert, ›es ihr endlich zu sagen‹ – und ich hatte einfach nicht gewusst, was er oder sie damit meinte.

Natürlich wusste ich ganz genau, dass ich Linus eine Menge zu verdanken hatte. Mit Sicherheit hatte er meine Rettung angeordnet, zumindest hatte er sie unterstützt. Und dennoch hatte ich nicht das Gefühl, einfach so tun zu können, als hätte ich gar nichts gehört.

Weil mich meine Unentschlossenheit derart lähmte, blieb ich so lange im Bett liegen, bis die Morgengeräusche auf dem Gang verstummt waren. Da mein Zimmer genau gegenüber vom Bad lag, konnte ich recht gut nachvollziehen, was draußen auf dem Flur vor sich ging.

Erst als ich ganz sicher war, dass mir keiner mehr begegnen würde, stand ich auf.

In der Kommode fand ich, wie angekündigt, einiges an schwarzer Kleidung. Die Hosen schienen mir ein kleines Stück zu lang zu sein, doch von der Bundweite her sollte es passen. Es handelte sich um schlichte, dunkle Leinenhosen und Jeans, Kapuzenpullover und Shirts. Nicht gerade der letzte Schrei, aber ich war dankbar für alles. Sogar zwei Sets frische Unterhosen hatten sie mir hingelegt. Einen BH konnte ich allerdings nirgendwo entdecken. Allerdings war das gar nicht so schlecht. Ich war nicht gerade scharf darauf, zu erfahren, wie Lien meine Körbchengröße anhand der Bilder im Netz so eingeschätzt hätte. Manche Fragen blieben besser unbeantwortet.

Mit den Klamotten beladen schlich ich auf Zehenspitzen ins Badezimmer und verriegelte die Tür.

Die schwere, feuchte Luft im Raum roch nach Duschgel und verschiedenen anderen Badezimmerdüften, der beschlagene Spiegel verriet mir, dass der letzte Besucher sehr heiß geduscht haben musste. Ich überlegte kurz, ob ich mir vielleicht ein Bad einlassen sollte, entschied mich dann aber dagegen. Unter der Dusche konnte ich am besten denken, warum auch immer. Vielleicht hatte das etwas mit dem auf mich herabprasselnden Wasser zu tun.

Ich schlüpfte aus dem verschwitzten Schlafshirt und stellte mich in die enorme Steingrotte, aus deren Decke große Duschköpfe ragten. Auf dem Boden zwischen den grob behauenen Steinen glitzerte noch der Schaum des letzten Duschgrottenbesuchers – er warf funkelnd das Licht der vielen kleinen Glühbirnen zurück, die, wie in meinem Zimmer auch, in der Dusche alles beleuchteten.

Tatsächlich war es so, dass man sich dank der vielen kleinen Birnen viel weniger eingesperrt fühlte.

Und nicht nur sie trugen dazu bei, dass ich mich wie im Himmel fühlte. Als das warme Wasser auf meiner Haut auftraf, machte mein Herz vor Freude kleine Sprünge. Ich hielt den Kopf unter den größten Strahl und seufzte wohlig. Sollte die Welt dort draußen doch untergehen – ich konnte den Rest meiner Tage gerne hier unter dieser Dusche verbringen. Doch dann würde ich meine Schwester niemals wiedersehen. Der Gedanke an Sophie schoss mir mit schmerzhafter Plötzlichkeit durch den Kopf. Sie fehlte mir und ich hätte zu gerne gewusst, was sie zu dem Gespräch, das ich belauscht hatte, gesagt hätte. Würde sie mir raten, es anzusprechen? Oder lieber zu schweigen und abzuwarten, weil ich mich nicht in Schwierigkeiten bringen sollte?

Früher wäre ich mir sicher gewesen, wie die Antwort ausgefallen wäre, heute wusste ich es schon nicht mehr. War Sophie früher zurückhaltend und auf Sicherheit bedacht gewesen, so hatte sie sich in letzter Zeit ganz schön verändert. Vor allem meine Verhaftung schien etwas in ihr ausgelöst zu haben, bei unserem gestrigen Telefonat war sie mir regelrecht waghalsig erschienen. Ich wusste nicht so genau, ob ich das gut oder schlecht finden sollte. Früher hatte mich ihre Zaghaftigkeit oftmals wütend gemacht, ich hatte sie sogar ein paarmal ›feige‹ genannt, was mir im Nachhinein unheimlich leidtat. Doch gerade jetzt, wo ich so weit weg war, konnte sie mir überhaupt nicht vorsichtig genug sein. Am liebsten wäre es mir gewesen, wenn sie das Haus gar nicht mehr verlassen hätte. Seitdem ich sie kannte, hatte ich den unbändigen Wunsch, auf sie aufzupassen und sie vor allem Bösen zu beschützen. Es machte mich rasend, dass ich das nun nicht mehr konnte. Ich fühlte mich ungefähr so nützlich wie ein handelsüblicher Backstein.

Wenn man an einem so fremden Ort war wie ich gerade, fiel es leicht, zu vergessen, was alles an der Welt und im eigenen Leben nicht stimmte. Solange ich mit niemandem sprach, hatte ich Pause von der Realität. Doch auch hier unten würde mich diese schon bald wieder einholen.

Ich drehte die Dusche ab und seifte Haut und Haare ein. Als ich das Wasser wieder aufdrehte, entfuhr mir ein spitzer Schrei. Es war eiskalt. So kalt, wie Wasser normalerweise nicht war. Als käme es direkt aus einer Gletscherspalte. Ich fluchte und weil ich so zappelte, lief mir Shampoo in die Augen und verursachte sofort heftiges Brennen. Verzweifelt und halb blind drehte ich an den Armaturen herum, doch die Wassertemperatur änderte sich nicht im Geringsten. Schließlich gab ich auf, schlang die Oberarme um meinen zitternden Körper und blieb so lange unter dem eisigen Wasserstrahl stehen, bis der Schaum aus meinen Haaren gewaschen war.

Man konnte sich eben nicht darauf verlassen, dass eine schöne Situation auf ewig anhielt, dachte ich grimmig. Aber die Dusche hatte mir einen Dienst erwiesen – ich hatte eine Entscheidung getroffen. Wenn ich ins kalte Wasser gestoßen werden konnte, wieso sollte es Linus dann besser gehen?

Als ich die Küche betrat, waren alle schon am Frühstücken. Der köstliche Duft von Kaffee stieg mir in die Nase und ich sah frisches Brot und Marmelade auf dem Tisch stehen. Auf dem großen Herd brutzelten ein paar Eier in einer großen Pfanne.

»Guten Morgen!«, rief mir Cliff gewohnt fröhlich entgegen, doch ich hatte den Eindruck, dass er mir einen unterschwellig fragenden Blick zuwarf. Ich schenkte ihm ein nervöses Lächeln.

»Du siehst aber grimmig aus!«, lachte Lien. »War das Wasser kalt?«

»Kann man wohl sagen!«, antwortete ich und die anderen fingen an, ebenfalls zu lachen.

Eigentlich war das der perfekte Moment zum Mitlachen, aber ich musste ernst bleiben. Wenn ich jetzt kniff, dann würde ich wahrscheinlich niemals aussprechen, was ich zu sagen hatte.

Linus bemerkte als Erster, dass ich nicht in ihr Lachen einstimmte.

»Entschuldige!«, stieß er hervor. »Das hätte ich dir gestern noch sagen müssen. Wer als Letzter duscht, muss sich ein bisschen beeilen. Wir haben nur eine begrenzte Menge warmes Wasser. Komm, setz dich und trink einen Kaffee.«

Ich blieb wie angewurzelt stehen und schüttelte den Kopf. Linus runzelte die Stirn.

»Ist was nicht in Ordnung?«, fragte er und wirkte ehrlich besorgt. Die anderen verstummten und blickten mich fragend an. Als ich sie da so sitzen sah, kam meine Entschlossenheit kurz ins Wanken. Aber nur für einen Augenblick.

Ich räusperte mich und sah Linus direkt in die Augen. »Hast du mir nicht etwas zu sagen?«, fragte ich.

Linus zog überrascht die Augenbrauen hoch. »Wie bitte?«

»Du verheimlichst etwas vor mir.«

»Wir verheimlichen alle etwas. Ich dachte, das hätten wir gestern Abend schon geklärt.«

Ich schüttelte den Kopf. »Das meine ich nicht. Ich meine etwas, das ich wissen sollte.« Einen Augenblick später setzte ich hinzu: »Das ich wissen muss.«

Leicht verärgert drehte sich Linus zu Cliff um, doch dieser hob nur abwehrend in einer ›Ist nicht meine Schuld, Mann‹-Geste die Hände.

»Ich habe euch gehört. Heute Nacht. Ich hatte Durst und habe im Bad aus dem Hahn getrunken. Als ich in mein Zimmer zurückkam, habe ich euch auf dem Gang gehört.«

Nun grub sich eine ärgerliche Falte in Linus' Stirn. »Und da dachtest du, du könntest dir die private Unterhaltung zwischen zwei Menschen, die du kaum kennst, denen du aber dein Leben zu verdanken hast, auch einfach mal anhören?«, rief er empört.

Zugegeben, da war was dran. Doch ich ließ mich jetzt nicht mehr beirren. »Lenk nicht ab«, sagte ich schlicht. »Ich will wissen, worum es geht. Denn es betrifft mich ja offensichtlich ganz persönlich und direkt.«

»Sag's ihr, Linus!«, forderte Cliff. »Dann hast du es hinter dir.«

Die beiden Freunde funkelten einander böse an, die anderen am Tisch schwiegen gespannt. Bis auf Matthis. Sein Schweigen wirkte fast unbeteiligt auf mich.

Schließlich rief Svenja: »Scheiße, was ist hier eigentlich los?«

Linus sagte kein Wort. Doch ihm war deutlich anzusehen, dass er innerlich vor Wut kochte. Die Adern an seinem Hals standen pochend hervor und sein Gesicht war leuchtend rot wie eine Kirsche.

Schließlich knurrte er: »Gut, wenn ihr es nicht anders haben wollt«, sprang auf und stürmte an mir vorbei aus der Küche. Dabei ließ er es sich nicht nehmen, mir den Ellbogen in die Seite zu rempeln.

Svenja blickte fragend von Cliff zu mir und wieder zurück. »Hab ich was verpasst?«

Sie funkelte Cliff an, als wäre sie bereit, die Informationen notfalls mit Folter aus ihm herauszuholen. Doch der schüttelte nur den Kopf. »Sorry, Leute. Aber ich bin still. Das hier ist Linus' Job.« Er griff nach einem leeren Kaffeebecher und füllte ihn. Dann hielt er mir die dampfende Tasse hin. »Komm. Setz dich. Und trink einen Kaffee.«

Ich zögerte nur so lange, bis der Duft des Kaffees meine Nase erreicht hatte. Nur ein Atemzug genügte und ich war überzeugt. Keine Ahnung, wie ich die vergangenen Tage ohne Koffein überhaupt hatte überleben können.

Also nahm ich die Tasse entgegen und setzte mich auf den freien Platz neben Cliff. Mein Gesicht wandte ich allerdings nicht dem Tisch zu, sondern der Tür. Einerseits wollte ich den anderen zu verstehen geben, dass ich nicht ausgefragt werden wollte, weil es bei mir nichts zu holen gab, andererseits wollte ich nicht mit dem Rücken zu Linus sitzen, sollte dieser zurückkommen.

Tatsächlich ließ er nicht lange auf sich warten. Ich hatte gerade den ersten Schluck getrunken, als laute, feste Schritte den Flur entlanghallten, genau auf die Küche zu. Offensichtlich hatte er sich immer noch nicht beruhigt. Er polterte herein und ließ einen dicken blauen Ordner auf den Tisch klatschen. Als dieser auf dem abgewetzten Holz auftraf, segelten ein paar lose Blätter und Fotos heraus.

»Was ist das?«, fragte Lien neugierig und griff nach einem Blatt, das halb auf ihrem Frühstücksbrot gelandet war.

»Unsere Gründungsunterlagen«, knurrte Linus knapp. »Gehören jetzt alle Liz.«

»Was ist los?«, fragte Thore, den ich die ganze Zeit über noch kein Wort hatte sprechen hören. Doch ich konnte mich nicht auf das Gespräch konzentrieren, denn etwas anderes zog meine Aufmerksamkeit auf sich. Ein Foto, das bis zur äußersten Kante des Tisches gerutscht war. Es stand von meiner Perspektive aus zwar auf dem Kopf, aber dennoch kam mir die Person, die darauf zu sehen war, seltsam bekannt vor.

Cliff schien meinen Blick zu bemerken, denn er streckte einen seiner langen Arme aus, griff nach dem Foto und schob es mir über die Tischplatte hinweg in die Hand.

Mein Gehirn verstand entsetzlich langsam, was es dort sah. Auf dem Foto saß ein Mann in einem Overall, dessen Schnitt und Muster mir sehr bekannt vorkamen, an einem fast leeren Tisch. Er unterschrieb ein Papier. Im Hintergrund stand ein gut gekleideter Mann in einem altmodischen Anzug und lächelte. Doch er interessierte mich nicht. All meine Aufmerksamkeit galt dem Unterzeichner des Dokuments. Ich kannte dieses Gesicht. Wenn er den Blick nicht dem Blatt vor sich auf dem Tisch, sondern der Kamera zugewandt hätte, dann würde er mich nun aus meinen Augen heraus anblicken.

»Das ... das ist mein Vater!«, stammelte ich ungläubig und strich mich zitternden Fingern über das Foto. »Aber ...«

Nun zog Cliff auch die Pappmappe heran, die Linus so geräuschvoll auf dem Tisch ›abgelegt‹ hatte. Er drehte sie so, dass ich die Handschrift darauf lesen konnte. Mit einem langen, dunklen Zeigefinger tippte er auf etwas. Die Schrift war von den Jahren leicht verblasst und dennoch konnte ich sie entziffern.

Dort stand: ›Helen Zweig-Stiftung für Telekommunikationssicherheit‹

SOPHIE

Ich erreichte die Siedlung kurz vor halb zwölf, über drei Stunden nach der verabredeten Zeit. Doch ich versuchte, mir darüber nicht allzu große Sorgen zu machen. Obwohl der Sandmann Informationen hatte, die ich dringend brauchte, wollte ich ihm nicht so viel Raum in meinem Kopf geben. Ich durfte ihn nicht zu groß werden lassen. Wenn ich meine Gedanken von ihm beherrschen ließ, gab ich ihm Macht über mich, und genau das wollte ich vermeiden.

Also beeilte ich mich auch nicht, den Fußweg zur Villa Karweiler hinter mich zu bringen. Der Pförtner hatte mir mit besorgtem Blick auf meinen dicken Fuß angeboten, eine Begleitung für mich zu organisieren, doch ich hatte dankend abgelehnt. Zum einen, weil ich von Tiny mit genügend Schmerzmitteln für eine ganze Woche ausgestattet worden war, zum anderen, weil ich die kurze Schonfrist, die der Fußweg mir verschaffte, genießen wollte.

In der Villa angekommen, konnte ich mich allerdings nicht sonderlich lange zurückhalten. So schnell es mein verwundeter Fuß zuließ, erklomm ich die Treppe und ging ins Bad. Das Bild, das mir der Spiegel nun zeigte, gefiel mir ganz und gar nicht. Mir war deutlich anzusehen, dass es mir nicht gut ging und ich die Nacht über kaum geschlafen hatte. Mein Gesicht hatte die Farbe von Haferschleim, meine raspelkurzen Haare waren an einigen Stellen plattgedrückt, sodass mein Kopf an eine zerdellte Kiwi erinnerte. Oder an einen ramponierten Pfirsich – einer von denen, die immer ganz unten in der Obstkiste lagen.

So wollte ich dem Sandmann nicht gegenübertreten. Ich hatte Angst, dass er ansonsten Verdacht schöpfen und die Ereignisse der vergangenen Nacht mit mir in Verbindung bringen könnte. Das konnte ich nicht riskieren.

Kurz entschlossen drehte ich das kalte Wasser auf und hielt den Kopf unter den Strahl, bis ich das Gefühl hatte, dass mein Gehirn knapp vor dem Kältetod stand. Als ich mich mit einem Handtuch abgerubbelt hatte, stellte ich zufrieden fest, dass ich schon wesentlich lebendiger aussah. Meine Wangen hatten durch die Kälte einen rosigen Glanz bekommen, meine feuchten Haare standen noch immer durcheinander, aber wesentlich lebensbejahender in alle Richtungen vom Kopf ab.

Ich durchsuchte die Schubladen des Badezimmerschranks und entdeckte schließlich eine Make-Up-Tasche, die wahrscheinlich einmal Carlotta gehört hatte. Ich fand eine Tube mit Make-Up, das noch nicht eingetrocknet war und verteilte die Paste großzügig in meinem Gesicht. Wie von Zauberhand verschwanden meine Stressfalten und Augenringe unter einer Schicht Reicheleutecreme. Anschließend sah ich zwar mindestens zehn Jahre älter, aber immerhin ausgeschlafen aus.

Nun war ich bereit.

Mein ausgestreckter Finger zitterte nur ein kleines bisschen, als ich den Spiegel aktivierte. Ich blickte mit ruhiger Miene hinein und wartete darauf, dass er sich mit dem Rechner des Sandmanns verband.

Bereits nach wenigen Augenblicken erschien die Schrift auf dem Spiegel. ›Wo warst du so lange?‹

»Ich wüsste nicht, warum ich dir das verraten sollte«, antwortete ich kühl.

›Wir hatten eine Verabredung!! Ich habe auf dich gewartet!‹

Ich biss mir auf die Zunge, weil ich mich auf keinen Fall entschuldigen wollte, obwohl das natürlich mein erster Impuls war. Jeden anderen Menschen hätte ich um Verzeihung für mein Zuspätkommen gebeten. Aber nicht ihn.

»Ich war verhindert«, erklärte ich stattdessen schlicht.

Darauf erwiderte er nichts und ich war froh darüber. Schließlich wusste ich nicht genau, wie ich mich mit einem Spiegel streiten sollte.

›Du hast dich geschminkt‹, wechselte er das Thema. ›Extra für mich?‹

»Ganz sicher nicht!«, antwortete ich irritiert. Was sollte das denn?

›Gefällt mir auch nicht!‹

Ich schüttelte verärgert den Kopf. »Ich möchte jetzt nicht mit einem Spiegel über Make-up diskutieren«, bemerkte ich spitz. »Sag mir, was du von mir willst. Was brauchst du im Austausch für die Informationen, die ich haben will?«

›Ich will ein Smartphone, nicht registriert, mit Highspeed-Internet. Nimm irgendein Prepaid-Gerät.‹

Wieso brauchte er ein Handy mit Internetzugang? Hatte er selbst etwa keins?

Ich nickte. »Gut, das lässt sich machen.«

›Das ist aber noch nicht alles.‹

»Was noch?«

Gespannt sah ich zu, wie die letzten Buchstaben vom

Spiegel verschwanden und neue auftauchten. Ich hätte niemals mit dem gerechnet, was ich nun dort las.

›Ein Auto.‹

Ich trat einen Schritt zurück. »Was?«

›Ein registriertes Auto, Sicherheitsstufe A mit Frontscheibenplakette und Exit-Erlaubnis.‹

Sofort begannen die Gedanken in meinem Kopf zu rasen. Er wollte ein Auto, mit dem er unbemerkt die Stadt verlassen konnte. Eigentlich logisch, dennoch hatte ich nicht mit einer solchen Forderung gerechnet.

Ich hatte nicht die geringste Ahnung von Autos, geschweige denn einen Führerschein. Und ich bezweifelte ernsthaft, dass ich auf die Schnelle ein Fahrzeug würde auftreiben können, das diesen Ansprüchen gerecht wurde. Das musste er doch wissen!

»Ich habe kein Auto«, antwortete ich.

Auf dem Spiegel erschien nur ein Wort. ›Doch.‹

Verärgert schüttelte ich den Kopf. »Ich würde es doch wissen, wenn es so wäre.«

›Der Tesla von Leopold Karweiler steht ein Stockwerk unter dir in der Garage.‹

Mir wurde heiß und kalt. Natürlich hatte er recht! Dass ich daran nicht gedacht hatte. Das Auto der Karweilers stand immer noch hier. Liz hatte es nie geholt, weil sie der Meinung war, ein solches Auto könne man selbst in Kreuzberg nicht auf offener Straße parken. Außerdem hatten wir keine Ladestation in der Nähe.

›Ich habe recht‹, schrieb der Sandmann nun als Reaktion auf mein Mienenspiel.

»Und ich habe keinen Führerschein!«, gab ich zurück und ärgerte mich im gleichen Augenblick über mich selbst.

Warum stellte ich mich hier überhaupt quer? Schließlich ging es mir doch darum, die Wahrheit über den Mord an Harald Winter herauszufinden. Und dazu brauchte ich den Sandmann, so sehr mir das auch gegen den Strich ging. Und dieser brauchte ein Auto.

›Für dieses Fahrzeug braucht man auch keinen Führerschein‹, kam die Antwort prompt. ›Es fährt von alleine.‹

Anschließend erschien die Adresse des kleinen Bungalows in der Schönholzer Heide auf dem Spiegel. ›Komm um 18.00 Uhr dort hin.‹

»Wenn du mir dann erzählst, wie Harald Winter gestorben ist, bekommst du das Auto«, sagte ich. Auch wenn ich insgeheim gar nicht vorhatte, diesen Handel zum Abschluss zu bringen.

›Wir haben eine Abmachung‹, bestätigte der Sandmann. ›Willst du dir die Adresse nicht notieren?‹

Ich erschrak kurz. Das war mir gar nicht in den Sinn gekommen, weil ich die Adresse schon längst hatte. Aber das durfte er nicht wissen.

»Doch natürlich«, sagte ich hastig und beeilte mich, mein Handy hervorzuholen und mit der Kamera ein Foto von der Adresse zu machen.

›Bis nachher.‹

Ich nickte. »Ja. Bis dann!«

Dann schaltete ich den Spiegel aus und atmete einmal tief durch. Ein Auto. Ich wusste nicht, womit ich gerechnet hatte, aber damit nicht.

Mit schnellen Schritten ging ich die Treppe hinunter ins Erdgeschoss und durch die kleine Tür neben dem Hauseingang in die Garage. Das Licht ging automatisch an. Dort stand er, der schwarze Tesla. In meinen Augen war das Auto riesig, so groß wie ein Kreuzfahrtschiff. Ich hatte keine Ahnung, wie ich dieses Gefährt durch die Stadt bewegen sollte. Denn ganz von alleine würde es wohl nicht fahren. Ich blickte durch das Fenster und sah eindeutig ein Lenkrad sowie eine beängstigende Anzahl verschieden großer Knöpfe. Alleine beim Gedanken daran, mit diesem großen Auto bis in die Schönholzer Heide fahren zu müssen, wurde mir ganz schlecht.

Ich brauchte meine Schwester. Und ich brauchte sie jetzt.

LIZ

Der Geräuschpegel, der gerade in der Küche herrschte, war ohrenbetäubend. Die Ops stritten so laut, dass die Gläser klirrten. Wie dieses Gespräch so schnell hatte eskalieren können, war mir ein Rätsel, aber in diesem Moment starrten sich die Mitglieder der Organisation an, als würden sie dem jeweils anderen nicht einmal mehr den Dreck an der Schuhsohle gönnen. Und das alles meinetwegen.

Immerhin hatte ich herausgefunden, dass mein Vater im Andenken an seine Frau einen Verein ins Leben gerufen hatte, der den Netzaktivisten eine gewisse Kommunikationssicherheit außerhalb des Darknets verschaffen sollte. Dafür hatte er eine gewaltige Geldsumme gespendet, die aus dem Verkauf eines Aktienpakets hervorgegangen war. Die Leitung des Vereins hatte er seinem studentischen Mitarbeiter Linus übertragen, einem jungen Mann, der damals erst Anfang zwanzig gewesen war, sich aber bereits das Vertrauen seines Chefs erarbeitet hatte.

So weit, so normal. Noch kein Grund, zu streiten. Das Problem schien aber zu sein, dass Linus keinem der anderen erzählt hatte, wer die Gründung des Operators bezahlt hatte. Nur Cliff hatte es gewusst, weil er mit Linus zusammen studiert und Sebastian Zweig selbst gut gekannt hatte. Den anderen war diese Tatsache vollkommen neu.

Ich verstand, warum sie sauer waren. Sie nahmen so viele Entbehrungen und Einschränkungen auf sich, um Teil dieser großen Sache zu sein – da war es wohl das Mindeste, dass alle Mitglieder die ganze Wahrheit kannten. Linus hatte kein recht gehabt, es ihnen zu verschweigen.

Und über noch eine Sache stritten sich die Mitglieder heftig: über mich.

Svenja hatte die Gründungsunterlagen laut vorgelesen. Unser Vater hatte darin unmissverständlich klar formuliert, dass es auch Aufgabe des Operators war, seine beiden Töchter, falls nötig, vor realen und virtuellen Bedrohungen zu schützen. Und genau das war nicht erfolgt.

Wenn ich es richtig verstand, dann hatte Linus immer auf die Neutralität des Operators gepocht. Darauf, dass er eine Organisation war, die sich so gut wie gar nicht einmischte, um die eigene Enttarnung nicht zu riskieren.

Was mich besonders wunderte, war jedoch, dass ausgerechnet Svenja leidenschaftlich auf ›meiner‹ Seite focht. Ich hatte gedacht, dass sie diejenige war, die mich am wenigsten leiden konnte. Doch selbst wenn das so war, so schien sie doch aus ethischer Sicht voll und ganz hinter mir zu stehen. Sie schien einen moralischen Kompass zu haben, den man nur bewundern konnte.

Hatte ich am Anfang noch versucht, mich einzumischen, zu schlichten oder Wogen zu glätten, so hatte ich es mittlerweile längst aufgegeben. Ich war zwar Anlass ihres Streits, aber ich war weder der Grund dafür noch nahm ich daran teil. Das machte mich automatisch zum Voyeur, eine Rolle, in der ich mich nicht besonders wohlfühlte. Was sie sagten, schien nicht für meine Ohren bestimmt. Die Ops gruben lang zurückliegende Verletzungen hervor und warfen sie einander an den Kopf. Ich fühlte mich mit jeder Sekunde, die verstrich, unwohler.

Schließlich schnappte ich mir die blaue Mappe mit den Unterlagen und Bildern, gerade als der Streit zu eskalieren drohte. Keinen Moment zu früh, denn als ich die Küchentür hinter mir schloss, hörte ich, wie etwas Schweres dagegenkrachte und klirrend zu Boden fiel. Jemand schien Porzellan geworfen zu haben. Ich verdächtigte Linus und Lien zu gleichen Teilen. So wie die beiden sich gerade stritten, lag die Vermutung nahe, dass sie sich einmal sehr geliebt hatten. Es wirkte, als hätten sie Übung darin.

Ich schlich durch die kühlen Gänge des Baus und wusste nicht, was ich von der ganzen Sache halten sollte. Merkwürdigerweise war ich nicht halb so sauer auf Linus wie die anderen, dabei hätten mir die Ops vielleicht einiges an Ärger in der Vergangenheit ersparen können.

Doch mein Herz wurde von einer Fülle anderer Emotionen überschwemmt und es blieb gar kein Platz für Ärger darin. Vielmehr wurde ich ausgefüllt von einem Zustand, der zwischen Schock und Glück hin und her schwankte. Ich hatte eine halbe Ewigkeit nicht mehr an meinen leiblichen Vater gedacht – Sebastian Zweig, Chef der Entwicklungsabteilung von NeuroLink. Ich hatte ihn nie kennengelernt, weil er für den Mord an seiner Frau ins Gefängnis gegangen war, um seine beiden Töchter vor dem Sandmann zu schützen. Es war schön, dass er sich heute gänzlich unverhofft in mein Leben zurückgeschlichen hatte. An einem Ort, an dem ich ihn zuallerletzt vermutet hätte.

Als ich meine Zimmertür endlich erreicht hatte, ließ ich mich mit der blauen Pappmappe auf mein Bett sinken.

Seit ich von Sophies und somit auch von Sebastians und

Helens Dasein erfahren hatte, hatte mich eine Frage nie ganz losgelassen: Warum hatte er nicht mit uns kommuniziert? Warum hatte er nichts getan, um mit uns in Kontakt zu treten? Hatten wir ihm nichts mehr bedeutet?

Die Mappe, die ich nun in der Hand hielt, war wie eine Zeitmaschine, die mich in ein Jahr zurückbrachte, in dem es Sebastian noch gegeben hatte.

Ich schlug die abgenutzte Pappklappe auf und begann, die Papiere vorsichtig zu inspizieren. Vor allem suchte ich nach Fotos und ich fand auch ein paar, die meinen Vater zeigten. Den schönen Mann mit Dreitagebart und Nussnugatcremeaugen, von dem ich so viel in mir trug und über den ich dennoch so wenig wusste. Weder kannte ich seine Lieblingsfarbe noch wusste ich, was er gerne gegessen, was ihn wütend gemacht oder welche Kleidung er gerne getragen hatte. Ich strich mit der Spitze meines rechten Zeigefingers über seine Unterschrift – sie war groß und geschwungen, genau wie meine. Die blauen Buchstaben waren wie eine dünne Angelschnur, ausgeworfen durch Zeit und Raum.

Ich überflog noch einmal die Statuten des Vereins, bis ich bei der Stelle ankam, an der stand: ›Die Mitglieder des Vereins verpflichten sich hiermit ohne Wenn und Aber, die Töchter des Gründerpaares, Sophie Charlotte und Elisabeth Ingrid Zweig, mit allen ihnen zur Verfügung stehenden Mitteln vor virtuellen und tatsächlichen Gefahren zu schützen. Die getrennte Adoption der Mädchen ändert nichts daran. Die Vergabe der Mittel knüpft sich an die Wahrnehmung dieser Verpflichtung.‹

Mir traten Tränen in die Augen. Obwohl die Worte im besten Juristendeutsch geschrieben waren, waren sie doch Beweis genug für mich. Beweis, dass Sebastian uns geliebt hatte und auch aus dem Gefängnis heraus noch für unser Wohl hatte sorgen wollen.

Ich musste unbedingt Sophie davon erzählen – so schnell wie möglich!

Als es an der Tür klopfte, zuckte ich zusammen. Ich hatte gar keine Schritte auf dem Flur gehört. Vor der Tür stand Cliff.

Der wunderbare Cliff mit seinen wirren Dreadlocks, den vielen Kleidungsschichten und dem normalerweise breitesten Lächeln Brandenburgs, von dem in diesem Augenblick leider nichts zu sehen war. Er war derjenige, zu dem ich am meisten Vertrauen und Zuneigung gefasst hatte, seitdem er mich buchstäblich von einem Zaun gepflückt hatte. Noch bevor ich darüber nachdenken konnte, machte ich drei Schritte auf ihn zu und warf mich in seine Arme.

Er zog mich fest an sich und legte sein Kinn auf meinen Kopf, als bei mir die Dämme brachen und ich anfing, bitterlich zu weinen.

Ich konnte noch nicht einmal genau sagen, warum ich weinte. Aus Glück, aus Angst, aus Einsamkeit oder Überforderung, aus Dankbarkeit oder Erschöpfung oder aus Trauer über mein verlorenes Leben. Wahrscheinlich war es alles zusammen.

Und Cliff verstand. Leise summend wiegte er mich hin und her, bis ich mich beruhigt hatte. Ich machte mich los und trat ein paar Schritte zurück, während ich mir verschämt mit den Ärmeln des Pullovers über mein verquollenes Gesicht wischte.

»Danke, dass du mir bei dieser Sache beigestanden hast«, murmelte ich. »Du ahnst nicht, wie viel es mir bedeutet, das alles zu wissen.«

»Ich kann es mir aber gut vorstellen«, murmelte Cliff. »Sonst hätte ich es nicht getan. Linus ist mein bester Freund, weißt du? Ich streite mich wirklich nicht gerne mit ihm.«

Ich sah ihn prüfend an. »Wenn du ihn so gut kennst, dann beantworte mir eine Frage: Warum hat er es nie erzählt? Was glaubst du?«

Cliff lächelte leicht. »Wahrscheinlich wollte er einfach aus dem Schatten deines Vaters heraustreten. Er hat ihn verehrt, aber er hat auch selbst ein ziemlich großes Ego. Ich habe immer vermutet, dass er etwas Eigenes haben wollte.«

Ich nickte. »Nicht die feine englische Art, aber ich verstehe ihn.«

»Ich auch. Aber ich fürchte, die anderen nicht. Dass diese Sache eine solche Kluft zwischen uns aufreißen würde, hätte ich nicht gedacht. Doch jetzt ist es passiert. Thore, Lien und Svenja werden uns noch heute verlassen. So wie in den letzten paar Jahren wird es den Operator wohl in Zukunft nicht mehr geben.«

»Was?« Mir fiel es schwer, zu glauben, was ich da hörte. »Aber ...«

»Sie fühlen sich hintergangen und ausgenutzt. Vielleicht kommen sie wieder, vielleicht auch nicht.« Er lächelte traurig. »Am meisten wird mir allerdings Sheila fehlen.«

Ich blickte ihn fragend an.

»Lien nimmt sie mit. Es ist eigentlich ihr Hund, auch wenn die Kleine mehr an mir hängt als an ihr. Doch vielleicht ist das auch besser so, keiner kann wissen, wie sich die Sache hier entwickelt.«

»Und Matthis?«, fragte ich.

Cliff zuckte die Schultern. »Bei dem weiß man nie so

genau, was in ihm vorgeht. Er hat sich wortlos in die Werkstatt verzogen.«

Als er meinen fragenden Blick auffing, erklärte er: »Matthis und Linus kennen sich schon seit dem Kindergarten. Eine unausgeglichene Freundschaft, wenn du mich fragst. Ich bin nie richtig warm geworden mit ihm.« Cliff grinste. »Er lacht so selten.«

Diese Bemerkung brachte mich ebenfalls zum Grinsen. Jemand, der selten lachte, musste Cliff ja suspekt sein.

In meinem Gedächtnis ließ ich den Streit der Ops noch einmal Revue passieren. Eine Sache bereitete mir tatsächlich noch Kopfzerbrechen.

»Als Sophie, Sash, Marek und ich vor zwei Jahren in Schwierigkeiten steckten ...«

Cliff lachte. »Du willst wissen, warum wir euch nicht geholfen haben?«, fragte er und ich nickte.

»Wir konnten nicht.«

»Wie meinst du das?«

»So, wie ich es sage: Es war uns schlicht nicht möglich. Stunden, nachdem euer Vater gestorben war, wurde sein Anwalt ermordet und alle Unterlagen wurden entwendet. Das bedeutete, dass wir auf einen Schlag kein Geld mehr hatten; sämtliche Zahlungen waren über den Anwalt gelaufen. Außerdem mussten wir damit rechnen, dass jemand die Unterlagen in die Finger bekommen hatte, der uns gefährlich werden konnte. Wir machten zu Geld, was wir konnten, und zogen unter die Erde. Als ihr verschwunden seid, waren wir gerade mitten im ›Umzugsstress‹.« Er lächelte entschuldigend.

Jetzt wusste ich, was Linus vorhin gemeint hatte, als er sagte, das sei ›in dem ganzen Chaos‹ nicht möglich gewesen. Doch Svenja hatte dagegengehalten.

»Aber Svenja hat doch gesagt ...«

Cliff unterbrach mich. »Svenja hat keine Ahnung. Linus und ich haben damals nächtelang vergeblich versucht, euch zu orten. Doch wir konnten euch nicht finden. Zwar haben wir nach einigen Stunden die IDs eurer Ports herausgefunden, doch eure Signale waren blockiert.«

»Die Helme«, murmelte ich und verstand.

»Was für Helme?«, fragte Cliff neugierig.

»Der Sandmann und seine Männer haben uns damals Helme aufgesetzt, damit wir unsere Ports nicht mehr benutzen können.«

Cliff verzog belustigt das Gesicht. »Klingt irgendwie mittelalterlich.«

Ich lachte. »Besonders kleidsam waren die Dinger nicht, das sage ich dir. Aber ziemlich modern. Und nützlich.«

»Inwiefern?«

»Ich habe damit einen Wachmann ausgeknockt!«, antwortete ich und musste bei der Erinnerung daran tatsächlich lachen. Es war schön, dass man sich im Nachhinein meist nur an die guten Dinge erinnerte. Und dem Wachmann namens Kurt die Nase zu brechen, war eine verdammt gute Sache gewesen.

»Das hätte ich gerne gesehen!«, sagte Cliff, noch immer grinsend.

»Ja, das war schon was!« Ich grinste zurück. Dann kam mir ein Gedanke, der mir das Lachen wieder vergehen ließ. Cliff bemerkte es augenblicklich.

»Was ist los?«

Ich biss mir auf die Unterlippe. Irgendwie war es mir peinlich, darüber zu reden.

»Glaubst du ...« Ich holte tief Luft. »Meinst du, der Anwalt könnte auch einen Abschiedsbrief von Sebastian für uns gehabt haben?«, fragte ich und Cliff lächelte warm.

»Das ist gut möglich. Ich würde sogar sagen, es ist verdammt gut möglich.«

»Weißt du, ich habe mich immer gefragt, warum er uns keinen geschrieben hat. Er muss doch gewusst haben, dass er im Sterben lag.«

»Ja, da hast du recht. Bestimmt war es so. Und der Abschiedsbrief liegt jetzt mit den ganzen anderen Unterlagen bei irgendeinem Arschloch.«

Ich nickte. Alleine bei dem Gedanken daran wurde mir heiß und kalt. Doch die Vorstellung, dass es einen Abschiedsbrief für uns gegeben hatte, war auch ungemein tröstlich. Ab jetzt würde ich es mir einfach so ausmalen.

Als im Gang Schritte erklangen, drückte mir Cliff noch einmal aufmunternd den Arm und trat einen Schritt zurück. Linus bog um die Ecke. Er war einigermaßen außer Atem. Als er Cliff und mich beieinanderstehen sah, formte sich eine tiefe Falte über seiner Nasenwurzel.

»Ich hoffe, ihr seid jetzt glücklich!«, blaffte er. »Ihr habt die Ops kaputt gemacht.«

Ihn so zu sehen, versetzte mir einen Stich. Ich konnte mir vorstellen, wie er sich gerade fühlte. Immerhin wusste ich nur zu gut, wie sehr Marek an Pandoras Wächtern hing. Wahrscheinlich litt er mehr unter der Zerschlagung des Blogs als unter seiner eigenen Verhaftung.

»Das tut mir leid, Linus«, sagte ich. »Ich hatte keine Ahnung, dass meine Frage so einen Streit provozieren würde.«

Linus fuhr sich durch die Haare. Er sah müde und wütend aus. Schließlich sah er mich an und lächelte schief.

»Ich schätze, ich bin selbst schuld. Es ist die späte Rache deines Vaters dafür, dass ich den anderen verheimlicht habe, woher wir unser Geld bezogen. Ich habe immer behauptet, es käme von einem wohlhabenden Mäzen, der anonym bleiben will.«

Er verzog das Gesicht. Dann schlug er sich an die Stirn, als hätte er etwas Wichtiges vergessen. Ich wunderte mich über diese antiquierte Geste – seit den Jahren, in denen die meisten Menschen einen SmartPort getragen hatten, tat das so gut wie niemand mehr. Aber Linus und die anderen hatten ja niemals ein solches Gerät besessen.

Linus sah mich an: »Warum ich eigentlich hier bin: Sophie ist am Telefon!«

Seine Worte elektrisierten mich, ich rannte sofort los. Als ich im zentralen Raum mit der großen Telefontafel ankam, war weit und breit keiner zu sehen. Einer der schwarzen alten Telefonhörer lag auf der Konsole. Ich griff danach und fragte völlig außer Atem: »Sophie?«

»Ich dachte schon, du kommst nicht mehr!«, hörte ich meine Schwester sagen.

»Entschuldige«, erwiderte ich. »Die Gänge hier sind ziemlich weitläufig. Aber ich habe mich beeilt.«

»Das höre ich«, sagte Sophie und lachte.

»Gut, dass du anrufst, Phee. Ich muss dir was erzählen!«, sprudelte es aus mir heraus.

»Was denn?«, fragte Sophie und ihre Stimme klang alarmiert.

»Nichts Schlimmes«, versicherte ich hastig. »Ausnahmsweise das Gegenteil. Stell dir vor: Unser Vater hat den Operator gegründet! Als Stiftung zum Schutz der Privatsphäre, zum Gedenken an Helen. Na, was sagst du dazu?«

»Oh, wow. Liz, das ist toll!«, sagte sie, doch ich konnte hören, dass meine Begeisterung nicht auf sie überschwappte.

»Was ist denn los mit dir?«, fragte ich und im nächsten Augenblick wurde mir klar, dass ich vor lauter Aufregung an diesem Morgen vergessen hatte, dass ja Sophie selbst einen wichtigen Vormittag gehabt hatte.

»Hast du mit dem Spiegel gesprochen?«, fragte ich und war froh, dass mir niemand zuhörte. Dieser Satz klang total verrückt.

»Ja, das habe ich. Er will ein Auto.«

»Was?«, fragte ich erstaunt.

»Der Sandmann will ein Auto!«, antwortete Sophie und ihre Worte ließen mir das Blut in den Adern gefrieren.

»Was sagst du da?«, flüsterte ich.

»Ich habe mich ja auch gewundert«, erklärte sie, »aber wenn man darüber nachdenkt, ergibt das Sinn. Er will aus der Stadt raus, und das geht nur, wenn er ein Auto hat, das registriert ist und die Kontrollpunkte passieren darf. Liz, er will euren Tesla. Und ich kann doch nicht Auto fahren!«

Meine Schwester plapperte so schnell, dass ich kaum Gelegenheit hatte, selbst etwas zu sagen. Als sie endlich mal Luft holte, fragte ich: »Was soll das heißen: *Der Sandmann will ein Auto?*« Ich wurde richtig laut. Zwar hatte ich nicht geplant, meine Schwester anzuschreien, doch ich konnte mich nicht zurückhalten. Alles in mir bebte.

Sophie indes wurde nun ganz leise. Mir wurde sofort klar, dass sie etwas getan haben musste, von dem ich noch nichts wusste. Und ich konnte mir schon denken, was das war. »Du warst heute Nacht unterwegs, richtig?«, fragte ich und klang dabei wie eine strenge Mutter, die ihre ungezogene Tochter schalt.

»Und wenn?«, entgegnete Sophie trotzig. Ich ballte die Hand zur Faust, um sie nicht schon wieder anzuschreien. Das Letzte, was ich jetzt gebrauchen konnte, war, dass ein Streit auch noch uns auseinanderriss.

»Du hast mir doch versprochen, dass du zu Hause bleibst!«

»Wärst du denn zu Hause geblieben?« Sophies Stimme überschlug sich. Sie war kurz davor, sauer zu werden, das hörte ich ganz genau. Außerdem hatte sie recht. Mich hätte an ihrer Stelle auch nichts auf der Welt im Haus halten können. Ich ruderte zurück.

»Stimmt, es tut mir leid. Ich mache mir nur Sorgen um dich, verstehst du? Immerhin bin ich verflucht weit weg und fühle mich ziemlich hilflos. Also noch mal von vorne: Du hast den Sandmann gesehen?« Alleine beim Gedanken an den Mann wurde mir schlecht.

»Ja«, flüsterte Sophie. »Er ist derjenige, der mit mir durch den Spiegel kommuniziert.«

»Das darf doch einfach nicht wahr sein!«, murmelte ich. »Wie hast du das rausgefunden?« Es wurmte mich, dass ich hier in Brandenburg in einem Kaninchenbau hockte, während sich meine Schwester in Berlin unserem Erzfeind gegenübersah. Das passte mir ganz und gar nicht. Wenn überhaupt, dann sollten wir uns der Sache gemeinsam stellen. Dieser Mann war nicht nur der Schatten ihrer Vergangenheit, er war auch meiner.

»Ich habe mir ein Taxi genommen und bin zu der Adresse gefahren, die du mir genannt hast.«

Die Antwort meiner Schwester war ein bisschen zu schnell und ein bisschen zu einfach.

»Und dann hast du geklingelt, er hat dir die Tür aufgemacht und ihr habt eine Tasse Tee zusammen getrunken?«, fragte ich spitzer, als es meine Absicht gewesen war.

»Nein«, gab Sophie zu, nun schon wieder etwas kleinlauter. »Ich bin ums Haus geschlichen und habe ihn durch ein Fenster gesehen.«

Ich fühlte, dass diese Schilderung immer noch nur die halbe Wahrheit war, doch ich wollte Sophie nicht nerven.

»Den Sandmann«, stellte ich tonlos fest. »Ausgerechnet.«

»Du sagst es«, schnaubte Sophie.

»Ich dachte, wir wären das Arschloch ein für alle Mal los!« Das hatte ich wirklich gedacht. Und da tauchte er plötzlich wieder auf. Wie ein verfluchter Springteufel. »Er war doch inhaftiert! Wieso ist er nicht exiliert worden wie all die anderen Häftlinge?«

»Gute Frage«, erwiderte Sophie.

»Er hat sich sicher wieder freigekauft, irgendjemanden bestochen und sich durchs System gemogelt, die alte Natter«, knurrte ich, doch Sophie widersprach: »Ich hatte nicht den Eindruck, dass er sich frei bewegen kann.«

»Warum nicht?«

»Er wurde bewacht«, antwortete meine Schwester schlicht und ich schloss die Augen. Die ganze Sache nahm Dimensionen an, die mir überhaupt nicht gefielen.

»Du willst mir also sagen, der Sandmann sitzt streng bewacht in irgendeinem Haus in Pankow und plant seine Flucht. Und für diese Flucht braucht er ein Auto. Und um an dieses Auto heranzukommen, hat er sich gedacht, könnte er sich ja an seine gute alte Freundin Sophie wenden, vielleicht hat sie ja zufällig eins rumstehen.«

Ich hörte, wie Sophie lächelte. »So ungefähr wird es gewesen sein.«

Alleine beim Gedanken an den Sandmann zog sich mir das Herz zusammen. Er durfte auf keinen Fall Hand an meine Schwester legen.

»Sophie, er ist besessen von dir!«, murmelte ich und klang dabei so ängstlich, wie ich mich fühlte.

»Ich weiß«, sagte sie schlicht. »Weil ich so aussehe wie sie!«

Mein Hals wurde trocken. »So ist es.«

»Jetzt nicht mehr. Ich habe mir die Haare abgeschnitten.«

Diese Offenbarung überraschte mich doch sehr. »Echt?«

»Ja. Ganz kurz. Ich wollte nicht mehr aussehen wie ich.« Und nach einem kurzen Moment des Schweigens fügte sie hinzu: »Oder wie sie.«

Ich verstand. Ich verstand sie nur zu gut.

»Und wie siehst du jetzt aus?«

Sophie lachte. »Manchmal wie eine Kriegerin und manchmal wie eine Kreuzung aus Kiwi und Suppenhuhn.«

Ich prustete los. »Ach, du fehlst mir so!«, sagte ich.

»Du fehlst mir auch. Und damit wir wieder zusammen sein können, muss ich Auto fahren lernen.«

Der Gedanke an das Auto elektrisierte mich. Mein Adoptivvater war einer der wenigen Bürger Berlins gewesen, der ein Auto mit gepanzerten Scheiben und QR-Plakette an der Windschutzscheibe besessen hatte, die es ihm erlaubte, ohne weitere Kontrollen die Stadt an einer der Schranken zu verlassen. Dass ich nicht selbst darauf gekommen war!

»Sophie, das ist es!«, rief ich aufgeregt. »Du schnappst dir das Auto und kommst hierher! Scheiß auf den Sandmann!«

Das Kopfschütteln, das nun folgte, konnte ich durch die Leitung förmlich hören.

»Nein, Lizzie«, sagte sie entschieden. »Ich will beweisen,

dass du Harald Winter nicht ermordet hast. Und dafür brauche ich Thomas Sandmann, ob es mir passt oder nicht.«

»Aber du weißt doch, dass wir ihm nicht vertrauen können. Er gibt uns sicher nicht, was wir wollen.«

»Wenn er das Auto braucht, wird er es müssen«, gab Sophie grimmig zurück.

»Papas schöner Tesla«, seufzte ich. »Die Sonderausstattung ist ein Vermögen wert.«

Sophie lachte. »Da denkst du doch jetzt nicht wirklich drüber nach, oder?«

Schulterzuckend antwortete ich: »Vielleicht, vielleicht auch nicht. Wahrscheinlich will ich einfach nicht, dass du dort hinfährst.«

»Das werde ich so oder so tun«, sagte Sophie bestimmt.

Ich hatte geahnt, dass sie das sagen würde. Wenn die Leute mich schon für stur hielten, wollte ich nicht wissen, wie sie mit meiner Schwester klarkommen würden.

»Ich halte das für keine gute Idee«, sagte ich matt.

»Nur fürs Protokoll«, sagte Sophie trocken, »ich hielt es für keine gute Idee, dass du zum Interview mit Harald Winter fährst.«

Ich schmunzelte. Wo sie recht hatte, hatte sie recht. »Touché!«, sagte ich.

»Also, hilfst du mir jetzt?«

Ich lehnte den Kopf gegen die Schalttafel und schloss die Augen. Sosehr ich mir einzureden versuchte, dass meiner Schwester schon nichts passieren würde, so wenig glaubte ich mir selbst.

»Natürlich helfe ich dir«, murmelte ich. »Ich werde dir immer helfen.«

SOPHIE

Liz hatte mir aufgetragen, ein billiges Telefon und eine Pre-paid-Karte zu besorgen. Das hatte ich getan und gleichzeitig das vom Sandmann geforderte Smartphone besorgt. Zum Glück gab es in der Nähe der Gated Community eine große Mall, in der man beinahe alles kaufen konnte, von Sitzgruppen über Elektrogeräte bis hin zu japanischem Bio-Spargel. Ich hatte für den Weg einfach Liz' altes Fahrrad genommen, um meinen Fuß zu entlasten, und es hatte erstaunlich gut funktioniert.

Nun hatte ich ein kleines blaues Telefon, mit dem man tatsächlich nur telefonieren und SMS schreiben konnte. Laut Beschreibung handelte es sich um ein ›Lern- und Seniorenhandy‹, und natürlich konnte sich keiner vorstellen, wer außer Senioren und kleinen Kindern noch Verwendung für so ein Telefon haben könnte. Wahrscheinlich hatte ich es dem hohen Altersdurchschnitt der Community zu verdanken, dass es so etwas überhaupt hier zu kaufen gab.

Die Ops hatten mir für dieses Handy nun eine sichere Verbindung eingerichtet, über die ich jederzeit mit ihnen telefonieren konnte. Das Passwort ›Mauerblümchen‹ hatte mir natürlich Liz eingebrockt.

Nun war es vier Uhr nachmittags und ich stand im Wohnzimmer der Villa Karweiler vor einem schlichten schwarzen Rucksack, den ich mir ebenfalls in der Mall zugelegt hatte. Ich wusste nicht, was heute Abend passieren würde, doch ich versuchte, mich auf alles vorzubereiten. Gerade deshalb fiel es mir so schwer, zu entscheiden, was ich alles mitnehmen sollte. Vielleicht würde ich so schnell nicht mehr in dieses Haus zurückkehren. Und das war vermutlich auch besser so, denn Liz hatte mich vorhin am Telefon daran erinnert, dass die Villa Karweiler nun Staatseigentum war und es nicht mehr lange dauern konnte, bis sie ausgeräumt und an irgendwelche Leute verkauft wurde. Lange konnte ich hier also sowieso nicht mehr bleiben. Es interessierte niemanden, dass ich nicht so recht wusste, wo ich sonst hinsollte. Aber schön einen Schritt nach dem anderen, rief ich mich zur Ordnung, sonst wurde ich noch verrückt.

Nach langem Hin- und Herüberlegen packte ich schwarze Kleidung für drei Tage ein, ein Schweizer Taschenmesser, das ich in der Garage gefunden hatte und das unheimlich viele Extrafunktionen aufwies, den Taser mit den beiden Ersatzkartuschen, eine Packung Cracker, Verbandszeug, lange Kabelbinder, eine Schirmmütze und eine enorm große Sonnenbrille, die mich stark an Liz' Freundin Ashley erinnerte. Dann noch mein Handy und diverse Aufladekabel. Als mir nichts mehr einfiel, was ich mitnehmen wollte, klappte ich meinen Laptop auf und rief Liz wieder an.

Mit ihrer Hilfe gelang es mir, bis in das Sicherheitssystem des Hauses vorzudringen, wo ich im Unterordner für das Auto eine neue Fahrersektion anlegte und anschließend meine Fingerabdrücke und Stimmproben für die Identifikation hinterlegte. Wenn es zum Äußersten kam, würde ich genau das nachher mit dem Sandmann noch einmal tun müssen.

»Versuch, mit den Informationen und dem Auto wieder dort wegzukommen«, bemerkte meine Schwester überflüssigerweise.

»Ach was«, gab ich trocken zurück, während ich dabei zusah, wie mein letzter Fingerabdruck hochgeladen wurde.

Ich klappte das Gerät zu und klemmte es mir unter den Arm, schnappte mir Jacke und Rucksack und ging den Flur hinunter in Richtung Garage. Bevor ich die Tür öffnete, drehte ich mich noch einmal um. Mir zuckten blitzlichtartige Erinnerungen durch den Kopf, wie ich dieses Haus zum ersten Mal betreten hatte. In einem schwarzen Kleid, mit einem Kaktus in der Hand. Damals war goldenes Sonnenlicht durch die Wohnzimmerfenster in den Flur gefallen und der Duft von frischer Tomatensoße hatte sich mit dem Chlorgeruch des großen Gartenpools vermischt. Nun war alles nur noch stumpf und staubig.

»Sophie?«, hörte ich Liz an meinem Ohr fragen. »Ist alles in Ordnung?«

Ich straffte die Schulter. »Klar«, versicherte ich, und als sie auffordernd weiter schwieg, erklärte ich: »Es fällt mir nur schwer, das Haus zu verlassen. Irgendwie habe ich das Gefühl...«

»... dass du die letzte Bastion des Glücks hinter dir lässt?«, schlug Liz vor und ich musste lachen.

»So poetisch hätte ich es jetzt wahrscheinlich nicht ausgedrückt, aber ja.« Und nach einer kurzen Pause fügte ich hinzu: »Ich habe das Gefühl, als würde ich dein Zuhause aufgeben.«

Ich hörte Liz in den Hörer schnauben. »Das sind nur Steine, Sophie. Seelenlose Steine. Was dieses Haus zu einem Zuhause gemacht hat, ist lange fort.«

Ich schluckte.

»Du bist jetzt mein Zuhause«, sagte Liz leise. »Du bist meine Familie. Und du wirst gefälligst alles tun, um heil und gesund zu bleiben, bis wir uns wiedersehen, hörst du? Sonst muss ich dich leider umbringen!«

Lachend sagte ich: »Natürlich, Madame! Zu Befehl.«

Liz seufzte. »Es passt mir nur einfach nicht, dass du ganz alleine dort hinfährst.«

»Du bist doch bei mir«, entgegnete ich.

»Richtig. Und wenn der Typ dir auch nur ein Haar krümmt, dann komm ich durchs Telefon und mach ihn platt. Also los, beweg deinen Hintern zum Auto.«

Bevor ich es mir noch einmal anders überlegte, betrat ich die Garage und legte meinen Daumen auf das kleine Trackpad an der Fahrertür. Augenblicklich ertönte ein leises Klicken und das Licht im Inneren des Wagens sprang an. Ich warf den Rucksack auf den Beifahrersitz und setzte mich hinter das Steuer. Meine Füße berührten nicht einmal die Pedale.

»Gott, Liz, das ist ja ein Schlachtschiff!«

»An der linken Seite des Sitzes sind ein paar Hebel, damit kannst du alles einstellen. Keine Sorge, du schaffst das schon!«

Ich ließ mir von meiner Schwester das gesamte Fahrzeug erklären. Tatsächlich war es so eingestellt, dass es in der Lage war, mich zum Zielort zu bringen, ohne dass ich eigenhändig ›fahren‹ musste. Es fuhr von alleine, wie ein Zug.

Hoffnung keimte in mir auf.

»Aber warum ist dann hier ein Lenkrad und der ganze andere Kram?«

»Du meinst Bremse, Gaspedal und Gangschaltung?« Liz klang maximal amüsiert.

»Was auch immer!«

»Die sind für den Notfall, wenn der Autopilot mal ausfällt, oder für Leute, die lieber selbst fahren, als sich fahren zu lassen. In dem Augenblick, in dem du das Lenkrad ergreifst, schaltet sich der Autopilot ab.«

»Wer sollte das denn wollen?«, murmelte ich und gab die Adresse des Bungalows in das Navigationsfeld ein. Ich versuchte, nicht darüber nachzudenken, dass ich zu einem Mann fuhr, der meine gesamte Familie zerstört hatte – und der mich hatte umbringen wollen. Ich konnte nicht erwarten, dass er diesmal andere Absichten hatte. Doch heute war ich vorbereitet.

Ich tippte auf ›OK‹ und eine kurze Melodie erklang.

»Fertig?«, fragte Liz.

»Fertig.«

»Na, dann fahr los!«

Doch etwas hinderte mich noch daran, tatsächlich loszufahren. Ich sah mich in der Garage um. »Wie geht das Tor auf?«, fragte ich.

»Automatisch«, antwortete meine Schwester.

Natürlich. Automatisch.

Ich drückte auf ›Fahrt starten‹ und eine freundliche Frauenstimme verriet mir, dass unsere Fahrtzeit bei aktueller Verkehrslage fünfzig Minuten betragen würde. Wenn alles gut ging, dann war ich diesmal pünktlich.

Das Auto setzte sich nahezu geräuschlos in Bewegung. Es war merkwürdig, in einem Wagen zu sitzen, der vollkommen von alleine fuhr. Ich fühlte mich irgendwie ausgeliefert.

»Das ist gruselig«, flüsterte ich, während der Tesla ohne mein Zutun auf dem großen Vorplatz wendete und in Richtung Eisentor rollte.

»Das ist eine der coolsten technischen Errungenschaften der letzten Jahrzehnte, du Banause«, gab Liz zurück.
»Entspann dich und genieß die Fahrt.«
Und tatsächlich genoss ich die Fahrt in vollen Zügen. Wir unterhielten uns die ganze Zeit und beinahe war es, als säße meine Schwester mit im Auto. Ich erzählte ihr, was ich gerade durch die Fenster sah, durch welchen Bezirk wir fuhren und wie irritiert mich andere Autofahrer anstarrten, wenn sie an der Ampel die Luxuskarosse neben sich bemerkten und hinterm Steuer ein zierliches Mädchen entdeckten. Meine Schilderungen brachten Liz ein ums andere Mal zum Lachen. Gesichtsausdrücke konnte ich wunderbar beschreiben.

Diese fünfzig Minuten waren zwar ein kurzes Glück, aber sie waren definitiv ein Glück. Ich vergaß meinen schmerzenden Knöchel, vergaß, wo Liz sich befand, und auch, wohin ich gerade fuhr. Ein Teil von mir war zwischendurch versucht, den Zielort tatsächlich noch einmal abzuändern und einfach zu meiner Schwester nach Brandenburg zu fahren – in Wahrheit war das jedoch keine Option. Ich wollte nicht, dass wir uns den Rest unseres Lebens verkriechen mussten. Wenn wir das taten, dann gaben wir uns geschlagen. Und wir waren viel zu jung und hatten zu viel durchgemacht, um uns jetzt geschlagen zu geben.

Außerdem ging es hier nicht nur um Liz und mich. Bewies ich, dass Liz Harald Winter nicht ermordet hatte, dann entlastete ich damit auch Sash und Marek. Tat ich es nicht, dann war auch ihr Leben versaut und Marek bekam seinen Blog nie wieder. Wir hatten alle schon genug gelitten.

Nein, da musste ich jetzt durch, komme, was wolle. Und vielleicht half es ja auch, mit der Vergangenheit ein für alle Mal abzuschließen.

Die kurze Kopfsteinpflasterstraße kam viel zu schnell in Sicht. Der Wagen ruckelte leicht, als wir abbogen, und blieb dann in der Mitte der Straße stehen. Ich stutzte. Der Bildschirm in der Konsole des Wagens leuchtete auf. ›Es stehen sechs freie Parkplätze in unmittelbarer Zielnähe zur Verfügung‹, informierte mich die Computerstimme. Auf dem Bildschirm erschien die Straße, die ich vor mir sah. Sechs Rechtecke blinkten rot darin auf.

›Wählen Sie einen freien Parkplatz‹, wurde ich vom Gerät aufgefordert.

Ich dachte kurz nach, dann wählte ich einen Platz möglichst nah am Bungalow, auf dem der Wagen so stehen würde, dass man ihn nicht wenden musste.

Dann kam mir ein Gedanke. »Liz, was, wenn ich nachher ganz schnell von hier wegmuss?«

Die Stimme meiner Schwester wurde ernst. »Dann steigst du ein und sagst: ›Evakuierung‹. Das Auto fährt dann so schnell wie möglich in Richtung Grunewald, die Villa ist als Zuhause gespeichert. Während der Fahrt kannst du das Ziel immer noch ändern.«

»Okay, verstanden«, sagte ich. Ein Blick auf die Uhr verriet mir, dass es kurz vor sechs war. »Ich muss jetzt los.«

»Sei bitte vorsichtig«, flehte Liz. Sie erinnerte mich an die alte Sophie, die sich ständig um alles und jeden gesorgt hatte.

»Natürlich«, sagte ich und klang dabei sehr viel zuversichtlicher, als ich mich fühlte. »Ich melde mich später.«

»Hab dich lieb!«

»Ich hab dich auch lieb«, erwiderte ich und beendete das Gespräch. Dann warf ich das Handy in den Rucksack und kramte die Elektroschockpistole daraus hervor, die ich in meine rechte Jackentasche steckte. Eine leichte Wölbung entstand, aber daran konnte ich nichts ändern. Ich musste die Waffe griffbereit haben; nur so konnte ich mich überhaupt in dieses Haus wagen. Dass sie funktionierte und es mir gelingen würde, ohne Training vernünftig zu zielen, konnte ich indes nur hoffen.

Irgendwo in der Nähe schlug eine Kirchturmuhr sechsmal. Die Schläge wirkten wie ein Weckruf auf mich, ich öffnete die Tür und trat hinaus in die kalte, trockene Abendluft und verriegelte das Auto mit dem Daumen. Dann überquerte ich die Straße und stand wenige Augenblicke später vor der Tür des Bungalows. Sie sah harmlos aus und war eine von jenen alten Türen, die man sich am Eingang von Omahäusern vorstellte. Alt, geschmacklos und zweckmäßig, aber irgendwie gemütlich. Die Plastikklingel an der Wand daneben war vergilbt und wirkte brüchig – die Schäbigkeit des ganzen Hauses fiel nicht auf den ersten Blick ins Auge, doch hatte man sie einmal bemerkt, ließ sie sich nicht mehr ignorieren. Wie war jemand wie der Sandmann überhaupt hierhergekommen?

Ich wusste nicht, was mich jenseits der Tür erwartete. Immerhin war er letzte Nacht nicht alleine gewesen. Was, wenn nicht jemand anderes die Wachmänner bezahlte, um ein Auge auf ihn zu haben, sondern er sie zu seinem Schutz angeheuert hatte? Dann war ich meinen Taser schneller los, als ich niesen konnte. Überhaupt fragte ich mich, wie der Wachmann auf meinen Besuch reagieren würde. Aber das sollte weniger meine Sorge als seine sein.

Die zentrale Frage war doch, ob das irgendetwas an meiner Entscheidung, das Haus jetzt zu betreten, ändern würde. Und die Antwort darauf lautete: Nein.

Ich wollte nicht klingeln, aber ich tat es doch. Im Inneren des Hauses erklang die Melodie von ›Fuchs du hast die Gans gestohlen‹. Geschmacklos und passend zugleich.

Sofort hörte ich Schritte im Flur. Sie klangen, als gehörten sie zu einem leichteren Mann als dem, der mich in der Nacht verfolgt hatte.

Die Tür schwang auf und der Sandmann stand vor mir. Mit einiger Irritation stellte ich fest, dass er beinahe genauso gekleidet war wie ich. Er trug eine schwarze Stoffhose und einen dunklen Rollkragenpullover. Seine schneeweißen Haare waren länger als beim letzten Mal und in seinen feuerroten Bart hatten sich ein paar graue Strähnen geschlichen. Den Siegelring mit der eingravierten Sanduhr trug er noch immer an seiner linken Hand. Sein Anblick löste dunkle Erinnerungen in mir aus; die Sanduhr war sein Markenzeichen und Symbol für die Hölle, durch die mich dieser Mann vor zwei Jahren geschickt hatte. Wie dumm war ich eigentlich, freiwillig wieder zu ihm zurückzukehren? Als er mich ansah, umspielte ein feines, beinahe unmerkliches Lächeln seine schmalen Lippen. Eins von der Sorte, die die Augen nicht erreichten. Der Sandmann lächelte niemals richtig.

Kurz stellte ich mir vor, was passieren würde, wenn ich mich jetzt einfach auf ihn stürzte und auf ihn einschlug. Ein kleiner Teil von mir wollte genau das herausfinden. Meine Hand zuckte leicht, ich hatte wirklich das Bedürfnis, ihn zu schlagen. So etwas hatte ich zuvor noch nie gefühlt. In meinem ganzen Leben hatte ich noch nie einen Menschen geschlagen. Doch ich musste versuchen, die Fassung zu bewahren und mich auf das zu konzentrieren, weshalb ich hergekommen war. Nichts anderes zählte.

»Jetzt bist du pünktlich«, stellte Thomas Sandmann zur Begrüßung fest.

Ich nickte, weil ich nicht wusste, was ich sagen sollte. Außerdem versuchte ich, möglichst schockiert dreinzuschauen. Schließlich hätte ich nicht mit ihm rechnen dürfen. Er öffnete die Tür weit und ich trat hindurch.

Ohne ein weiteres Wort drehte sich der Sandmann um und ich folgte ihm durch einen schäbigen Flur. Doch nach wenigen Schritten fiel mein Blick in das erste Zimmer und ich blieb wie angewurzelt stehen. In der Küche auf der rechten Seite lagen drei Wachmänner in Uniform reglos nebeneinander auf dem Boden. Sie waren eindeutig nicht mehr am Leben. Ich konnte sehen, dass die Haut an der rechten Schläfe des Mannes, der mir am nächsten lag, dunkel und beinahe verkohlt wirkte. Genau an der Stelle, wo die Smart-Ports saßen. Von dort zogen sich dunkel gefärbte Adern über seinen Kopf wie ein tödliches Spinnennetz. Der Sandmann drehte sich um und schaute mich forschend und beinahe belustigt an.

»Ist irgendwas?«, fragte er gespielt unbekümmert.

Ein Teil von mir wollte auf dem Absatz kehrtmachen und dieses Haus so schnell wie möglich wieder verlassen. Den Anblick dieser toten Männer würde ich mein restliches Leben mit mir herumtragen, wie lang es auch immer sein mochte – das wusste ich jetzt schon. Doch ich durfte nicht davonlaufen, dieser Abend war vielleicht meine einzige Chance, unser Leben wieder geradezubiegen. Das war alles, woran ich denken durfte. Dennoch merkte ich, wie mir kalter Schweiß auf die Stirn trat und meine Hände zu zittern begannen. Ich wusste, dass der Sandmann bereits begonnen hatte, mit mir zu spielen. Er hatte die Tür absichtlich offen gelassen, damit ich sehen konnte, dass er drei Männer umgebracht hatte. Damit ich Angst vor ihm bekam. Diese Genugtuung wollte ich ihm nicht geben.

»Was soll sein?«, entgegnete ich und schloss mit drei großen Schritten zu ihm auf.

Als er sich wieder umdrehte, um weiter vorauszugehen, hörte ich ihn leise in sich hineinlachen.

»Sophie, Sophie, Sophie«, murmelte er belustigt. Ich mochte die Art, wie er meinen Namen aussprach, ganz und gar nicht.

Wir gelangten in ein Wohnzimmer, das wie alles in diesem Haus einmal bessere Tage gesehen hatte. Ein merkwürdiges Sammelsurium an neuen Billigmöbeln, lieblos zusammengekauft, stand auf einem abgewetzten braunen Teppichboden; die vergilbte Blümchentapete löste sich an einigen Ecken von der Wand und gab den Blick auf eine noch ältere Blümchentapete frei.

Auf einem Couchtisch aus Pressspan stand etwas, das meine Aufmerksamkeit erregte: ein nagelneuer silberner Laptop. Das Gerät wirkte in dieser Umgebung merkwürdig fehl am Platz, als hätte ein Reisender aus der Zukunft es aus Versehen hier vergessen. Mit diesem Rechner hatte sich der Sandmann also in meinen Spiegel gehackt. Augenblicklich war ich heilfroh, den MagicMirror nie beim Duschen angelassen zu haben.

»Setz dich doch«, sagte der Sandmann und zeigte auf die Couch. Ich schüttelte den Kopf. Ganz sicher würde ich mich in diesem Raum nirgendwo hinsetzen.

Sein Blick fiel auf meinen Knöchel.

»Mit dem Fuß solltest du aber lieber sitzen.« Er zog die rechte Augenbraue hoch. »Hundebiss?«

Er ahnte etwas. Ich kniff die Augen zusammen. »Haushaltsunfall«, erwiderte ich und bemühte mich, dabei so abgeklärt wie möglich zu klingen. Allmählich wurde ich richtig gut darin. Beinahe hatte ich das Gefühl, dass Liz bei mir war. Und irgendwie war sie das ja auch.

Der Sandmann musterte mich eine Weile. »Du bist nicht sonderlich gesprächig heute«, stellte er schließlich fest.

»Ich bin nie sonderlich gesprächig.« Das war nicht einmal gelogen.

Er setzte sich auf die Couch und ich lehnte mich ihm genau gegenüber an die Wand. Wenn ich schießen musste, dann wollte ich eine gerade Schussbahn haben.

»Also. Haben Sie Harald Winter ermordet?«, fragte ich ohne Umschweife.

»Glaubst du das wirklich?« Der Sandmann lachte und schüttelte den Kopf. »Wie hätte ich das machen sollen?« Er vollführte eine vage Handbewegung, die das gesamte Haus zu umfassen schien. »Ich stehe unter Hausarrest.« Beim letzten Wort malte er Anführungszeichen in die Luft.

»Das hat Sie nicht davon abgehalten, die Wachleute zu töten.«

Der Sandmann zuckte mit den Schultern. »Das stimmt. Aber als sie noch am Leben waren, haben sie dafür gesorgt, dass ich dieses Haus nicht verlasse. Ich muss zwar zugeben, dass ich als Mordverdächtiger infrage komme, aber ich muss dich enttäuschen – so einfach ist es nicht. Auch wenn ich dem Alten nicht unbedingt hinterhertrauere.«

Beinahe hätte ich gefragt, was er damit meinte, erinnerte mich dann aber daran, dass ich nicht gekommen war, um mit ihm zu plaudern.

»Wer war es dann?«

Tadelnd schüttelte er den Kopf. »Nicht so hastig, nicht so hastig. Wenn du brav bist, dann bekommst du nicht nur die Informationen, die du willst, sondern auch die Beweise, die du brauchst.« Er griff unter ein Sofakissen und zog etwas darunter hervor. Zunächst konnte ich nicht erkennen, worum es sich handelte, doch als ich es erkannte, gefror mir das Blut in den Adern. »Aber erst musst du mir geben, was ich will.«

Als wäre sie eine Fernbedienung, legte sich der Sandmann eine Pistole auf das rechte Bein und ließ seine Hand locker darauf ruhen.

Sofort bereute ich, mich ihm entgegengestellt zu haben. Ich blickte in den Lauf der Waffe und hatte das Gefühl, in ein tiefschwarzes, endloses Loch zu schauen. Mir wurde kalt. Dabei hätte ich damit rechnen müssen. Er hatte drei Wachmänner getötet – natürlich war er nicht unbewaffnet.

»Ich denke, wir verstehen uns«, sagte der Sandmann lächelnd und ich fragte mich, ob er seine ›Bösewicht‹-Sätze vorher einstudiert hatte.

»Was wollen Sie von mir?«, fragte ich.

»Wie du dir denken kannst, möchte ich dieses…«, er suchte nach Worten, während er sich mit angewiderter Miene im Zimmer umschaute, »… Etablissement verlassen, und zwar auf schnellstem Wege. Leider ist das nicht mehr ganz so leicht möglich, jetzt, da alle Daten zentral gespeichert sind, kann ich die Stadt nicht einfach so verlassen. Selbst wenn ich bis zu einem der Passierpunkte käme, würde mich wohl niemand einfach so gehen lassen.«

Ich runzelte die Stirn. »Ist doch merkwürdig, oder?«

»Was meinst du?«

»Nun, alle anderen Verbrecher hat man aus der Stadt geworfen und ausgerechnet Sie will man nicht rauslassen? Warum nicht?«

Der Sandmann lächelte süffisant. »Ich bin zu wertvoll. Es gibt Leute, die ein Interesse daran haben, dass ich bleibe. Dieser Tatsache habe ich meine missliche Lage zu verdanken. Und da sich die Welt nun einmal so entwickelt hat, bin ich jetzt auf dich angewiesen.«

Ich schnaubte. »Ist nicht gerade so, als wären Sie unschuldig an der Gesamtentwicklung«, bemerkte ich.

Seine kieselgrauen Augen wurden noch eine Spur härter als sonst. »Du auch nicht, Sophie«, zischte er.

Ich fühlte, wie mir Hitze in die Wangen stieg. »Was soll das heißen?«

»Wenn ihr damals den SmartPort nicht in den Dreck gezogen und NeuroLink damit beinahe ruiniert hättet, dann wäre es für die Firma nicht notwendig gewesen, sich andere Betätigungsfelder zu suchen. Oder bei der Regierung um Gelder zu betteln.«

Ich war überrascht. »NeuroLink hat Geld von der Bundesregierung erhalten?«

Der Sandmann nickte. »Und das nicht zu knapp. Dem Staat gehören jetzt neunundvierzig Prozent des Konzerns. Und das bedeutet ein gewaltiges Mitspracherecht.«

Er lehnte sich zurück und schien es sich in den Sofakissen bequem zu machen. »Du siehst, auch du trägst Verantwortung für das, was passiert ist.«

Das war ja wohl das Allerletzte. Ich schnaubte wütend. »Natürlich. Ich habe einen multinationalen Konzern in Schwierigkeiten gebracht und Sie zu dem gemacht, was Sie jetzt sind.«

Seine Augen verengten sich zu schmalen Schlitzen. »Was bin ich denn?«

Nervös trat ich von einem Fuß auf den anderen. Eigentlich wollte ich ihn nicht reizen, schließlich hatte ich schon hautnah miterlebt, was passierte, wenn er ausflippte. Und in dieser Situation saß er eindeutig am längeren Hebel – oder vielmehr am Abzug. Doch er würde mich nicht töten, solange er mich noch brauchte, versuchte ich mich zu beruhigen.

»Ein Mörder«, antwortete ich schließlich. Der Sandmann schnaubte ungehalten und zeigte mit einer Handbewegung in Richtung Küche.

»Das war Notwehr.«

Ich schenkte ihm einen wütenden Blick. »Wohl kaum. Aber die meine ich gar nicht.«

Das Gesicht des Sandmanns verdunkelte sich, als hätte sich eine Wolke davorgeschoben. Ihm war anzusehen, dass er unter den Erinnerungen litt, die meine Worte heraufbeschworen, doch das war mir vollkommen egal. Eine dicke Ader trat auf seiner Stirn hervor und begann stark und schnell zu pochen.

»Das war nicht meine Schuld«, murmelte er und schüttelte den Kopf. Ich konnte nicht glauben, dass er noch immer nicht in der Lage war, den Mord an meiner Mutter als solchen anzuerkennen. Ich hatte mit eigenen Augen gesehen, was er getan hatte, wollte ihn zwingen, es mir zu sagen, ihn dazu bringen, es zuzugeben. Es machte mich rasend, dass er einfach nicht bereit dazu war.

Ein wenig Genugtuung brachte es mir zwar, ihn auf diese Weise zu quälen, aber eigentlich war das noch lange nicht genug. Ich wollte, dass er für das, was er getan hatte, bezahlte, und auf die Justiz konnte ich leider nicht mehr hoffen. Gott, wie sehr ich es hasste, nun mit ihm in diesem Raum sein zu müssen, ich wollte ihn einfach nur los sein! Doch ich riss mich zusammen. Schließlich war ich nicht hier, um schon wieder in der Vergangenheit herumzustochern. Ich war hier, um meine Zukunft zu retten.

Wenn wir dieses Thema vertieften, dann konnte das gar nicht gut ausgehen, das fühlte ich.

Im Stillen bat ich Helen um Verzeihung dafür, dass ich dieses Gespräch nun nicht zu Ende brachte. Ich war sicher, dass sie es verstanden hätte.

»Wenn ich jetzt aufzählen würde, an wie viel Mist in meinem Leben Sie schuld sind, dann säßen wir die ganze Nacht hier«, bemerkte ich deshalb und verlagerte mein Gewicht auf das andere Bein. »Aber die Zeit haben wir nicht, richtig?« Die Gesichtszüge des Sandmanns glätteten sich wieder, die dunkle Wolke verzog sich und machte dem harten, unnahbaren Ausdruck Platz, den ich von ihm kannte.

»Richtig«, sagte er scharf. »Die Zeit haben wir nicht.«

In diesem Augenblick fragte ich mich, was Helen an diesem Mann einmal geliebt und was sie in ihm gesehen hatte. Und was aus ihm geworden wäre, wenn Sebastian niemals in sein Leben getreten wäre. Wären sie dann heute miteinander verheiratet? Zumindest gäbe es Liz und mich nicht und Helen wäre wahrscheinlich noch am Leben. Mir lief es kalt den Rücken herunter. Ein grausames Gedankenspiel.

Während ich ihn beobachtete, wie er in diesem Wohnzimmer saß, mit all dem Hass, der Bitterkeit und der Hartherzigkeit, die man seiner Miene ansah, begriff ich, dass er gar nicht davongekommen war und niemals davonkommen würde, ganz gleich, was an diesem Abend noch geschah. Er bezahlte einen hohen Preis für das, was er getan hatte. Seit vielen Jahren schon. Für den Sandmann endete der Schmerz genauso wenig wie für mich. Seine Schuld war ein Gefängnis, das er für immer in sich trug.

»Also gut!«, sagte ich und griff nach meinem Rucksack. Meine Finger schlossen sich um den Karton des Smartphones, den ich dem Sandmann zuwarf, dann griff ich nach meinem Laptop und wollte ihn hervorholen, als mich der Sandmann zurückhielt.

»Nimm sofort die Hände wieder aus dem Rucksack!«

Abrupt hielt ich in der Bewegung inne.

»Ich wollte nur meinen Laptop rausholen. Damit wir Ihre Fingerabdrücke hochladen können!« Und als er mich weiter stumm anstarrte, fügte ich ungeduldig hinzu: »Damit Sie das Auto fahren können.«

Nun verzog er das Gesicht wieder zu genau dem Grinsen, das ich so sehr an ihm hasste.

»Oh, das hat Zeit, denn ich werde nicht fahren«, sagte er lächelnd. »Noch nicht. Du wirst mich fahren.«

Ich schloss für einen Moment die Augen und ließ seine Worte auf mich wirken.

»Ich soll mit Ihnen fahren?«

»So ist es. Du wirst mir noch eine Weile Gesellschaft leisten, Sophie.«

Ich seufzte. »Und wie lange?«

»Bis wir außerhalb der Stadt sind. Ich möchte sichergehen, dass du keine Dummheiten machst. Sobald sich die Tore hinter uns geschlossen haben, laden wir meine Daten hoch und dann lasse ich dich mit dieser SD-Karte«, er holte eine Chipkarte heraus und legte sie vor sich auf den Couchtisch, »… aus dem Auto aussteigen. Und keinen Moment früher. Meine Fingerabdrücke dürfen in keine Cloud hochgeladen werden, so privat die angeblich auch ist. Die Sicherheitsstufe, die für meine persönlichen Daten hinterlegt ist, kannst du dir gar nicht ausmalen. Du hingegen bist ein unbeschriebenes Blatt, Sophie. Nachdem ich dich rausgelassen habe, gehst du durch einen der Fußgängerkontrollpunkte in die Stadt zurück und wir beide werden uns nie wiedersehen.«

Das war der einzige angenehme Teil des Deals.

Er fuhr fort: »Auf dieser Karte befinden sich alle Informationen, die du brauchst, um den wahren Mörder von Harald Winter zu überführen und deine Schwester sowie die beiden nutzlosen Kerle zu entlasten.«

Ich starrte die Chipkarte an. Woher wusste ich, dass er nicht bluffte? Natürlich hatte er gewusst, dass Liz unter Drogen gestanden hatte, was bedeutete, dass er in der Sache irgendwie mit drinsteckte, aber diese SD-Karte konnte genauso gut leer sein. Oder mit irgendwelchen Urlaubsfotos bestückt.

»Zeigen Sie mir, was darauf ist!«, forderte ich.

Der Sandmann entsicherte die Pistole. »Ich glaube nicht, dass du in der Position bist, Forderungen zu stellen.«

Ich biss die Zähne zusammen. »Nur zu, schießen Sie! Wenn Sie mir nicht zeigen, was auf der Karte ist, dann fahren Sie nirgendwo hin. Schon gar nicht aus der Stadt heraus.«

»Ich könnte deine Leiche mitnehmen. Das dürfte reichen, um die Tür zu öffnen«, entgegnete er.

»Das Lenkrad hat ebenfalls Identifikationssensoren, die Spracheingabe funktioniert über Stimmerkennung.« Ich zeigte auf den Rechner. »Seekern Sie ruhig, wenn Sie mir nicht glauben.« Mit gerunzelter Stirn sah ich ihn an. »Sie hätten mein Angebot besser annehmen sollen. Jetzt steht es nicht mehr.«

Er überlegte eine Weile. Dann nahm er mit einem Seufzer die Memory-Karte aus der kleinen Plastikkiste, in der sie lag, und schob sie in die Seite seines Laptops. Dann drehte er ihn so, dass ich den Bildschirm sehen konnte.

Das Icon der Karte tauchte auf und er klickte es an. Auf der Karte befanden sich eine Videodatei und ein Ordner mit dem Namen ›Cassandra‹.

»Cassandra?«, fragte ich, doch der Sandmann gab mir mit einem Kopfschütteln zu verstehen, dass ich hierzu keine Erklärung bekommen würde.

Er klickte auf das Video, das sich in einem Player öffnete. Das Bild zeigte einen Schreibtischstuhl vor einer großen Fensterfront.

»Wo ist das?«, fragte ich, doch ich bekam keine Antwort. Die brauchte ich auch nicht, denn wenige Augenblicke später setzte sich ein Mann auf den Stuhl vor der Kamera, den ich nur allzu gut kannte. Harald Winter höchstpersönlich, und er war sehr lebendig.

Der Sandmann stoppte das Video und zog die Karte wieder aus dem Rechner heraus. Ich wollte protestieren, doch er ließ mir keine Gelegenheit dazu.

»Dieses Video liefert eindeutige Beweise, die deine Schwester entlasten. Die Kamera des Rechners in Winters Büro war die ganze Zeit über an, ich habe alles aufgezeichnet.« Er steckte die Karte in die Hosentasche und klappte den Rechner zu.

»Du verstehst es jetzt vielleicht noch nicht, aber dieses Video ist meine Lebensversicherung. Ich werde es erst aus der Hand geben, wenn ich in Sicherheit bin.«

»Was uns wieder zum Ausgangspunkt zurückbringt.« Er richtete die Waffe auf mich. »Also los jetzt.«

Mir blieb keine andere Wahl. Mein Herz schlug bis zum Hals, als der Sandmann die Tür hinter uns zuzog, wir die Straße überquerten und auf den Wagen zugingen. Hatte ich mich in dem kleinen Haus mit diesem Mann schon wie in einer Falle gefühlt, dann würde es im Auto noch sehr viel schlimmer werden. Wie sollte ich die Nähe zu ihm ertragen, ohne verrückt zu werden? Wie sollte ich mit ihm durch die Stadt fahren, wenn die ganze Zeit eine Waffe auf mich gerichtet war? Das Gefühl, einen furchtbaren Fehler gemacht zu haben, breitete sich bis in die letzten Winkel meines Körpers und meines Hirns aus. Wenn ich nicht völlig die Kontrolle verlieren wollte, musste ich bald etwas tun.

Der Sandmann zuckte zusammen, als sich gegenüber eine Haustür öffnete und ein älteres Ehepaar mit einem kleinen, schmutzig weißen Pudel heraustrat. Blitzschnell ließ er die Waffe in seiner Hosentasche verschwinden. Während er seine Aufmerksamkeit auf das Ehepaar richtete, glitt meine rechte Hand in die Jackentasche. Ich löste die Kappe vom Taser und schaltete ihn an. Das leise, elektrische Summen, das ertönte, bemerkte glücklicherweise nur ich.

»Guten Abend!«, grüßte der ältere Herr freundlich und der Sandmann antwortete darauf mit einem Nicken.

»Haben Sie das Haus von Wolfgang und Marianne gekauft?«, fragte nun die Frau freundlich. Das Paar kam mit neugierigem Blick auf uns zu. Sie hatten ja keine Ahnung, in welche Gefahr sie sich gerade begaben. Am liebsten hätte ich ihnen zugerufen, dass sie so schnell wie möglich verschwinden sollten. Aber das konnte ich nicht.

Ich beobachtete Thomas Sandmann genau. Über seiner

Nasenwurzel bildete sich eine ärgerliche Falte. Es war ihm deutlich anzusehen, was er von dieser Störung hielt. Geduld, das wusste ich noch von früher, war nicht gerade seine Stärke. Die Hand in seiner Hosentasche bewegte sich. Hastig trat ich einen Schritt vor. »Ja, genau! Wir sind die neuen Nachbarn.«

Der Mann lächelte. »Siehst du, Mimi, ich habe dir doch gesagt, dass sich da drüben was tut.«

Ich streckte der Frau die rechte Hand entgegen und schenkte ihr das herzlichste Lächeln, das ich in dieser Situation überhaupt hervorkramen konnte. »Ich bin Leonie Schwab, das ist mein Vater«, ich zeigte auf den Sandmann. »Heribert Schwab.«

Wunderbar. Ich hatte den Sandmann gerade nach meinem alten Musiklehrer benannt. Im Stillen leistete ich Abbitte für diesen Frevel.

»Oh, na dann willkommen!« Die Frau ergriff meine Hand und drückte sie herzlich. Aus dem Augenwinkel sah ich, dass die Miene des Sandmanns versteinerte. Mit verschwörerischem Augenzwinkern lehnte ich mich zu der Frau herüber. »Sie müssen meinen Pa entschuldigen. Seitdem er gesehen hat, wie viel Arbeit in dem Haus auf uns wartet, hat er furchtbar schlechte Laune. Außerdem sind wir schon spät dran. Meine Mutter wartet mit dem Abendessen auf uns.«

Die beiden lachten. »Ich kann mir vorstellen, dass einem da schon einmal die Laune vergehen kann«, sagte der Mann nun aufmunternd und wandte sich wieder an den Sandmann. »Wenn Sie irgendwas brauchen, dann klingeln Sie einfach. Ich habe einen Werkzeugschuppen.«

»Toll!« Rückwärts bewegte ich mich langsam in Richtung Auto. Zu meiner Erleichterung folgte mir der Sandmann.

»Wir werden es nicht vergessen«, versprach ich, während ich den Daumen auf das Identifikationspad legte. Als der Mann den Tesla bemerkte, pfiff er anerkennend durch die Zähne.

»Donnerwetter«, rief er aus. »Ist das euer Wagen?« Neugierig kam er zu uns herüber.

»Hätte gedacht, wenn man sich so ein Ding leisten kann, dann wohnt man nicht hier oben in Pankow. Noch dazu in diesem öden Winkel.«

»Jetzt reicht es langsam«, hörte ich den Sandmann murmeln, der die Tür auf der Beifahrerseite bereits geöffnet hatte und schon fast eingestiegen war.

»Entschuldigung, aber wir müssen jetzt wirklich los«, sagte ich hastig und warf mich auf den Fahrersitz. Mit bodenlosem Entsetzen sah ich, dass der Sandmann die Waffe bereits gezogen hatte. Der Nachbar hatte sie noch nicht bemerkt, er war zu abgelenkt vom Anblick des Autos.

»Ach kommt schon, ich will nur mal kurz reinsehen. Autos sind meine große Leidenschaft. Ich habe noch nie so einen von Nahem gesehen«, hörte ich ihn sagen, doch meine Aufmerksamkeit galt Thomas Sandmann. Der Blick in seinen Augen verriet mir, dass sein Geduldsfaden gerissen war. Sein Daumen spannte gerade den Hahn der Waffe. Ohne noch länger darüber nachzudenken, holte ich den Taser aus meiner Jackentasche, zielte damit auf seinen rechten Arm und drückte auf den Auslöser. Zwei Haken schossen aus der Waffe und bohrten sich mit knapp zwanzig Zentimeter Abstand durch den dünnen Pullover.

Der Sandmann schrie auf, als ihn der Stromschlag durchzuckte, und kurz darauf fiel die Pistole klappernd zu Boden.

»Du mieses kleinen Flittchen«, hörte ich ihn stöhnen,

während die Frau anfing zu schreien und der Hund kläffend in den Radau einfiel. Ich drückte ein weiteres Mal auf den Auslöser und schickte den nächsten Stromschlag hinterher. Diesmal ließ ich nicht los, bis der Sandmann auf dem Gehweg zusammensackte und ich die Beifahrertür schließen konnte. Ich verriegelte den Wagen mit dem Daumen.

»Evakuierung!«, schrie ich und sah dabei zu, wie der Wagen quälend langsam hochfuhr. Das wutverzerrte Gesicht von Thomas Sandmann tauchte hinter der Beifahrertür auf, während das Auto den Ausparkvorgang einleitete. Er richtete die Waffe auf mich.

Das ging nicht schnell genug. Mit zitternden Fingern griff ich nach dem Lenkrad und legte den Rückwärtsgang ein. Dann trat ich aufs Gas.

Der Tesla knallte mit erstaunlicher Wucht gegen das hintere Auto, dessen Alarmanlage sofort losheulte. Nun schrie auch der Nachbar irgendwas, doch ich konnte es nicht verstehen. Wahrscheinlich hatte ich gerade sein Auto zu Schrott gefahren, aber darum konnte ich mich jetzt nicht kümmern. Ich schaltete auf Drive und riss das Lenkrad herum.

In diesem Augenblick drückte der Sandmann ab. Unwillkürlich kniff ich die Augen zusammen, als der Schuss ertönte. Der Wagen schnellte vor, rammte das vor uns geparkte Auto und fuhr schlingernd auf die Straße. Ich umklammerte das Lenkrad mit beiden Händen und starrte nach vorne.

Die kleine Straße endete viel zu schnell, ich stieg auf die Bremse und riss das Lenkrad erneut herum. Doch ich hatte den Wagen nicht unter Kontrolle, das Heck brach aus und donnerte gegen einen Baum, der die Straße säumte.

»Tesla«, keuchte ich. »Bring mich zum nächsten Passierpunkt der Safe-City-Zone.«

»Der nächste Passierpunkt für Autofahrer ist achtzehn Kilometer entfernt. Die Fahrtzeit wird bei der aktuellen Verkehrslage fünfundvierzig Minuten betragen«, sagte die Stimme freundlich. »Wollen Sie durch die Stadt fahren oder über die Autobahn?«

»Autobahn!«, schrie ich den Wagen an und er bremste ab.

»In Ordnung«, sagte die Stimme. »Nehmen Sie bitte die Hände vom Lenkrad!«

Das ließ ich mir nicht zweimal sagen. Keuchend zog ich die Hände zurück und blickte in den Rückspiegel. Ich erwartete, dort noch einmal den Sandmann auftauchen zu sehen, doch ich sah nur Leute, die vom Krach angelockt auf die Straße getreten waren. Der feuerrote Bart war nirgends zu sehen.

Während der Tesla auf die große Straße einbog, spürte ich, wie unbändige Euphorie durch meinen Körper flutete. Entgegen aller Wahrscheinlichkeit war ich nicht tot. Der Sandmann hatte auf mich geschossen, doch ich war nicht tot! Nur eine kreisrunde Ansammlung feiner Risse in der Scheibe des Beifahrerfensters verriet, dass überhaupt ein Schuss gefallen war.

Ungläubig fing ich an zu lachen. Natürlich! Der Tesla war komplett mit Sicherheitsglas ausgestattet. Hier drin konnte mich niemand erschießen. Mein erleichtertes Lachen wurde lauter und lauter. Wenn in diesem Augenblick jemand gesehen hätte, wie ich laut lachend hinter dem Steuer eines wahrscheinlich total zerbeulten Luxusautos saß, das auch noch von selbst durch den kalten Abend fuhr, dann hätte er wahrscheinlich einen Termin beim Psychiater vereinbart. Glücklicherweise bemerkte mich niemand.

Ich wusste selbst nicht so genau, warum ich lachte, aber es

musste sein. Die Geräusche blubberten aus mir heraus, als hätte ich die ganze Zeit unter unglaublichem Druck gestanden. Was ja auch zutraf.

Ich war nur ganz knapp mit dem Leben davongekommen. Und genau das fühlte ich in diesem Augenblick: Leben. Mein Herz klopfte, auf meiner Stirn klebten Schweiß und Dreck, mein Atem ging so heftig, als wäre ich stundenlang gerannt. Blut wurde durch meine Adern gepumpt, versorgte mein Gehirn mit Sauerstoff, ließ mich riechen, schmecken, fühlen.

Wie lange schon hatte ich darüber nicht mehr nachgedacht.

Als das Adrenalin allmählich abebbte und die Euphorie mitnahm, blieben Schock und eine unbestimmte Traurigkeit zurück. Die ganze Aktion hatte überhaupt nichts gebracht. Ich war nach Pankow gefahren, um die Wahrheit über den Tod von Harald Winter herauszufinden, und war mit dem nackten Leben davongekommen. Darüber hinaus hatte ich nichts erreicht. Überhaupt nichts. Die kleine SD-Karte, die mein Lohn hätte sein sollen, befand sich in der Hosentasche des Sandmanns und für mich somit in unerreichbarer Ferne. Warum hatte ich daran nicht gedacht? Die Antwort war einfach: Ich hatte zu viel Angst davor gehabt, dass der Sandmann den Nachbarn erschoss. Ich hatte nicht nachgedacht und instinktiv gehandelt. Natürlich konnte ich mich damit trösten, dass ich einem Unschuldigen wahrscheinlich das Leben gerettet hatte, aber das änderte nichts an der Tatsache, dass ich genauso dastand wie zuvor: mit gar nichts.

Frustriert verschränkte ich die Arme und schaute auf die Straße, die sich allmählich zu einem Autobahnzubringer verbreiterte. Als wir auf die Stadtautobahn auffuhren, beschleunigte der Wagen stark und etwas erregte meine Aufmerksamkeit. Durch die Beschleunigung war etwas in der Dunkelheit des Fußraums auf der Beifahrerseite verrutscht. Ich bückte mich und tastete danach. Es war glatt, kühl und nicht gerade klein. Meine Finger umschlossen den Gegenstand, hoben ihn an und legten ihn auf dem Beifahrersitz ab.

Eine Weile starrte ich bloß darauf, so lange, bis mein Gehirn die Arbeit abgeschlossen hatte.

Dann stieß ich einen Jubelschrei aus.

Neben mir lag der Laptop von Thomas Sandmann.

Die beiden Alten hatten wirklich alles versaut. Wenn sie nicht aufgetaucht wären, dann hätte der Sandmann die Grenzen der Stadt längst hinter sich gelassen. Tagelang hatte er niemanden auf dieser verfluchten Straße gesehen, warum hatten die beiden ausgerechnet in dem Augenblick auftauchen müssen, in dem der Sandmann sie am wenigsten hatte brauchen können?

Und dann noch das verdammte Mädchen. Sie war einmal so lieb und süß gewesen. Devot. Beinahe ängstlich. Davon war nun nichts mehr übrig. Sophie war mittlerweile ein ebenso großes Ärgernis wie ihre Schwester. Sie standen ihrem Vater in nichts nach. Frech, arrogant und allzu sehr von sich selbst überzeugt, schienen sie geboren worden zu sein, um ihn zu verhöhnen. Sebastian Zweig wollte ihn offenbar noch aus dem Grab heraus verfolgen – dieser Mann war die Geißel seines Lebens. Dass Sophie sich ihre schönen, langen Haare abgeschnitten und ihm somit die Illusion einer lebenden Helen genommen hatte, machte ihn umso wütender auf sie. Am meisten grämte ihn aber, dass er sie unterschätzt hatte. Er irrte sich nicht gern.

Zwar hatte er in dem Augenblick, in dem er den bandagierten Fuß und ihr leichtes Humpeln wahrgenommen hatte, geahnt, dass sie in der vergangenen Nacht der Eindringling gewesen sein musste – in Kombination mit ihrem Zuspätkommen am Vormittag –, doch er hätte sich nicht träumen lassen, dass das kleine Biest bewaffnet hier aufkreuzen würde. Vielleicht mit einem Küchenmesser, aber doch nicht mit einem Taser! Nun musste er all seine schönen Pläne über den Haufen werfen und sich etwas Neues einfallen lassen; und das möglichst schnell.

Natürlich hatten die Nachbarn die Polizei gerufen, die ganze Aktion hatte ja mindestens drei Straßenzüge aufgeschreckt. Er hatte keine Gelegenheit mehr bekommen, das Weite zu suchen. Und vielleicht war das sogar ganz gut so.

Der Sandmann berichtete gerade einem geistig beschränkten Polizisten zum gefühlt hundertsten Mal, was geschehen war, als Tobias Claudius durch den niedrigen Flur ins Wohnzimmer gerauscht kam.

»Was ist hier passiert?«, fragte er im scharfen Tonfall jener Menschen, die ihre Macht für selbstverständlich hielten. Der junge Polizist nahm augenblicklich Haltung an, was den Sandmann einigermaßen amüsierte. Als hätte ihn jemand abgerichtet.

»Eine junge Frau ist ins Haus eingedrungen, hat drei Wachmänner getötet und versucht, den Arrestanten zu entführen«, rapportierte er.

Claudius fixierte den Sandmann mit stechenden Augen.

»Wirklich? Wie konnte das passieren, das Haus wurde doch rund um die Uhr bewacht?«

»Das Mädchen war bewaffnet«, erklärte der Sandmann bereitwillig. »Sie hatte einen umgebauten Taser bei sich, dessen Elektrosignal die SmartPorts direkt angegriffen hat.«

»Mit Sicherheit eine Entwicklung von Netzrebellen«, schaltete sich der Polizist ein und war offenbar so stolz auf seine Schlussfolgerung, dass er eine Belobigung zu erwarten schien.

Claudius runzelte die Stirn. »Wenn es so eine Waffe gäbe, dann wüssten wir davon.«

»Vielleicht ist es ein Prototyp?«, bot der Polizist an.
»Die junge Frau war nicht irgendjemand«, sagte der Sandmann jetzt und sah Tobias Claudius direkt in die Augen. »Sondern die Tochter von Sebastian Zweig.«
Claudius sog scharf Luft durch die Zähne, dann wandte er sich dem Wachmann zu.
»Lassen Sie uns einen Augenblick alleine«, ordnete er an und der Polizist nickte. Er zog die Tür hinter sich zu und der Sandmann hörte, wie sich seine Schritte den Flur entlang entfernten.
»Deine angeborene Autorität hätte ich auch gerne«, bemerkte der Sandmann trocken und blickte Claudius ruhig und abwartend an.
»Was soll die Scheiße, Sandmann?«, zischte dieser ungehalten. »Was ist hier passiert?«
»Genau das, was ich gerade gesagt habe. Sophie kam hier rein, bewaffnet mit einem umgebauten Taser und einer normalen Walther. Sie hat die Wachmänner getötet und mich anschließend gezwungen, mit ihr zu kommen.«
»Und warum bist du dann noch hier?« Es war deutlich zu merken, dass Tobias Claudius kein Wort von dem glaubte, was er da gerade hörte.
»Ich konnte sie überwältigen, als wir ins Auto einstiegen. Sie hat mir zwar ein paar heftige Stromschläge verpasst, aber da Zeugen anwesend waren, konnte sie nichts weiter tun. Ich trage ja keinen Port und sie war augenscheinlich nicht kaltblütig genug, mich einfach zu erschießen. Das Mädchen hat ein paar Autos in der Straße zu Schrott gefahren und ist auf und davon.«
»Das klingt ganz nach einem Actionfilm.« Claudius beugte sich vor und nahm den Sandmann ins Visier. »Einem *schlechten* Actionfilm.«
Die beiden Männer fixierten einander eine Weile, doch der

Sandmann hielt dem stechenden Blick des Technikchefs gelassen, ja beinahe gelangweilt stand, sodass dieser schließlich weitersprach.

»Ich sag dir jetzt, was ich glaube. Du hast Kontakt zu einem deiner alten Kumpane aufgenommen und der hat versucht, dich hier rauszuholen. Die Sache ging schief, weil Zeugen aufgetaucht sind, und dein Kompagnon hat die Flucht ergriffen.«

Der Sandmann nickte. »Simpel, logisch und vollkommen falsch. Und ich rate dir, mir lieber Glauben zu schenken, Claudius, denn sonst könntest du selbst in ernsthafte Schwierigkeiten geraten.«

»Wie meinst du das?«

»Das Mädchen hat den Laptop.«

»Was?« Tobias Claudius sprang aus dem Sessel auf, in den er sich gerade erst hatte sinken lassen. Er starrte den Sandmann an, als hätte dieser eben vorgeschlagen, in den Berliner Zoo einzubrechen, um eine Giraffe zu klauen.

»Wie ich sehe, habe ich jetzt deine volle Aufmerksamkeit.«

Claudius raufte sich die Haare und begann rastlos im Wohnzimmer auf und ab zu gehen. Der Raum war viel zu klein für einen nervösen Mann seiner Größe; das Bild, das Claudius abgab, war geradezu grotesk.

»Du hast mir gesagt, ihre Schwester sei die richtige Zielperson!«, schimpfte er.

»Das war sie auch. Immerhin bist du auf einen Schlag beinahe all deine Kritiker losgeworden. Und hast dabei nicht schlecht verdient.«

»Mag sein, aber wir hätten sie beide ausschalten müssen.«

»Hätte, hätte. Der Konjunktiv hat noch niemandem geholfen. Ich hätte auch nie gedacht, dass die Kleine zu so etwas fähig ist, aber hier sitzen wir nun.«

»Verdammter Mist! Das Programm…« Claudius klang geradezu weinerlich und der Sandmann nickte bestätigend.
»Unter anderem.«
Claudius fuhr herum. »Was soll das heißen?« Thomas Sandmann stand von der Couch auf, ging auf Claudius zu und sah diesem direkt in die Augen.
»Du glaubst doch nicht im Ernst, dass ich so blöd bin, dir erst ein hochillegales Programm zu entwickeln, dann dabei zuzusehen, wie deine Handlanger damit umgehen lernen, und mich dann freiwillig von dir umbringen zu lassen?«
Claudius blickte zur Seite. »Das war nie mein Plan.«
»Ich bin ein verurteilter Verbrecher, Mitwisser Nummer eins und für dich potenziell gefährlich. Wenn ich von der Bildfläche verschwände, würde mir niemand nachtrauern. Nur ein Dummkopf hätte mich am Leben gelassen. Und für so dumm halte ich dich eigentlich nicht. Blasiert, ja. Auf jeden Fall selbstverliebt und ein bisschen lächerlich mit deinen albernen bunten Socken und Krawatten. Aber nicht dumm.«
Claudius' rechter Arm schnellte vor und packte den Sandmann am Rollkragen. Dann zog er den Kleineren zu sich heran. Sein eigentlich so ebenmäßiges, attraktives Gesicht war wutverzerrt, es erinnerte den Sandmann an eine Backpflaume.
»Was hast du getan?«
»Lass mich los!«, zischte der Sandmann, doch der Griff um seinen Kragen lockerte sich nicht. »Ich werde dir überhaupt nichts sagen, wenn du mich nicht loslässt.«
Claudius stieß den Sandmann von sich. Dieser trat zwei Schritte zurück und ordnete seinen Pullover. Über seiner Nasenwurzel grub sich eine tiefe Falte in die Stirn.
»Vielen Dank. Weißt du, ich schätze Körperkontakt nicht allzu sehr.«

Tobias Claudius schnaubte.»Sag mir endlich, was du getan hast.«

Der Sandmann sah auf und seine Augen glitzerten dunkel. »Ich habe Beweise aus der Mordnacht. Eindeutige, stichhaltige Beweise, die dir noch weit gefährlicher werden können als das Programm.«

Sämtliches Blut wich aus dem Gesicht des Technikchefs. Der Sandmann fuhr ungerührt fort:»Ich würde dir raten, den Caterer anzurufen und das sicherlich sehr pompöse Buffet für deine Ernennungsfeier zum Konzernleiter abzubestellen. Wäre ja schade um das ganze schöne Essen.«

»Du bluffst.«

Der Sandmann schnalzte ungehalten mit der Zunge. Dann schob er seinen rechten Ärmel nach oben und gab den Blick auf zwei kreisrunde feuerrote Wunden frei.»Die hier habe ich, weil ich eine Neunzehnjährige unterschätzt habe. Solltest du den Fehler machen, mich zu unterschätzen, dann wird es dir weit schlimmer ergehen.«

»Was ist noch auf dem Rechner?«

»Aufzeichnungen«, antwortete der Sandmann schlicht.»Sehr eindeutige Aufzeichnungen.«

»Das kann nicht sein. Harald war unheimlich paranoid, in seinem Büro gab es keine Überwachungskameras, die du hättest anzapfen können.«

Der Sandmann lächelte nachsichtig.»Kennst du den Spruch: ›Wer auszieht, die Welt zu erobern, stolpert oft über einen kleinen Kieselstein‹?«

Claudius schnaubte.»Was soll das heißen?«

»Das soll heißen, dass Winters Büro vielleicht nicht mit Kameras ausgestattet war. Sein Rechner aber schon.«

Mit Genuss beobachtete der Sandmann, wie bei Tobias

Claudius der Groschen fiel. Es war ein Alterungsprozess im Zeitraffer.

»Wirst du mir jetzt zuhören?«, fragte der Sandmann freundlich, als er das Gefühl hatte, dass seine Botschaft angekommen war. Claudius nickte grimmig.

»Die Aufzeichnungen, von denen ich spreche, befinden sich zusammen mit *allen* Cassandra-Dateien und dem Trojaner nicht nur auf dem Rechner, sondern auch als Sicherheitskopie an einem geheimen Ort.«

»Ich bringe dich um«, knurrte Claudius.

»Entschuldige, aber ich erkläre dir gerade, warum du genau das nicht tun wirst. Die Sicherheitskopie ist bei einer Vertrauensperson und wird dir erst ausgehändigt, wenn ich es sage. Und das wird genau dann sein, wenn du mir einen Flug nach Australien spendiert hast und ich mein dortiges Konto, das ja mittlerweile recht gut gefüllt sein sollte, leer geräumt habe.«

Claudius fing an, höhnisch zu lachen. »Sicherheitskopie, Vertrauensperson... Wie willst du das alles angestellt haben? Du standest die ganze Zeit über hier unter Hausarrest!«

Der Sandmann schüttelte den Kopf. »Hättest du Harald Winter über mich befragt oder jemand anderen, der mich gut kennt, so wüsstest du, dass man auf keinen Fall den Fehler machen sollte, mir einen Rechner zu geben. Wenn ich Zugang zum Netz habe, kann ich beinahe alles möglich machen. Schäbige Leichtbauhäuser und unterbelichtete Wachmänner sind kein Hindernis für mich, solange ich online bin. Aber da du ja noch nicht lange genug dabei bist, um mich in Aktion erlebt zu haben, möchte ich dir helfen. Hast du einen Bericht über einen Zwischenfall in der vergangenen Nacht erhalten?«

Claudius runzelte die Stirn. »Wittkamp hat berichtet, dass etwas den stummen Alarm im Garten auslöste, woraufhin er den Hund losgelassen hat. Aber er meinte, es sei wahrscheinlich wieder mal ein Fuchs gewesen.«

Der Sandmann grinste. »Das war kein Fuchs. Das war mein Kontakt, der eine kleine SD-Karte an sich genommen hat und danach in die Nacht verschwunden ist.«

Cornelius hatte wieder begonnen, im Wohnzimmer auf und ab zu gehen. »Nach deiner Aussage geht bestimmt eine Fahndung nach dem Mädchen raus.«

»Davon ist auszugehen«, bestätigte der Sandmann.

»Und wenn sie den Rechner inspizieren, dann bin ich erledigt.«

»Völlig korrekt.«

Claudius fuhr sich mit der Hand übers Gesicht. »Wir müssen sie finden, bevor die Polizei es tut.«

Das Grinsen des Sandmanns verbreitete sich. »Ich sag's ja, so blöd bist du gar nicht!«

LIZ

Die Arbeit an der Schalttafel des Operators war langweilig und anstrengend zugleich, was eine merkwürdige Kombination darstellte. Eigentlich ging es nur darum, die Anrufe entgegenzunehmen, die gewünschte Nutzernummer sowie das Passwort abzufragen und eine Verbindung herzustellen. Ehrlich gesagt hatte ich mir die Arbeit einer Untergrundorganisation spannender vorgestellt, auch wenn ich natürlich froh war, dass es den Operator gab. Ohne die Arbeit von Linus, Cliff und den anderen wären wir schon mehr als einmal aufgeschmissen gewesen. Trotzdem bekam ich jetzt schon alleine bei dem Gedanken, diese Arbeit mehrere Tage hintereinander zu machen, furchtbar schlechte Laune. Kein Wunder, dass hier unten alle so gereizt waren.

Dazu kam natürlich noch, dass ich mir Sorgen um Sophie machte. Mittlerweile war es halb acht und sie hatte sich noch immer nicht gemeldet. Da musste doch was faul sein, immerhin war sie nicht zu einem Kaffeekränzchen gegangen, sondern dem Sandmann gegenübergetreten.

Und ich hockte hier und konnte nur darauf warten, dass ich endlich etwas von ihr hörte.

Die Stimmung im Bau war mies. Lien und Svenja waren am frühen Mittag zu Freunden gefahren und Thore war ihnen kurz danach gefolgt. Ich war nun alleine mit einem verzweifelten Linus, der sich seit Stunden nicht mehr hatte blicken lassen, Matthis, der irgendwo im Haus herumwerkelte, und Cliff, der mir zwar treu Gesellschaft leistete, aber seine geknickte Stimmung nur schlecht vor mir verbergen konnte. Dennoch war ich ihm dankbar, dass er bei mir blieb. Meine Sorge um Sophie wechselte sich nämlich hin und wieder mit einem wachsenden Schuldgefühl ab, weil ich der Grund für den großen Streit gewesen war. Natürlich trug ich nicht die Schuld daran, aber vielleicht hätte ich Linus nicht vor allen, sondern erst in einer ruhigen Minute konfrontieren sollen. Doch wie immer hatte ich nicht alles bis zum Ende durchdacht.

»Sag mir Bescheid, wenn du den Knochen erreicht hast«, sagte Cliff und befreite mich so aus meinen düsteren Gedanken. Ich sah ihn verständnislos an und er zeigte auf meine rechte Hand. Tatsächlich hatte ich mir beinahe sämtliche Fingernägel blutig geknabbert. Irgendwie erinnerten mich meine Finger an abgefressene Scheiben einer Wassermelone.

»Tut mir leid, ich kann nichts dagegen tun! Ich bin einfach so nervös.«

»Du könntest dir irgendwas Ekliges draufpinseln«, schlug Cliff vor. »Etwas, das du dir unter keinen Umständen in den Mund stecken würdest.«

»Ja, aber würde ich das an den Fingern haben wollen?« Ich zog die Augenbrauen hoch und Cliff lachte kurz. »Vermutlich nicht!«

Das Telefon, vor dem er saß, begann zu klingeln.

»Operator?«, meldete er sich und sein Gesichtsausdruck verriet mir, dass meine Schwester am anderen Ende der Leitung war.

Hastig riss ich Cliff den Hörer aus der Hand. »Phee, bist du das?«, quietschte ich aufgeregt.

»Ja, ich bin's«, bestätigte sie und mir fiel ein Stein in der Größe des Matterhorns vom Herzen.

»Endlich!«, japste ich und ließ mich gegen die Stuhllehne fallen. »Wenn du wüsstest, wie das ist, zum Warten verdammt zu sein!«

»Ich weiß es«, entgegnete sie. »Schließlich bin ich deine Schwester.«

»Jaja. Ist schon klar. Los, erzähl schon, was passiert ist!«

»Liz, ich habe seinen Laptop!«, rief sie aus und Stolz schwang in ihrer Stimme mit.

Damit hatte ich nicht gerechnet. »Wieso hast du seinen Laptop?«

»Lange Geschichte. Er wollte mir die Informationen erst geben, wenn ich mit ihm aus der Stadt herausfahre. Aber auf dem Weg zum Auto haben uns Nachbarn angesprochen. Er war drauf und dran, auf den Nachbarn zu schießen, weil der so neugierig auf den Tesla war.«

Ich schnappte nach Luft. »Er hatte eine Pistole?« Meine Stimme überschlug sich und Cliff warf mir einen alarmierten Blick zu. Spätestens jetzt war er ganz Ohr. Meine Hand wanderte zu dem kleinen grauen Hebel unter dem Hörer und legte ihn um. Nun drang Sophies Stimme aus den alten Lautsprechern.

»Jetzt unterbrich mich doch nicht! Glaubst du ernsthaft, ich wäre sonst mit ihm mitgefahren?«, entgegnete sie ungehalten und ich musste mich auf die Hände setzen, um nicht wieder an den Nägeln zu knabbern.

»Nein, vermutlich nicht. Entschuldige!«, murmelte ich.

»Erzähl weiter!«

»Nun, jedenfalls habe ich gesehen, wie der Sandmann die Waffe entsicherte, und dann habe ich meinen Taser genommen...«

Ich schloss einen Moment lang die Augen. »Du hast einen Taser?«, rutschte es mir dann heraus.

»Lizzie!«, maulte Sophie.

»Schon gut, schon gut!«

»Also ich habe verhindert, dass er schießt, und bin dann so schnell es geht weggefahren.« Und etwas kleinlaut fügte sie hinzu: »Ich fürchte, ich habe den Tesla ein bisschen... verbeult.«

Gegen meinen Willen schob sich ein Grinsen auf mein Gesicht. »Ach was. Also bist du selbst gefahren?«

»Es dauerte so ewig. Außerdem hat der Sandmann auf mich geschossen, da konnte ich mich nicht so gut konzentrieren.«

»Er hat was? Heilige Scheiße, bist du okay?«

»Mir fehlt nichts. Dank der Sonderausstattung eures Autos.«

Ich merkte erst, dass mir Tränen die Wangen hinabliefen, als mir Cliff ein Taschentuch vor die Nase hielt. Ich nahm es dankbar an und versuchte, mich so leise wie möglich zu schnäuzen. Die Gedanken in meinem Kopf drehten sich nur noch um eine Tatsache: Ich hätte sie verlieren können. Um ein Haar hätte ich sie verloren. Beinahe jeder Mensch, den ich mal geliebt hatte, war fort. Die Einzige, die mir blieb, war Sophie. Allein bei dem Gedanken daran, ohne sie leben zu müssen, verknotete sich mein Herz. Im Stillen dankte ich meinem Vater dafür, dass ihm für die Sicherheit seiner Familie nichts zu teuer gewesen war.

»Weinst du etwa?«, fragte Sophie und ich riss mich zusammen.

»Nein, ich bin nur ein bisschen erkältet«, log ich schnell.
»Was ich noch nicht verstehe: Wie kommst du jetzt an den Rechner?«

»Er muss ihn in den Wagen gelegt haben, bevor ich eingestiegen bin. Hab ihn erst später entdeckt.«

»Okay«, sagte ich, mehr zu mir selbst. »Okay. Also war dieser wahnwitzige Ausflug wenigstens nicht umsonst.«

»Nein, ich glaube nicht. Liz, der Sandmann hat mir ein Video aus Harald Winters Büro gezeigt.«

Das wunderte mich. »Ich dachte, in seinem Büro hätte es keine Überwachungskameras gegeben?«

»Gab es auch nicht. Der Sandmann hat die Kamera des Rechners angezapft.«

Zugegeben, das war genial. »Hast du ... hast du was gesehen?«

»Nein. Aber er hat gesagt, dass auf dem Video genug Informationen sind, um dich und die Jungs zu entlasten.«

Mich und die Jungs. Natürlich hatte Sophie das alles nicht nur für mich auf sich genommen. Sie wollte auch Sash und Marek entlasten. Meine Schwester wollte sich immer um alle kümmern, jedem helfen, während ich die letzten Stunden erschreckend wenig an meine beiden Freunde gedacht hatte. Sofort kam ich mir schäbig vor.

»Sophie. Das wäre großartig!«

»Ja, nicht wahr?«, sagte sie und ich konnte hören, wie sie lächelte. Doch wenige Augenblicke später schlug ihre Stimme um und sie klang panisch.

»Scheiße, was ist das denn?«, rief sie und ich sprang von meinem Stuhl auf.

»Was? Was ist?«, rief ich alarmiert, doch anstelle einer Antwort hörte ich die Stimme des Bordcomputers.

›Sophie Charlotte Kirsch, Sie sind nicht befugt, diesen Wagen zu fahren. Auf Anordnung des Polizeipräsidenten von Berlin wird der Tesla Safe&Sound 800, in dem Sie sich befinden, nun abgeschaltet. Verlassen Sie den Wagen und leisten Sie den Sicherheitsbeamten keinen Widerstand.‹

»Was zum Teufel ist bei dir los?«, schrie ich.

»Ich ... ich weiß auch nicht. Das Auto fährt nicht weiter und«, sie stoppte mitten im Satz. Das Nächste, was ich von ihr hörte, war ein geflüstertes »Oh nein!«.

»Himmel, Sophie. Rede mit mir!«

»Da ist eine Straßensperre«, flüsterte sie. »Direkt vor mir.«

»Worauf wartest du dann noch?«, rief ich.

»Aber warum ...?«

»Schnapp dir den Laptop und verzieh dich. Aber pronto!«

Es klickte und die Leitung war tot. Eine Weile starrte ich fassungslos auf die Schalttafel, weil mein Gehirn noch verarbeiten musste, was da gerade geschehen war.

Ich bemerkte kaum, dass Cliff aufstand und sich an einem der Rechner zu schaffen machte. Kurz darauf rief er nach mir. Ein Teil von mir weigerte sich einfach, aufzustehen. Mich auch nur ein paar Zentimeter vom Telefon wegzubewegen, fühlte sich an, als würde ich meine Schwester schändlich im Stich lassen. Natürlich war das Quatsch, aber mein Herz gaukelte mir öfter mal Blödsinn vor.

Ungeduldig winkte Cliff mich heran. Sein Gesichtsausdruck schwankte zwischen besorgt, wütend und ängstlich.

Als ich neben ihm stand und er mir die ›News of Berlin‹-Webseite zeigte, wusste ich, warum.

News of Berlin

Der verfaulte Apfel fällt nicht weit vom Stamm, oder: Wie zwei Töchter das mörderische Erbe ihres Vaters weiterführen

Wir alle dachten, mit der Verbannung von Elisabeth Karweiler wäre das letzte Kapitel um das Doppelte Lottchen vom Grunewald erzählt, doch wir haben uns geirrt. Allerdings müsste man die Geschichte nun umbenennen in ›Die Mörderzwillinge vom Grunewald‹. Denn nun zieht Karweilers Zwillingsschwester Sophie Kirsch, die vorher nie besonders in Erscheinung getreten ist, mordend durch Berlin und versetzt die Bürger dieser Stadt in Angst und Schrecken. Heute Abend hat die junge Studentin der Kunstgeschichte drei Männer getötet bei dem Versuch, einen Informatiker der Firma NeuroLink zu entführen. Kirsch führte dabei eine neuartige Waffe bei sich, mit deren Hilfe man offenbar Träger von SmartPorts töten kann, indem man die Geräte unter Strom setzt. Die Obduktion läuft auf Hochtouren, weitere Informationen zum Tod der Männer erhoffen sich die Beamten noch im Verlauf des Abends. Sophie Kirsch ist seit ca. 18.30 Uhr auf der Flucht, die Polizei Berlin ist ihr auf den Fersen und bittet insbesondere Bürger mit SmartPorts, bis zu ihrer Verhaftung äußerst aufmerksam zu sein.

Über die Motive der jungen Frau lässt sich indes nur spekulieren. Offenbar führt ihre Familie einen privaten Kreuzzug gegen die Firma NeuroLink, der seinen Anfang aller Wahrscheinlichkeit nach schon beim leiblichen Vater der Mädchen nahm. Sebastian Zweig war Chefentwickler der Firma und seinerzeit maßgeblich an der Entstehung des SmartPorts beteiligt. Als seine Frau in den Räumen des alten Firmengebäudes ermordet wurde, verhaftete man Zweig und verurteilte ihn als Täter zu lebenslanger Haft. Er starb im Gefängnis und wurde posthum nach dem NeuroLink-Skandal rehabilitiert.

Wenn man sich nun das mörderische Verhalten seiner beiden Töchter betrachtet, drängen sich Zweifel an der nachträglichen Rehabilitierung auf. Offenbar haben wir es hier viel eher mit einer mörderischen Familie zu tun, die bereit ist, über Leichen zu gehen, um sich an dem Konzern zu rächen.

Warum es Kirsch heute Abend gerade auf diesen Informatiker abgesehen hatte, ist nicht bekannt. Im Anschluss an diesen Artikel finden Sie ein Foto der jungen Frau. Wer sie oder einen schwarzen Tesla Safe&Sound 800 mit auffälligen Schäden sieht, wird gebeten, sich direkt an die Polizei zu wenden.

LIZ

Ich starrte auf den Artikel, als erwartete ich, dass er sich im nächsten Augenblick in Luft auflösen würde. Was zur Hölle war nur im Haus des Sandmanns passiert? Wieder und wieder las ich den kurzen Bericht durch. Ich war so gefangen von den absurden Worten, dass ich gar nicht bemerkte, wie sich auf der Seite ein weiteres Fenster mit der Überschrift ›Eilmeldung‹ öffnete. Cliff sah es allerdings sofort und klickte darauf. Die kurze Notiz informierte darüber, dass Sascha Stubenrauch und Marek van Rissen verurteilt, auf null gestellt und aus der Stadt gebracht worden seien. Als Reaktion auf die Kritik vereinzelter Stimmen, die befürchteten, Marek und Sash könnten sich außerhalb Berlins wieder mit mir zusammentun, zitierte die Nachrichtenseite den Polizeipräsidenten: ›Berlin ist sicher. Sollen sie da draußen doch machen, was sie wollen.‹

Cliff schenkte mir ein schiefes Lächeln und stand auf. »Dann hole ich mal meine Jacken«, sagte er seufzend und ich brauchte nicht lange, um zu verstehen, was er meinte.

»Halt, halt, stopp!«, rief ich und er blieb stehen.

»Was ist?«, fragte er. »Soll ich deine Freunde nicht herholen, damit ihr noch ein paar eurer dunklen Machenschaften planen könnt?« Bei den letzten beiden Worten malte er Anführungszeichen in die Luft.

»Jemand muss Sophie aus der Stadt holen.«

Cliff runzelte die Stirn. »Wieso? Sie wird verhaftet, sie wird verurteilt und aus der Stadt geworfen. Zack, schon ist sie hier und unsere Betten wieder alle belegt. Problem gelöst, kein Grund zur Panik.«

Und wie es Grund zur Panik gab. Cliff setzte sich wieder in Bewegung. Ich rannte ihm hinterher und hielt ihn am Ärmel fest. Es war von absoluter Wichtigkeit, dass er das jetzt begriff.

»Einer von euch muss Sophie holen!«, wiederholte ich.

Cliff schüttelte den Kopf. »Herzchen, nur weil du langsamer sprichst, heißt das noch lange nicht, dass ich dich besser verstehe.«

Seufzend fuhr ich mir durch die Haare. »Sophie hat den Rechner eines sehr mächtigen Mannes bei sich. Auf diesem Rechner sind für uns sehr wichtige Informationen, aber genau das macht ihn für Sophie so brandgefährlich. Thomas Sandmann ist ein skrupelloser, grausamer und hochintelligenter Mann, der vor nichts zurückschreckt. Und wer immer ihn vor der Verbannung bewahrt und in diesem Bungalow in Pankow untergebracht hat, ist sicher nicht besser. Sie werden alles dransetzen, Sophie zu finden.«

»Dann ruf sie an und sag ihr, sie soll sich stellen. Dann ist sie erst einmal in Sicherheit!«

Ich presste die Lippen aufeinander und schüttelte den Kopf. »Dann ist der Rechner weg. Sie hat so viel auf sich genommen, um an ihn ranzukommen. Außerdem arbeiten bei der Polizei jede Menge Mitarbeiter von NeuroLink. Der Konzern hat doch sämtliche JVA-Mitarbeiter übernommen, ich habe es mit eigenen Augen gesehen. Wenn neben Thomas Sandmann noch mehr Firmenmitglieder von Neuro-

Link in die Sache verwickelt sind, worauf ich wetten möchte, dann ist Sophie auch im Gefängnis nicht sicher.«

Cliff verlagerte sein Gewicht von einem Bein auf das andere. Seine verärgerten Gesichtszüge glätteten sich, ich hatte nun seine gesamte Aufmerksamkeit.

»Verstehst du jetzt?«, fragte ich ihn und er nickte. »Also gut, komm mit!«

Mit federnden Schritten ging er in Richtung Küche und drückte beim Laufen auf einen Knopf, der mir schon ein paarmal aufgefallen war. Er brachte in jedem Raum des Baus eine rote Lampe zum Leuchten.

Als er meinen Blick auffing, lächelte Cliff. »Das ist das Zeichen dafür, dass einer von uns eine Zusammenkunft in der Küche wünscht. Wir waren es nach einer Weile leid, ständig rumzuschreien.«

Als wir in der Küche eintrafen, mussten wir nicht mehr lange auf die anderen beiden warten. Linus sah aus wie eine grimmige Flaschengeistversion seiner selbst; das schüchterne Lächeln, das ich ihm zuwarf, quittierte er mit einem eisigen Blick. Matthis war wie immer die Ruhe selbst, er wusch sich seine dreckverkrusteten Hände am großen Waschbecken.

»Aller klar, Leute. Wir haben ein Problem!«

»Seitdem Liz aufgetaucht ist, haben wir nur Probleme«, nuschelte Linus und warf mir noch einen dieser Speerspitzenblicke zu.

»Als hätte ich das alles geplant, um dir das Leben schwer zu machen«, giftete ich zurück und Cliff warf mir einen mahnenden Blick zu. Ich wusste, was er sagen wollte: dass ich mich zusammenreißen sollte, weil Linus nach wie vor der Kopf der Organisation war und es deshalb nicht in meinem Interesse war, ihn noch mehr zu verärgern.

Also atmete ich einmal tief durch. »Entschuldige, ich weiß, das war ein harter Tag für euch und es tut mir leid, dass ihr euch wegen mir so gestritten habt.«

Linus verschränkte die Arme und sah mich abwartend an. Sein ganzer Körper war ein einziges, trotziges Fragezeichen. Matthis' Blick war unergründlich, aber freundlich, was mir ein wenig Zuversicht gab. Ich fasste kurz zusammen, was Sophie an diesem Abend widerfahren war und warum ich glaubte, dass es unumgänglich war, sie aus der Stadt zu holen. Natürlich stieß ich mit meiner Bitte bei Linus auf Granit.

»Kommt gar nicht infrage! Das ist viel zu gefährlich. Ich lasse nicht zu, dass der Operator wegen zwei völlig verrückt gewordenen Schwestern komplett auseinanderbricht.«

Natürlich hatte ich mit dieser Reaktion gerechnet. Doch ich war vorbereitet.

»Du hast es versprochen«, sagte ich schlicht. Linus Gesichtsfarbe wechselte in Sekundenschnelle von Haferschleimgrau zu Schürfwundenrot.

»War ja klar, dass du diese Karte ziehen würdest«, schnaubte er verächtlich und ich fragte mich, ob es irgendeinen Grund gab, ihn sympathisch zu finden. Ich jedenfalls fand keinen mehr.

»Gestern klang das aber noch ganz anders. Gestern hast du mir erklärt, dass es für dich einen guten Grund geben muss, nicht zu helfen, nicht nett zu anderen zu sein, sich nicht umeinander zu kümmern.«

»Ich habe einen guten Grund«, seine Stimme hatte einen drohenden Unterton angenommen. »Einen verdammt guten sogar. Nämlich die Sicherheit der beiden einzigen Freunde, die mir geblieben sind. Die besten, die ich habe!«

Ich nickte. »Natürlich verstehe ich dich, Linus. Wirklich. Und ich wünschte, ich hätte eine andere Möglichkeit, meiner Schwester zu helfen. Aber die habe ich nicht.« Ich holte tief Luft. »Du hast ein Dokument unterschrieben, das dir die Verfügungsgewalt über einen großen Batzen Geld gegeben hat. Im Austausch dafür hast du dich verpflichtet, nicht nur den Operator aufzubauen, sondern auch Sophie und mich zu schützen – komme, was wolle.«

Linus wandte den Blick ab und starrte den Fußboden an. Ein wenig erinnerte er mich an einen kleinen Jungen, der ausgeschimpft wurde, weil er etwas ausgefressen hatte.

»Du kannst den Fehler, den du gemacht hast, wiedergutmachen«, sagte ich sanft. »Wenn ihr Sophie aus Berlin rausholt, dann werde ich den anderen erzählen, was du für uns getan hast. Ich bin mir sicher, dass sie dann wieder zurückkehren.«

Linus biss die Zähne aufeinander, was ich deutlich daran erkannte, wie sich die Kiefermuskeln unter seiner Haut abzeichneten. Doch er sagte kein Wort.

»Ich könnte es versuchen«, schaltete Matthis sich ein. Der Klang seiner Stimme war mir so fremd, dass ich vor Schreck zusammenzuckte. Erwartungsvoll drehte ich mich zu ihm um.

Der große blonde Mann kratzte sich am Kopf. »Eigentlich kann sowieso nur ich es machen. Sonst hat ja hier keiner eine Passiererlaubnis, oder?«

»Richtig«, bestätigte Cliff und erntete dafür einen giftigen Blick von Linus. Matthis schien sich von der düsteren Stimmung nicht beeindrucken zu lassen.

»Also, ich sehe das so: Wenn sie gegen Mitternacht in der alten Scheune bei der Schreinerei wartet, in der ich arbeite, dann kann sie sich in meinem Wagen verstecken. Ich habe einen Hohlraum, in dem ich auch die ganzen Computersachen und den Kram hierherschaffe. Ich wurde erst ein- oder zweimal kontrolliert; die Wahrscheinlichkeit, dass es ausgerechnet heute Nacht wieder passiert, ist recht gering.«

Ich lächelte ihn dankbar an. »Das klingt nach einem guten Plan, Matthis. Aber muss es unbedingt dort sein?«

Er nickte. »Leider ja. Mein Passierschein gilt nur für die östliche Passierschleuse und den Weg von dort bis zu meinem Arbeitsplatz. Vorne an meiner Windschutzscheibe klebt ein QR-Code, der in regelmäßigen Abständen von Kameras am Straßenrand erfasst wird. Wenn ich mich weiter in die Stadt reinbewege, werde ich kontrolliert.«

Ich schnaubte. »Sind die sicher, dass sie die Stadt vor den richtigen Leuten beschützen?«, murmelte ich dann.

Matthis lächelte schief. »Ich glaube, die wissen überhaupt nicht mehr, was sie tun.« Er kramte in seiner dunklen Arbeitshose nach etwas, dann drückte er mir eine abgewetzte Visitenkarte in die Hand. ›Köhler & Köhler, Bauschreinerei und Innenausstattung‹, stand darauf sowie eine Adresse in Lichtenberg.

»Sag ihr, sie soll da hinkommen. Der Schuppen mit dem eingestürzten Dach ist eigentlich nie abgeschlossen. Ich fahre los, sobald ich kann, aber es kann sein, dass sie eine Weile warten muss. Sie muss keine Angst haben, nachts ist dort weit und breit niemand.«

»Vielen, vielen Dank, Matthis!«, sagte ich. Einem Impuls folgend machte ich ein paar Schritte auf ihn zu, umarmte ihn und drückte ihm einen Kuss auf seine staubige, stoppelige Wange.

»Schon gut«, sagte er und verließ die Küche. Doch ich

hätte schwören können, in seinem Mundwinkel ein kleines Lächeln gesehen zu haben.

Linus sprang von seinem Stuhl auf. »Schön! Gut! Wenn meine Meinung hier überhaupt nicht mehr zählt, dann macht doch einfach alle, was ihr wollt!« Mit einem wütenden Funkeln in den Augen wandte er sich an Cliff. »Na, bist du jetzt immer noch der Meinung, dass es gut ist, wenn ›sie endlich Bescheid weiß‹?«

Er stampfe aus der Küche. Cliff fluchte leise, warf mir einen entschuldigenden Blick zu und eilte seinem Freund hinterher.

Ich hatte damit gerechnet, dass Linus wütend werden würde, aber das Ausmaß hätte ich mir nicht vorstellen können. Wieso tat er so, als wäre ich an allem schuld? Schließlich hatte er den anderen Mitgliedern nicht erzählt, woher das Geld für den Aufbau der Organisation gekommen war. Er hatte unterschrieben, auf Liz und mich aufzupassen und sich für uns einzusetzen, wenn es sonst keiner konnte.

Mein Vater hatte ihm vertraut, aber wenn ich ehrlich war, verstand ich nicht, warum. Was hatte er in dem jungen Mann gesehen, das ihn bewogen hatte, ihm eine solche Summe und eine solche Verantwortung anzuvertrauen? Ich begriff es immer weniger.

Dass er wütend war, war mir erstaunlich egal. Wichtig war nur, dass Matthis sich bereit erklärt hatte, Sophie zu holen. Hoffentlich hielt sie die Nacht über irgendwie durch. Innerlich stellte ich mich darauf ein, die gesamte Nacht beim Telefon zu wachen, damit ich wenigstens ein bisschen bei ihr sein konnte. Ich machte mich auf den Weg zurück zur Zentrale, um ihr genau das zu sagen.

SOPHIE

Ich keuchte so sehr, dass mir die Lungen bei jedem Atemzug wehtaten. Mein Handy vibrierte ohne Unterlass, aber ich konnte jetzt nicht stehen bleiben, geschweige denn sprechen. Zwar war es mir gelungen, den Tesla unbemerkt zu verlassen – ich war geduckt zwischen den Autos, die dank der Straßensperre im Stau gestanden hatten, hindurchgelaufen –, doch irgendwann hatten sie angefangen, meinen Namen zu brüllen. In dem Moment war ich losgerannt. Ich begriff nicht, was passiert war, doch wahrscheinlich hing alles mit den Ereignissen in Pankow zusammen. Mir war nicht danach, es herauszufinden.

Der Stau hatte mich höchstwahrscheinlich gerettet, mein Vorsprung war groß genug gewesen, ihnen zu entkommen – fürs Erste. Es war mir gelungen, über den nächstbesten Zubringer die Autobahn zu verlassen und in Richtung Stadtzentrum zu rennen. Doch nun wusste ich nicht, wo ich hinsollte. Da der Tesla aufgrund der prekären Verkehrslage im Osten der Stadt schließlich einen Passierpunkt außerhalb von Charlottenburg angesteuert hatte, befand ich mich gerade mitten im Westen, auf Höhe des Potsdamer Platzes. Hier war ich so gut wie nie und kannte mich kaum aus, aber ich wagte nicht, mein Smartphone anzuschalten, um mich navigieren zu lassen. Es wurde sicherlich getrackt.

Also versuchte ich, mich an der alten, leuchtenden Spitze des ›Zirkuszeltes‹ am Potsdamer Platz zu orientieren. Wenn es mir dort gelang, in eine Bahn einzusteigen, könnte ich nach Schöneberg fahren und erst einmal in Sashs Wohnung unterschlüpfen. Mustafa war sicher so nett, mir den Schlüssel zu geben. Er kannte mich und war von Natur aus verschwiegen. Und da er eigentlich so gut wie immer Streit mit seiner Frau Sarah hatte, war er sicherlich auch zu dieser späten Stunde noch in seinem Blumenladen anzutreffen. Das war zugegeben kein perfekter Plan, aber es war der einzige, der mir einfallen wollte. In einer dunklen Seitenstraße traute ich mich schließlich, etwas langsamer zu werden. Aus leidvoller Erfahrung wusste ich noch vom Sportunterricht, dass Stehenbleiben heftiges Seitenstechen hervorrufen würde, außerdem war es sicher besser, sich zu bewegen, daher joggte ich langsam weiter. Es half, und mein Atem normalisierte sich ein wenig. Die Straße, die ich entlanglief, war menschenleer, eine Nebenwirkung der Tatsache, dass hier niemand mehr wohnte. In diesem Teil der Stadt befanden sich Ämter, teure Geschäfte sowie Büros, Büros und noch mal Büros. Abends wurden hier die Bürgersteige hochgeklappt, wie in vielen Teilen der Innenstadt. Normalerweise fand ich das schade, sogar ein bisschen gruselig, aber gerade half mir diese Tatsache enorm weiter. Die Stahl- und Glaskolosse, die links und rechts neben mir aufragten, lagen beinahe komplett im Dunkeln. Nur in einzelnen Pförtnerhäuschen oder Büros besonders fleißiger Zeitgenossen brannte noch Licht. Ich fragte mich, ob sie nicht nach Hause konnten, nicht nach Hause durften oder es einfach nicht wollten. Oder ob sie, so wie ich, kein Zuhause mehr hatten, in das sie zurückkehren konnten.

Seitdem die Safe-City-Zone errichtet worden war, schliefen viele Menschen in ihren Büros, weil sie keine Wohnung im Inneren der Zone gefunden hatten, die sie bezahlen konnten. Man nannte sie ›Office Camper‹ – die meisten großen Firmen hatten extra Badezimmer sowie Schließfächer für solche Mitarbeiter eingerichtet. Für ein Minimum an Privatsphäre.

Bald kam die riesige, glitzernde Mall-Landschaft am Potsdamer Platz in Sicht, was ich fast ein wenig bedauerte. Die Dunkelheit der Straßen hatte mir wesentlich besser gefallen. Doch es half nichts. In der anonymen Menge der Vergnügungssüchtigen, die dort abends die Plätze und künstlich angelegten kleinen Parks zwischen den einzelnen Einkaufszentren bevölkerten, könnte ich sicherlich mühelos untertauchen. Der S-Bahn-Eingang lag genau auf der anderen Seite des großen Komplexes und es schien mir sicherer, ihn zu durchqueren, als um ihn herumzulaufen.

Kurz erwog ich, das Risiko in Kauf zu nehmen und doch mit einem Taxi zu fahren, doch dann entschied ich, dass es wahrscheinlich besser war, wenn mich so wenige Menschen wie möglich sahen. Ein Taxifahrer konnte sich vielleicht an mich erinnern – und im schlimmsten Fall sogar an mein Fahrtziel. Niemals hätte ich mir träumen lassen, dass ich mir über solche Fragen einmal Gedanken machen würde. In meiner Gedankenwelt war es als Möglichkeit schlicht nicht vorgekommen.

Ich zog mir die Kapuze der schwarzen Jacke tief ins Gesicht und betrat den Komplex. Zu meinem großen Glück hatten sie die Sicherheitsschleusen an den Eingängen der Malls wieder abgeschafft, nachdem der Zaun um Berlin errichtet worden war. Früher waren sie überall gewesen.

An den Schulen und Bahnhöfen, an Malls und Kinos, im Theater, in der Oper und in den Krankenhäusern. Einfach überall. Es hatte ein Vermögen gekostet, die Bürger der Stadt vor Anschlägen zu schützen – und es war nicht einmal immer gelungen. Die neue Lösung war wesentlich kostengünstiger und vermittelte innerhalb ihrer Grenzen auch ein trügerisches Gefühl von Sicherheit. Nun konnte man sich in der Stadt wieder freier bewegen. Ich verstand schon, warum viele Berliner absolut überzeugt von der Safe-City-Zone waren. Und heute war sie sogar mir zum ersten Mal nützlich. Auch wenn ich die Stadt eigentlich lieber verlassen hätte und von Anfang an dagegen gewesen war, sie einzuzäunen.

Ich tauchte ein in die glitzernde Warenwelt, die sich vor mir auftat, und gab mein Bestes, wie eine gewöhnliche junge Frau zu wirken, die nach Feierabend noch ein wenig shoppen ging. Die exklusive Kleidung, die ich mir von Carlotta ›geborgt‹ hatte, half mir in diesem Umfeld, nicht aufzufallen. Während ich die riesige Mall durchkreuzte, die den Potsdamer Platz nach Westen hin begrenzte, wunderte ich mich über all die Menschen, die gut gelaunt durch die Gänge spazierten, eine Ansammlung von Tüten an einem Arm, einen geliebten Menschen am anderen.

Früher war ich manchmal mit Liz, Carl und Ashley shoppen gegangen und hatte mich jedes Mal wie ein Alien gefühlt. Und am Ende unseres Trips wie ein gepudertes, merkwürdig verkleidetes Alien. Aber es hatte Spaß gemacht. Solche Tage gehörten der Vergangenheit an, und fast kam es mir so vor, als seien sie Teil des Lebens einer völlig anderen Sophie gewesen. Eines Mädchens, das es nun nicht mehr gab. Flüchtig erblickte ich mein Spiegelbild in einem der

Schaufenster und musste feststellen, dass ich mich selbst kaum mehr wiedererkannte.

Ein Teil von mir fand es beinahe schon unhöflich, dass sich der Rest der Welt weiterdrehte, während meine eigene völlig aus den Fugen geraten war. Irgendwie hätte ich mir gewünscht, dass auch andere etwas von dem gewaltigen Beben mitbekamen, das mich gerade mitriss. Doch sie spürten es nicht.

Die Mall hatte eine erdrückende Wirkung auf mich und ich war froh, als ich die Türen auf der anderen Seite erreichte und wieder ins Freie treten konnte. Nun stand ich direkt unter dem charakteristischen Dach des Komplexes, das weithin sichtbare, schiefe ›Zirkuszelt‹, das seit einigen Jahren unter Denkmalschutz stand. Ich gönnte mir einen kurzen Augenblick und legte den Kopf in den Nacken, um das Dach zu betrachten. Von hier unten sah es aus wie eine Flugzeugturbine. Eigentlich ein schöner Gedanke – ich hätte nichts dagegen, jetzt einfach abzuheben und davonzufliegen.

Rund um den Platz, in dessen Zentrum ein riesiger Brunnen mit Wasserspielen die Blicke auf sich zog, lief Werbung auf zahlreichen großen Bildschirmen, die an den Außenwänden der Restaurants und Geschäfte angebracht waren. Unzählige Models in teuren Klamotten, niedliche Hunde- und Katzenbabys, ellenlange Sandstrände, schnelle Autos, eine Armee aus blank geputzten Zähnen. Die Reizüberflutung hatte etwas Groteskes. Überall bewegte sich etwas, blinkte und blitzte, plätscherte und rauschte, alles an diesem Platz gierte nach Aufmerksamkeit. Ich wollte mich gerade wieder in Bewegung setzen, als die Bildschirme auf einmal alle gleichzeitig schwarz wurden. Es wurde schlagartig wesentlich dunkler auf dem Platz und ich fragte mich, ob der Strom ausgefallen war, doch die Lichter in den Gebäuden waren noch an. Hätte ich geahnt, was als Nächstes geschehen würde, dann hätte ich so schnell wie möglich das Weite gesucht. Doch wie all die anderen Menschen auf dem Platz lähmte mich eine Mischung aus Verwirrung und Neugier.

Die Bildschirme sprangen wieder an und mein Gesicht erschien. Meine Augen, meine Nase, mein Mund; unzählige Male, auf jedem der Bildschirme. Ich war überall. Und es war kein altes Foto, das mir da entgegenblickte, sondern eine brandaktuelle Aufnahme mit kurzen Haaren, in die Stirn gezogener Kapuze und pechschwarzen Augenringen. Wahrscheinlich stammte sie von einem MagicMirror, auch wenn ich mich nicht erinnern konnte, in einen geschaut zu haben. Schlagartig wurde mir so übel, dass ich Angst hatte, mich an Ort und Stelle übergeben zu müssen. Nur mit eisernem Willen konnte ich diesen Impuls unterdrücken, da es wohl kaum etwas gab, das mir in diesem Moment schlimmer hätte schaden können. Ich biss die Zähne zusammen und atmete tief ein und aus. Ich konnte nicht glauben, dass dies hier gerade wirklich geschah. Neben meinem Gesicht tauchten Buchstaben auf. ›Wegen Mordes gesucht‹ stand dort.

›Das können sie nicht machen!‹, dachte ich. ›Nicht schon wieder.‹ Ich hatte das Gefühl, in einer grausamen Zeitschleife gefangen zu sein, in der sich der immer gleiche Horror unendlich wiederholte. Einem Impuls folgend zwickte ich mir so fest ich konnte in den linken Arm. Doch ich wachte nicht auf. Dann erklang eine Stimme.

»Sehr geehrte Damen und Herren, hier spricht Stefan Ruck, der Sicherheitschef der ›Eat-, Shop-, Relax-Erlebniswelt Potsdamer Platz«. Ich möchte Sie um Ihre Mitarbeit bitten. Wir haben berechtigten Grund zu der Annahme, dass sich die flüchtige Sophie Charlotte Kirsch derzeit in unserem Center aufhält.«

Ein Raunen ging durch die Menge und vereinzelt erklangen spitze Schreckensschreie. Ich hatte das Gefühl, nie wieder atmen zu können. Was hier gerade passierte, konnte einfach nicht wahr sein.

»Die junge Frau hat bereits drei Menschen getötet. Sie ist bewaffnet und sehr gefährlich, darum bitten wir Sie: Bleiben Sie ruhig und melden Sie alles, was Ihnen verdächtig vorkommt, einem Security-Mitarbeiter. Personen, die einen SmartPort tragen, möchten wir bitten, das Center ruhig, aber zügig zu verlassen. Vielen Dank für Ihre Aufmerksamkeit.«

Die Bildschirme wurden wieder schwarz und auf dem Platz brach die Hölle los. Die Menschen, die kurz zuvor noch völlig entspannt gewesen waren, drängten nun panisch wie eine Horde Lemminge zum nächstbesten Ausgang. Um mich herum wurde gerempelt, gedrückt, gezogen und geschoben – und das alles wegen mir. Ich konnte es nicht fassen. Glaubten die wirklich, dass ich jemanden umgebracht hatte? Ich? Und was sollte die Aufforderung an Portträger? Doch dann begriff ich: die drei Wachmänner. Die dunklen, fast schwarzen Adern, die sich von den Schläfen aus über die Gesichter gezogen hatten. Die Polizei ging davon aus, dass ich diese Männer getötet hatte.

Die Panik in den Gesichtern der Leute war mir Bestätigung genug. Wieso sollten sie auch daran zweifeln? Ich selbst hatte manchmal an der Unschuld meiner eigenen Schwester gezweifelt. Bestürzt blickte ich zu Boden und versuchte, niemanden anzusehen. Wenn mich in dieser Menge jemand entdeckte, dann war ich verloren. Doch zu meinem Glück kümmerten sich die Leute überhaupt nicht um mich. Sie waren viel zu sehr damit beschäftigt, sich vor mir in Sicherheit zu bringen. Ein Mann entschuldigte sich sogar, nachdem er mich ziemlich heftig angerempelt hatte. Er blickte mich direkt an, aber seine Augen sahen durch mich hindurch zum nächstbesten Ausgang.

Ich fragte mich, wie der Sicherheitschef auf die Idee mit dieser Durchsage gekommen war. Die Panik, die dadurch entstanden war, war sicherlich weitaus gefährlicher, als ich es auch nur ansatzweise sein konnte.

Das Gedränge wurde immer dichter, ich kämpfte mich durch die wogende Masse in die entgegengesetzte Richtung vor, was die Leute natürlich nur wütender machte. Doch ich traute mich nicht in Richtung Ausgang. An den Türen dort standen sie sicherlich schon, bereit mich abzufangen. Schließlich gelang es mir, mich seitlich an der Menge vorbeizuschieben. Ich tastete mich an der Glaswand eines der Gebäude entlang und war dankbar, als meine Finger einen Griff umschlossen. Ohne darüber nachzudenken, drückte ich die Tür auf und verschwand im Gebäude.

Die sich leise schließenden, schweren Metalltüren sperrten das Chaos und den Krach der Außenwelt aus und ich sog die relative Stille, die mich umgab, gierig ein. Da draußen wären mir um ein Haar Kopf und Herz gleichzeitig geplatzt. Hier drin herrschte Frieden. Als ich mich umschaute, begriff ich schnell, dass ich im Foyer eines der wenigen Kinos stand, die in Berlin noch betrieben wurden. Nachdem die Smart-Ports eingeführt worden waren, hatte man die neuesten Hollywoodfilme einfach zu Hause auf dem Sofa sitzend angeschaut. Die Filmfirmen hatten QR-Codes für das einmalige Abspielen der Filme über den Port verkauft und die Kinoindustrie war beinahe über Nacht zusammengebrochen. Doch in diesem Kino wurden noch alte Filme auf Leinwänden gezeigt. Hier würde sicher niemand nach mir suchen. Doch ich konnte nicht riskieren, ein Ticket zu kaufen. Früher hätte ich einfach meinen Geldbeutel gezückt und meine Kinokarte mit ein paar Geldscheinen gezahlt. Anonyme Geldscheine, die zuvor schon durch Hunderte Hände gegangen waren. Die nichts weiter über mich verrieten, als dass ich es mir leisten konnte, einen Film anzuschauen. Ich ging zu den Ticketautomaten, die sich an der gegenüberliegenden Wand aufreihten, und tat so, als informierte ich mich darüber, welche Filme gerade liefen. Und tatsächlich hatte ich Glück! In einem Automaten lagen zwei Karten im Ausgabefach. Wahrscheinlich waren sie von den Käufern einfach zurückgelassen worden, als sie die Durchsage gehört hatten.

Für die Überwachungskameras tat ich dennoch so, als würde ich ganz regulär ein Ticket kaufen. Ich tippte eine Nummer ein und bewegte meinen Daumen in Richtung Bezahl-Pad, ließ ihn aber wenige Millimeter darüber in der Luft verharren. Wenn ich zur Fahndung ausgeschrieben war, dann sollte ich nicht mehr mit meinem Daumen bezahlen. Was bedeutete, dass der S-Bahn-Plan auch gestorben war. Oder jeder andere Plan, der erforderte, dass ich eine Dienstleistung in Anspruch nahm. Aber wie zur Hölle sollte ich mich dann durch diese riesige Stadt bewegen? Egal, ich musste mir etwas einfallen lassen, komme, was wolle.

Ich konnte nicht zulassen, dass sie mich verhafteten. Um jeden Preis musste ich verhindern, dass jemand Hand an den

Rechner legte, bevor seine Inhalte gesichert worden waren. Wenn der Laptop konfisziert wurde, wäre alles umsonst gewesen.

Mit dem Ticket in der Hand stieg ich die Treppe zu den Kinosälen hinab. Ich steckte das Ticket am Kinoeingang in das Drehkreuz und wurde durchgelassen.

Hier unten herrschte eine merkwürdige, noch tiefere Ruhe als oben im Foyer. Kein Mensch war zu sehen. Der Tresen, an dem normalerweise Popcorn verkauft wurde, lag verwaist und dunkel da, wahrscheinlich lohnte sich der Verkauf nur an den Wochenenden. Außerdem war es bereits recht spät, die letzte Vorstellung des Abends war sicherlich schon angebrochen.

Ich betrat den dunklen Kinosaal und ließ mich direkt in der ersten Reihe am Rand in einen der abgenutzten, aber gemütlichen alten Sessel sinken. Vor meinen Augen flimmerte ein alter Horrorfilm, doch der interessierte mich herzlich wenig. Als ich vorsichtig den Kopf drehte, merkte ich zu meiner Erleichterung, dass ich nahezu alleine im Saal war. Lediglich drei andere Köpfe konnte ich zählen, sie saßen jeweils allein und weit voneinander entfernt in den unzähligen Sitzreihen.

Ich lehnte mich zurück und genoss das weiche Polster, das meinen verspannten Körper stützte, war dankbar für die dröhnenden Lautsprecher, die so laut eingestellt waren, dass ich weder das wilde Klopfen meines Herzens noch meinen schnellen Atem hören konnte. Für den Moment war ich hier unten so sicher, wie man es in meiner Situation überhaupt sein konnte.

Doch wie sah meine Situation überhaupt aus? So genau wusste ich das auch nicht, aber gewiss war, dass ich beschuldigt wurde, drei Männer getötet zu haben. Und ich ahnte schon, dass mir der Sandmann die Sache in die Schuhe geschoben hatte, als es ihm nicht gelungen war, mit dem Auto zu fliehen. Verfluchter Mist! Ich hatte zwar den Rechner, aber ansonsten war an diesem Abend alles schiefgelaufen, was nur hatte schieflaufen können. Und meine Lage war schlimmer als jemals zuvor.

Ich musste davon ausgehen, dass meine Fingerabdrücke nun gesperrt waren. Wenn ich zahlte, wurde ein Alarm ausgelöst, ebenso wenn ich mich irgendwo identifizieren musste. Was im Klartext bedeutete: Ich war in Berlin gefangen. Es gab für mich keine Möglichkeit mehr, ungehindert die Stadt zu verlassen, es sei denn, ich wurde verbannt, wie man auch Liz verbannt hatte. Ich saß in der Falle.

Natürlich spielte ich mit dem Gedanken, mich zu stellen. Meine Chancen standen gleich null, das wusste ich nur allzu gut. Aber mein Stolz ließ es einfach nicht zu. Wenn ich jetzt aufgab, dann hatte NeuroLink gewonnen. Dann hätte die Firma über jeden einzelnen meiner Familie triumphiert. Das durfte nicht passieren, es durfte einfach nicht so enden! Aber alleine kam ich aus dieser Situation ganz sicher nicht wieder raus – ich musste mit Liz sprechen.

Mein ganzer Körper protestierte, als ich mich wieder aus dem Sessel erhob. Aber es half nichts, hier konnte ich mit meiner Schwester wohl kaum telefonieren. Außerdem musste ich aufs Klo und brauchte Wasser.

Die Damentoilette war zu meiner Erleichterung völlig verwaist, alle Kabinen waren leer. Ich wählte die erste auf der rechten Seite, schloss mich ein und holte mein Handy aus der Tasche, das just in diesem Augenblick wieder zu vibrieren begann.

»Entschuldige, es ging nicht früher!«, meldete ich mich. »Ich bin zur Fahndung ausgeschrieben, die halbe Stadt ist hinter mir her.«

»Ich weiß«, sagte Liz. »Wir haben es bei ›News of Berlin‹ gelesen. Wo bist du jetzt?«

»Am Potsdamer Platz auf der Kinotoilette.«

»Ähm.«

»Frag nicht«, sagte ich schnell.

»Na gut.« Liz war anzuhören, dass sie sich gerade fragte, ob ich vielleicht den Verstand verloren hatte. Ich kannte diesen Tonfall.

»Pass auf, Phee. Wir holen dich da raus! Hast du was zu schreiben?«

Ich sah mich um, konnte aber nichts entdecken, auf das ich hätte schreiben können. Und einen Stift hatte ich auch nicht. »Nein.«

»Na gut, dann schicke ich dir eine SMS mit der Adresse. Aber du musst sie löschen, sobald du sie dir eingeprägt hast.«

»Verstanden.«

»Sieh zu, dass du um Mitternacht dort bist. Verstecke dich in der Scheune mit dem eingestürzten Dach.«

»In einer Scheune?«, wiederholte ich völlig perplex. Ich wusste nicht, wann ich überhaupt das letzte Mal eine Scheune gesehen hatte. Wahrscheinlich bei meinem letzten Urlaub in der Toskana, mit meinem Pa. Scheunen gehörten nicht in das glitzernde Berlin.

»Ich gebe nur weiter, was Matthis gesagt hat. Er kommt dich holen. Schau nach einem riesengroßen Kerl mit einem breiten Kreuz und dichten blonden Haaren. Er trägt eine schwarze Schreinerhose aus Kord.«

»Okay«, sagte ich. »Und wo genau ist diese Scheune?«
Liz seufzte. »In Lichtenberg.«
Ich schloss die Augen und atmete ein paar Sekunden durch. »Lichtenberg«, wiederholte ich. »Ausgerechnet.«
»Ein Jammer, dass du das Auto nicht mehr hast«, stellte Liz fest.
»Ich musste es zurücklassen. Sonst hätten die mich schon längst.«
»Natürlich, du hattest keine andere Wahl. Aber ein Problem ist es trotzdem. Du kannst ja kein Taxi nehmen.«
»Ich kann überhaupt nichts nehmen, nicht mal ein Citybike. Gott, wie soll ich denn da hinkommen? Die halbe Stadt sucht nach mir!«
»Ich weiß, Phee. Aber es ist deine einzige Chance. Das, oder aufgeben.«
Ich biss die Zähne zusammen. »Ich schaff das schon irgendwie.«
Liz' Stimme wurde weich. »Du musst das nicht machen, Phee. Das weißt du, oder?«
»Doch«, widersprach ich. »Ich muss. Wenn ich jetzt aufgebe, verzeihe ich mir das nie.«
»Du bist meine Heldin, Sophie.«
Ich lachte. »Und du meine!«
Liz fing wieder an zu schniefen und ich wusste, dass sie weinte. Doch da sie es hasste, dabei erwischt zu werden, sagte ich ausnahmsweise nichts.
Plötzlich rief sie: »Warte mal, ich hab eine Idee!«
Mein Herz schlug schneller und ich setzte mich kerzengerade auf.
»Juan wohnt nicht weit weg. Er kann dich abholen und nach Lichtenberg fahren.«

»Ich weiß nicht Lizzie. Wollen wir ihn da wirklich mit reinziehen?«

Liz schluckte. »Ich kenne ihn gut genug, um zu wissen, dass er mich umbringen wird, wenn ich ihn nicht mit reinziehe. Außerdem war er zwanzig Jahre lang Sicherheitschef bei Leopold Karweiler, schon vergessen? Er ist der Richtige für den Job!«

Ich lächelte. »Vermutlich hast du recht.«

»Ich ruf ihn an und sage ihm, dass er dich abholen soll. Rühr dich nicht vom Fleck bis er da ist, okay?«

»Aber ich bin auf dem Mädchenklo«, sagte ich.

Liz' Stimme klang staubtrocken, als sie erwiderte: »Ich kann nicht fassen, dass du das gerade gesagt hast.«

Ich fühlte, wie mir das Blut in die Wangen schoss. Zum Glück hatte das außer Liz niemand gehört.

»Also, ich ruf ihn jetzt an. Hoffentlich ist er zu Hause. Wenn was dazwischenkommt, melde ich mich. Und du ziehst jetzt die Füße auf den Klodeckel und bewegst dich nicht, bis Juan dich holen kommt. Deal?«

»Deal.«

Nach dem Auflegen zog ich gehorsam die Füße nach oben und setzte mich in den Schneidersitz. Ich musste mich auf eine längere Wartezeit einstellen und überlegte, wie ich die am besten überbrücken konnte. Am liebsten hätte ich den Rechner des Sandmanns aufgeklappt und mich mit dem Gerät auseinandergesetzt, aber das war zu gefährlich. Sobald sich der Computer mit dem Internet verband, konnte er geortet werden. Und ich war mir ganz sicher, dass Thomas Sandmann irgendwo saß und nur darauf wartete, dass ich diesen Fehler machte. Also tippte ich ein paar Minuten im Menü des Seniorenhandys herum, bis ich auf einen Ordner mit vorinstallierten Spielen stieß. Ich klickte weiter und das Telefon gab mir drei Spiele zur Auswahl, die mir allesamt überhaupt nichts sagten: Snake, Solitair und Pacman. Ich klickte das erste Spiel an und verstand recht schnell, worum es ging: Eine Schlange musste möglichst viele kleine Pixel fressen, ohne sich selbst oder den Rand zu berühren. Das Problem war nur, dass sie von den gefressenen Pixeln immer länger und länger wurde, was das Spiel schwerer und schwerer machte. Zugegeben, besonders einfallsreich war es nicht, aber es vertrieb mir gut die Zeit.

Was mich nach kurzer Zeit allerdings zu quälen begann, war mein Durst. Ich hatte ihn schon im Kinosaal verspürt und merkte jetzt, dass mein Hals nach dem Gespräch mit Liz so trocken war, dass mir das Schlucken schwerfiel. Es fühlte sich jedes Mal an, als würde ich eine Packung Reißzwecken herunterwürgen. Ich ärgerte mich darüber, nicht einen Schluck aus dem Wasserhahn getrunken zu haben, bevor ich mich in der Kabine verschanzt hatte. Aber die ganze Zeit, die ich hier schon verbrachte, hatte kein anderer Mensch die Toilette betreten. Sicher schadete es nicht, wenn ich kurz aufstand, einen Schluck trank und mich anschließend wieder einschloss, dachte ich. Denn wenn ich nicht bald etwas zu trinken bekam, dann würde Juan mich wohl verdurstet vorfinden.

Ich spitzte die Ohren, konnte aber nichts hören, das auf einen anderen Menschen in der Nähe hindeutete. Vorsichtig öffnete ich die Tür und schlich hinaus zum Waschbecken. Dort drehte ich das kalte Wasser auf und nahm gierig ein paar große Schlucke. Wie gut das tat, konnte ich gar nicht beschreiben.

Doch in dem Augenblick, in dem ich den Kopf hob und in

den Spiegel sah, wusste ich, dass ich einen gewaltigen Fehler gemacht hatte. Ein alt bekanntes Summen ertönte und ein Fadenkreuz erschien, das sich um mein Gesicht legte. Ich erstarrte. Offenbar waren auch hier auf der Kinotoilette MagicMirrors verbaut. Merkwürdig, sie sahen gar nicht danach aus. Doch die Gewissheit folgte sogleich, denn kurz darauf erschienen meine Daten rechts neben meinem Gesicht und ein ohrenbetäubender Alarm schrillte los.

»So eine Scheiße!«, rief ich aus, angelte den Rucksack aus der Toilettenkabine und rannte auf den Flur hinaus. Das gesamte Kino wurde von dem Alarm ausgefüllt, in wenigen Augenblicken würden hier überall Wachmänner sein. Wie hatte ich nur so blöd sein können?

Mein großes Glück war, dass in dem Kino kaum Besucher waren. Hier und da blickten sich ein paar Leute verdutzt um, weil sie die Quelle des Alarms orten wollten, doch niemand hielt mich auf, während ich die Stufen in Richtung Ausgang hochhastete, immer zwei auf einmal nehmend.

Als ich auf dem Treppenabsatz um die Kurve bog, stieß ich hart mit jemandem zusammen, doch ich wagte nicht, den Kopf zu heben. Eine Entschuldigung murmelnd wollte ich mich an ihm vorbeiquetschen, doch eine dunkle Hand, die sich fest um meinen Oberarm legte, hinderte mich daran.

»Wo willst du denn hin?«, fragte eine vertraute Stimme und ich hätte vor Erleichterung beinahe laut aufgelacht. Vor mir stand Juan und sah mich mit besorgter Miene an.

»Wir müssen hier weg!«, forderte ich ihn auf, nahm ihn bei der Hand und versuchte ihn weiter Richtung Ausgang zu ziehen, doch er schüttelte nur stumm den Kopf und zeigte in eine andere Richtung. Dort leuchtete über einer unscheinbaren Tür ein grünes Notausgangschild.

Wir rannten los. Als sich die Tür hinter uns schloss, hörten wir die Rufe und Schritte der aufgeregten Wachleute, die das große Kino zu fluten schienen. Doch wir rannten weiter und drehten uns nicht um.

Sofort war ich dankbar, dass Liz auf die Idee gekommen war, Juan anzurufen. Ich fühlte mich so viel sicherer, einfach nur, weil er bei mir war. Seine ruhige, konzentrierte Miene beruhigte mich ebenso sehr, wie seine kräftigen, muskulösen Arme und die Selbstverständlichkeit, mit der er mir zu Hilfe geeilt war. Manche Dinge konnte man einfach nicht alleine durchstehen. Und ich wusste, wie gern Juan mich hatte. Ich hatte ihn ebenso gern, vor allem seit dem Tag, an dem Sandra gestorben war und er mich in den Armen gehalten hatte, bis wieder Licht in mein dunkles Herz gedrungen war. Der Notausgang endete in einem schmalen Innenhof, der zu allen drei Seiten hin von Gebäuden begrenzt wurde. Die beiden Türen, die vom Hof wegführten, waren verschlossen.

»Von wegen Notausgang«, japste ich, schon wieder völlig außer Atem. Ohne eine Sekunde zu zögern, warf sich Juan mit seinem gesamten Körpergewicht gegen eine der Türen. Nach dem dritten Versuch sprang sie auf. Wir durchquerten ein verlassenes Foyer und gelangten in ein Treppenhaus, in dem ein großes Schild hing, das auf die Anwaltskanzleien, Steuerberaterbüros und Arztpraxen hinwies, die in diesem Gebäude offenbar untergebracht waren. Die Eingangstür war abgeschlossen, doch durch das Milchglas konnten wir sehen, dass es ohnehin viel zu riskant wäre, diese ebenfalls mit Gewalt zu öffnen. Draußen waren noch immer eine ganze Menge Leute unterwegs.

Ich blickte Juan fragend an und der zeigte auf die Treppe,

die nach unten führte. Wir rannten die Stufen hinab und kamen in eine Tiefgarage. Schon bald sah ich, dass Juans Instinkt richtig gewesen war. Wie so oft bei Tiefgaragen musste man sich hier nicht identifizieren, um rauszufahren. Ein einfacher Knopfdruck öffnete das Rolltor.

Sobald sich ein Spalt gebildet hatte, der hoch genug war, quetschte ich mich ins Freie und sprang sofort wieder auf die Füße. Juan folgte mir, packte meine Hand und zog mich hinter sich her auf die Rückseite des Kinos und dort die Straße entlang.

Nach ein paar Metern zog er eine Fernbedienung aus seiner Jackentasche und kurz darauf leuchteten die Scheinwerfer einer schwarzen Limousine auf.

»Erst mal zu mir?«, fragte er und ich nickte heftig.

Als sich der Wagen in Bewegung setzte, brach ich vor lauter Erleichterung in Tränen aus.

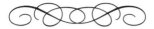

Der Sandmann saß an einem Schreibtisch und starrte wie gebannt auf den Rechner, der vor ihm stand. Tobias Claudius, der Technikchef, hatte ihn nach langen, zähen Diskussionen mit dem Polizeipräsidenten von Berlin hierherbringen dürfen. Das war jedoch an die Bedingung geknüpft, dass er die Verantwortung für den Arrestanten übernahm und ihn nach sieben Tagen der Polizei übergab, damit diese ihn in die Verbannung schicken konnte.

Claudius hatte zugestimmt, sieben Tage reichten für ihn völlig. Die interne Absprache indes lautete, dass der Sandmann schon längst auf dem Weg nach Australien wäre, wenn die Frist ablief. Claudius würde der Polizei melden, dass der Delinquent auf dem Weg zur Polizeistation in Selbstmordabsicht in die Spree gesprungen war. Vielleicht würde man nach der Leiche suchen, vielleicht waren aber auch alle froh, dass man den Quälgeist so leicht losgeworden war. So oder so war der Plan wasserdicht. Es gab nur eine Unbekannte in der Gleichung: Sophie. Die gesamte Abmachung war daran geknüpft, dass der Rechner wieder in Claudius' Hände gelangte und das Mädchen ausgeschaltet wurde. Mittlerweile kratzte den Sandmann dieser Gedanke auch nicht mehr. Wenn Sophie tot war, konnte er vielleicht wieder ruhig schlafen. Sie war wie sein persönlicher ›Geist der Weihnacht‹, der ihn daran erinnerte, was in seinem Leben alles schiefgelaufen war. Er würde seine dunkle Vergangenheit in Deutschland zurücklassen. Unter der Sonne Australiens würde er sich ein neues, ruhiges Leben aufbauen. Eine Freundin finden, vielleicht sogar spätes Vaterglück genießen. Bei dem Gedanken an die Möglichkeiten, die ihm offenstanden, wenn die Sache hier ausgestanden war, lief ihm ein wohliger Schauer den Rücken herunter. Lange hatte er Normalität als etwas begriffen, das nur anderen Menschen vergönnt war. Doch vielleicht bekam er eine zweite Chance.

Und für diese Chance musste Sophie den Preis bezahlen. Er fand das nur fair, schließlich hatte sie ihm schon sehr, sehr viel versaut. Bisher hatte er das Mädchen noch nicht aufstöbern können. Sie hatte ihr Handy noch nicht benutzt und seinen Rechner offenbar noch nicht aufgeklappt. Beide Signale liefen parallel über den Bildschirm, zeigten aber keinerlei Aktivität.

Würde sie noch immer ihren SmartPort tragen, dann hätte er jetzt keine Probleme. ›Hätte, wollte, könnte – die letzten Worte eines Idioten‹, dachte er mürrisch.

Es hatte eine unbestätigte Sichtung auf der Autobahn West gegeben und kurz darauf zwei MagicMirror-Alarme am Potsdamer Platz. Der erste war stumm von einer Schaufensterscheibe ausgelöst worden, der zweite von einem Spiegel in der Damentoilette des alten 3D-Kinos. Doch seitdem herrschte Funkstille. Der Polizeistream war in all seiner Konfusion Beweis genug für ihn, dass die Beamten im Nebel stocherten. Immerhin ein gutes Zeichen. Solange die Polizei Sophie nicht fand, war auch der Rechner in Sicherheit. Und das war alles, was zählte.

Die Stille um sie herum, die jetzt seit einer Weile herrschte, gefiel dem Sandmann allerdings gar nicht. Sicherlich hatte sie sich irgendwo verkrochen und das konnte praktisch überall sein. Wenn sie einen sicheren Ort gefunden hatte und weiterhin weder Handy noch Rechner aktivierte, dann standen die Chancen sehr schlecht, dass er sie noch fand.

Frustriert öffnete er den Internetbrowser und surfte eine Weile ziellos herum. Womit sich die Menschen in dieser Stadt tagtäglich beschäftigten, machte ihn beinahe fassungslos. Bei so viel geballter Belanglosigkeit konnte einem ja glatt das Gehirn wegrotten. Er zischte missmutig durch die Schneidezähne.

Doch eine Nachricht erregte seine Aufmerksamkeit. Im Gegensatz zur Verbannung von Elisabeth war die Verbannung von Stubenrauch und van Rissen den Nachrichtenschreibern zwar nur eine Notiz wert gewesen, doch sie elektrisierte den Sandmann umso mehr. Die beiden jungen Männer irrten wahrscheinlich gerade ziel- und planlos durch den Brandenburger Winter. Hatte er nicht gelesen, dass alle Verbannten mit einem Tracking-Chip ausgestattet wurden? Ein Gedanke formte sich in seinem Kopf, auch wenn er ihn noch nicht zu fassen bekam. Thomas Sandmann gab ›Verbannung Karweiler‹ in das Seekerfeld ein und binnen Millisekunden hatte er den passenden Zeitungsartikel aufgerufen. Dort stand es schwarz auf weiß: ›Der Verurteilten wurde ein Tracking-Chip eingesetzt, bevor sie vor die Stadt gebracht wurde. Der Chip stellt sicher, dass sie sich Berlin nicht weiter als bis auf fünf Kilometer nähert. Sollte sie die Grenze missachten, ergeht ein Schießbefehl.‹

Der Sandmann lehnte sich zufrieden in dem bequemen Bürostuhl zurück und fuhr sich mit den Fingern durch den Bart. In seinen Gedanken nahm ein Plan Gestalt an.

Er öffnete den Firmenchat und schrieb etwas in das Chatfenster. ›Ich brauche dich hier oben‹

Kurz darauf erschien die Antwort: ›Muss das sein?‹

Er tippte nur zwei Buchstaben. ›Ja‹

Dann lehnte er sich erneut zurück und wartete. Es dauerte

nicht lange, bis Schritte auf dem Flur erklangen und ein Schlüssel im Schloss der großen Bürotür gedreht wurde. Tobias Claudius rauschte herein, sichtlich angespannt. Nachdem die Tür ins Schloss gefallen war, fragte er: »Hast du sie?«

Der Sandmann schüttelte den Kopf.

»Scheiße, wieso holst du mich dann? Ich stecke bis zum Hals in Arbeit. Weißt du, was für morgen noch alles vorzubereiten ist?«

»Ich bin mir sicher, dass so eine große Feier zu organisieren, all deine Kräfte in Anspruch nimmt, aber darf ich dich daran erinnern, dass die Feier obsolet ist, wenn der Rechner in falsche Hände gerät?«

Claudius fuhr sich mit der Hand übers Gesicht. Seine sonst so akkurat mit Gel nach hinten frisierten Haare waren ein einziges Durcheinander. Er sah aus, als hätte er zwei Stunden in einem Windkanal verbracht.

»Sag schon, was willst du?«

»Ich brauche Zugang zu den Trackingdaten der Verbannten.«

Claudius runzelte die Stirn. »Wozu das denn?«

»Eins nach dem anderen«, sagte der Sandmann und Claudius zog sich genervt einen Stuhl heran. Mit einem Wink bedeutete er dem Sandmann, rüberzurutschen und ihn an den Rechner zu lassen.

»Das sind hochsensible Daten, da kommt man nicht so einfach dran«, murmelte Claudius und der Sandmann nickte verständnisvoll.

»Aber du wirst ja wohl die Befugnis haben«, sagte er. Claudius nickte verärgert. »Natürlich habe ich das.«

Während der Technikchef und CEO in spe sich durch die Serverstruktur des Mammutunternehmens klickte und dabei einige Sicherheitsschranken passierte, fragte der Sandmann im Plauderton: »Findest du es nicht ein bisschen makaber, mich ausgerechnet in Winters altem Büro unterzubringen? Es hat sich ja noch nicht einmal jemand die Mühe gemacht, das Blut aus dem teuren Teppich zu schrubben.«

Claudius schnaubte. »Mach dich nicht lächerlich. Das ist der einzige Bereich der Firma, der nicht einmal für den Führungsstab frei zugänglich ist. Seit Haralds Tod war niemand mehr hier oben. Und auch ich werde vorerst ein anderes Büro beziehen. Aus Respekt vor dem Toten.«

Der Sandmann zog belustigt eine Augenbraue hoch, sagte aber nichts dazu.

Claudius lehnte sich zurück. »So«, sagte er. »Wir sind drin. Wonach suchst du denn genau?«

»Die Frage sollte besser lauten: nach wem? Sascha Stubenrauch.«

Tobias Claudius tippte den Namen in ein Suchfeld ein und kurz darauf erschien ein grüner Punkt mit einer Nummer, daneben waren Koordinaten aufgeführt, die sich stetig und recht schnell änderten.

»Kannst du das auf einer Karte darstellen?«, fragte der Sandmann und Claudius änderte die Ansicht. Nun konnte man sehen, dass sich der kleine Punkt zügig auf einer schmalen Straße durch die Brandenburger Landschaft bewegte.

»Nur aus Neugier, kannst du auch nachsehen, wo sich Sophies Schwester befindet?«

»Die müsste tot sein«, sagte Claudius trocken. »Ihr Chip sendet seit Tagen nicht mehr.«

»Wenn du das glaubst, dann bist du ein Idiot«, sagte der Sandmann tadelnd.

»Wie meinst du das?«

»Ein Chip, der sich lange Zeit nicht von der Stelle bewegt, ist kein Indiz dafür, dass der Chipträger tot ist. Nur weil der Körper die Vitalfunktionen eingestellt hat, hört ein Chip doch nicht auf, zu senden. Ein Chip, der nicht mehr sendet, ist ein Indiz dafür, dass der Chipträger sich in einem Bereich befindet, der Signale abschirmt.«

Zwischen Claudius' Augenbrauen bildete sich eine missmutige Falte. »Stimmt«, brummte er. »Das heißt, sie lebt noch?«

»Das würde ich zumindest vermuten«, bestätigte der Sandmann. »Kannst du sehen, von welchem Punkt Karweilers Chip zuletzt gesendet hat?«

Tobias Claudius tippte ein Datum und Liz' vollen Namen ein.

»Du hattest da offenbar ein Auge drauf«, stellte der Sandmann trocken fest.

»Jeder hätte das gehabt«, erwiderte Claudius gereizt.

Auf der Landkarte erschien ein neuer Punkt und markierte die Stelle, von der Liz' Tracker zuletzt gesendet hatte. Die beiden Männer sahen es gleichzeitig.

»Das kann kein Zufall sein«, murmelte Claudius.

»Das ist bestimmt kein Zufall. Wo auch immer Elisabeth ist, Stubenrauch ist auf dem Weg dorthin. Wie die Medien vorausgesagt haben.«

»Ich verstehe immer noch nicht, was du willst«, sagte Claudius und der Sandmann seufzte.

»Denk doch mal ein bisschen nach. Was ist deiner Meinung nach die größte Schwachstelle der meisten Menschen?«

»Ich hab deine Spielchen langsam satt, weißt du das, Thomas?«

Der Sandmann blieb ungerührt. »Also?«

»Emotionalität, Gefühlsduselei, Liebe ...«

»Exakt. Sehr gut. Und wenn ich dir jetzt sage, dass Sophies große Liebe gerade auf dem Weg zu ihrer Schwester ist, dann ...«

Endlich fiel bei Tobias Claudius der Groschen. »Wir bringen die beiden in unsere Gewalt«, murmelte er.
»Richtig. Sobald wir Stubenrauch und Karweiler haben, können wir aufhören, Sophie zu suchen. Wir lassen sie einfach zu uns kommen.«
»Wenn sie Angst um die Menschen hat, die sie liebt, dann wird sie uns den Rechner aushändigen und keine Probleme machen.«
Der Sandmann nickte grimmig. »Und danach lassen wir sie alle verschwinden. Alle drei auf einen Streich. Und den blonden Idioten am besten gleich mit.«
»Welchen blonden Idioten?«, fragte Claudius verwirrt.
Der Sandmann winkte ab. »Von Rissen. Nicht so wichtig. Dürfte dich unlängst um ein paar Hunderttausend EZEs reicher gemacht haben.«
Claudius schien zu überlegen, ob er die Sache vertiefen sollte, entschied sich aber dagegen.
Der Sandmann sah ihn an. In seinen Augen lag zum ersten Mal seit langer Zeit ein lebendiges, fast fröhliches Funkeln.
»Hast du Zugang zu den Waffenschränken deiner Security-Mitarbeiter?«, fragte der Sandmann und Claudius schnaubte.
»Was denkst du denn?«
»Bedeutet das: ›Was denkst du denn? Selbstverständlich!‹ oder ›Was denkst du denn? Natürlich nicht!‹«
»Ersteres«, brummte Claudius und verdrehte die Augen. Dann sah er den Sandmann an. »Weißt du was, Sandmann? Ich mag deine Art zu denken. Wenn du an deinen Soft Skills arbeiten würdest, könnte ich fast darüber nachdenken, dir einen Job anzubieten.«
Der Sandmann grinste. »Kein Interesse.«
Claudius nahm das Telefon zur Hand und wählte eine dreistellige Nummer.

»Fräulein Wind, ich brauche einen Firmen-Laptop, einen aufgeladenen Wagen der Kategorie A+ und den Generalschlüssel. ... Ja, genau, jetzt sofort!«

SOPHIE

Manchmal kann Schweigen grausam sein, die schlimmste Strafe der Welt. Kann verletzen, isolieren, eine Mauer zwischen Menschen aufbauen, die selbst die größten Versprechungen und süßesten Worte nicht mehr einreißen können. Doch gerade in diesem Augenblick war Schweigen ein Geschenk.

Ich war Juan so unendlich dankbar, dass er mich nicht mit Fragen bombardierte, als wir losgefahren waren, sondern genau das Gegenteil tat. Er sagte nichts und fragte auch nichts, lenkte nur das große Auto mit ruhiger Hand durch den Abend, summte etwas vor sich hin und überließ mich meinen Gedanken.

Nachdem wir zehn Minuten gefahren waren, ohne dass uns jemand gefolgt war, wagte ich mich langsam etwas sicherer zu fühlen. Bedachte man die Ereignisse der letzten Tage, war ich noch ziemlich glimpflich davongekommen. Ich wurde den Gedanken nicht los, dass die Ruhe trügerisch war. Doch für den Moment genoss ich sie in vollen Zügen.

Die ganze Rennerei hatte meinem verletzten Fuß überhaupt nicht gutgetan. Mein ganzes Bein schmerzte, als wollte es sich von meinem Körper losreißen. Ich zog meinen Rucksack hervor und angelte nach den Schmerztabletten, die Tiny mir gegeben hatte.

Juan bemerkte es mit einem Seitenblick, griff hinter sich und zog eine kleine Flasche Wasser hervor.

»Danke«, murmelte ich und spülte die Tablette hinunter, wobei ich die Flasche leerte. Doch die Unruhe, die ich fühlte, konnte ich nicht einfach fortspülen.

»Woher weißt du eigentlich immer so genau, was ich brauche?«, fragte ich Juan und der ehemalige Sicherheitschef von Liz' Vater lachte leise.

»Ich weiß es nicht, ich fühle es«, sagte er sanft.

»Aber wie?«

»Nun, ich stelle mir einfach vor, was ich in einem solchen Augenblick brauchen würde, und versuche es den Menschen zu geben.«

Ich nickte. Eigentlich war es so einfach.

»Wir sind gleich da. Ich wohne am Westend.«

Eigentlich wollte ich gar nicht aus dem Auto aussteigen. Hier drin war ich in Sicherheit. Hier gab es keine Spiegel, die mit mir sprachen, keine Beamten, die nach mir suchten. Keinen Sandmann, der mich noch immer bis in meine Träume verfolgte, obwohl ich schon lange keinen SmartPort mehr trug. Wer konnte ermessen, was passieren würde, wenn ich ausstieg?

»Was ist mit deinem Bein passiert?«, fragte Juan. Da war keine Neugierde in seiner Stimme. Nur aufrichtiges, ehrliches Interesse.

»Ein Dobermann hat mich gebissen«, sagte ich. »Gestern Abend. Dabei kommt es mir vor, als wäre es eine Ewigkeit her.«

»Das ist eine der Tücken solcher Tage.« Juan wandte den Kopf und schenkte mir eines seiner seltenen Lächeln. »Sie dauern meistens viel zu lang.«

Ich lehnte mich zurück und schloss die Augen. »Und der hier ist noch lange nicht vorbei.«

»Was kann ich tun?«, fragte er und ich war erstaunt über die Schlichtheit und Direktheit dieser Frage. Weiter als bis zu dem Punkt, an dem er mich abholte, hatte ich noch gar nicht gedacht. Ich schlug die Augen auf und schaute auf die Uhr im Armaturenbrett. Es war gerade erst zwanzig nach zehn, ein bisschen Zeit blieb uns also noch, bis wir wieder losfahren mussten.

Ich überlegte einen Augenblick. »Hast du eine SD-Karte oder einen Datenstick daheim?«

»Von beidem reichlich!«

Wir fuhren auf ein modernes, großes Wohngebäude aus Stahl und Glas zu, wie es sie in der Stadt an allen Ecken gab. Doch diesem hier war die gehobene Ausstattung deutlich anzusehen. Ich hätte nicht gedacht, dass Juan so luxuriös wohnte.

Als hätte er meine Gedanken gelesen, sagte er: »Leopold Karweiler war ein guter Mann. Er war zwar selbst sehr reich, aber er verstand auch zu teilen. Und seine Tochter hat diese Tugend von ihm übernommen.«

Er lächelte traurig. Vor uns öffnete sich eine große Fahrstuhltür und Juan ließ den Wagen langsam hineinrollen. Ich staunte nicht schlecht, als ich begriff. »Du wohnst in einem Car-Loft?«, fragte ich.

»Ich liebe dieses Auto«, antwortete er nur.

Mir sollte es recht sein. Je länger ich im Wagen bleiben konnte, desto besser.

Wir fuhren ein paar Stockwerke hoch und stiegen aus. Durch eine kleine Seitentür trat man direkt in ein großzügiges Wohnzimmer, in dem nichts weiter stand als eine riesige, gemütliche Couch mit einem Tisch davor und einem Fernseher. Die Einsamkeit, in der Juan lebte, schrie einem hier förmlich entgegen.

An der Wand hingen unzählige Fotos von einem kleinen Mädchen mit schwarzen, wilden Locken und einem Lachen, so groß wie das Meer.

Das musste Juans Tochter sein. Sie war im Kindesalter gestorben, woraufhin ihn seine Frau verlassen hatte. Das alles war zwar viele, viele Jahre her, doch den Ehering trug er bis heute.

Mein Herz zog sich schmerzhaft zusammen und ich schluckte. Die wenigen Male, die wir Juan seit dem Tod der Karweilers gesehen hatten, waren bei uns zu Hause gewesen. Oftmals hatte ich mich gefragt, warum wir nicht auch mal ihn besuchten. Jetzt wusste ich es.

Während ich mich umsah, stand Juan etwas unschlüssig hinter mir. Es war offensichtlich, dass er normalerweise niemanden mit hier hochnahm. Das war mehr ein Erinnerungsschrein als eine Wohnung.

Die Traurigkeit war so deutlich spürbar, als sei sie die dritte Person im Raum. Um sie zu vertreiben, fragte ich: »Wohnt Fe auch in so einer Wohnung?«

Meine Frage brachte Juan zum Schmunzeln. »Nein, wo denkst du hin? Die Frau ist viel zu stur, um etwas für sich selbst auszugeben. Was sie hat, verschenkt sie freimütig.« Er senkte den Kopf. »Sie ist reicher als ich. Seitdem Lizzie auch noch fort ist…« Es war nicht nötig, dass er den Satz zu Ende brachte.

Ich trat zu ihm und legte ihm eine Hand auf den Arm. »Ich bringe das wieder in Ordnung, Juan. Ich hol sie zurück!«

Er zog die Augenbrauen hoch. »Wie willst du das anstellen?«, fragte er knapp.

Mit meiner rechten Hand umfasste ich seinen Arm und zog ihn sanft mit in Richtung Couch. Dort öffnete ich meinen Rucksack und legte den Laptop des Sandmanns auf dem Tisch ab. Ich bewegte ihn so vorsichtig, als sei er eine Bombe, die jederzeit explodieren könnte. Und so weit war das von der Wahrheit ja auch gar nicht entfernt.

»Auf diesem Rechner müssten die Beweise sein, die Liz und die anderen entlasten.«

Juans Blick war sofort hellwach und seine Miene hellte sich ein wenig auf. »Bist du sicher?«

»Zu neunzig Prozent, würde ich sagen. Ich konnte ihn noch nicht aufklappen. Wenn er sich mit dem Internet verbindet, wissen die sofort, wo ich bin.«

»Wer sind die?«

Ich sah Juan in die Augen. »Ich weiß es nicht genau. Aber ich weiß, dass Thomas Sandmann einer von ihnen ist.«

Juan zog ungläubig die Augenbrauen hoch. Er wusste genau, wer der Sandmann war. Nachdem wir ihm auf der BER-Brache entkommen waren, hatten wir unseren Eltern, Fe und Juan die ganze Geschichte erzählt. Er wusste, dass der Sandmann derjenige gewesen war, mit dem alles angefangen hatte. Ich hoffte sehr, dass es bald auch mit ihm enden würde.

»Ich dachte, er wäre inhaftiert.«

Ich nickte.

»Dann dürfte er doch gar nicht mehr in der Stadt sein.«

»Eigentlich nicht. Aber das ist er. Ich habe ihm erst vor wenigen Stunden gegenübergestanden.« Ich zeigte auf den Laptop. »Das ist sein Rechner. Und egal, was heute oder morgen noch passiert, ich möchte die Daten, die da drauf sind, unbedingt sichern. Aber dafür darf das Gerät nicht online gehen.«

»Das ist kein Problem«, sagte Juan, erhob sich und verließ das Zimmer. Wenige Augenblicke später kehrte er mit einem Satz kleiner Werkzeuge zurück.

»Wir bauen einfach die WLAN-Karte aus.«

Er griff nach dem Rechner und ich sah ihm neugierig dabei zu, wie er einen Deckel auf der Unterseite des Gerätes abschraubte. Mit nur wenigen Handgriffen entfernte er ein Bauteil, legte es auf den Tisch und schraubte den Rechner wieder zu. Dann zog er eine kleine SIM-Karte aus einem Seitenschlitz und nickte mir zu.

»Jetzt dürfte eigentlich nichts mehr passieren.«

Er legte mir drei SD-Karten hin. »Eine für dich, eine für mich und eine für die Polizei.«

Ich schüttelte den Kopf. »Die Polizei und NeuroLink gehören zusammen. Wenn wir denen die Informationen geben, kehren sie ja doch nur alles unter den Teppich. Das kenne ich noch vom letzten Mal.«

Juan seufzte. »Wahrscheinlich hast du recht. Was hältst du davon, wenn wir die Daten auch ins Karweiler Safenet hochladen? Falls du die Karten verlieren solltest.«

Ich lächelte. »Das ist eine brillante Idee.«

Der Sicherheitschef zeigte auf meinen Knöchel. »Ich wechsle deinen Verband, du kümmerst dich um den Rechner. Wir haben nicht ewig Zeit.«

Er verließ das Wohnzimmer wieder und ich hörte ihn in einem anderen Zimmer herumkramen. Mit klopfendem Herzen griff ich nach dem Laptop und klappte ihn auf. Wie nicht anders zu erwarten, erschien ein kleines Fenster, das mich aufforderte, ein Passwort einzugeben. Ich überlegte eine Weile und versuchte es dann mit MrSandman. Das kleine Feld zitterte, ich hatte ihm das falsche Passwort zu fressen gegeben. Nach kurzem Zögern tippte ich ›Helen‹ in das Feld, doch es schüttelte sich wieder. Meine Finger wurden feucht. Ich wusste nicht, ob es einer dieser Rechner war, die nach dem dritten falschen Versuch den Zugang blockierten. In diesem Fall konnte ich mich mit dem nächsten Wort ins Aus manövrieren. Ich versuchte mich zu konzentrieren. Nur am Rande nahm ich wahr, dass Juan wieder ins Wohnzimmer zurückgekehrt war, meinen rechten Fuß auf sein Knie gelegt und begonnen hatte, die Bandage aufzuwickeln.

Die meisten Menschen benutzten für alles ein und dasselbe Passwort, oftmals eine Kombination aus einem Wort und ein paar Zahlen. Der Sandmann war zwar ein wirklich berühmter Programmierer, aber er war auch ein selbstverliebter und sentimentaler Mensch. Und ein bisschen verrückt war er auch. Ich wusste, dass ich mit dem Namen unserer leiblichen Mutter auf der richtigen Spur war, doch etwas fehlte noch. Mir lief es kalt den Rücken herunter, als mir klar wurde, dass ich mich zwischen ihrem Geburts- und Todestag entscheiden musste. Doch für den Sandmann war Letzterer von weitaus größerer Bedeutung.

Ich schluckte und tippte Helen21042017 ein. Am 21. April 2017 hatte der Sandmann Helen Zweig ermordet. Das Kästchen verschwand und gab den Blick auf eine Benutzeroberfläche frei. Nur zwei Dateien waren darauf zu sehen. Es waren dieselben, die er mir bereits auf dem Chip gezeigt hatte. Eine Videodatei und ein Ordner mit der Aufschrift ›Cassandra‹.

Ich wunderte mich ein wenig darüber, dass es so leicht

gewesen war, Zugang zum Rechner zu erhalten, doch dann erinnerte ich mich wieder daran, wie der Sandmann gesagt hatte, die Dateien seien ›seine Lebensversicherung‹. Vermutlich wollte er die Sachen gar nicht geheim halten. Er wollte, dass ich sie hatte, sonst hätte er wahrscheinlich gar nicht erst erneut den Kontakt zu mir gesucht. Er hatte damit rechnen müssen, dass bei seiner Flucht etwas schiefgehen konnte. Wenn auf diesem Rechner früher etwas gewesen sein sollte, das nicht für meine Augen bestimmt war, so hatte er es sicher längst gelöscht. Aber darüber sollte ich mir ohnehin keine Gedanken machen. Aller Wahrscheinlichkeit nach hatte ich alles, was ich brauchte.

Irgendwie hatte ich Hemmungen, das Video ohne meine Schwester anzusehen. Schließlich war es *ihr* verhängnisvoller Abend gewesen, ich fühlte mich, als hätte ich kein Recht, es anzusehen. Also klickte ich zuerst auf den Cassandra-Ordner. Darin lagen nur zwei Dateien. Eine war mit ›Cassandra‹ beschriftet, die andere mit Ha.Des. Cassandra war ein normales Dokument, bei Ha.Des handelte es sich anscheinend um ein Programm. Ich klickte darauf und ein Fenster öffnete sich.

Die Datei mit dem schlichten Namen ›Manual‹ kam mir gleichermaßen ungefährlich wie interessant vor. Der Text, der nun vor mir aufleuchtete, war kurz.

›Bei Hades handelt es sich um einen hochentwickelten Trojaner. Vordergründig ist es ein Update der Finanzsoftware, mit der die Firma arbeitet. Sobald das Update eingeleitet wurde, installiert Hades Programme auf dem Server von NeuroLink im Untersegment der delinquenten Kontenverwaltung sowie im Untersegment der Kontenverwaltung im Todesfall. Die so installierten Schadprogramme verrichten ihre Arbeit auf dem Server, ohne auffindbar zu sein. Sobald der Fingerabdruck eines Verhafteten oder eines Verstorbenen registriert wird, schmälert Hades die Zahleinheiten auf dessen Konto um 20 %, ohne jegliche Nachvollziehbarkeit. Das so entstandene Geistervermögen wird im Todesfall sofort transferiert, im Falle eines Verhafteten am Tag der Urteilsverkündung. Die Nummernkonten der Empfänger sind nicht einsehbar im Programm hinterlegt.‹

SOPHIE

»Heilige Scheiße«, murmelte ich. Juan sah kurz von meinem Knöchel auf, den er gerade wieder mit geübten Handgriffen fest bandagierte.

»Ich erklär es dir gleich«, murmelte ich und klickte auf das Dokument mit dem Namen Cassandra. Das Blatt war eine Liste von Namen oder vielmehr Namenpaaren. Jeweils zwei standen sich in einer Reihe gegenüber. Die meisten dieser Namen gehörten zu reichen und berühmten Personen der Berliner Gesellschaft; diese Liste hätte sich wie das Who is who der Berliner Wirtschaftselite gelesen, eine Aufzählung für den neuen Praktikanten des städtischen Finanzmagazins, wäre da nicht die erste Zeile gewesen. Dort stand: Harald Winter <> Elisabeth Karweiler. Die beiden Namen waren unterstrichen und mit Ausrufezeichen versehen. In meinem Inneren begann es zu brodeln, ganz so, als hätte ich einen Vulkan verschluckt.

»Juan«, sagte ich und meine Stimme klang kratzig und fremd.

»Hm?«, gab er zurück, noch ganz vertieft in seine Arbeit.

»Weißt du etwas über Cassandra?«

Er zog die Augenbrauen hoch. »Cassandra war eine Figur aus der griechischen Mythologie. Eine schöne Seherin, die sehr präzise die Zukunft voraussehen konnte. Ihr Unglück war, dass sie die Annäherungsversuche des Apollo abschmetterte. Er verfluchte sie, weil sie ihm nicht gab, was er wollte. Niemand sollte ihren Weissagungen in Zukunft mehr Glauben schenken. Sie sagte das Trojanische Pferd voraus, aber keiner hörte auf sie und so ging die Stadt unter.«

»Niemand glaubte ihr mehr.« Meine Stimme war nicht viel mehr als ein leises Flüstern. »Das Trojanische Pferd… ein Trojaner…« Ich spürte, dass ich kurz davor war, zu begreifen. Ganz so, als läge meinem Gehirn etwas auf der Zunge. Doch um es zu verstehen, musste ich mir das Video ansehen. Daran führte kein Weg vorbei.

»Kannst du dich zu mir setzen?«, bat ich Juan. »Ich muss mir was ansehen. Aber ich habe Angst davor.«

Juan nickte, setzte sich neben mich auf die Couch und legte ganz selbstverständlich einen seiner starken Arme um meine Schultern. Kurz schoss es mir durch den Kopf, dass das kleine Mädchen den tollsten Vater der Welt gehabt hatte.

»Darf ich dich was fragen?«

»Du fragst doch schon«, entgegnete Juan.

»Mir ist gerade aufgefallen, dass du so viel für mich tust und ich noch nicht einmal weiß, wie deine Tochter hieß. Verrätst du mir ihren Namen?«

Juan sah mich nicht an, sondern blickte stur geradeaus. Gerade als ich dachte, er würde mir nicht mehr antworten, sagte er mit rauer Stimme: »Ihr Name war Carmelita. Und sie war alles für mich.«

»Ich weiß«, flüsterte ich. Als ich sah, dass ihm eine Träne die Wange hinablief, sagte ich: »Tut mir leid, wenn dich meine Frage traurig gemacht hat.«

»Ich bin immer traurig, auf die eine oder andere Art. Da

kannst du nichts dafür.« Er zeigte auf den Rechner. »Wolltest du dir nicht etwas ansehen?«

Ich atmete tief durch und startete das Video. Es begann mit den bekannten Bildern. Harald Winter saß an seinem Schreibtisch und arbeitete. Dann klingelte sein Telefon und er drückte auf einen Knopf.

»Fräulein Karweiler und Herr Claudius für Sie«, sagte eine freundliche weibliche Stimme.

»Herein mit ihnen!«, forderte Winter auf. Dann streckte er den Arm aus und drückte einen Knopf seitlich am Bildschirm. Vermutlich hatte er diesen damit ausgeschaltet, doch die Kamera zeichnete weiter auf.

Ich hörte die Stimme meiner Schwester, war Zeugin, wie sie und der alte NeuroLink-Boss Höflichkeiten austauschten. Dann sagte eine weitere, männliche Stimme: »Ich habe euch was zu trinken mitgebracht. Ihr sollt hier oben doch nicht auf dem Trockenen sitzen.«

»Sehr nett, danke dir, Tobias. Du kannst uns jetzt alleine lassen.«

Eine Tür ging zu und man konnte hören, wie Flüssigkeit in Gläser gegossen wurde. Liz und Harald Winter begannen sich zu unterhalten. Schleppend und gestelzt, aber sehr höflich und freundlich.

Dann hörte ich Liz auf einmal sagen: »Entschuldigen Sie, aber ich fühle mich gar nicht gut.«

»Ich ...«, hörte ich Winter noch sagen. Dann wurde es vollkommen still im Raum.

Eine Weile passierte gar nichts. Kein Laut war zu hören, nichts regte sich.

Die Spannung, die ich im Herzen fühlte, war kaum mehr zu ertragen. Meine Hand krallte sich in den Sofastoff, weil ich irgendetwas brauchte, an dem ich mich festhalten konnte.

Schließlich wurde die Tür erneut geöffnet und leise wieder geschlossen. Ein Mann tauchte vor dem Rechner auf, doch er war so groß, dass man sein Gesicht nicht erkennen konnte. Man sah nur seinen teuren, eleganten Anzug mit dem weißen Hemd und einer knallroten Krawatte. Er legte ein paar Gegenstände auf dem Schreibtisch ab. Dann setzte er sich auf den Stuhl. Nun war deutlich zu erkennen, dass es sich um Tobias Claudius handelte, den sowohl schönen als auch unnahbaren Technikchef von NeuroLink, der morgen zum CEO gewählt werden sollte. Die Magazine waren seit Tagen voll davon. Die Journalisten nannten ihn den ›Panther‹. Und ich verstand, warum. Seine Bewegungen hatten etwas Katzenhaftes.

Etwas anderes verstand ich hingegen ganz und gar nicht. »Was macht er denn da?«, fragte ich verdutzt.

»Ich glaube, er zieht sich um«, antwortete Juan, sein Tonfall so teilnahmslos wie seine Miene. Und tatsächlich erhob sich Claudius kurz darauf, um in einen weißen Ganzkörperanzug zu steigen, den er vorne mit einem Reisverschluss schloss. In solchen Dingern hatten Liz und ich unsere Wohnung gestrichen. Dann zog er Gummihandschuhe über, setzte eine Fechtmaske auf und ergriff einen der Gegenstände, die er zuvor auf dem Schreibtisch abgelegt hatte. Ein langes Küchenmesser.

»Ich glaube, das ist jetzt genug«, sagte Juan sanft und stoppte die Aufnahme – und ich war ihm dankbar dafür. Die Starre, die meinen Körper beim Anblick der Bilder befallen hatte, fiel von mir ab wie ein böser Traum.

»Juan. Es gibt ein Programm, mit dem NeuroLink verurteilten Verbrechern und Verstorbenen EZEs abknöpft, bevor die Konten in die Staatskasse übergehen. Und es gibt diese Liste hier.«

Ich zeigte ihm das Cassandra-Dokument.

»Die Welt hat genug für jedermanns Bedürfnisse, aber nicht genug für jedermanns Gier«, murmelte er und schüttelte den Kopf.

Als ich ihn fragend anblickte, sagte er: »Mahatma Gandhi.« Während er sich von der Couch erhob, murmelte er: »Und dafür ist meine Familie aus Kolumbien hergekommen, verflucht...«

Dann drehte er sich um und blickte mich auffordernd an. »Lass uns die Kopien machen und die Daten in die Cloud hochladen. Uns läuft die Zeit davon.«

LIZ

Matthis war vor wenigen Minuten aufgebrochen, um Sophie aus Berlin zu holen, und Cliff suchte nach Marek und Sash. Ich war mit Linus alleine im Bau, weil sich Cliff geweigert hatte, mich mitzunehmen. Die Zustände in den Wäldern rund um den alten Hof hatten sich in den vergangenen Tagen wohl deutlich verschärft, die hungrigen Verbannten schlichen um das Anwesen wie Hyänen um ein Stück Aas. Es war wieder kälter geworden, sogar zu kalt für Schnee, und ich versuchte, nicht an den Mann zu denken, den wir auf dem Weg hierher beinahe überfahren hatten. Der Blick seiner Augen verfolgte mich, sobald ich meine eigenen schloss.

Zwar fand ich es nett, dass Cliff mich beschützen wollte, doch diese Galanterie war unnötig. Ich hatte ihn darauf hingewiesen, dass ich bereits sehr viel mehr mitgemacht und überstanden hatte, als er sich überhaupt vorstellen konnte, woraufhin er geantwortet hatte, das sei ein Grund mehr, mich nicht mitzunehmen.

Nun saß ich in meinem Zimmer und versuchte, mich auf die Ankunft von Marek und Sash vorzubereiten. Es konnte nicht mehr lange dauern, bis sie eintrafen, und ich freute mich darauf. Allerdings hatte ich auch einen dicken Knoten im Magen, weil ich nicht wusste, wie ich Marek gegenübertreten sollte. Nach allem, was passiert war, wäre es wohl nur natürlich, wenn ich auf ihn zustürmte und mich in seine Arme warf. Seine Fantasien gingen sicherlich in diese Richtung. Doch ich hatte mich schon mehrmals bei dem Gedanken ertappt, dass ein Teil von mir sich wünschte, Sash würde alleine kommen.

Wenn ich ehrlich war, so wusste ich jetzt, dass ich Marek nicht liebte und nie wirklich geliebt hatte. Ich mochte ihn, er sah gut aus und küsste wie ein Wahnsinniger, seine großen Hände waren perfekt, um sanft meine Hüften zu umfassen, aber darüber hinaus passten wir gar nicht zueinander. Er war schön und gut im Bett, aber er berührte mich nicht. Es war bequem gewesen, so sehr von ihm geliebt zu werden, und hartherzig, ihn so lange hoffen zu lassen, das wusste ich nun. Doch ich hatte keine Ahnung, ob ich das Herz oder die Nerven haben würde, es ihm heute direkt zu sagen. Merkwürdig. Nach allem, was ich in den vergangenen Tagen und Wochen durchgemacht hatte, ängstigte mich das Wiedersehen mit Marek gerade am meisten. Dazu kam die Unruhe wegen meiner Zukunft und das bange Warten auf Sophie. Kurz, ich war ein nervöses Wrack. Und ein Blick in den kleinen Spiegel über meiner Kommode verriet mir, dass ich auch wie eines aussah. Ich hatte geduscht und war in frische Klamotten geschlüpft, doch mehr konnte ich nicht tun. Ich hatte kein Make-up und gegen den breiten Ansatz mittelblonder Haare, der sich an meinem Scheitel zeigte, konnte ich leider auch nichts machen. Aber wenn man es genau nahm, dann war es vermutlich besser, nicht wie mein allerbestes Selbst auszusehen. Schließlich wollte ich nicht auch noch die sprichwörtliche Karotte sein, die Marek an einer Schnur vor der Nase herumbaumelte.

Allmählich bekam ich Platzangst in meiner kleinen Schlafhöhle und so ging ich zurück an die Telefontafel, die ich ohnehin schon sträflich vernachlässigt hatte. Als ich am Fitnessraum vorbeilief, hörte ich laute Musik durch die Tür dringen, wie schon seit einigen Stunden. Wahrscheinlich prügelte sich Linus gerade am Sandsack die Seele aus dem Leib. Der Death-Metal-Krach sprach eine eindeutige Sprache. Eine Weile blieb ich unschlüssig vor der Tür stehen, weil ich mich fragte, ob ich reingehen und noch einmal mit ihm reden sollte, doch dann entschied ich mich dagegen. Wahrscheinlich musste er erst einmal Dampf ablassen, bevor er wieder ansprechbar war. Ich hoffte, dass dies bald der Fall sein würde, die Stimmung hier unten war für keinen von uns noch lange zu ertragen.

Ich ging weiter in die Zentrale, in der gerade alle drei Telefone gleichzeitig klingelten. Also setzte ich mich auf den Stuhl in der Mitte und nahm einen der Hörer ab. »Operator?«, meldete ich mich, doch ich kam nicht dazu, mich dem Anliegen der jungen Frau am anderen Ende der Leitung zu widmen.

Denn auf einmal flog die Tür an der Stirnseite des Raumes mit einem Krachen auf und Cliff, Sash und Marek stolperten herein. Cliffs Nase blutete und er hatte einen großen Schnitt auf der Stirn. Er sah mich mit einer Mischung aus Angst und Verzweiflung an. Bei seinem Anblick gefror mein Herz.

»Tut mir leid, Liz. Ich konnte es nicht verhindern.«

Ich ließ den Hörer fallen und eilte ihnen entgegen. »Was konntest du nicht verhindern?«

Cliff stolperte ein paar Schritte nach vorne; es gelang ihm gerade noch so, das Gleichgewicht zu halten, ganz offensichtlich hatte ihn jemand von hinten gestoßen.

»Uns«, sagte eine mir leider allzu vertraute Stimme, die mich mitten in der Bewegung innehalten ließ. Cliff trat zur Seite und gab den Blick frei auf die beiden Männer, die hinter meinen Freunden die Treppen zum Bau herunterkamen. Ich schüttelte den Kopf, weil ich einfach nicht glauben konnte, was ich dort sah. Als wollte ich das Bild, das sich mir bot, einfach wieder aus meinem Kopf herausschütteln. An der Tür zur Zentrale standen Tobias Claudius und Thomas Sandmann.

Das war mehr als surreal. Der Sandmann war doch vor wenigen Stunden noch in Pankow gewesen, am Arsch der Schönholzer Heide. Was zur Hölle machte er jetzt hier?

»Wie …?«, stammelte ich, während ich die beiden Männer anstarrte, als seien sie eine Geistererscheinung. Kein Wunder, wenn man bedachte, dass Claudius in der rechten Hand eine Pistole trug, mit der er wahrscheinlich die Jungs vor sich hergetrieben hatte.

»Sie haben uns aufgelauert. Oben in der Scheune«, erklärte Sash.

»Ich habe die Luke aufgeschlossen und Sash und Marek den Vortritt gelassen. Und als ich selbst hinterhersteigen wollte, hat mir einer von den Arschlöchern in den Rücken getreten. Ich bin die halbe Treppe runtergesegelt.«

Der Sandmann schnalzte ungehalten mit der Zunge. »Jetzt mach mal halblang, du lebst ja noch!«

Cliff schnaubte.

Kurz entschlossen trat ich vor und nahm alle drei nacheinander fest in die Arme. Das wollte ich mir auf keinen Fall nehmen lassen. »Es ist trotzdem schön, dass ihr hier seid!«, flüsterte ich und Sash drückte mir einen Kuss auf die Wange.

Liebe oder nicht, ich fühlte mich stärker, jetzt, wo meine Freunde wieder bei mir waren.

Dann wandte ich mich an den Sandmann und Claudius. »Was wollen Sie?«

Claudius kam gleich zur Sache. Klar, er hatte einen großen Tag vor sich und wollte keine Zeit verschwenden.

»Sophie Kirsch hat etwas bei sich, das mir gehört, und ich will es zurückhaben.«

Ich runzelte die Stirn. »Da haben Sie sich den falschen Zwilling ausgesucht. Ich bin Liz Karweiler.« Ich hörte, wie der Sandmann bei dieser Bemerkung leise kicherte. Auf der Stirn von Tobias Claudius bildete sich eine schnurgerade Zornesfalte. Sogar die Runzeln an diesem Mann waren makellos. Nun zeigte sich, welche Abgründe sich hinter der glatten Fassade des Panthers verbargen. Er war auch nicht besser als der ganze Rest.

»Ich weiß das«, zischte er nun.

»Meine Schwester ist nicht hier«, sagte ich und machte eine Geste, die den gesamten Raum umfasste. »Warum sind Sie es dann?«

Der Sandmann trat einen Schritt auf mich zu und sagte: »Wir haben versucht, Sophie aufzuspüren, doch sie hat sich verkrochen. Da dachten wir, dass es gut wäre, sie aus ihrer Höhle zu locken. Doch um jemanden locken zu können, braucht man einen Köder. Und den holen wir uns jetzt.«

Ich brauchte eine Weile, um zu begreifen, was er da sagte. Als ich das ganze Ausmaß seiner Sätze erkannte, wurde mir schwindelig. Er wollte uns als Geiseln nehmen, um den Rechner von Sophie zu erpressen. Und wenn er ihn hatte, dann ... Ich schluckte trocken. Der Sandmann betrachtete mich aufmerksam. Er genoss sein grausames Spiel.

»Sie müssen niemanden aus seiner Höhle locken«, erklang auf einmal Linus' Stimme hinter mir. Ich drehte mich um und sah ihn am Türrahmen zum hinteren Flur lehnen. Nass geschwitzt und mit hochrotem Kopf, darüber hinaus aber merkwürdig entspannt. Ich hätte ihn im Fitnessraum einschließen sollen, schoss es mir durch den Kopf.

Der Sandmann wandte sich ihm zu und ein Lächeln umspielte seine Mundwinkel, als er sagte: »Linus Zimmermann. Alt bist du geworden.«

»Das Kompliment kann ich nur zurückgeben.«

Die beiden kannten sich! Ich schloss für einen Moment die Augen. Natürlich. Warum hatte ich mich eigentlich nicht gefragt, wo Linus in der Mordnacht gewesen war, warum er nicht mit Sebastian im Labor gewesen war, um mit ihm an der Entwicklung des SmartPorts zu arbeiten?

»Hier verkriechst du dich also«, stellte der Sandmann im Plauderton fest. Aus dem Augenwinkel bemerkte ich, dass sich die Unmutsfalten auf Claudius' Stirn vertieften. Offenbar mochte er es nicht, wenn er nicht verstand, was vor sich ging. Nun, immerhin eine Sache, die wir gemeinsam hatten.

»Ich habe mich nicht verkrochen, sondern fast zwanzig Jahre lang die Helen-Zweig-Stiftung für Telekommunikationssicherheit geleitet. Um das Gleichgewicht der Netzgemeinde zu erhalten.«

Der Sandmann lachte trocken. »Wie nobel von dir. Ich habe mich schon länger gefragt, wer wohl hinter dieser netten kleinen Organisation steckt. Hast du deshalb damals mein großzügiges Jobangebot ausgeschlagen?«

»Du falsches Stück Dreck«, zischte ich. »Was hast du getan?« Ich trat einen Schritt auf Linus zu. Doch ein kleiner Wink von Claudius ließ meine Bewegung ersterben.

Cliff beobachtete die gesamte Situation mit ungläubig aufgerissenen Augen. Ich konnte nachempfinden, wie es ihm gerade ging. Aus eigener Erfahrung wusste ich genau, wie es sich anfühlte, wenn einem das eigene Leben unterm Hintern weggerissen wurde und man nicht mehr wusste, was man glauben sollte. Mich konnte das nicht mehr schocken, ich hatte mittlerweile Übung in dieser Disziplin; man könnte sogar sagen, dass ich langsam olympisches Niveau erreichte.

»Ich dachte, ich sei zu moralisch für so was«, antwortete Linus schließlich.

»Du dachtest?«

Linus zuckte mit den Schultern. »Sieh nur, wo es mich hingebracht hat. Ich habe es satt, ständig in jemandes Schatten zu stehen.«

Der Sandmann nickte. »Das Zweig-Syndrom. Sehr weit verbreitet im Umfeld dieser Familie«, sagte er und zeigte auf mich.

Ich schnaubte. »Nur zu deiner Information«, sagte ich an Linus gewandt. »Wenn du für ihn gearbeitet hättest, dann hättest du in *seinem* Schatten gestanden.« Ich zeigte auf den Sandmann.

Meine Stimme klang ruhig, doch innerlich brodelte ich. Zu gerne wollte ich Linus gegen die Wand drücken und ihn so lange würgen, bis er mir sagte, welche Rolle er in der Todesnacht meiner leiblichen Mutter gespielt hatte. Doch das konnte ich mir in meiner derzeitigen Lage nicht erlauben. Sollte ich eine Gelegenheit dazu bekommen, würde ich das jedoch ganz sicher nachholen.

»Hypothesen bringen uns nicht weiter, die Vergangenheit ist vergangen«, sagte der Sandmann und fügte mit einem

Blick auf Claudius hinzu: »Wir sollten uns jetzt auf die Zukunft konzentrieren.«

»Hört, hört«, knurrte Claudius, dem offensichtlich langsam die Geduld ausging.

»Was hast du eben damit gemeint, dass wir Sophie nicht aus ihrer Höhle locken müssen?«, fragte der Sandmann Linus ungerührt.

»Halt bloß den Mund, du Idiot«, knurrte ich, doch Linus ließ sich von mir nicht beeindrucken.

»Genau das, was ich gesagt habe«, antwortete er ruhig. »Die Arbeit könnt ihr euch sparen. Sie ist wahrscheinlich schon auf dem Weg hierher.«

SOPHIE

Je näher wir der Schreinerei kamen, in der ich auf Matthis warten sollte, desto nervöser wurde ich. Es behagte mir nicht, mein Leben in die Hände eines völlig Fremden zu legen, doch ich hatte keine andere Wahl. Ich musste aus der Stadt verschwinden, und zwar mit den Daten. Der Computer lag in meinem Rucksack, den ich mir zwischen die Füße geklemmt hatte. Eine Ecke drückte mir permanent in den linken Unterschenkel, aber das machte nichts. Ich brachte es nicht über mich, ihn auf die Rückbank zu legen. Seit dem unangenehmen Erlebnis in der Kinotoilette wollte ich ihn jederzeit so nah wie möglich bei mir haben. Den Chip hatten wir ebenfalls sicher verborgen. Mir war etwas wohler, jetzt, wo auch ich eine Versicherung hatte.

Merkwürdig, dass ich ausgerechnet dem Sandmann diese Daten verdankte. Hätte er die Ereignisse der Nacht nicht gefilmt, dann hätte ich nun nichts in der Hand. Natürlich hatte er es nicht getan, um uns zu helfen, sondern um seine eigene Haut zu schützen, aber es war nicht von der Hand zu weisen, dass wir nur durch ihn eine Chance hatten, alles wieder geradezubiegen. Und Liz bekam so die absolute Gewissheit, dass sie niemandem etwas zuleide getan hatte. Das Video, so grausam und verstörend es auch war, stellte unsere Rettung dar.

Doch halt. Das stimmte gar nicht! Mir schoss durch den Kopf, dass ich nun zwar die Beweise für Liz' Unschuld hatte, aber nicht für meine eigene. Das Video war ihre Rettung, nicht meine. Ich wurde wegen dreifachen Mordes gesucht. Wie um alles in der Welt sollte ich beweisen, dass ich diese Männer nicht getötet hatte? Wenn man es genau betrachtete, hatte ich ihre Unschuld gegen meine eigene getauscht – ich war zum Sandmann gefahren, um die Informationen zu beschaffen, die sie brauchte, und war dabei selbst ins Fadenkreuz der Polizei geraten.

Gerne hätte ich mich noch von der Stadt verabschiedet, in der ich mein gesamtes Leben verbracht hatte, doch es war besser, den Kopf nicht zu heben. Zu groß war die Gefahr, dass ich irgendwo in eine Kamera oder einen MagicMirror schaute, wenn das Auto an einer Ampel hielt. Oder dass ich von einem Fußgänger oder anderem Autofahrer erkannt wurde, schließlich flimmerte mein Gesicht seit Stunden über die Bildschirme dieser Stadt.

Ich schluckte und konnte nicht verhindern, dass mir die Tränen kamen. Mit gesenktem Kopf begann ich, leise zu weinen, weil sich in diesem Augenblick, als ich durch die Berliner Nacht fuhr, alles so grauenvoll aussichtslos anfühlte. Als Juan meine Stimmung bemerkte, fragte er leise: »Warum weinst du denn, Sophie? Du bist auf dem Weg zu deiner Schwester und solltest dich eigentlich freuen!«

Ich nickte und zog die Nase hoch. »Ja, ich weiß. Es ist nur...«

»Was?«

»Liz' Unschuld können wir beweisen. Meine leider nicht.«

»Das werden wir auch noch schaffen«, sagte Juan bestimmt. »Es steht dein Wort gegen das Wort eines verurteilten Verbrechers. Ich verstehe sowieso nicht, warum die Polizei ihm so bereitwillig geglaubt hat.«

»Vielleicht, weil er seit Wochen unter Beobachtung stand und keine Waffe hatte?«, schlug ich vor, doch Juan ließ sich nicht beirren.

»Deine Schwester hatte Spuren des Opfers an sich. Fasern, Blut und all das. Sie hatte ein Motiv und war in der Mordnacht mit dem Opfer zusammen. Und trotzdem ist sie es nicht gewesen. Du hast das alles nicht. Ich bin sicher, dass sich alles aufklären wird.«

Es war völlig egal, ob Juan das, was er gerade sagte, auch so meinte, es wirkte. Etwas von seiner Zuversicht sprang auf mich über und ich wurde ein bisschen ruhiger. Natürlich hatte er recht. Ganz sicher würde es bei mir kein verkürztes Verfahren wegen erdrückender Beweislast geben.

Wenn sie mich überhaupt erwischten.

Ich merkte, dass wir schon viel länger unterwegs waren, als eine Fahrt nach Lichtenberg eigentlich dauern sollte. Auch fuhren wir oft langsam und um sehr viele Kurven. Zudem ratterte das Auto mehr als einmal über Kopfsteinpflasterstraßen.

»Wieso fahren wir so umständlich?«, fragte ich und Juan antwortete: »Ich möchte nur ganz sichergehen, dass uns niemand folgt.«

»Gut, dass Liz auf die Idee gekommen ist, dich anzurufen. Ohne dich wäre ich verloren gewesen. Aber du bist ein echter Profi!«

Juan lachte. »Ja. Ich habe noch jeden sicher ans Ziel gebracht.«

Dann erstarb sein Lachen. »Bis auf ein einziges Mal«,

sagte er leise und wurde mit einem Schlag sehr ernst. »Ich habe mir in den vergangenen Wochen oft gewünscht, ich wäre mit ihnen geflogen.«

Ich drehte den Kopf ein wenig zur Seite, damit ich ihn ansehen konnte. Die Trauer, die auf seinen Zügen lag, brach mir beinahe das Herz.

»Du hättest es nicht verhindern können«, sagte ich und legte meine Hand auf Juans Arm.

»Das weiß ich. Aber ich habe viele Jahre lang mein Leben dafür eingesetzt, um das von Leopold und Carlotta zu schützen. Manchmal denke ich, ich hätte bei ihnen sein müssen. Außerdem hätte dann all mein Schmerz ein Ende gehabt.«

»Wenn Carlotta wüsste, dass du so denkst!«, tadelte ich ihn. »Sie würde dir eine scheuern!«

Juan schenkte mir einen halb gequälten und halb amüsierten Seitenblick. »Glaubst du?«

»Natürlich!« Ich nickte. »Sie wollte sicher nicht, dass ihre waghalsige Tochter niemanden mehr hat, der sie zur Not aus der Scheiße ziehen kann.«

»Wahrscheinlich stimmt das.« Nun schmunzelte Juan. »Allerdings ziehst du sie gerade, um bei deiner Wortwahl zu bleiben ›aus der Scheiße‹. Ich helfe dir nur dabei. Was ich sagen wollte, war auch eigentlich, dass ich jetzt sehr froh bin, nicht auch in der Maschine gesessen zu haben. Sonst hättest du heute Nacht niemanden gehabt, der dir beisteht.«

Ich nickte und spürte eine merkwürdige Einsamkeit in mir. Egal, was heute Nacht noch passierte, bald war ich wieder mit dem Menschen zusammen, der zu mir gehörte. Dann würde ich mich endlich nicht mehr fühlen, als hätte man mir einen Teil meines Herzens amputiert. Und das war eigentlich alles, was zählte.

»Ich bin dir so dankbar, Juan«, flüsterte ich.
»Euch Mädchen zu beschützen, gibt meinem Leben einen Sinn. Ich bin glücklich, dass ich es kann.« Er streckte die Hand aus und drückte auf einen Knopf rechts neben dem Lenkrad. Auf einmal wurde es stockdunkel im Wagen, die Armaturenbeleuchtung ging aus.
»Was machst du?«, fragte ich.
»Wir sind jetzt in der Nähe der Schreinerei. Ich habe das Licht ausgemacht, damit möglichst wenig Menschen mitbekommen, dass jemand um diese Uhrzeit auf das Gelände fährt.«
»Du denkst wirklich an alles«, sagte ich anerkennend. Kurze Zeit später hielten wir auf einem Hof an.

Ich hob den Kopf und sah mich um. Der Ort war wirklich perfekt. Hohe Bäume und Hecken ragten rund um das ummauerte Gelände in die Höhe, auf dem die Schreinerei stand, die so geschützt und beinahe nicht einsehbar mitten in der Stadt lag.

Die Schreinerei selbst war ein typisches weißes Industriegebäude mit Flachdach und großem Schriftzug an der Wand, Rolltoren und ein paar Bänken an der Seite, auf denen die Mitarbeiter wahrscheinlich saßen, wenn sie ihr Mittagessen einnahmen. Ob der Mann, der mich abholen würde, auch jeden Tag auf einer der Bänke saß?

»Da hat jemand mitgedacht«, stellte Juan zufrieden fest, während er den Hof in Augenschein nahm.

Auf der anderen Seite, gegenüber dem flachen Gebäude, lag dunkel und geduckt die Scheune, in der ich warten sollte. Sie verschmolz mit den Schatten der Bäume zu einem tiefschwarzen Klumpen. Besonders einladend erschien mir das nicht gerade. Ich schluckte.

»Soll ich mit dir hier warten?«, fragte Juan. Allmählich hatte ich ihn im Verdacht, Gedanken lesen zu können. Ich dachte eine Weile über sein Angebot nach, während mein Blick auf dem düsteren Gebäude ruhte. Eigentlich wollte ich Juan nicht über Gebühr strapazieren, doch ich brachte es nicht über mich, sein Angebot auszuschlagen.

»Ja, gerne.« Ich lächelte. »Wenn es dir nichts ausmacht.« Juan schüttelte den Kopf. »Überhaupt nicht. Aber ich sollte den Wagen woanders parken. Nicht, dass ich deine Mitfahrgelegenheit noch verschrecke.«

Ich nickte, stieg aus und ging ein paar Schritte, um im Schatten der Bäume zu warten. Der Vollmond schien hell in dieser Nacht und warf sein Licht auf das Gelände. Der Wagen rollte vom Hof und mich überfiel die irre Angst, Juan könnte nie wieder zurückkommen. Es fühlte sich an, als säße ich in einer großen, dunklen Falle. Wenn jetzt jemand durch das Tor gefahren käme, der mir nicht wohl gesonnen war, dann hätte ich keine Möglichkeit, zu fliehen. Rund um das Gelände zog sich eine solide Mauer, die ich nicht wie einen Zaun würde überklettern können, schon gar nicht mit meinem verletzten Bein. Die Bäume, die mir kurz zuvor noch so gut gefallen hatten, machten mir jetzt eher Angst. Es wirkte, als würden sie mit ihren dünnen Ästen nach mir greifen; beinahe kam es mir vor, als würde der Hof enger und enger werden, die Schatten schienen auf mich zuzukriechen, als wollten sie mich verschlucken. Das eingefallene Scheunendach zeichnete sich vor dem niemals dunklen Berliner Nachthimmel ab wie ein verfaulter Zahn.

Ich war unendlich erleichtert, als ich Juan wieder um die Ecke biegen sah. Zwar war sein Gesicht nicht zu sehen, aber die Gestalt und der Gang waren unverkennbar. Beinahe hätte ich mich in seine Arme geworfen. Gemeinsam betraten wir die alte Scheune durch eine Metalltür. Drinnen roch es feucht und modrig, ein bisschen nach Holzabfällen, ein bisschen nach Stadt und ein kleines bisschen nach Katzenpisse.

Juan zeigte stumm auf ein paar alte Kisten, die hinter einem ausrangierten Transporter standen, und ich nickte. Dort konnten wir uns hinsetzen und bequem warten, hatten die Tür im Blick, ohne selbst sofort gesehen zu werden.

Besonders lange saßen wir allerdings nicht in der Dunkelheit. Schon nach wenigen Minuten hörten wir, wie ein Auto auf den Hof rollte. Wenig später ging die Tür auf und ein großer Mann mit unordentlichen Haaren betrat die Scheune.

»Sophie, bist du da?«, flüsterte er und der Klang meines Namens aus einem völlig fremden Mund sorgte dafür, dass sich meine Nackenhaare aufstellten.

Ich blickte zu Juan, der mir aufmunternd zunickte.

»Ich bin hier«, flüsterte ich zurück, erhob mich und ging dem Mann entgegen.

»Bist du Matthis?«, fragte ich überflüssigerweise und der Mann lachte leise.

»Wäre ich es nicht, hättest du jetzt ein Problem.« Er streckte mir die Hand hin und ich ergriff sie. »Aber ich bin es.«

Juan trat zu uns und gab Matthis ebenfalls die Hand. Zwar lag sein Gesicht im Dunkeln, aber seine Stimme verriet, dass er nicht mit noch jemandem gerechnet hatte.

»Ich kann euch nicht beide mitnehmen. So viel Platz habe ich nicht.«

»Keine Sorge. Ich habe nur sichergestellt, dass Sophie heil hier ankommt. Ab jetzt sind Sie für ihre Sicherheit verantwortlich.«

»Dann ist ja gut. Los, wir sollten keine Zeit verlieren. Deine Schwester dreht sonst noch durch.«

Ich lachte. »Ja. Das kann sie gut.«

Juan nahm mich fest in die Arme. »Du schaffst das«, flüsterte er in mein Ohr. »Du bist eine kluge, starke und mutige Frau.«

Ich lachte. »Na, das wüsste ich aber!« Juan legte mir die Hände auf die Schultern. »Das bist du. Eine der mutigsten, die ich kenne. Wir werden uns bald wiedersehen. Ganz sicher.« Dann drückte er mir einen Kuss auf den Scheitel und flüsterte: »Bon viaje, mí corazón.«

»Gracias por todo«, erwiderte ich.

Wir gingen nach draußen, wo ein großer alter Kombi stand. Matthis öffnete den Kofferraum und knipste eine Taschenlampe an. Dann hob er die Bodenverkleidung des Kofferraums an. Ich staunte nicht schlecht, als ich einen geräumigen Hohlraum darunter entdeckte. Er war mit Decken ausgelegt, an einer Seite lagen Cracker und eine Wasserflasche. Ich musste lächeln.

»Es ist nicht gerade ein Kreuzfahrtschiff, aber wir sind ja auch nicht lange unterwegs. Sobald wir aus der Stadt raus sind, kannst du zu mir nach vorne kommen.«

»Alles klar«, sagte ich.

Die beiden Männer halfen mir einzusteigen. Ich versuchte, es mir mit meinem verletzten Fuß so bequem wie möglich zu machen, musste aber bald feststellen, dass es so oder so eine recht ungemütliche Fahrt werden würde. Juan gab mir meinen Rucksack, den ich unter meine Beine schob. Vor Nervosität zitterten meine Hände und mein Atem ging schwer.

»Ich habe das schon mehr als einmal gemacht«, versuchte Matthis mich zu beruhigen. »Es ist immer gut gegangen.

Du musst nur ganz still sein und darfst dich nicht bewegen. Vor allem am Kontrollpunkt darfst du keinen Laut von dir geben. Es kann sein, dass wir gefilzt werden.«

Alleine beim Gedanken an Kontrollbeamte trat mir der Schweiß auf die Stirn. Wenn ich an der Grenze gefunden wurde, dann hätte auch Matthis ein Problem.

»Danke, dass du das für mich tust«, sagte ich zu Matthis, doch der nickte nur freundlich.

»Fertig?«, fragte er.

Nein!, dachte ich, doch ich nickte. Mein letzter Blick galt Juan, der mir noch einmal aufmunternd zulächelte, dann klappte die Verkleidung runter und es wurde schwarz um mich herum.

Wenig später fühlte ich, wie der Wagen anfuhr.

Schon bald begriff ich, dass die Decken nicht für meinen Komfort in dem kleinen Hohlraum ausgelegt worden waren, sondern aus absoluter Notwendigkeit. Wann immer der Wagen über eine Unebenheit im Boden fuhr, knallte ich mit dem Kopf gegen irgendeine Kante. Morgen hatte ich sicher einen völlig verbeulten Schädel – so musste es sich anfühlen, in einem Fass die Niagarafälle herunterzustürzen.

Irgendwie schaffte ich es dennoch einzuschlafen. Die Ereignisse des Tages wirkten wie ein Narkotikum auf mich. Ich wachte erst wieder auf, als der Wagen anhielt. Waren wir etwa schon am Ziel?

Undeutlich und wie von ferne hörte ich Stimmen. Männer sprachen miteinander, die Autotüren wurden geöffnet und wieder geschlossen, überall um mich herum schabte und rumpelte es. Mit einem Schlag war ich hellwach. Natürlich waren wir noch nicht angekommen, ganz im Gegenteil. Offenbar hatten wir den Passierpunkt erreicht und die Geräusche deuteten darauf hin, dass der Wagen gründlich durchsucht wurde. So ein verfluchter Mist!

Sicherlich wurden die Autos schärfer als sonst kontrolliert, weil in der ganzen Stadt nach mir gesucht wurde. Ich versuchte, meinen Atem flach zu halten, doch mein Herz klopfte so laut, dass ich daran zweifelte, irgendjemand könnte es überhören. Mein verräterisches Herz würde sie zu mir führen – wie bei Edgar Allen Poe. Es konnte doch nicht sein, dass ich kurz vor dem Ziel scheiterte! Die Sicherheit lag wenige Meter vor mir, wenige Augenblicke von mir entfernt. Es durfte nicht sein, dass ich sie nicht erreichte.

Meine Finger tasteten nach dem Taser in meiner Tasche. Juan hatte die zweite Kartusche eingesetzt, kurz bevor wir losgefahren waren, nur für alle Fälle. Und das hier war so ein Fall.

Der Kofferraum wurde geöffnet und ich hörte Matthis' ruhige Stimme sagen: »Sehen Sie? Ich habe nichts zu verbergen.«

Doch der Beamte schien nicht überzeugt zu sein. Voller Entsetzen stellte ich fest, dass die Klappe, unter der ich lag, angehoben wurde. Ein schmaler Lichtspalt entstand und ich musste die Augen schließen, weil er mich so blendete. Mit meinem Daumen aktivierte ich den Taser. Doch weiter als einen Spaltbreit öffnete sich die Klappe nicht. Auch dann nicht, als die Hand begann, wie verrückt daran zu rütteln. Das Geräusch, das dabei entstand, ließ meine Ohren klingeln.

»Das Ding klemmt«, fluchte der Beamte.

»Das klemmt schon, seitdem ich den Wagen habe«, sagte Matthis gleichgültig. »Selbst wenn da ein Batzen Gold drin versteckt wäre, ich hätte keine Ahnung.«

Der Beamte ruckelte noch ein paarmal an der Verkleidung, dann leuchtete er mit seiner Taschenlampe durch den Schlitz.

»Verdammt, ich kann nicht reinschauen. Jeff, hol mir mal meinen Werkzeugkasten!«

»Ach komm, Mario, lass gut sein. Ich kenn den Kerl, der ist in Ordnung«, sagte eine andere Männerstimme. Ich konnte Jeff nur beipflichten.

»Ist eh schon längst Feierabend«, brummte Mario. Und an Matthis gewandt sagte er: »Alles klar, Sie können fahren.«

»Einen schönen Feierabend, die Herren!«, sagte Matthis und kurz darauf fuhr der Wagen wieder an. Die Erleichterung, die mich durchströmte, war mit Worten nicht zu beschreiben. Wir hatten es geschafft – Berlin lag hinter mir! Und in Kürze würde ich meine Schwester wieder in die Arme schließen.

Ein paar Minuten später hielten wir und Matthis öffnete die Luke.

»Das war knapp!«, begrüßte ich ihn erleichtert.

»Ja, das könnte man so sagen«, bestätigte er nickend. »Aber es ist ja alles gut gegangen.«

»Wie gut, dass die Klappe geklemmt hat!«

Matthis verzog amüsiert das Gesicht. »Sie hat nicht geklemmt. Sie war verriegelt. Oder glaubst du, ich würde ein solches Risiko eingehen?« Er schüttelte den Kopf.

Ich fühlte, wie mir die Röte in die Wangen schoss.

Matthis streckte die Arme aus und zog mich nach oben. Mein ganzer Körper schmerzte, als ich mich auseinanderfaltete. Irgendwie fühlte ich mich wie ein verrosteter Regenschirm. »Au, das tut verdammt weh«, stellte ich fest.

»Du solltest es mal mit Yoga versuchen«, schlug Matthis

vor und ich wusste nicht, ob das ein Scherz sein sollte. Der Mann war schwer zu lesen.

Ich setzte mich auf den Beifahrersitz und schnallte mich an. »Wie weit ist es?«, fragte ich.

»Eine knappe halbe Stunde«, antwortete er. Und mit einem Blick auf die Uhr sagte er: »Marek und Sash dürften mittlerweile angekommen sein.«

Als ich Sashs Namen hörte, schossen mir sofort Tränen in die Augen. »Sash ist da?«, flüsterte ich ungläubig und Matthis nickte.

»Ich denke schon. Cliff wollte die beiden holen. Er dürfte schneller gewesen sein als ich.«

Mein Herz klopfte wie wild und ich wurde von einer Welle aus Erleichterung, Aufregung und Ungeduld erfasst und mitgerissen. Sash. Mein Sash.

Ich würde ihn in die Arme schließen und ihm sagen, wie leid es mir tat, wie sehr ich ihn liebte und vermisst hatte, wie groß meine Sorge um ihn gewesen war.

Den Fehler, diese Worte nicht laut auszusprechen, machte ich sicher kein zweites Mal.

Mit einem fetten Grinsen auf den Lippen wandte ich mich an Matthis. »Kannst du vielleicht ein bisschen schneller fahren?«

LIZ

Jemandem wie Thomas Sandmann eine Schusswaffe zu überlassen, war ebenso intelligent, wie einem Dreijährigen eine Pumpgun in die Hand zu drücken. Tobias Claudius schien diesbezüglich keine Hemmungen zu haben, er hatte es tatsächlich fertiggebracht, diesen Mann mit der Pistole und uns alleine zu lassen. Er schien sich keine Sorgen zu machen, dass der Sandmann ihn bei seiner Rückkehr einfach erschießen könnte – oder auch uns in der Zwischenzeit. Wahrscheinlich war es aber so, dass der Sandmann ihn noch brauchte und dass wir ihm einfach völlig egal waren.

Linus hatte darum gebeten, mit ihm alleine sprechen zu dürfen, und Claudius hatte eingewilligt. Die beiden waren in der Küche verschwunden und so saßen nun Marek, Cliff, Sash und ich mit Thomas Sandmann in der Zentrale. Gut war, dass der Sandmann sich hinter einen Rechner verzogen hatte. Die Geräte übten eine magische Anziehungskraft auf ihn aus, er beachtete uns kaum. Ich wunderte mich ein wenig darüber, dass er die Gelegenheit, uns zu quälen, ungenutzt verstreichen ließ; das sah ihm gar nicht ähnlich.

Die Machtverhältnisse zwischen den beiden Männern waren eindeutig verteilt und ich musste gestehen, dass ich mit einer gewissen Genugtuung dabei zusah, wie jemand

Thomas Sandmann an der kurzen Leine hielt. Ich ahnte, wie sehr er das hasste. Ich hatte ihn recht gut kennengelernt, während wir uns in seiner Gefangenschaft befunden hatten – besser als mir lieb war, so viel stand fest. Ich konnte Claudius zwar ebenso wenig leiden, aber dennoch gefiel es mir, dass jemand dem Sandmann etwas von seiner eigenen Medizin zu schlucken gab.

Die Telefonhörer hatte ich irgendwann ausgehängt, da mich das ständige Klingeln wahnsinnig machte und es mir ohnehin nicht möglich war, irgendjemandem zu helfen. Im Gegenteil: Ich brauchte selbst Hilfe.

Allerdings hörte ich jetzt die ganze Zeit das beständige Tuten, das aus den Hörern drang, und das begann mich beinahe genauso schlimm zu nerven wie das Klingeln zuvor.

Ich streckte die Hand aus und pikte Cliff leicht in den Oberarm. »Was, glaubst du, will Linus von Claudius?«, fragte ich leise. Der Sandmann schaute tadelnd zu uns herüber, sagte aber nichts, sondern verzog sich gleich wieder hinter seinen Bildschirm. Ein bisschen erinnerte er mich dabei an einen Maulwurf.

Cliff zuckte mit den Schultern. Seine Miene strahlte eine solche Müdigkeit und Verletztheit aus, dass ich ihn am Liebsten in die Arme genommen hätte. Einzig die Wut, die unterschwellig in ihm zu brodeln schien, hielt mich davon ab. Und dass Marek mich permanent aus dem Augenwinkel beobachtete.

»Du kennst ihn doch am besten«, hakte ich nach. »Hast du keine Idee?«

Cliff schnaubte verächtlich und zeigte mit dem Daumen in Richtung Küche. »Den Typen da kenne ich nicht.«

»Aber ...«, sagte ich, doch er unterbrach mich.

»Mein bester Freund hätte niemals jemanden im Stich gelassen. Er würde niemals Menschen verraten, die ihm vertrauen, wichtige Dinge verheimlichen, sein Fähnchen nach dem Wind richten und anderen in den Rücken fallen.« Er seufzte. »Mein bester Kumpel Linus ist ein guter Mensch, ein feiner Kerl und echter Freund. Jemand, mit dem man durchs Feuer und zurück gehen kann. Jemand, dem ich mein Leben anvertrauen würde.«

Er schien Tränen zurückzudrängen. »Wie schon gesagt, den Typen da drüben kenne ich nicht. Also habe ich auch keine Ahnung, was er vorhat. Aber wenn ich wetten müsste, dann würde ich darauf tippen, dass er versucht, unser Leben gegen seins zu verhökern.«

»Tiny konnte ihn noch nie leiden«, schaltete Sash sich ein. Er hatte schon seit einer ganzen Weile nichts mehr gesagt. Ich konnte mir denken, über was er nachdachte. Auch ich machte mir Sorgen darüber, was passierte, sobald Sophie mit Matthis hier eintraf. Ich wünschte, ich könnte sie warnen, doch dazu fehlte mir die Gelegenheit.

»Tja, dann hat Tiny wohl eine bessere Menschenkenntnis als ich.« Cliffs Stimme schwankte zwischen Wut und Traurigkeit.

Auch Sash erkannte, dass er Cliff mit seiner Bemerkung vielleicht auf die Füße gestiegen war, deshalb sagte er sanft: »Das ist doch oft so. Wenn man einem Menschen zu nahe steht, dann sieht man oft nicht das Gesamtbild, das sich einem Fremden bietet. Wir Menschen sind manchmal wie ein Mosaik. Wir bestehen aus vielen, vielen Bausteinen und erst mit Abstand betrachtet ergibt sich das ganze Bild. Wenn wir jemandem nahestehen, dann kennen wir einige Teile des anderen in- und auswendig, andere Teile dafür überhaupt nicht.«

Er lachte leise in sich hinein.

»Was ist?«, fragte ich neugierig. Dieses Lachen kannte ich – Sash hatte gerade einen guten Gedanken.

»Dass ich Sophie über alles liebe, ist kein Geheimnis. Auch haben wir viele, unzählige Tage miteinander verbracht, sind sogar zwei Wochen zusammen in den Urlaub gefahren. Ich würde behaupten, dass ich sie ziemlich gut kenne. Und doch hätte ich ihr nie zugetraut, dass sie den Mumm hat, sich aus der Stadt schmuggeln zu lassen.«

Ich lachte. »Und das ist noch nicht alles. Wenn du wüsstest, was sie die letzten Tage alles angestellt hat!«

Sash zog fragend die Augenbrauen hoch.

»Sie hat zum Beispiel eine neue Frisur!«, sagte ich mit einem Lächeln.

»Wovon redest du?«, fragte Sash, doch ich schüttelte den Kopf. Obwohl der Sandmann sehr beschäftigt wirkte, wollte ich nicht, dass er mithörte, wenn Sash erfuhr, was während seiner Haft alles geschehen war.

Dann kam mir ein Gedanke und ich wurde wieder ernst. »Andersherum stimmt es aber auch. Sophie war sich sicher, dich von Kopf bis Fuß zu kennen. Und trotzdem hat sie dir nicht geglaubt, als du beteuert hast, Stina nicht vergewaltigt zu haben.«

Sashs Miene verfinsterte sich und er nickte.

»Habt ihr das mittlerweile aus der Welt geschafft?«

»Noch nicht ganz. Sie hat sich entschuldigt, aber ... ich konnte ihr noch nicht verzeihen.«

Ich verstand ihn sehr gut.

»Ich würde nur zu gerne wissen, ob Claudius da auch seine Finger mit im Spiel hatte«, murmelte Marek, so leise er konnte.

»Da gehe ich jede Wette ein«, flüsterte ich zurück. »Und als das nicht ausgereicht hat, uns mundtot zu machen, musste er eben schwereres Geschütz auffahren.«

»Haltet die Klappe!«, schrie der Sandmann auf einmal und wir zuckten alle beinahe gleichzeitig zusammen. Ich hob den Kopf und erschrak, als ich sah, dass er die Waffe auf uns gerichtet hatte.

»Ganz ehrlich, auf einen mehr oder weniger von euch kommt es wirklich nicht an!«, sagte er jetzt. »Also provoziert mich nicht.«

Ich biss die Zähne zusammen. Genau das war es, was ich meinte. Der Typ war ein Freak.

Erstaunlich, dass ein Streit, der mir vor wenigen Stunden noch leidgetan hatte, sich jetzt als Segen entpuppte. Je weniger Leute sich überhaupt noch im Bau befanden, desto besser. Ich war froh, dass Thore, Svenja und Lien nicht auch noch in diese Sache mit reingezogen wurden. Auch wenn ich mich im Stillen fragte, ob Linus sich genauso benehmen würde, wenn ich ihn nicht bloßgestellt und gezwungen hätte, sein Geheimnis preiszugeben. Vielleicht war ich auch schuld daran, dass er sich jetzt gegen uns stellte.

Aber wahrscheinlich war das Blödsinn. ›Du kannst einen Menschen nicht zum Arschloch machen‹, hatte mein Vater immer gesagt. ›Entweder er ist eines, oder nicht.‹

Beim Gedanken an meinen Vater zog sich mein Magen schmerzhaft zusammen. Ich vermisste meine Adoptiveltern – und zwar sehr. Jeden einzelnen Tag. Das war merkwürdig, denn eigentlich verbrachte ich schon mein halbes Leben damit, die beiden zu vermissen. Schließlich waren sie eigentlich so gut wie immer weg gewesen.

Aber dieses Vermissen hatte eine andere Qualität. Man

konnte sich nicht daran gewöhnen, jemanden zu vermissen, der nie wieder zurückkommen würde. Ich fragte mich, wie sich dieser Schmerz in zehn Jahren anfühlen würde, denn dass er verschwand, wagte ich nicht zu hoffen. Allerdings war es fraglich, ob ich überhaupt lange genug leben würde, um es herauszufinden.

Ich hörte ein Geräusch hinter mir und drehte mich um. Der Sandmann schien es auch bemerkt zu haben, da er blitzschnell den Monitor des Rechners, an dem er saß, ausschaltete, die Waffe zur Hand nahm und aufstand. Gute Ohren hatte er, das musste man ihm lassen.

Die Tür zum Flur ging auf und Linus betrat mit Tobias Claudius die Zentrale. Bildete ich mir das ein oder sah er noch selbstgefälliger aus als zuvor? Jedenfalls wich er Claudius nicht von der Seite. Ich fragte mich sofort, ob die beiden eine ›Übereinkunft‹ getroffen hatten. Gewundert hätte es mich nicht.

Der Technikchef trat zum Sandmann und streckte die Hand nach der Waffe aus. Tatsächlich bemerkte ich ein kurzes Funkeln in den Augen des Sandmanns, ein winziges Zögern.

Ich fragte mich, was geschehen würde, wenn er jetzt abdrückte, wie die Geschichte dann weiter verlief. Doch er tat es nicht. Etwas hielt ihn davon ab, ob es nun Skrupel waren, innere Zwänge oder dass er davor zurückschreckte, sich die Hände schmutzig zu machen, vermochte ich nicht zu sagen.

Als er Claudius die Pistole zurückgab, nickte dieser lobend wie ein Oberlehrer. Die beiden Männer widerten mich an, jeder auf seine ganz spezielle Art und Weise.

Allmählich musste ich mal auf Toilette, doch ich hatte keine Lust, darum zu bitten. Außerdem wollte ich hier auf keinen Fall etwas verpassen. Ich wollte dabei sein, wenn Sophie ankam, wollte sie in die Arme nehmen. Etwas in mir glaubte immer noch, dass ich sie vor allem Unheil beschützen konnte, auch wenn die vergangenen Wochen eindrucksvoll bewiesen hatten, dass das nicht der Fall war.

Noch während ich darüber nachdachte, wie leid es mir tat, dass dieses Wiedersehen für Sophie nicht die Freude werden würde, die sie sicher erwartete, hörte ich von der Treppe her Stimmen. Unwillkürlich setzte ich mich gerade hin und bemerkte mit einem Lächeln, dass auch Sash sich aufsetzte, sich mit seinen Fingern durch die Haare fuhr und sein Shirt zurechtzupfte. Diese Versuche, präsentabel auszusehen, waren so rührend wie sinnlos. Er sah aus, als hätte er eine ganze Woche unter einer Brücke geschlafen.

Die Tür ging auf und da stand sie. Abgekämpft, verletzt, geschunden – und mit einem Lächeln auf den Lippen, das die ganze Welt zu umfassen schien.

Doch meine Schwester lächelte nur für Sash. Alle anderen schien sie gar nicht wahrzunehmen. In diesem Augenblick war Sash für Sophie der einzige existierende Mensch auf Erden.

Es versetzte mir einen Stich, dass ihre Aufmerksamkeit nicht mir galt. Doch dieser Stich war nur klein, sah ich doch, wie glücklich sie war, ihn heil und wohlauf zu sehen. Die kurzen Haare standen ihr unglaublich gut und in den schwarzen Klamotten sah sie beinahe unverwundbar aus. Wunderschön, zart und stark zu gleich. Wie eine Kreuzung aus einer Amazone und einem Engel.

Dieser Moment war so zerbrechlich, kostbar und kurz, dass ich den Atem anhielt, weil ich wusste, dass alles in Scherben liegen würde, sobald er vorbei war.

Aber wenigstens hatte sie diesen Augenblick. Er war schön genug, um uns als Licht zu dienen in der Dunkelheit, die noch vor uns lag.

Meine Schwester lief auf ihn zu und warf sich ihrer großen Liebe in die Arme.

»Ich liebe dich«, stammelte sie. »Verzeih mir! Ich hätte nicht ... ich wollte nicht.«

Sash erwiderte nichts. Er konnte nicht, weil ihm schlicht die Worte fehlten. Stattdessen nahm er ihr Gesicht in beide Hände und küsste sie. In diesem Kuss lag all das, was Worte niemals ausdrücken konnten. Ich sah, dass beiden Tränen über die Wangen liefen. Um ein Haar hätten sie einander für immer verloren – diese Gewissheit lag in ihrem Kuss.

Mareks Blick suchte meinen. Wir beide wussten genau: Das, was wir gerade sahen, *das* war Liebe. Es umgab die beiden beinahe wie eine leuchtende Aura, war rein und stark und nicht von der Hand zu weisen. Wir beide hatten so was nicht. Und das lag einzig und allein an mir.

Meine Lippen formten stumm ›Entschuldige‹ und Marek nickte traurig. Manchmal war es doch besser, Bescheid zu wissen.

Aus der hinteren Ecke des Raumes ertönte ein Klatschen und zerriss die dünne Hülle, die sich für wenige Augenblicke um uns gelegt hatte.

Sophie zuckte zusammen und ihr Kopf schnellte herum. Als sie erkannte, wer sich noch mit uns im Raum befand, versteifte sich ihr ganzer Körper.

»Was für eine rührende Vorstellung«, sagte Tobias Claudius, während der Sandmann noch immer klatschte. Meine Schwester machte sich von Sash los, blieb aber dicht neben ihm stehen. Ich trat einen Schritt vor und stellte mich an ihre andere Seite. Sie griff nach meiner Hand und drückte sie so fest, dass ich das Gefühl hatte, meine Finger seien in einen Schraubstock geraten.

Tobias Claudius lachte trocken. »Wirklich bewegend, eure Liebe füreinander. Die naive Zuneigung, die ihr für den jeweils anderen empfindet. Herrlich.« Dann fiel ihm das falsche Lächeln aus dem Gesicht und machte einem Ausdruck Platz, der aus nichts als Härte bestand. Der Panther setzte zum Sprung an.

»Wäre doch ein Jammer, wenn einem von euch etwas zustoßen würde«, sagte er. Dann blickte er Sophie direkt in die Augen. »Du bist ein kluges Mädchen, und dass du uns so lange davonlaufen konntest, nötigt mir einen gewissen Respekt ab. Ich bin sicher, wir können wie erwachsene Menschen miteinander reden.«

Sophie nickte knapp. »Reden wir.«

SOPHIE

Spätestens jetzt wusste ich, wie kurz ein Moment des Glücks sein konnte. Mein eigener hatte in jener Nacht ungefähr vier Sekunden gedauert. Aber diese Sekunden würde ich gegen nichts auf der Welt eintauschen. Mein Herz glühte noch warm, als ich den Sandmann und Tobias Claudius erblickte. Ich war nicht überrascht. Entweder weil mich überhaupt nichts mehr überraschte oder weil ein Teil meines Herzens fest mit einer Enttäuschung gerechnet hatte. Es war egal. Wenn überhaupt, dann war ich nur froh, dass die Daten im Zweifelsfall bei Juan gut aufgehoben waren. Ganz gleich, was mit uns in dieser Nacht noch geschehen würde, Tobias Claudius war erledigt. Und ich hatte Sash und Liz endlich wieder zurück. In diesem Moment fühlte ich mich stark.

»Also«, sagte ich und ließ meinen Blick auf Claudius ruhen. Es war kaum zu fassen, dass dieser Mann in wenigen Stunden zum CEO von NeuroLink gewählt werden sollte. Er war der schlimmste von allen. »Was wollen Sie?«

Claudius lächelte dünn. »Du weißt genau, was ich will.« Er streckte die Hand aus und machte eine auffordernde Geste. Genauso hatte mein alter Mathelehrer immer die Klassenarbeiten eingefordert.

Ich zog meinen Rucksack vom Rücken, öffnete ihn und holte das silberglänzende Notebook hervor. Blitzschnell schlossen sich die langen und irritierenderweise gut manikürten Finger des Mannes darum und er riss den Rechner an sich. Ich fragte mich, ob er vor oder nach dem Mord bei der Maniküre gewesen war.

Kurz betrachtete er das Gerät, sein unruhiger Blick tastete die silberne, glatte Oberfläche ab wie ein Scanner. Er schien zu überlegen, was er damit anstellen sollte. Dann ließ er den Laptop ganz plötzlich auf den Boden fallen, zielte und schoss darauf. Die Kugel riss ein kreisrundes Loch in den Computer. Ganz offensichtlich wollte er sichergehen, dass niemand mehr das Video aus der Mordnacht zu Gesicht bekam. Und vielleicht wollte er uns auch beweisen, dass die Waffe geladen war – obwohl ich daran keinen Augenblick gezweifelt hatte.

Dann blickte er misstrauisch zu mir herüber. »Hast du dir angesehen, was drauf ist?«, fragte er und seine Augen funkelten.

»Nein«, erwiderte ich. »Das habe ich nicht.«

Claudius trat zwei Schritte vor und griff nach Sashs strubbeligen Haaren. Seine Faust packte ein Büschel und er riss Sash am Kopf zu sich herüber. Einen Wimpernschlag später hatte Sash den Lauf der Pistole an der Schläfe. Mein Freund atmete heftig, sein Brustkorb hob und senkte sich schnell. Auch seine Nasenflügel bebten, aber er gab keinen Laut von sich. Er sah mir nur in die Augen.

Ich ballte die Fäuste und grub die Fingernägel tief in meine Handballen.

»Ich glaube dir kein Wort«, zischte Claudius. »Also sag mir lieber die Wahrheit, sonst war das der letzte Kuss eures Lebens.«

Mein Herz tat unendlich weh bei dem Gedanken, ein

Leben ohne Sash führen zu müssen, mit ansehen zu müssen, wie ihm jemand das Leben nahm. Doch ich wusste, dass nicht die Wahrheit, sondern gute Nerven uns helfen würden, aus dieser Situation herauszukommen. Ganz gleich, was Claudius sagte.

»Ich sage die Wahrheit. Der Rechner ist passwortgeschützt. Ich kam nicht ran.«

Claudius' Blick wanderte zum Sandmann, der mit einem knappen Nicken meine Aussage bestätigte.

»Durchsuch sie«, forderte Claudius den Sandmann barsch auf. »Sieh nach, ob sie irgendwo einen Chip oder Stick versteckt hat.«

»Du weißt doch, wie sehr ich Körperkontakt …«

»Tu es gefälligst!«, schrie Claudius und Thomas Sandmann gehorchte. Ich schloss die Augen, während seine Finger meinen Körper abtasteten. Seine Hände zogen mir die Jacke aus und durchwühlten die Taschen. Den Taser hatte ich zwar in meinen Rucksack getan, doch dort würde er nicht unentdeckt bleiben. Als er die Finger in meine Hosentaschen schob, biss ich die Zähne zusammen. Ich versuchte, mir mit aller Macht einzureden, dass es sich um eine Routinekontrolle am Flughafen handelte. So was hatte ich schon mehr als einmal mitgemacht, aber diesmal war es etwas anderes. Etwas völlig anderes. Denn nun war er es, der mich durchsuchte. Als seine Hände meinen Verband berührten, zuckte der Schmerz durch meinen ganzen Körper.

»Den Rucksack auch«, hörte ich Claudius sagen und die Hände ließen von mir ab. Der Sandmann holte meinen Laptop aus dem Rucksack und händigte ihn Claudius aus, stellte meine Tasche dann aber wieder auf dem Boden ab.

»Das ist alles«, sagte der Sandmann schließlich zu meiner

großen Überraschung. Hatte er den Taser etwa übersehen? Nein, das war unmöglich. Dieses Ding konnte man einfach nicht übersehen. Was lief denn hier?

»Kein Chip, kein Stick«, resümierte der Sandmann schließlich und ich ahnte, dass er Tobias Claudius noch mehr hassen musste als mich. Denn er hatte nur nach dem gesucht, wonach er suchen sollte.

Claudius inspizierte meinen Rechner gründlich, während wir schweigend dabei zusahen. Doch mehr als meine Uniunterlagen und ein paar Urlaubsfotos würde er darauf nicht finden. Die frustrierte Miene, die er nach einer Weile aufsetzte, zeugte genau davon. »Nichts«, sagte er und klang enttäuscht.

»Du hättest das Passwort umgehen können«, mutmaßte der Technikchef schließlich skeptisch. »Und die Daten auf irgendeinen Server hochladen. Ihr seid doch alle kleine Möchtegern-Hacker!«

Hinter mir prustete Liz los. »Meine Schwester, eine Hackerin? Bei aller Liebe, aber das ist Bullshit. Sie wollte sich von mir nicht einmal einen Grundkurs geben lassen.«

»Wahrscheinlich sagt sie die Wahrheit«, schaltete sich ein Mann mit dunkelbraunen Locken und einer Hakennase aus der hinteren Ecke des Raumes ein. Ich vermutete, dass es sich hier um Linus handelte, den Kopf des Operators. Aber warum stand er dort drüben und nicht hier bei uns? Mich beschlich das ungute Gefühl, dass Tinys Menschenkenntnis ihn nicht getrogen hatte. Tobias Claudius schenkte ihm jedenfalls seine volle Aufmerksamkeit.

»Wie kommst du darauf, Linus?«

Sie duzten sich, unterhielten sich wie alte Vertraute. Das war nicht gut. Das war überhaupt nicht gut.

»Als er«, er zeigte auf den Sandmann, »angefangen hat, mit ihr über einen MagicMirror zu kommunizieren, hat sie uns um Hilfe gebeten. Sie wollte, dass wir das Signal bis zur Quelle zurückverfolgen. Wenn sie so was selbst könnte, hätte sie wohl kaum fragen müssen.«

Seine Worte verklangen und es wurde absolut still im Raum. Ich sah, wie die Hand, mit der Claudius die Waffe hielt, zu zittern begann und der Blick des Sandmanns nervös hin und her huschte.

Claudius schubste Sash von sich und näherte sich dem Sandmann. »Du hast was?«, grollte er und der Sandmann zuckte gespielt gleichgültig die Schultern.

»Ich habe nicht viele Freunde, weißt du?«

Unwillkürlich entfuhr mir ein Schnauben.

»Wie hast du das angestellt?«, wollte Claudius wissen. »Du hattest doch gar keine Möglichkeit dazu!«

Er packte den Sandmann bei seiner Ehre – das war immer eine schlechte Idee.

»Ich habe dir doch schon mal gesagt: Jeder, der mich besser kennt, weiß, dass ich mit einem Rechner alles tun kann, was ich will. Und wenn mir danach ist, mit einer alten Bekannten zu kommunizieren, dann tue ich auch das.«

»Ich verfluche den Tag, an dem ich beschlossen habe, dich am Leben zu lassen.« Das Gesicht von Tobias Claudius war wutverzerrt, Schweiß lief ihm die Stirn hinab und an seinem Hals pochte eine dicke Ader. Er sah aus wie ein Mann, der kurz davor war, die Kontrolle zu verlieren.

Mitten in die gespannte Situation hinein fragte Linus auf einmal alarmiert: »Wo ist eigentlich Matthis?«

Claudius riss den Kopf herum und ich tat es ihm gleich. Hinter mir, wo eben noch der große blonde Mann gestanden hatte, war niemand mehr. Und die Tür zum Treppenaufgang stand einen Spaltbreit offen. Matthis hatte das ganze Durcheinander und die angespannte Stimmung genutzt, um sich aus dem Staub zu machen.

»Scheiße«, fluchte Claudius. Er riss die Tür auf und starrte nach oben. Dann hechtete er immer zwei Stufen auf einmal nehmend hinter Matthis her.

Keiner von uns sprach, obwohl es eine Menge Dinge gegeben hätte, die wir einander an den Kopf hätten knallen können. Auch versuchte keiner von uns, die Gelegenheit beim Schopf zu packen und ebenfalls die Flucht zu ergreifen. Wir wussten, dort draußen erwartete uns Claudius mit einer Waffe. Und selbst wenn wir es schafften, den Hof zu verlassen, dann lag jenseits der Mauern Brandenburg mit einer Menge verzweifelter, ausgehungerter ehemaliger Häftlinge. Ich hatte einige von ihnen auf der Fahrt hierher gesehen. Matthis hatte ein Auto – wir nicht. Hier drinnen war es schrecklich, doch draußen war es leider auch nicht besser.

Ich zog Liz an mich und verbarg meinen Kopf einen Augenblick an ihrer Schulter. Sie hielt mich ganz fest, so fest sie konnte, auf ihre unnachahmliche Liz-Art. Mit ihren Schraubstockarmen.

Während ich eng umschlungen mit meiner Zwillingsschwester dastand, fragte ich mich, mit welchen Absichten sich Matthis davongestohlen hatte. Wollte er Hilfe holen oder nur sich selbst befreien? Ich jedenfalls wollte glauben, dass Ersteres der Fall war; der große Mann hatte sehr sanftmütig auf mich gewirkt.

Doch ich sollte nie erfahren, welche Motive Matthis von uns fortgetrieben hatten, denn wenige Augenblicke später ertönte ein Schuss. Ich zuckte zusammen und Liz schnappte nach Luft. Wir lösten uns aus der Umarmung und mein Blick fiel auf den dunkelhäutigen Mann mit den langen Dreadlocks, der stumm auf einem der Drehstühle saß. Das musste Cliff sein, der Mann, der Linus und Sash geholt hatte. Seine Kieferknochen spannten sich an, die Nasenflügel bebten und seine dunklen Augen füllten sich mit Tränen. Wahrscheinlich hatte er gerade einen Freund verloren.

Wenig später kam Claudius die Treppe zu uns heruntergestürzt, mit wirren Haaren und einem beinahe wahnsinnigen Funkeln in den Augen.

»So«, rief er laut. »Hat sonst noch jemand von euch vor, zu fliehen? Falls ja, nur zu! Sieben Schuss habe ich noch, also genug für euch alle. Ich werde gerade erst warm!«

Er fuchtelte mit der Pistole in der Luft herum und mir fuhr durch den Kopf, dass es mir schwerfiel, mir diesen Mann an einem Konferenztisch vorzustellen. Eher in einer Gummizelle, gemeinsam mit Thomas Sandmann. Dort könnten sie einander dann den ganzen Tag anbrüllen.

»Ganz ruhig, Tobias«, schaltete sich nun wieder Linus ein. »Denk an das, was wir besprochen haben!«

In dem Augenblick sprang der Mann mit den Dreadlocks auf die Füße. Er spuckte auf den Boden.

»Du miese Ratte!«, schrie er Linus an.

»Lass gut sein, Cliff«, erwiderte dieser ruhig. Der Angriff schien ihm gar nichts auszumachen, ebenso wenig wie der Tod eines Mannes, den er gut gekannt haben musste. Er sah Cliff nur an, als sei dieser ein Insekt, das er unter dem Mikroskop betrachtete: mit milder Neugier – kalt wie ein Fisch.

»Matthis ist tot und es interessiert dich nicht einmal.« Cliff schüttelte mit einer Mischung aus Verwunderung und

Abscheu den Kopf. »Und ich dachte, ich kenne dich. Mein Leben hätte ich für dich riskiert, du Arschloch. Wie gut, dass es nie nötig war. Selbst der Dreck unter meinen Fingernägeln ist mehr wert als du!«

»Das reicht jetzt«, brüllte Claudius so laut, dass ich zusammenzuckte. Er atmete tief durch und sagte, wieder etwas beherrschter: »In einer Reihe aufstellen.« Er winkte mit dem Pistolenlauf in die Richtung, in der ich mit Cliff, Liz, Sash und Marek stand. Widerwillig stellten wir uns nebeneinander auf. Kurz durchzuckte mich die Erinnerung an meinen Geschichtsunterricht, als wir die Gräuel der Naziherrschaft durchgenommen hatten. Damals hatten sie auch Menschen aufgefordert, sich in einer Reihe aufzustellen – damit sie sie besser erschießen konnten. War es das, was der Mann mit uns vorhatte?

Doch er schien anderes im Sinn zu haben, denn kurz darauf knurrte er: »Abmarsch. Folgt einfach unserem Insider da vorne.«

Linus verschwand durch eine Tür in einen langen Flur. Während wir hinter ihm hergingen, bekam ich die Gelegenheit, mich ein wenig umzusehen. Ich erblickte eine große Küche, die sehr einladend wirkte, und wie auf Kommando begann mein Magen zu knurren. Es war eine Ewigkeit her, dass ich etwas Vernünftiges gegessen hatte. Und wenn man kalte Pizza nicht als ›vernünftig‹ betrachtete, sogar noch länger. Kurz dachte ich daran, was Liz mir am Telefon erzählt hatte: All das war mit dem Geld unseres Vaters gezahlt worden. Es machte mich traurig, dass die Organisation so endete. Es kam mir so vor, als läge das letzte bisschen, das es von Sebastian Zweig noch gab, gerade im Sterben.

Wir gingen den Flur hinunter, bis wir an eine Metalltür

auf der linken Seite kamen, die Linus für uns aufhielt. Ich erblickte ein paar Kisten, Gläser, Flaschen und Konservendosen.

»Rein da!«, forderte Claudius und wir gehorchten. Vor mir betraten Cliff und Marek den Raum, hinter mir folgten Sash und Liz. Wir drehten uns zur Tür um, scheinbar alle halb in der Erwartung einer Erklärung, doch wir bekamen keine. Stattdessen versetzte Claudius dem Sandmann einen kräftigen Tritt in den Rücken. Er taumelte uns entgegen und wir alle schreckten zurück, als sei er ein giftiges Tier. Keiner trat vor, um ihn aufzufangen. Der Sandmann schwankte und stolperte, konnte sich jedoch im letzten Augenblick vor dem Sturz bewahren, indem er sich an einem der Regale festhielt, die sich an den Wänden entlangzogen. Hinter uns fiel die Tür ins Schloss und es klickte, als sie verriegelt wurde.

Der Sandmann fuhr herum und starrte schockiert auf die geschlossene Tür.

»Lassen Sie mich raten«, sagte meine Schwester trocken. »Damit haben Sie nicht gerechnet.«

LIZ

Wenn ich als Kind ausgerastet war, geweint, geschrien oder auf jemanden eingeschlagen hatte, dann hatte Fe immer gesagt, ich hätte gerade ›meine fünf Minuten‹.

Gerade war wieder so ein Augenblick, aber nicht ich war es, die ihre fünf Minuten hatte, sondern meine Zwillingsschwester. Kurz nachdem sich die Tür hinter uns geschlossen hatte, stürzte sie sich schreiend auf den Sandmann und schlug auf ihn ein. Mit einem Ausdruck auf dem Gesicht, der selbst mir ein bisschen Angst machte.

Der Schlag war so heftig gewesen, dass sich ihre vier Finger klar und deutlich auf seiner Wange abzeichneten. Nun rieb sie sich schwer atmend die Hand. Ich wusste genau, warum – nur einmal hatte ich in meinem Leben jemanden mit der flachen Hand ins Gesicht geschlagen. Meinen Exfreund Philipp, um genau zu sein. Und was ich dabei definitiv gelernt hatte, war: Es tat überraschend weh. Sophie funkelte Thomas Sandmann an, als wollte sie ihn zusätzlich für ihre schmerzenden Finger verantwortlich machen.

Dieser erwiderte ihren Blick mit einer Mischung aus Abscheu und Überheblichkeit – nur die Striemen auf seiner Wange wollten nicht recht zum Überlegenheit ausstrahlenden Gesamteindruck passen.

»Sag schon, wie lange hast du davon geträumt, das zu

tun?«, fragte er und Sophie schüttelte ihre schmerzende Hand.

»Eine Ewigkeit«, knurrte sie.

»Und war es so gut, wie du es dir vorgestellt hast?«

Sie trat von ihm zurück und Sash nahm sie schützend in die Arme.

»Es war sogar noch besser«, lautete ihre Antwort und ich unterdrückte ein Schmunzeln. Ich glaubte ihr kein Wort, doch der Sandmann nickte nur und setzte sich auf eine Kiste. Nach kurzem Zögern taten wir anderen es ihm gleich – was sollten wir auch sonst tun?

»Ich hoffe, du warst klug genug, die Daten von meinem Rechner zu kopieren?«, fragte er nun an Sophie gewandt.

»Ich hab doch gesagt, ich habe nichts gesehen«, gab diese zurück, doch der Sandmann hob nur spöttisch eine Augenbraue.

»Claudius war zwar blöd genug, das zu glauben, aber ich bin es nicht. Ich habe genau gesehen, dass die SIM-Karte fehlt. Du hast sie herausgenommen, bevor du den Rechner aktiviert hast, damit wir dich nicht orten können. Und das Passwort sollte für dich nun wirklich kein Problem gewesen sein. Hab ich recht?«

Sophie zögerte einen kurzen Augenblick, dann nickte sie.

»Kluges Mädchen. Wie gut, dass ich dich nicht erschossen hab.«

»Und wie schade, dass Sie Claudius nicht erschossen haben«, warf ich ein.

Der Sandmann nickte. »Ja, rückblickend betrachtet war das ein Fehler.« Dann wandte er sich wieder an Sophie: »Du hast die Daten doch gesichert?«

»Ja, habe ich«, bestätigte sie und der Sandmann nickte

zufrieden. »Gut. Und hast du sie in vertrauensvolle Hände gegeben?«

Sophie nickte erneut.

»Dann bekommt er, was er verdient.« Der Sandmann lehnte sich zurück und verschränkte die Arme. Er wirkte sichtlich zufrieden.

»Kann mich vielleicht mal jemand aufklären?«, fragte ich nun, weil ich wissen wollte, worüber die beiden sprachen.

Meine Schwester sah mich an.

»Das Video, von dem ich dir erzählt habe. Du weißt schon, von der Mordnacht.«

Mein Körper kribbelte, als ich an dieses Video dachte. Ich hatte es nicht gesehen, aber mich machte allein die Tatsache nervös, dass es existierte. Es hatte mehr Erinnerung als ich. Was immer in jener Nacht geschehen war – es gab einen digitalen Zeugen. Und dem war es gleich, wer in dieser Geschichte gut oder böse war.

»Hast du es angesehen?«, fragte ich.

»Ja«, bestätigte Sophie. »Und es entlastet dich. Eindeutig.«

Ich atmete erleichtert aus. Es gab einen Beweis, dass ich unschuldig war. Egal, was jetzt noch mit mir passierte, diese Tatsache beruhigte mich. Sie beseitigte den letzten Zweifel, der noch in mir geschlummert hatte. Marek lächelte mich kurz an – offenbar sah man mir an, wie groß der Felsbrocken war, der mir in diesem Moment vom Herzen fiel. Ein ganzer Himalaja. Ich wünschte mir sehr, dass Marek und ich eines Tages Freunde werden könnten. Wenn das Ganze vorbei war. Und ich noch nicht tot.

»Und dann gab es noch ein Programm«, erklärte Sophie weiter.

»Was für ein Programm?«, fragten Marek und Sash beinahe gleichzeitig, was mich zum Schmunzeln brachte.

»Eines der genialsten Programme, die jemals entwickelt wurden«, bemerkte der Sandmann, doch ich verdrehte nur die Augen.

»Es ist die Erklärung für das, was dir angetan wurde«, sagte Sophie und ihre Wortwahl ließ mich erschaudern.

»Ist doch klar, was dahintersteckt«, warf Marek nun ein. »Sie wollten Pandoras Wächter zerstören!« Und mit einem wütenden Seitenblick zum Sandmann ergänzte er: »Was sie leider auch geschafft haben.«

»… halten sich alle für unheimlich wichtig«, brummte der Sandmann, aber niemand schenkte ihm Beachtung.

Sophie schüttelte den Kopf. »Nein, eigentlich ist es noch schlimmer. Es ging einfach nur um Geld.«

»Geht es nicht eigentlich immer nur um Geld?«, fragte Cliff müde.

»Um präzise zu bleiben«, sagte der Sandmann nun wieder, »es ging *auch* um Geld.« Nun sah er mich das erste Mal seit einer ganzen Weile direkt an. »Wie es der Zufall so wollte, war der größte Quälgeist Berlins auch die Frau mit dem dicksten Bankkonto. Und dann hatte sie noch einen Interviewtermin mit Harald Winter, dem Mann, der den Chefsessel für Claudius blockierte und ebenfalls ein enormes Bankkonto vorzuweisen hatte.«

Zwar begriff ich, dass er mich damit meinte, aber ich ahnte noch nicht, wo das alles hinführen sollte. »Ja und?«, fragte ich.

»Das Programm zieht einen Teil des Geldes der Konten ein, die der Staatskasse zugeschrieben werden«, erklärte Sophie. »Das passiert immer, wenn jemand stirbt oder …«

»…jemand wegen eines Verbrechens auf null gestellt wird«, vollendete ich den Satz. Nur langsam sickerte die Erkenntnis in mein Gehirn. Und der Abgrund, der sich dort auftat, war schier grenzenlos.

»Aber… Claudius hat doch schon so viel Geld«, murmelte ich. »Wozu braucht er noch mehr?«

Der Sandmann lachte kehlig. »Hast du schon mal einen reichen Mann gesehen, der den Hals voll genug bekommen hätte?«

Natürlich hatte ich das, doch ich wollte meinen Vater jetzt nicht zur Sprache bringen. Der Sandmann hätte sein Andenken ja doch nur in den Dreck gezogen.

»Er ist mit einem Schlag nicht nur dich und den Blog losgeworden, sondern auch seinen Vorgesetzten. Und er hat dabei ordentlich Asche gemacht«, murmelte Sash. »Ein ziemlich ausgeklügelter Plan. Sicher dachte er, es sei das perfekte Verbrechen.«

Der Sandmann lachte trocken. »Ja, das dachte er wirklich. Er ist wahnsinnig von sich selbst überzeugt.«

Da ist er nicht allein, dachte ich, doch ich biss mir auf die Zunge. Einen typischen Liz-Moment konnte ich mir jetzt nicht leisten. Der Sandmann verschränkte die Arme und lehnte sich gegen das hinter ihm aufragende Metallregal. »Doch er wird bald lernen, dass er falschlag. Wir werden vielleicht hier unten sterben, aber die Wahrheit wird trotzdem ans Licht kommen. Der Panther wird merken, dass er sich ordentlich die Pfoten verbrannt hat.«

»Wir werden nicht sterben«, sagte ich nun verärgert, während ich noch versuchte, die ganzen Neuigkeiten zu verdauen. Menschen waren manchmal so ekelerregend, dass mir ganz schwindelig wurde. Trotzdem versuchte ich mich zu konzentrieren. Erst einmal mussten wir hier rauskommen.

»Wir haben genug Essen für mehrere Tage, Wasser ist auch da. Und abgesehen von der Tatsache, dass ich schon seit Stunden pinkeln muss, könnte unsere Situation schlimmer sein.« Ich versuchte, nicht nur die anderen, sondern auch mich selbst zu überzeugen. »Wenn Claudius verhaftet wird, kommt Linus vielleicht noch zur Vernunft und sagt aus, wo wir zu finden sind. Wir müssen nur so lange durchhalten. Vielleicht kommen ja auch Svenja und Lien zurück.«

»Spar dir deinen Atem«, murmelte Cliff und ich blickte ihn fragend an.

»Ich meine das wörtlich«, sagte er nun und hob seinen Zeigefinger. »Erinnerst du dich an das konstante, leise Brummen, das im gesamten Bau zu hören war?«

Ich runzelte die Stirn. »Natürlich erinnere ich mich«, antwortete ich. »Warum fragst du?«

»Hörst du es immer noch?«

Ich runzelte die Stirn und lauschte. Auch die anderen waren still und spitzten die Ohren. Doch es war nichts zu hören. Überhaupt nichts. Da begriff ich.

»Sie haben die Lüftung ausgestellt«, flüsterte ich und Cliff nickte.

»Dieser Raum hat kein Fenster, die Tür hat unten keinen Schlitz, sie schließt nahtlos. Wir werden hier drin ersticken. Und jedes Wort, das wir sprechen, bringt uns dem Tod ein Stückchen näher.«

Das Schweigen, das sich zwischen uns ausgebreitet hatte, war beinahe körperlich zu spüren. Es saß zwischen uns wie eine siebte Person, wartete geduldig mit uns auf den nahenden Tod. In dem kleinen Vorratsraum, in dem wir ausharrten, schwitzte ich so sehr, dass ich gar nicht mehr pinkeln musste. *Always look on the bright side of life!*, dachte ich. Es lag vermutlich daran, dass die Therme, die in diesem Raum hing, auf Hochtouren lief. Sicher war das ebenfalls geplant, damit wir noch schneller erstickten.

Sophie und Sash saßen neben mir, völlig ineinander verknotet. Immerhin tröstlich, dass meine Schwester glücklich verliebt sterben würde und nicht frisch ernüchtert, so wie ich. Wenn man die beiden so ansah, konnte man das Gefühl bekommen, zwei turtelnde Tintenfische zu beobachten. Es sah aus, als hätte jeder von ihnen mehr als nur zwei Arme und Beine.

Cliff hatte die Rolle des Optimisten übernommen. Nachdem er mit Marek und Sash zusammen ein paarmal versucht hatte, die Tür einzutreten oder das Schloss mit einer Gabel zu malträtieren, die er zwischen den Kisten gefunden hatte, widmete er sich nun der Zifferntafel neben der Tür, in die man den vierstelligen Zahlencode eintippen musste, um sie zu öffnen. Grundvoraussetzung hierfür war, dass man den Code wusste und genau das war nicht der Fall. Linus musste ihn verstellt haben, nachdem er mit Claudius gesprochen hatte. Es musste von Anfang an sein Plan gewesen sein, den Mann mit uns in den Tod zu schicken, den er kurz zuvor noch als ›einen seiner beiden besten Freunde‹ betitelt hatte. Wenn das der Wert seiner Freundschaft war, dann war ich dankbar, nie so weit in seiner Gunst aufgestiegen zu sein.

Seit einer gefühlten Ewigkeit tippte Cliff Ziffernfolgen ein und nach vier Ziffern ertönte jedes Mal ein schriller Pfeifton. Ein rotes Licht blinkte auf, um zu signalisieren, dass die Kombination, mal wieder, nicht die richtige gewesen war.

Das Geräusch zehrte von Mal zu Mal stärker an meinen Nerven. Mein Drang, aufzuspringen und Cliff anzuschreien, dass er es sein lassen sollte, wuchs stetig. Doch ich hielt mich zurück, weil auch in mir noch ein Fünkchen Hoffnung glomm, dass Cliff die richtige Kombination erwischte. Aller Wahrscheinlichkeit zum Trotz. Solange noch jemand etwas unternahm, gab es noch Hoffnung. Außerdem war Cliff der einzige Mensch hier, der keinerlei Schuld an unserer Situation trug. Er war hineingeraten, weil er zu loyal war und ein gutes Herz hatte. Und er hatte sich nicht ein einziges Mal beschwert oder einen von uns angegriffen. Wenn ihm das ständige Tippen half, dann sollte er weitermachen. Doch das wiederkehrende Piepsen machte mich wahnsinnig. Es verhöhnte uns regelrecht. Fast, als säße ein bösartiger kleiner Vogel auf meiner Schulter, der jedes Mal, wenn vier falsche Ziffern eingetippt wurden, schrill verkündete: ›Ihr werdet alle sterben!‹

»Wie viele mögliche Kombinationen gibt es eigentlich?«, fragte Sophie leise. Auf ihrer Stirn hatten sich ebenfalls dicke Schweißperlen gebildet. Sie war blass und ihre Haut kam mir seltsam wächsern vor. Ihre Lippen waren blutleer – sie sah aus, als sei sie kurz davor, in Ohnmacht zu fallen.

»Zehntausend«, antwortete der Sandmann ruhig und ich zuckte zusammen, weil ich gedacht hatte, er wäre genau wie Marek einfach eingeschlafen. Solche Stresssituationen wirkten sich auf jeden Menschen anders aus. Marek hatte sich irgendwann einfach zusammengerollt und war eingeschlafen. Vielleicht wollte er seinen eigenen Tod verschlafen. Nicht unbedingt die schlechteste Idee.

Sophie wurde noch ein Stück blasser und schloss die Augen. Sash drückte sie eine Spur fester an sich und sah mich voller Verzweiflung an. Ich wusste, was er dachte: Er wollte sie retten. Was mit ihm geschah, war ihm gleichgültig und ich wusste genau, wie er sich fühlte. Meine Schwester war die beste von uns, das wussten wir insgeheim alle. Sie hatte eine weiße Seele, nichts an ihr war schlecht. Manchmal hasste ich sie dafür. Doch nur dann, wenn ich sie nicht gerade abgöttisch liebte.

Ich stand mit wackeligen Knien auf und angelte nach einer Flasche Apfelsaft, die hinter mir im Regal stand. Als ich sie öffnete, war ein leises Klacken zu hören. Der Deckel, der zuvor Vakuum gezogen hatte, sprang auf. Das Geräusch rief eine Erinnerung in mir wach, doch ich konnte sie noch nicht greifen. Es hatte etwas mit Sophies und meiner alten Wohnung zu tun und mit einer Waschmaschine ...

Gedankenverloren hielt ich Sophie die Flasche hin. Dann traf es mich wie ein Blitzschlag. Wir hatten die ganze Zeit den falschen Ansatz verfolgt! Wäre der Handwerker Matthis mit uns hier unten eingesperrt, wären wir schon längst wieder draußen. Aber hier drin saßen nur ein paar Nerds mit einer beeindruckenden Sammlung linker Hände.

»Cliff«, flüsterte ich und er drehte sich zu mir um. »Das Türschloss ist elektronisch, oder nicht?«

Er runzelte die Stirn, dann nickte er.

»Ich brauche eine Steckdose.«

Cliff begriff augenblicklich. Wir scheuchten die anderen auf und rückten die Regale von den Wänden ab, nur um festzustellen, dass es im gesamten Raum keine einzige Steckdose gab. Das durfte doch nicht wahr sein! Die anderen setzten sich verwirrt wieder auf ihre Plätze.

»Was macht ihr denn da?«, fragte Marek verwundert, den die ganze Unruhe schlussendlich wieder aufgeweckt hatte.

»Was wir brauchen«, presste ich zwischen den Zähnen hervor, während ich versuchte, die Codetafel aus ihrer Verankerung zu reißen,» ... ist ein Kurzschluss.« Es hatte keinen Zweck, das Ding saß fest wie ein Zahn. Ich merkte auch, dass ich nicht so viel Kraft hatte wie sonst. Je stärker ich mich anstrengte, desto mehr verschwamm die Welt vor meinen Augen, ich musste mehrmals blinzeln, um wieder klar sehen zu können. Mein Kreislauf war kurz davor, schlappzumachen. Wahrscheinlich war der Sauerstoff im Raum bereits sehr knapp. Die Hitze half da auch nicht.

Ich nahm Sophie den Metalldeckel der Flasche ab und trat ihn platt.

»Ein Kurzschluss?«, echote sie, während sie mir bei meinen Bemühungen zusah, als sei ich das achte Weltwunder.

»Erinnerst du dich daran, wie unsere Waschmaschine kaputtgegangen ist und die Tür nicht mehr aufging?«

Sophie nickte.

»Ich habe alles versucht, doch sie ließ sich einfach nicht öffnen. Dann haben wir einen Techniker gerufen und der hat einfach einen Kurzschluss verursacht. Er erklärte, dass die meisten elektrischen Schlösser nach einem Kurzschluss entriegeln. Und dieser Kurzschluss hat mich damals dreihundert Eurodollar gekostet.«

Ich biss die Zähne zusammen, schob den flachen Deckel seitlich unter die Codetafel und begann den Putz wegzukratzen. Irgendwie musste es doch gehen.

»Ich dachte damals, das sei rausgeschmissenes Geld gewesen, aber vielleicht rettet uns dieser Techniker jetzt den Arsch.«

Die Schalttafel hing viel zu hoch, als dass ich hätte dagegentreten können, doch auf Sash traf das nicht zu. Er löste sich von Sophie und schob zwei Kisten übereinander, auf die er sich stellte. Dann trat er mit all der Kraft, die er aufbringen konnte, gegen die Tafel. Das erste Mal passierte gar nichts, außer dass er strauchelte und beinahe gefallen wäre. Doch das zweite Mal erwischte er die Tafel, die krachend zu Boden fiel. Zurück blieben die blanken Kabel, die ihre bunten Arme aus der Wand streckten. Doch leider war ein bisschen viel abgerissen, ich musste die Isolierung noch entfernen.

»Ich brauche etwas Scharfes«, murmelte ich.

»Warte, ich hab ein Messer in meinem Rucksack!«, sagte Sophie und schickte sich an, aufzustehen.

»Dein Rucksack ist nicht hier«, erklärte Sash sanft und zog sie zurück auf ihren Platz.

»Oh«, murmelte meine Schwester nur und ließ sich mit enttäuschtem Gesichtsausdruck wieder sinken. Sie baute ziemlich schnell ab. Kein Wunder bei dem, was sie in den letzten vierundzwanzig Stunden bereits mitgemacht hatte. Jeder andere Mensch wäre wahrscheinlich schon längst tot umgefallen. Ich musste mich beeilen.

In diesem Moment hörte ich Geräusche über unseren Köpfen. Es dröhnte, rumpelte, schabte und krachte. Beinahe klang es, als würde jedes Möbelstück im Bauernhaus über uns auseinandergerissen. Ich fühlte Hoffnung in mir aufkeimen. Waren sie etwa gekommen, um uns zu holen? Hatte Matthis es vielleicht doch geschafft, jemanden zu alarmieren? Doch das war Blödsinn, Matthis war tot und für alles andere war es noch viel zu früh. Außerdem klang es eher, als würde das Haus über unseren Köpfen abgerissen.

Ich blickte Cliff an und sein Gesichtsausdruck verriet mir, dass er es ebenfalls hörte. Er alterte im Zeitraffer um mindestens zehn Jahre.

»Was ist das?«, fragte ich und Cliff schnaubte.

»Ich wette, sie haben das Tor aufgelassen. Falls uns jemand findet, soll es so aussehen, als hätten wir uns vor den Plünderern hier unten im Keller verschanzt.«

»…um dann tragisch zu ersticken«, beendete ich den Satz und Cliff nickte grimmig.

Das war schmerzlich plausibel. In meiner Brust formte sich ein fester, schwerer Knoten. Auf keinen Fall! Das durfte so nicht enden. Ich schmeckte den typischen Liz-Trotz auf der Zunge. Hastig sah ich mich nach etwas um, das ich benutzen konnte, um die Isolierung an den einzelnen Adern des Kabels wegzuschneiden.

Kurzerhand schnappte ich mir ein Glas mit eingelegtem Gemüse und schmetterte es auf den Boden. Augenblicklich roch es nach Essig, Kräutern und Knoblauch, die Lake spritzte in sämtliche Richtungen.

»Hey, was soll denn das?«, schimpfte Marek und der Sandmann öffnete gelangweilt ein Auge, wahrscheinlich um zu sehen, was der Krach zu bedeuten hatte.

Ich machte mir nicht die Mühe, zu antworten, sondern suchte mir eine besonders große und schöne Scherbe aus, mit der ich mich am Kabel zu schaffen machte.

Meine Sicht verschwamm noch stärker, auch das Blinzeln half nicht mehr und ich schnitt mich dreimal, doch schließlich gelang es mir, die beiden Hauptadern von ihrer Isolierung zu befreien. In dem Augenblick, in dem ich sie zusammendrückte, schlugen mir heftige Funken entgegen und ein lautes ›Plock‹ erklang. Im Raum wurde es dunkel. Die Sicherung hatte ich schon einmal rausgeschossen, nun konnten wir nur noch hoffen, dass das Schloss auch wirklich entriegelte.

Gespannt warteten wir in der Dunkelheit. Ich wusste nicht, wie lange so etwas normalerweise dauerte, doch schließlich kam der Punkt, an dem meine Zuversicht dem Erdkern entgegenrutschte. Es hatte nicht funktioniert.
Ich ließ den Kopf sinken und atmete so langsam ich konnte ein und aus. Ich war noch nicht bereit zu sterben. In diesem Moment hätte ich mit dem Schicksal um jeden weiteren Atemzug gefeilscht, hätte alles angeboten, was ich noch hatte, nur um weiterleben zu dürfen. Ich verfluchte meinen blöden Körper dafür, Sauerstoff zum Leben zu brauchen, verfluchte den Sauerstoff dafür, zu verschwinden. Ich verfluchte die Welt.

In einem Psychologiemagazin hatte ich einmal gelesen, dass die meisten Menschen kurz vor ihrem Tod akzeptierten, dass sie sterben würden. Ganz klar gehörte ich zur anderen Gruppe.

Eine warme Hand legte sich auf meine Schulter und ich drehte mich um, unfähig, in der Schwärze zu erkennen, um wessen Hand es sich handelte.

»Es war eine gute Idee«, murmelte Cliff.

»Danke«, erwiderte ich. Mir traten Tränen in die Augen und ich musste schlucken. »Aber die Tür ist immer noch zu. Es tut mir so leid!«

»Das ist nicht deine Schuld«, sagte Marek ungewöhnlich bestimmt.

»Vielleicht hat sich das Schloss ja verzogen«, bemerkte Sash jetzt und die Hoffnung kehrte mit voller Wucht in mein Herz zurück.

Natürlich! Als sich die Jungs zuvor gegen die Tür geworfen hatten, hatte sich vielleicht das Schloss oder die Tür selbst verzogen, sodass jetzt zu viel Druck auf dem Riegel lastete und er sich nicht öffnen konnte. Ich schloss meine Hände um den Türgriff und zog mit aller Kraft daran, auch wenn ich nicht mehr viel davon übrig hatte. Bald schon waren die anderen hinter mir, Hände legten sich neben und über meine, alle zogen nach Leibeskräften. Meine Finger taten schon nach kurzer Zeit höllisch weh, sie wurden gequetscht und eingeklemmt, doch ich ließ nicht los. Und wenn ich mit dieser Klinke in der Hand sterben musste, ich würde sie nicht loslassen.

Und dann hörten wir ein ›Klick‹.

Das Schloss entriegelte und die Metalltür ging auf. Die kühle Luft, die nun in den kleinen Kellerraum strömte, um uns ins Leben zurückzuholen, war köstlicher als jedes Getränk der Welt.

Ich rang nach ihr, schnappte nach ihr, schluckte sie sogar. Hinter mir hörte ich die anderen ebenfalls japsen und keuchen. Mein Kreislauf hielt das nicht mehr aus und ich sank auf die Knie.

Kurz darauf drückte mir jemand eine Wasserflasche in die Hand. Ich riss sie auf und setzte sie an meine Lippen. Als ich sie ausgetrunken hatte, blickte ich hoch, um mich zu bedanken, nur um festzustellen, dass dort der Sandmann stand und mich mit einem merkwürdigen Blick bedachte.

»Du hast mir das Leben gerettet«, stellte er fest und klang ein wenig verwundert. »Uns allen.«

»Sie waren ein Kollateralschaden«, japste ich, doch ich spürte, dass ich nicht mehr die Kraft in mir fand, ihn zu hassen. Morgen vielleicht wieder – heute nicht mehr. Jetzt gerade war ich einfach nur froh, am Leben zu sein.

SOPHIE

Es war, wie aus einem dichten, dicken Nebel aufzutauchen. Oder aus einem Gewächshaus zu treten. Nachdem die anderen die Tür geöffnet hatten, fiel die Schwere, die sich auf meinen Kopf und meine Glieder gelegt hatte, allmählich von mir ab und auch der Schleier um mein Gehirn lichtete sich. Mir wurde schlagartig übel und mein Magen krampfte sich zusammen, doch da ich nichts gegessen hatte, konnte ich mich auch nicht übergeben. Sash hielt mich fest und gab mir die Flasche mit dem Apfelsaft. Jeder Schluck trug mich ein Stückchen weiter zurück ins Leben.

Wir schleppten uns gemeinsam in den großen Raum zurück, den ich zum ersten Mal in Begleitung von Matthis betreten hatte. Dort ließ sich jeder von uns auf einen der Lehnstühle fallen. Cliff zog jedoch zuvor noch die schwere Metalltür zu, die den Eingang zum gesamten Komplex darstellte.

Eine Weile schwiegen wir, schwer atmend, jeder von uns hatte daran zu knabbern, dass wir gerade um ein Haar gestorben wären.

Meine Schwester hatte uns alle gerettet. Ich hob den Kopf und suchte ihren Blick.

»Meine schlaue Schwester«, murmelte ich. »Dank dir leben wir noch.«

»Dank nicht mir«, gab Liz zurück, während sie ihren Kopf kreisen ließ, »dank den freundlichen Waschmaschinentechnikern von ›Saubär Berlin‹ mit ihrem 24-Stunden-Service.«

Ich schmunzelte und fragte mich, was passieren würde, wenn unsere Kräfte zurückgekehrt waren. Was geschah mit uns, was mit dem Sandmann? Und wie sorgten wir dafür, dass die Informationen über Claudius' Machenschaften an die richtigen Leute gerieten?

Plötzlich hörte ich einen Schlag, der den gesamten Raum erzittern ließ.

»Sie kommen näher«, stellte Cliff trocken fest und ich fuhr herum.

»Wer?«, fragte ich und die Erinnerung an ein gemurmeltes Gespräch zwischen Cliff und meiner Schwester schob sich träge in mein Gedächtnis.

»Die Verbannten«, sagte der Sandmann. »Die man am liebsten vergessen würde. Der Dreck, den Berlin einfach vor seine Tür gekehrt hat.« Er saß hinter einem der Rechner und tippte fieberhaft darauf herum. Ich fragte mich, was er da tat, doch eigentlich war es mir egal. »Sie kommen, um sich zu holen, was man ihnen so lange verwehrt hat.«

Sofort kehrte die Angst zurück. Wenn auf dem Hof nur ein paar von den Menschen waren, die ich mit irrem Blick und in Lumpen gehüllt auf den Straßen gesehen hatte, dann war es schon gefährlich genug. Doch der Krach ließ darauf schließen, dass es sich nicht nur um ein paar handelte.

»Vielleicht finden sie ja nicht hier runter?« Marek sprach aus, was auch mir durch den Kopf geisterte, doch Cliff und Sash schüttelten den Kopf.

»Darauf würde ich nicht wetten«, sagte Cliff. »Die beiden haben sicher dafür gesorgt, dass sie runterfinden. Das war ja Teil ihres Plans.«

Wie zur Bestätigung krachte in diesem Augenblick etwas gegen die Tür. Ich zuckte zusammen.

»Gibt es einen anderen Weg nach draußen?«, fragte Liz und Cliff nickte.

»Es gibt eine Art Notausgang hinter dem Badezimmer. Schnappt euch in der Küche, was ihr an Messern finden könnt, und dann nichts wie raus hier.«

Sash griff sich einen der kleinen Laptops und klemmte ihn sich unter den Arm. Ich sammelte meine Jacke vom Boden auf und zog sie über. Dann nahm ich meinen Rucksack und zu guter Letzt Sashs Hand. Sie lag warm und ein bisschen feucht in meiner. Dort, wo sie hingehörte.

Liz zog Marek auf die Füße, dem von uns allen der Aufenthalt in der kleinen Kammer am schlimmsten zu schaffen gemacht hatte. Er taumelte leicht und war noch immer weiß wie eine Wand.

In der großen Küche standen bereits alle Schubladen offen. Liz und Cliff kramten darin nach Messern, mit denen sie sich im Notfall verteidigen konnten. Auch Marek griff nach einem Messer. Ganz langsam kehrte die Farbe in seine Wangen zurück.

Als ich mich umwandte, bemerkte ich, dass der Sandmann uns nicht folgte. Er saß noch immer am Tisch in dem großen Raum und hackte auf den Rechner ein, als hinge sein Leben davon ab. Als ob er meinen Blick auf sich fühlte, hob er den Kopf und einen Moment lang sahen wir einander an. Dann widmete er sich wieder dem Bildschirm.

Kurz erwog ich, nach ihm zu rufen, doch dann tadelte ich mich für diesen Gedanken. Dieser Mann hatte mein Leben zerstört und mich mehr als einmal um ein Haar umgebracht. Sollte er doch zusehen, wo er blieb – es zwang ihn ja keiner, hierzubleiben. Ich war verrückt, daran auch nur einen Gedanken zu verschwenden.

Wir rannten hinter Cliff durch scheinbar unendliche Flure. Hinter uns hörte ich, wie die Tür irgendwann nachgab und sich Geschrei in die unterirdische Anlage ergoss wie eine große Welle nach einem Dammbruch. Wir beschleunigten unsere Schritte.

Wir kamen an unzähligen Räumen vorbei, einige Türen standen offen und ich sah Büros und kleine Wohnkammern, noch mehr Vorratsräume, Technikräume und ein Zimmer mit Sportgeräten.

Dann bogen wir scharf links um eine Ecke und gelangten in einen kahlen Gang, an dessen Ende Cliff eine dicke Holztür aufstieß und hinter uns mit einem großen Eisenriegel wieder verschloss.

Ich bedauerte, dass mir nicht die Zeit blieb, die Schönheit des Badezimmers zu bestaunen, in dem ich mich nun befand. Es sah aus, als hätte man eine Höhle zu einem Luxusbad umgebaut. Mein Schritt verlangsamte sich unwillkürlich, weil mein Blick an all der Schönheit kleben blieb. Doch schon zog mich Sash hinter sich her, ich rutschte beinahe auf dem Boden aus, dessen Steine etwas glitschig waren von der Seife, die nasse Füße auf ihm verteilt hatten.

Als wir die Dusche betraten, fragte ich mich für einen kurzen Augenblick, ob ich vielleicht doch schon gestorben oder ins Delirium gefallen war. Die andere Möglichkeit war, dass der Sauerstoffmangel bei Cliff einen Hirnschaden verursacht hatte. Denn abgesehen davon, dass es die schönste Dusche war, die ich jemals gesehen hatte, war es eben genau das: eine Dusche. Und zwar eine, die von festen Felswänden umschlossen war, in denen ich weit und breit keine Tür erkennen konnte. Doch ich irrte mich. Auf der hinteren Seite überlappten sich zwei große Steine und dazwischen öffnete sich ein schmaler Gang, der steil nach oben hin anstieg.

»Das Bad war früher einmal das Lebensmittellager. Über diese Rampe haben sie die Ernte nach unten geschafft«, erklärte Cliff und beantwortete damit meine Frage, wer auf die Idee kommen konnte, ein Bad mit einer schmalen Rampe auszustatten. Die Rampe war schlicht vor dem Bad da gewesen. Mein Studentenhirn hätte das sicherlich interessant gefunden. Jetzt gerade fand ich es einfach nur nützlich.

Wir konnten von Glück sagen, dass wir allesamt schmal gebaut waren. Marek musste mit seinen breiten Schultern schon seitwärts gehen, um durchzupassen. Der Gang führte steil bergauf, Stufen gab es keine, lediglich provisorische Sprossen aus Holz waren in unregelmäßigen Abständen angebracht worden, damit man sich ein bisschen festhalten und abstützen konnte. Sie waren sicher ursprünglich dazu da gewesen, die Geschwindigkeit von runterkullernden Kartoffeln und Äpfeln ein wenig abzubremsen.

Der Anstieg kostete mich viel Kraft, meine Arme und Beine zitterten. Ich wusste nicht, wie lange ich überhaupt noch durchhalten würde.

Außerdem hatte ich Angst vor dem, was mich an der Oberfläche erwartete. Denn ob es dort überhaupt sicherer war als hier unten, wusste niemand so genau. Doch einen Weg zurück gab es ohnehin nicht, also konnten wir nur weitergehen.

Schließlich blieb Cliff stehen und drehte sich zu uns um. »Wir kommen gleich auf einer Wiese hinter der großen Scheune raus. Bleibt dicht hinter mir und tanzt auf keinen Fall aus der Reihe. Alles klar?«

»Alles klar«, murmelten wir wie mit einer Stimme. Wir klangen wie ein altersschwacher Mönchschor. Ein Quietschen ertönte und durch eine kreisrunde Öffnung strömten blasse Morgensonne und schneidend kalte Luft zu uns herein. Ich wunderte mich, dass es überhaupt schon dämmerte. Ein Teil meines Herzens hatte bereits akzeptiert, dass diese Nacht wohl niemals enden würde.

Mir fehlten die Worte, um zu beschreiben, wie sehr ich mich über das Tageslicht freute. Es kam mir vor, als hätte ich es eine Ewigkeit nicht mehr gesehen. Doch noch etwas stieg zu uns herab, nachdem sich die Luke geöffnet hatte: Rauch.

»Es brennt«, stellte Marek fest.

Als wir aus der Luke kletterten, hüllten uns dichte Rauchschwaden ein.

Cliff folgend drückten wir uns an die gegenüberliegende Wand der Scheune und schoben uns langsam vorwärts.

Der Rauch war gut und schlecht zugleich: Er erschwerte uns das Atmen und die Sicht, aber er verbarg uns auch vor fremden Blicken.

Doch als wir um die Ecke des Gebäudes lugten, drehte sich der Wind und die Rauchschwaden wurden von uns weggetragen. Es wäre besser gewesen, sie wären geblieben, denn nun enthüllten sie ein Bild der Verwüstung und der Gewalt. Ich gönnte mir nur einen kurzen Blick auf das Inferno, das auf dem Hof tobte.

Die große Fläche wimmelte nur so von ehemaligen Häftlingen. Das Wohnhaus stand in Flammen, was sie allerdings nicht davon abhielt, sich im Inneren aufzuhalten. Auf der verzweifelten Suche nach irgendetwas Brauchbarem oder auch nur, um ihrer Wut freien Lauf zu lassen, hatten sie Möbel umgerissen und Scheiben eingeschlagen. In regelmäßigen Abständen flog etwas aus dem Haus und landete im Kies vor der Tür. Und die Meute verfolgte kein gemeinsames Ziel. Sie schlugen sich über die kleinsten Dinge schier die Köpfe ein. Offenbar waren sie in Rage geraten und jetzt führte kein Weg mehr aus ihr heraus. Ich sah, wie zwei Männer sich wegen eines alten Besens prügelten, dabei war mir schleierhaft, was man hier draußen überhaupt mit einem Besen anfangen sollte.

Mein Blick huschte über den Hof auf der Suche nach einer Möglichkeit, zu fliehen, nach Hilfe, nach einem Wunder. Und da sah ich ihn. Er lag genau zwischen der großen Scheune, in der der Eingang zum Tunnelsystem lag, und dem Auto, mit dem ich zuvor gekommen war. Jemand hatte versucht, die Scheiben des Wagens einzuschlagen, doch sie hatten offenbar nicht nachgegeben.

»Cliff«, flüsterte ich und er blickte mich an.

»Matthis' Auto steht noch da.«

»Ich sehe es, aber nur Matthis kann es öffnen. Die Schlösser haben einen Daumen-Scanner. Und Matthis ist ...«

»Ist er nicht«, flüsterte ich und zeigte auf die Stelle, an der die Leiche lag.

Cliff, Liz und Sash sahen in die Richtung, in die ich deutete.

Und sie begriffen auch, dass wir Matthis' Daumen brauchten. Nur so konnten wir den Wagen starten und vielleicht von hier verschwinden.

Vielleicht am Leben bleiben.

Cliff zog sein Messer und setzte eine entschlossene Miene auf, doch Marek hielt ihn zurück.

»Ich mach das. Er war dein Freund.«

Cliff schaute Marek überrascht an, dann nickte er dankbar und machte einen Schritt zurück. Er blickte in den grauen, kühlen Winterhimmel, um nicht sehen zu müssen, was als Nächstes geschah.

Ich fühlte mich grauenvoll. Nicht nur, dass es für uns keinen anderen Weg gab, auch dass wir Matthis hier zurücklassen mussten. Ich wollte mir nicht ausmalen, was sie später mit ihm anstellen würden. Immerhin waren diese Menschen am Verhungern.

»Scheiße«, flüsterte ich, während ich zusah, wie Marek in geduckter Haltung losrannte. Er kam ohne Zwischenfälle bei Matthis an, doch als er sich an dessen rechter Hand zu schaffen machte, wurde er entdeckt. Ein alter Mann mit wirren Haaren torkelte auf ihn zu.

Der Wind wehte seine Worte zu uns herüber. »Hey, was machst du da?«, fragte der Mann, und was jetzt geschah, ließ mich über Marek staunen.

Er richtete sich zu voller Größe auf, das Messer kampfbereit, aber locker in der rechten Hand.

»Was geht dich das an?«, erwiderte er. »Scher dich zum Teufel, Mann! Hier gibt es nichts zu sehen!«

Der alte Mann zögerte. Er überlegte wohl, ob er schreien sollte, um die anderen zu alarmieren, kam dann aber wohl zu dem Schluss, dass dies wahrscheinlich sein letzter Schrei wäre. Er nickte und ging in eine der kleineren Scheunen des Komplexes zurück, aus der er gekommen war. Die Schwächeren mussten sich wohl auch unter Verbannten mit den

Krümeln zufriedengeben. Das Gebäude sah nicht so aus, als wäre dort drin etwas zu holen.

Marek hockte sich wieder zu Matthis, hob dessen rechte Hand ein wenig an und schnitt mit einer fließenden Bewegung den Daumen ab.

Eigentlich wollte ich ja wegsehen, aber ich konnte einfach nicht. Was ich sah, nahm mich völlig ein. Ich fühlte mich, als sei ich in irgendeiner schrägen Parallelrealität gefangen, in einer Horrorfilm-Version meines Lebens. Das Ganze war merkwürdig surreal.

Marek faltete Matthis' Hände und legte sie ihm auf die Brust. Bei diesem Anblick stiegen mir Tränen in die Augen. In diesem Augenblick sah er nicht aus wie der braungebrannte, gut gelaunte Surfer, als den ich ihn kannte, sondern wie ein echter Ritter.

Marek hatte sehr viel mehr Mut und Aufrichtigkeit in sich, als ich gedacht hatte.

Ich vergaß meinen Groll, den ich wegen der Worte, die er über Liz verloren hatte, gegen ihn gehegt hatte. Wahrscheinlich hatte einfach nur ein gebrochenes Herz aus ihm gesprochen.

Marek schaffte es zum Wagen und öffnete ihn. Kurze Zeit später sprang das Auto an. Es konnte nicht mehr lange dauern, bis wir entdeckt wurden, dachte ich.

Marek wendete das Auto beinahe auf der Stelle. Dann schoss er so schnell auf uns zu, dass der Kies zu beiden Seiten davonspritzte.

Als er vor uns stehen blieb, kamen schon die Ersten aus dem Haus gerannt, irre vor Wut, dass ihnen jemand das Sahnestück des Anwesens geradewegs vor der Nase wegschnappte.

Wir rissen die Türen auf und warfen uns regelrecht in das Auto hinein. Cliff setzte sich nach vorne, Sash, Liz und ich landeten auf der Rückbank.

Ich stieg als Letzte ein und Marek fuhr sofort an. Ich schaffte es nicht, die Tür hinter mir zu schließen, und hätte Sash mich nicht fest umklammert, wäre ich sicher aus dem Wagen gefallen, denn Marek vollführte ein weiteres waghalsiges Wendemanöver.

Während wir auf das weit geöffnete Hoftor zuschossen, warf sich einer der Verbannten auf die geöffnete Autotür und bekam sie zu fassen. Reflexartig trat ich nach seiner Hand und er ließ wieder los, fiel jaulend in den Kies.

Ich sah mich nach ihm um und beobachtete durch die gesprungene Fensterscheibe, wie zwei Männer eine reglose Gestalt aus dem Haus zogen und achtlos auf den Hof warfen. Ich fragte mich, ob es der Sandmann war, doch ich konnte es nicht erkennen.

Im nächsten Augenblick schrie meine Schwester wie am Spieß und ich begriff sofort, warum. Hinter einem Stein am Tor, das wir gerade passierten, hockte ein Typ mit einem alten Jagdgewehr.

Er zielte auf uns und drückte ab.

Das Geschoss durchschlug die Fahrertür und erwischte Marek. Der schrie laut auf und fluchte, hielt das Steuer aber dennoch fest umklammert.

Wir schossen auf die schmale Straße und bei der nächsten Linkskurve konnte ich endlich die Tür schließen.

Sash beugte sich besorgt zu Marek nach vorne. »Wie schlimm ist es?«, fragte er und Marek schüttelte den Kopf.

»Ich weiß noch nicht genau. Aber Alter, ich glaub, der Typ hat mir den Hintern weggeschossen.«

LIZ

Marek lag auf der Rückbank, den Kopf auf meinen Schenkeln, die Füße auf Sophies. Seine Jeans war seitlich in Höhe der Arschbacken zerfetzt und Blut quoll aus der Wunde, aber weniger, als ich vermutet hätte. Im Film war immer alles voll mit Blut.

Ich fühlte Mareks Blick auf mir ruhen und sah ihn an. Er starrte mich an, als erwartete er, dass auf meiner Stirn gleich ein Text erschien. Sophie hatte ihn mit Schmerztabletten aus ihrem Rucksack gefüttert und ich hatte das Gefühl, dass es ihm von uns allen am besten ging.

»Was ist?«, fragte ich, halb amüsiert und halb genervt.

»Ich frage mich nur, ob deine Angst, mich zu verlieren, vielleicht deine Zuneigung zu mir wieder verstärkt hat.«

Mir entfuhr ein Schnauben. »Bitte was?«

»Na ja. So was soll vorkommen. Weil du in dem Moment begriffen hast, was du hättest verlieren können.«

Ich knuffte ihn in den Arm. »Ich hatte lediglich Angst, dass mit dir einer der schönsten Hintern Berlins von der Bildfläche verschwände, und das wäre doch wirklich jammerschade.«

Marek grinste. »Jetzt ist er vermutlich nicht mehr so schön.«

»Quatsch«, gab ich zurück. »Mädels lieben Narben. Sie

verleihen dir genau den abgründigen Touch, der dir bisher gefehlt hat.« Dann wurde ich ernst. »Wenn das hier vorbei ist, hoffe ich, dass du ein Mädchen findest, das alles an dir zu schätzen weiß. Auch dein zweites Loch im Hintern.«

Ich hörte Sash und Cliff vorne kichern.

»Sie wird dich hassen«, murmelte Marek leise.

»Wieso sollte sie?«

»Weil du die schöne, coole und berühmte Ex bist. Du würdest dich auch hassen.«

Ich lächelte. »Stimmt. Keine gemeinsamen Picknicks an Sommertagen also. Schade eigentlich.«

»Leider nicht. Sie wird immer Angst haben, dass ich dir heimlich nachtrauere. Und sie wird vermutlich recht haben.«

Seine Worte trafen mich hart. Es sollte etwas geben, das verhinderte, sich unglücklich zu verlieben. Einen Selbstschutzmechanismus. Oder ein Gesetz.

»Wart's nur ab«, sagte ich mit einem Kloß im Hals. »Die Neue hat bestimmt wunderschöne, lange blonde Haare und riesige Titten. Du hast mich schneller vergessen, als du denkst.«

Ich drückte seine Schulter und drehte den Kopf, als wollte ich aus dem Fenster sehen, doch die Scheibe war blind von den vielen Rissen, die sie durchzogen. Dieses Glas, das von außen so normal und zerbrechlich gewirkt hatte, hatte sämtlichen Schlägen standgehalten. Es war zwar gerissen, doch es war nicht gebrochen, sondern hielt noch immer zusammen. Ganz genau wie wir.

Cliff hatte das Steuer übernommen, was vermutlich die beste Idee gewesen war. Er kannte die Strecke und die gesamte Gegend gut.

Immer wieder sahen wir Verbannte am Straßenrand stehen

oder in die Richtung laufen, aus der wir gekommen waren, wahrscheinlich in der Hoffnung, auf dem Hof noch etwas Nützliches abgreifen zu können. Zu unserem Glück versuchten sie nicht, uns aufzuhalten.

Nachdem Marek angeschossen worden war, hatte er es noch geschafft, ein paar Kilometer weiterzufahren, bis er einen Ort fand, an dem er gefahrlos halten und das Steuer übergeben konnte.

Ich dachte darüber nach, dass jeder von uns in den vergangenen Tagen und Wochen Dinge getan hatte, die er sich niemals zugetraut hätte. Wir würden verändert aus dieser Sache hervorgehen. So viel war schon einmal sicher.

Wir hatten heftig darüber diskutiert, wohin wir fahren sollten. Cliff wollte so weit wie möglich weg von Berlin, hoch an die Küste und dort vielleicht auf einem Schiff anheuern, das ihn irgendwohin brachte, und ich verstand ihn gut. Wahrscheinlich wäre das auch vernünftiger gewesen, aber wir hatten in Berlin noch eine Rechnung offen. Es konnte nicht sein, dass wir durch diese Hölle gegangen waren, ohne Gerechtigkeit dafür zu erfahren. Und wenn sie uns niemand freiwillig zukommen lassen wollte, dann mussten wir sie uns eben selbst verschaffen.

Außerdem war der Gedanke zu verlockend, Tobias Claudius an dem Abend zu Fall zu bringen, an dem er seinem größten Triumph entgegensah. Nach allem, was er getan hatte, wollte ich ihm nicht einmal eine glückliche Sekunde gönnen. Ich wollte, dass ihm sein Titelblattgrinsen aus dem Gesicht fiel, vor laufender Kamera – und zwar für immer. Und Cliff hatte verstanden. Dieser Mensch war eine Bereicherung für mein Leben, so viel stand fest. Trotz all der Scheiße, die passiert war, war ich froh, dass er mich vor ein paar Tagen gefunden hatte. Er war zwar fast doppelt so alt wie wir, und das machte sicher auch einen Teil seiner enormen Weisheit aus, aber wir hatten ein tiefes Verständnis füreinander. Ich hoffte sehr, dass er für immer mein Freund bleiben würde.

Wir wollten versuchen, bis zur Redaktion zu kommen. Dort konnten wir uns erst einmal verschanzen und unseren Rachefeldzug organisieren. Natürlich war der Plan riskant, da die Gefahr bestand, dass unser Auto durchsucht wurde, vor allem bei dem Zustand, in dem es sich befand. Doch wir mussten es einfach versuchen. Es ging nicht anders. Natürlich hatte Sash versucht, mit dem Rechner, den wir mitgenommen hatten, online zu gehen, doch der hatte gar keine SIM-Karte. Das war nur logisch, die Ops wollten natürlich nicht, dass ein Internetanbieter etwas von ihren Aktivitäten mitbekam, aber für uns war es sehr unpraktisch. Hätten wir von hier draußen online gehen können, hätten wir uns nicht in diese Gefahr begeben müssen. Matthis' Finger würde uns durch die äußere Absperrung bringen, doch alles Weitere mussten wir dann sehen.

»Es würde helfen, wenn ich das Video schon auf dem Rechner hätte. Wer weiß, wie viel Zeit uns noch bleibt, wenn wir in der Stadt sind«, sagte Sash nun.

»Falls wir reinkommen«, ergänzte Cliff.

»Falls wir reinkommen«, bestätigte er.

»Ich hab das Video hier«, murmelte Sophie auf einmal schlaftrunken und rieb sich die Augen. Sie hatte die ganze Zeit über geschlafen und ich erschrak beinahe, als ich ihre Stimme hörte.

»Was?«, fragte ich und Sash drehte sich mit überraschtem Gesichtsausdruck zu seiner Freundin um.

Auch ich hatte überhaupt nicht damit gerechnet. Immerhin hatte der Sandmann sie doch nach Chips und Datensticks abgesucht.

Eine Entschuldigung murmelnd hob Sophie Mareks Beine an und schob sie zur Seite. Der lange Kerl lag anschließend auf der Rückbank wie ein zusammengeschobenes Klappmesser, doch er beschwerte sich nicht.

Neugierig beobachtete ich Sophie dabei, wie sie ihr Hosenbein hochkrempelte und sich an der Bandage zu schaffen machte, die um ihren Fuß gewickelt war. Sie wickelte ein paarmal und plötzlich kam zwischen dem Verband eine kleine schwarze SD-Karte zum Vorschein. »Phee«, sagte ich anerkennend. »Du bist genial!«

Sie lächelte matt, aber stolz und gab Sash den Chip nach vorne. Dieser steckte ihn seitlich in das Gerät und kurze Zeit später erschien ein Video auf dem Bildschirm.

Das Dreieck, auf das man klicken musste, um es abzuspielen, leuchtete mir förmlich entgegen. Sash drehte sich zu mir um.

»Willst du es sehen?«, fragte er.

Ich dachte eine Weile nach, dann schüttelte ich den Kopf. »Nein«, sagte ich. »Nicht jetzt. Ich will es erst sehen, wenn er es sieht.«

»Dramaqueen«, murmelte meine Schwester und ich lächelte sie müde an.

»Ja«, bestätigte ich. »Ich will das emotional voll ausschlachten.«

Wir näherten uns den Außengrenzen Berlins und allmählich wurde ich nervös. Unsere Wahl war auf einen Passierpunkt im Süden der Stadt gefallen, weil dieser hauptsächlich von Speditionen genutzt wurde und wir auf überarbeitete und gelangweilte Kontrolleure hofften. Jetzt befanden wir uns auf der Straße, die dorthin führte.

Mein Kopf spielte Horror-Kino mit mir und ich konnte ihn nicht daran hindern. Ich malte mir alle möglichen Schreckensszenarien aus, die zumeist damit endeten, dass einem von uns etwas zustieß und ich mich den Rest meines Lebens dafür verantwortlich fühlen würde. Natürlich wusste ich, dass mich eigentlich keine Schuld traf, weil ich Harald Winter kein Haar gekrümmt hatte. Doch wäre ich nicht zu diesem Interview gegangen, dann wäre all das nicht passiert. Gegen meinen Willen fühlte ich mich verantwortlich für das, was geschehen war und noch immer geschah. Die Schreckensbilder, die mein Kopf heraufbeschwor, drehten sich die ganze Zeit im Kreis, mein Hirn bombardierte mich permanent mit Fragen. Was würde passieren, wenn wir die Grenze zur Safe-City-Zone passierten? Würden wir überhaupt Gelegenheit für das bekommen, was wir uns vorgenommen hatten?

Mich beruhigte nur, dass uns eigentlich gar nicht so viel passieren *konnte*. Wenn wir verhaftet wurden, dann würde Juan das Video im Internet auf CineTube platzieren. Und wenn alle Stricke rissen, dann wurden wir wieder aus der Stadt verbannt. Gemessen an unserer jetzigen Situation konnten wir eigentlich überhaupt nichts verlieren.

Wenige Minuten später passierte etwas, das mir schmerzhaft vor Augen führte, wie unvorbereitet wir eigentlich waren. In der Aufregung unserer Flucht hatte ich eine Sache völlig vergessen. Und wie es aussah, war ich da nicht die Einzige.

In dem Augenblick, in dem ich ein leichtes Vibrieren in

meiner Armbeuge wahrnahm, schrie Sash auch schon los.
»Stopp! Dreh um, Cliff!«
»Was? Bist du irre?«, gab dieser zurück, sichtlich verwirrt ob des Ausbruchs seines Beifahrers.
»Dreh um, verdammt!«, schrie nun auch ich. Cliff begegnete meinem Blick im Rückspiegel. Offenbar lag genug Panik darin, ihn dazu zu bewegen, auf die Bremse zu steigen und das Lenkrad herumzureißen. Wir befanden uns bereits wieder auf einem asphaltierten Teil der Straße, der zu dieser Tageszeit hauptsächlich von LKWs befahren wurde, die Nahrungsmittel in die Stadt brachten. Bei unserem waghalsigen Manöver waren wir beinahe mit einem von ihnen kollidiert. Der Fahrer hupte wütend und lang anhaltend und ich schloss kurz die Augen. Das war verdammt eng gewesen. In jeder anderen Situation hätte ich Cliff nun wahrscheinlich angeschrien, dass er uns um ein Haar umgebracht hätte, doch der Schock hatte meine Zunge am Gaumen festgenagelt. Das war vielleicht auch besser so, denn gerade war ganz und gar kein guter Moment, einen Streit zu beginnen. Außerdem konnte Cliff nicht ahnen, was überhaupt los war.

Genauso wenig wie meine Schwester. Mein Blick wanderte in Richtung Himmel, in banger Erwartung, dort eine der Wachdrohnen zu sehen, doch alles blieb winterblau und angenehm leer.

Das Vibrieren in meinem Arm hörte wieder auf und ich atmete erleichtert aus. Auch Marek entspannte sich wieder.

»Bitte such einen Platz zum Parken«, bat Sash mit belegter Stimme. Er hatte sich wohl auch erschreckt.

»Dann erklären wir alles«, setzte er nach.

Nach ein paar Kilometern kam ein kleiner Rastplatz in Sicht und Cliff parkte den Wagen.

»Scheiße, was sollte das denn?«, schimpfte er los und ich konnte es ihm nicht verdenken.

»Entschuldige, aber es ging nicht anders«, erwiderte Sash. »Bei unserer Verbannung wurde uns ein Chip in der Nähe der Hauptschlagader eingesetzt, der verhindern soll, dass wir uns der Stadt nähern. Er vibriert, sobald wir bis auf fünf Kilometer an die Safe-City-Zone herankommen.«

»Aha. Er vibriert«, sagte Cliff, sichtlich verwirrt. »Na und?«

»Die Vibration ist lediglich eine Warnung«, ergänzte ich schnell. »Der Chip sendet unseren Standort an die Grenzsicherung, und deren Wachdrohnen haben die Erlaubnis, uns abzuschießen.«

»Heilige Scheiße!«, schimpfte Cliff und ich konnte ihm nur beipflichten.

»Das ist ja furchtbar«, murmelte Sophie. Dann sah sie mich an. »Die Dinger müssen also raus, bevor wir in die Stadt können?«

Ihrem Gesicht war abzulesen, wie wenig Freude ihr dieser Gedanke bereitete.

»Das geht nicht«, schaltete sich nun auch Marek ein. Seine Stimme klang gepresst, offensichtlich wirkten die Schmerzmittel nicht besonders lange. Es würde eine Ewigkeit dauern, bis der arme Kerl wieder richtig sitzen konnte.

»Der Chip explodiert, sobald wir versuchen, ihn zu manipulieren.«

»Ist das widerlich!« Cliff schüttelte den Kopf. »Und das alles nur, damit die feinen Herrschaften so risikoarm wie möglich leben können.«

»Und damit die Stadt Geld spart. Ich glaube, das ist ein wichtiger Faktor. Bei der Errichtung der Safe-City-Grenze war die Strafrechtsreform zwar noch kein Thema, aber als die Grenze dann stand, bot sie zufällig auch noch eine Möglichkeit, Verbrecher kostengünstig loszuwerden.«

»Wie praktisch«, knurrte Cliff. »Und da wollen wir wirklich wieder hin?«

Ich seufzte. »Eigentlich ja, aber wie sollen wir das anstellen? Ich habe keine Lust, erschossen zu werden.«

»Kann man die Chips nicht irgendwie deaktivieren?«, fragte Sophie nun. »Sie am Senden hindern?«

Sash drehte sich um und lächelte meine Schwester liebevoll an.

»Das erinnert mich an eine gewisse Alufolien-Aktion. Dich auch?«

Feine Röte kroch über Sophies Gesicht und sie nickte.

»Alufolien-Aktion?«, hakte ich nach und Sophie schaute mich an.

»Habe ich dir das nie erzählt? Als ich die schrecklichen Träume hatte, die der Sandmann auf meinen SmartPort geladen hatte, habe ich Sash gefragt, ob ein Hut aus Alufolie dagegen helfen könnte.«

Ich prustete los. »Ein Hut aus Alufolie?«

»Das ist gar keine so dumme Idee. Alufolie kann als Blockade fungieren. Allerdings ist sie nicht sonderlich stark.«

»Und du hast dir dann wirklich einen Hut aus Folie gemacht?«

Sophie nickte. »Ja. Und weil du sonst nichts im Kühlschrank hattest, hat er nach Burritos gerochen. Am nächsten Morgen hatte ich das Gefühl, mit dem Kopf in einer Schüssel Guacamole geschlafen zu haben.«

Die Geschichte brachte alle im Auto zum Lachen, sogar

Marek. Und auch Cliff ließ endlich wieder das breite Grinsen sehen, das für sein Gesicht viel zu groß war.

Es war der erste solche Moment seit gefühlt einer halben Ewigkeit. Und bei mir persönlich schlich sich noch ein weiteres Gefühl in die Erheiterung: Geborgenheit. Es fühlte sich gerade an wie ein Familienmoment. Das hier im Auto – das waren meine Leute.

»Wir haben aber keine Alufolie«, riss mich Cliff aus den Gedanken und wieder in die Realität zurück.«

»Richtig. Und wir haben auch sonst nichts, was uns in dem Zusammenhang nützlich sein könnte.«

Sophie bückte sich und begann wieder in ihrem Rucksack herumzukramen. Allmählich fing ich an, mich zu fragen, was sie da noch alles drin hatte. Bisher hatte sie schon Schmerztabletten, Verbandsmull und Cracker daraus hervorgezogen, wie aus einem Zylinder in einer Zaubershow. Was kam jetzt – ein weißes Kaninchen?

Mit einem leichten Lächeln auf den Lippen präsentierte sie die Elektroschockpistole, mit der sie den Sandmann attackiert hatte.

Sash schnappte nach Luft. »Woher hast du denn einen Taser?«

»Tiny hat ihn mir gegeben. Damit ich etwas habe, mit dem ich mich verteidigen kann.«

Die Augenbrauen misstrauisch nach oben gezogen, hakte Sash nach. »Warum warst du bei Tiny?«

»Weil mich ein Hund in den Fuß gebissen hat.«

Die Falten auf Sashs Stirn wurden immer tiefer. »Deshalb der Verband«, stellte er fest. Der Arme hatte so vieles verpasst, in der Zeit, in der wir einander nicht gesehen hatten.

»Und warum …«, setzte er wieder an, doch Sophie unterbrach ihn mit einer Handbewegung.

»Das erzähle ich dir, sobald wir Gelegenheit dazu haben. Versprochen! Jetzt muss ich erst einmal wissen, ob man damit den Chips irgendwie zu Leibe rücken kann.«

Sash kratzte sich an seinem Dreitagebart, der ihm, wie ich fand, ausgezeichnet stand.

»Das könnte funktionieren. Wäre eine klassische Überspannung. Und wenn der Chip kaputt ist, dann kann er sich auch nicht selbst zerstören.«

»Das heißt, du glaubst, dass es funktioniert, bist dir aber nicht hundertprozentig sicher. Und wenn du dich irrst, explodiert das Ding und zerfetzt dir die Pulsader.«

»Ähm. Ja«, bestätigte Sash.

Sophie riss die Augen auf und machte Anstalten, die Pistole zurück in den Rucksack zu stecken.

»Dann lassen wir das lieber«, sagte sie.

Doch ich war anderer Meinung. Blitzschnell beugte ich mich vor und riss ihr den Taser aus der Hand.

»Nein«, sagte ich und brachte die Waffe schnell aus ihrer Reichweite. Ich wollte nicht, dass es hier endete. Auf keinen Fall konnte ich jetzt zurückfahren. Mein Trotz entfaltete sich mit voller Wucht.

»Lizzie«, sagten Sash und Sophie gleichzeitig, meine Schwester mit einem eindeutig warnenden Unterton.

»Benehmt euch jetzt nicht wie meine Eltern«, sagte ich spitz, weil es mich aufregte, dass sie mich gerade tatsächlich streng und beinahe tadelnd ansahen. So, als hätte ich ein Glas fallen lassen.

»Wenn ich auch mal was sagen darf …«, wollte sich Cliff einschalten, doch ich unterbrach ihn.

»Nein«, sagte ich bestimmt und ein bisschen zu laut. Immerhin hatte ich jetzt die volle Aufmerksamkeit. Ich seufzte. »Ich vertraue Sash und glaube, dass es funktioniert.«

»Wenn überhaupt, dann sollte ich es versuchen«, sagte Sash und erntete dafür von Sophie einen panischen Blick. »Immerhin habe ich behauptet, dass es klappen könnte. Und ich glaube auch, dass es funktioniert.«

Ich schüttelte den Kopf. »Nein. Das Restrisiko sollte ich tragen. Immerhin sitzen wir alle nur wegen mir in diesem Auto – und in dieser Scheiße.«

»Da ist was dran«, hörte ich Cliff brummen.

»Aber es war doch nicht deine Schuld!« Sophie klang zunehmend verzweifelt. Sie kannte mich und wusste, wie dickköpfig ich sein konnte, wenn ich mich einmal zu etwas entschlossen hatte.

»Mein Abend, mein Video, meine Rache.« Ich zog den Ärmel meines Pullovers nach oben und legte die Armbeuge frei. Mit zwei Fingern tastete ich sie vorsichtig ab und nach einer Weile fühlte ich einen winzigen, harten kleinen Chip. Ich konnte nur hoffen, dass der elektrische Impuls das Ding auch erwischte. Dann schaltete ich den Taser an.

»Und mein Arm.« Ich zielte mit dem Taser auf meine Armbeuge.

»Stopp!«, rief Sash und ich schenkte ihm einen entnervten Blick.

»Ich mach es sowieso!«

Sash schmunzelte. »Ich weiß. Aber du solltest die Kartusche vorher abnehmen. Wenn du die aus dieser Nähe abfeuerst, dürfte das richtig wehtun. Der Kontaktmodus sollte für so einen kleinen Chip ausreichen.«

Ich nickte nur, auch wenn ich mir im Stillen eingestehen musste, dass ich nicht wirklich eine Ahnung hatte, wovon er da sprach. So intensiv hatte ich mich mit Tasern noch nie beschäftigt.

Doch es war nicht schwer zu erraten, was Sash meinte. Vorne auf der Waffe steckte ein kleines Plastikkästchen, das sich ohne viel Mühe entfernen ließ. Darunter kamen zwei Metallstifte zum Vorschein. Ich beäugte sie interessiert.

»Und ...« Ich verdrehte die Augen – schon wieder Sash! Allmählich begann er mich zu nerven. »Du solltest das wirklich nicht selbst tun. Der Stromfluss könnte dazu führen, dass deine Finger verkrampfen und du den Taser nicht loslassen kannst. Dann säßen wir anschließend mit einem Brathähnchen im Auto.«

Er streckte die Hand aus und forderte mich auf, ihm den Taser zu geben.

Ich zögerte. Was er sagte, war logisch, doch wenn er mir den Taser auf diese Art abluchsen wollte, dann stand ich hinterher blöd da.

»Wenn du es nicht durchziehst, bring ich dich um. Das weißt du, oder?«

Sash lachte. »Ich kenn dich gut genug, um das zu wissen!« Und mit einem Blick auf Sophie fügte er hinzu: »Und du kennst sie auch gut genug, um es zu wissen.«

Sophie nickte und ihr Gesicht überzog sich mit Sorgenblässe. Meine Schwester konnte auf sehr viele verschiedene Arten blass werden.

Ich schob Sash meinen Arm entgegen und deutete auf die Stelle, an der ich eben den Chip ertastet hatte.

Er setzte ohne lange zu zögern an und drückte ab.

Es fühlte sich an, als würde mein Körper gleichzeitig gekocht und eingefroren. Und, als hätte mich der unglaubliche Hulk persönlich umklammert und meinen Kopf ein paarmal gegen das Autodach geknallt. In meinen Augen standen Tränen und es hätte mich nicht gewundert, wenn meine Haare gekokelt hätten.

Als ich endlich wieder klar sehen konnte, blickte ich in vier angespannte, besorgt-neugierige Gesichter.

»Also die gute Nachricht ist: Du bist nicht tot!«, stellte Cliff schließlich fest und ich nickte.

»Boah, war das scheiße!«, sagte ich und schüttelte mich. Ein Blick auf meinen Arm verriet mir, dass der Chip nicht explodiert war. Bis auf zwei kleine rote Stellen in der Armbeuge sah alles völlig normal aus.

»Bist du okay?«, fragte Sophie.

»Ja, alles gut. Ich fühlte mich ganz normal.«

»Tolles Teil. So was brauche ich auch!«, stellte Cliff mit einem amüsierten Blick fest und Sash gab ihm den Taser in die Hand und krempelte seinen Ärmel hoch.

»Du kannst ja schon mal üben.«

SOPHIE

Die Taseraktion kostete mich sicherlich zehn Lebensjahre, solche Angst hatte ich jedes einzelne Mal. Zum Glück ging die ganze Sache ziemlich schnell über die Bühne, in weniger als fünf Minuten war es vorbei. Alle drei hatten sich dieser fiesen Prozedur unterzogen und nun sollten eigentlich alle Chips unbrauchbar sein.

Wenn das hier vorbei war, konnte Cliff das Teil gerne haben. Es reichte mir, dreimal zu sehen, wie sich das Gesicht eines lieben Menschen beinahe bis zur Unkenntlichkeit vor Schmerz verzog.

Natürlich hatte der Taser mir zweimal sehr geholfen, und das, ohne große Schäden anzurichten, aber irgendwie war er mir unheimlich.

»Ein Gutes hat es ja«, sagte Marek nun, nachdem auch er sich wieder gefangen hatte. »Mein Hintern hat gerade überhaupt nicht mehr wehgetan.«

Ich lachte und schüttelte den Kopf.

»Und was jetzt?«, fragte Liz und Sash zuckte mit den Schultern. Da erregte etwas anderes meine Aufmerksamkeit.

Ein großer LKW fuhr von der anderen Straßenspur auf den Parkplatz auf. Es war ein Autotransporter und er war mit Unfallfahrzeugen beladen.

Ich zeigte auf das Fahrzeug. »Leute, glaubt ihr, der fährt nach Berlin?«

Liz begriff sofort, was ich meinte. »Phee, das wäre die Lösung!«

»Ihr wollt auf dem Ding mitfahren?«, fragte Cliff ungläubig und ich nickte.

»Das wäre doch genial. Ich glaube kaum, dass an der Grenze alle Autos einzeln überprüft werden. Vor allem dann nicht, wenn sie so schrottreif aussehen wie unseres.«

»Aber wie sollen wir das anstellen?«, fragte Sash skeptisch. »Das Auto hat keine Flügel, der Fahrer muss die Rampen runterlassen. Und er wird sich kaum bereit erklären, fünf Leute in die Stadt zu schmuggeln.«

»Mehr als Nein sagen kann er nicht«, sagte ich, während ich in meinem Kopf durchging, was man dem Fahrer im Gegenzug anbieten könnte. Aus dem Augenwinkel sah ich, dass er aus dem Fahrerhäuschen stieg, wahrscheinlich um sich irgendwo in den Büschen zu erleichtern.

»Das klappt bestimmt nicht. Wieso sollte er das tun? Früher hätten wir ihm einen Haufen Geld anbieten können, aber heute ...«

»Nein, wir machen es anders«, unterbrach mich Cliff. »Ihr taucht jetzt alle so gut es geht ab. Er darf euch nicht sehen, wenn er zum Auto rüberschaut. Dann gehe ich zu ihm hin und erzähle ihm, dass ich von Verbannten angegriffen worden bin und ihm mein kaputtes Auto anbiete, wenn er mich dafür mit in die Stadt nimmt. Wenn er fragt, ob ich zur Passage registriert bin, erzähle ich ihm einfach, dass ich eigentlich auf dem Land lebe und es mir dort zu gefährlich geworden ist. Ich sage, dass ich mich registrieren lassen will.«

Das klang tatsächlich vielversprechend. »Das könnte funktionieren«, meinte auch Sash und Liz nickte bekräftigend.

»Und was ist, wenn eure Chips doch vibrieren, wenn wir wieder näher an die Stadt herankommen?«, fragte ich, doch Sash schüttelte den Kopf.

»Dann sitzen wir in der Scheiße, aber eigentlich mache ich mir darüber keine Sorgen. Da fließt ziemlich viel Strom durch so ein Ding.«

»Dann taucht mal ab«, sagte Cliff, als er den Fahrer wieder zurückkommen sah, und stieg aus. Liz und ich rutschten in die Fußräume des Wagens, Sash tat es uns gleich und Marek legte sich flach auf die Rückbank. Um nicht gesehen zu werden, musste er seine Beine anwinkeln und zur Seite drehen, was ihm sichtlich Schmerzen bereitete. Er tat mir unheimlich leid.

Es machte mich verrückt, hier unten zu hocken und nicht sehen zu können, wie das Gespräch verlief. Ich war nervös und hatte Angst, der Fahrer könnte Ärger machen oder misstrauisch werden. Doch meine Sorgen waren unbegründet.

Schon nach wenigen Augenblicken kehrte Cliff zurück, mit einem fetten Grinsen im Gesicht.

Er setzte sich auf den Fahrersitz und ließ den Motor an, wozu er natürlich noch immer Matthis' Finger benutzen musste, der mittlerweile eine merkwürdige Farbe angenommen hatte. Ich verfluchte mich, schon wieder hingesehen zu haben, aber es war wie bei einem Autounfall. Wegsehen war genauso wenig eine Option wie Hinschauen.

»Das war einfach«, raunte Cliff. »Der Typ scheint es mit dem Gesetz nicht so genau zu nehmen. Er ist einverstanden, besteht aber darauf, dass ich hier im Wagen bleibe und mich verstecke.«

»Perfekt! Super gemacht«, lobte Liz und unsere Blicke trafen sich. Sie grinste.

»Die Sache hat allerdings einen Haken: Der Fahrer muss jetzt eine gesetzlich vorgeschriebene Pause machen.«

»Wie lange denn?«, fragte Sash.

»Fünf Stunden. Erst danach darf er weiterfahren.«

Mein Blick wanderte zur Digitalanzeige der Autouhr. Es war gerade zwölf Uhr mittags.

»Könnte knapp werden, aber wir müssten es schaffen«, sagte Cliff. »Es könnte uns allen ganz guttun, ein bisschen zu schlafen.«

Da konnte ich ihm auf keinen Fall widersprechen.

Während Cliff den Wagen auf den LKW fuhr, wunderte ich mich nicht zum ersten Mal darüber, wie schnell ich wieder in die Stadt zurückkehrte, die ich in der Nacht zuvor nicht schnell genug hatte verlassen können. Doch vor vierundzwanzig Stunden hatte die Welt ja auch noch ganz anders ausgesehen. Keiner von uns hatte mit dem Auftauchen von Claudius und dem Sandmann rechnen können.

»Wisst ihr, was ich mich die ganze Zeit über schon frage? Wie haben sie uns gestern so leicht gefunden?«, fragte ich leise.

»Sandmann und Claudius?«, fragte Sash zurück.

»Hm.«

»Ich schätze, daran sind auch die verfluchten Chips schuld. Für einen Typen wie den Sandmann ist es kein Problem, die Dinger zu tracken. Wahrscheinlich hat er es mitbekommen, als wir aus der Stadt gebracht wurden. Sie wollten uns benutzen, um dich zu ködern.«

Und es hätte funktioniert, dachte ich. Vielleicht war es doch ganz gut, dass alles so gelaufen war. Hätten Claudius und der Sandmann die anderen als Geiseln genommen, um mich zu erpressen, dann wären wir vermutlich jetzt alle tot. Nur die Möglichkeit, uns elegant und völlig spurlos verschwinden lassen zu können, hatte uns das Leben gerettet. Denn ich wusste, dass Claudius nicht gezögert hätte, uns alle zu erschießen, nachdem er den Rechner an sich gebracht hatte. Allerdings schämte ich mich für diesen Gedanken auch, weil ich nichts Gutes in einer Sache sehen wollte, die einen unschuldigen Menschen das Leben gekostet hatte.

»Habt ihr vereinbart, wo er uns rauslassen soll?«

»Er wird in Britz auf einen kaum genutzten großen Parkplatz fahren und dann eine Zigarette rauchen gehen. Ich soll verschwunden sein, wenn er wiederkommt.«

»Sehr gut, von dort können wir laufen«, sagte Sash und Marek stöhnte theatralisch. Kein Wunder, dass ihm der Gedanke an einen Spaziergang gar nicht behagte.

»Klingt alles machbar«, sagte Liz und gähnte ausgiebig. Wir alle versuchten es uns so bequem wie möglich zu machen, was gar nicht so einfach war. Allerdings hätte ich wahrscheinlich auch auf einem Nagelbrett geschlafen, so fertig wie ich war. Binnen weniger Sekunden war ich eingeschlafen.

Ich wachte erst wieder auf, als der LKW gestartet wurde und unser Wagen leise zu vibrieren begann. Auch die anderen rührten sich und wir sahen einander aus verquollenen Augen an. Dann fuhren wir los und es fühlte sich seltsam vertraut an, in einem Auto zu sitzen, das sich bewegte, aber von keinem gefahren wurde. Ein bisschen war es, wie im Karussell zu sitzen. In einem Schrottkarussell.

Ich hörte Marek leise wimmern. »Soll ich Tiny in die Redaktion bitten?«, fragte ich besorgt und Sash verdrehte die Augen. »Und wie willst du das machen? Beim Operator anrufen und dich zu ihm durchstellen lassen?«

Okay, das war ein Punkt, den ich tatsächlich vorher nicht bedacht hatte.

»Mist«, flüsterte ich.

»Dann muss es erst einmal ein Verband tun.« Er blickte zu meiner Schwester rüber und grinste schief.

Damals, als wir ihn kennengelernt hatten, war es dieses Grinsen gewesen, dass Liz so begeistert hatte. Und in dem Maß, wie sie es früher einmal geliebt hatte, ging es ihr nun auf die Nerven. Ich kannte diesen Blick.

»Lizzie sollte das machen. Meinen blanken Arsch zeige ich nicht jedem.«

»Vergiss es. Vergiss es aus tausend Gründen.«

»Lizzie kann kein Blut sehen. Das weißt du doch. Sash kann es vielleicht machen. Ihr seid doch sicher schon als Kinder nackt zusammen im Planschbecken gewesen oder so was«, sagte ich.

»Sash wird am Rechner gebraucht«, gab Liz zurück und sah mich feixend an. »Du musst das übernehmen.«

Dieser Gedanke behagte mir überhaupt nicht. Gerade als ich Luft holen wollte, hörte ich Cliff leise kichern.

»Meine Güte, ihr benehmt euch ja, als wärt ihr alle zwölf. Ich kann es auch machen, wenn ihr mir dann versprecht, sofort mit dem Gerede über Mareks Hinterteil aufzuhören.«

»Deal«, sagte ich und Sash und Liz stimmten mit ein.

Das ganze ›Gerede über Mareks Hinterteil‹ hatte allerdings sein Gutes: Wir waren zu beschäftigt gewesen, um darauf zu warten, ob ein Chip zu vibrieren begann. Sicherlich hatten wir die Fünf-Kilometer-Grenze bereits hinter uns gelassen.

»Keine vibrierenden Armbeugen oder explodierenden Adern?«, fragte ich zur Sicherheit und alle verneinten. Gut. Nach dem ganzen Pech, das uns in letzter Zeit verfolgt hatte, tat ein bisschen Glück doch auch mal ganz gut. Zum ersten Mal glaubte ich wirklich daran, dass wir es schaffen konnten.

Mir kam in den Sinn, dass wir uns früher viel gestritten hatten, wir vier, manchmal wegen völlig lächerlicher Kleinigkeiten. Wer die Pizzen bezahlte, warum keiner in der Lage war, die Spülmaschine einzuräumen, welchen Film wir uns ansehen sollten oder einfach nur, wer recht oder unrecht hatte. Ich fühlte das tiefe Bedürfnis, mich nie wieder mit Sash, Marek oder Liz zu streiten (auch wenn das völlig unmöglich war) und mich wieder richtig mit meinem Pa zu unterhalten, wenn das alles vorüber war. Der Arme war sicher krank vor Sorge. Ich hatte mich nicht getraut, ihm eine SMS zu schicken oder ihn anzurufen, aus Angst, die Polizei könnte ihn beobachten. Was sie sicherlich auch tat.

Nach ungefähr einer halben Stunde Fahrt blieben wir stehen. Jemand klopfte auf der Fahrerseite an die Scheibe. Das war unser Zeichen, den Wagen zu verlassen.

»Schaut in keine Spiegel, Schaufensterscheiben oder Kameras«, erinnerte ich die anderen.

»Schaut am besten gar nicht nach oben, wenn ihr es vermeiden könnt. Wer weiß, ob ihr nicht auch im System erfasst seid.«

Das Aufsetzen der schwarzen Kapuze war mir mittlerweile schon in Fleisch und Blut übergegangen. Ich streifte sie mir über und stellte mir vor, eine Tarnkappe aufzusetzen. Wenn ich sie aufhatte, verschmolz ich mit der Dunkelheit der Nacht, nur eine schwarze Gestalt, die sich vor schwarzem Untergrund kaum abhob.

Die anderen waren auffälliger gekleidet, aber wenn es einen Ort in Berlin gab, an dem sich Leute nicht darum scherten, wie fertig man aussah, dann war es Neukölln. Wahrscheinlich würde man uns für Junkies halten und einen großen Bogen um uns machen – was mir nur recht war.

»Au, verdammt, tut das weh!«, schimpfte Liz, während sie sich aus dem Auto schälte. »Es fühlt sich fast an, als wären meine Knochen in der kurzen Zeit zusammengewachsen und ich müsste sie jetzt wieder auseinanderreißen.«

Ich wusste, was sie meinte, aber die Zeit unter der Kofferraumverkleidung war schlimmer gewesen.

Es war ein großes Glück für uns, dass Sash immer mit dem Fahrrad durch Berlin gefahren war, weil er Sicherheitskontrollen nicht ausstehen konnte. Er kannte sich exzellent in der Stadt aus und wusste auch jetzt, wie wir zur Redaktion laufen konnten, ohne die Hauptstraßen nutzen zu müssen.

Permanent saß mir die Angst im Nacken, der LKW-Fahrer könnte uns verpfiffen haben, obwohl ich genau wusste, wie irrational und doof diese Angst war. Wieso sollte sich jemand ohne Not selbst belasten? Doch mit der Angst war es leider wie mit allen Gefühlen: Sie war durch gute Argumente nur wenig zu beeindrucken.

Ich war heilfroh, als wir das Redaktionsgebäude erreichten. Es kam mir sogar noch abgewetzter und heruntergekommener vor als beim letzten Mal, doch vielleicht lag das auch an meiner Müdigkeit, der Dunkelheit oder der Gesamtsituation.

Die Eingangstür war schon ewig kaputt, da die Wächter die einzigen Mieter im Haus waren, machte sich niemand die Mühe, den Schaden zu beheben. Deshalb hatte Marek schon vor mehr als einem Jahr das Codeschloss an der Redaktionstür angebracht. Doch als wir oben ankamen, mussten wir feststellen, dass die gesamte Tür ausgetauscht worden war.

»Scheiße«, stöhnte Marek, als er es bemerkte. Hatte die Polizei etwa die gesamte Redaktion ausgeräumt? Was auch immer diese Tür zu bedeuten hatte, eines war sicher: Wir kamen da nicht rein.

Sie hatten eine ganz normale Wohnungstür eingesetzt – eine verdammt geschlossene Wohnungstür.

»Und was jetzt?« Liz stand mit verschränkten Armen auf dem Treppenabsatz und war kurz davor, durchzudrehen. Und auch ich hatte langsam die Nase voll. Schon seit Tagen fühlte ich mich wie eine Laborratte, die durch ein Labyrinth gejagt wurde. Ständig stieß ich gegen Wände.

Sash saß schon auf der Treppe. »WLAN hab ich«, verkündete er nach wenigen Sekunden und alle atmeten auf. Dass er ins Internet konnte, war das Wichtigste, dann hatte sich der Weg hierher auf jeden Fall gelohnt. »Ich würde aber trotzdem gerne rein«, sagte Marek. »Schauen, was noch übrig ist. Pinkeln. Und mich hinlegen.«

Ich griff nach meinem Rucksack und öffnete ihn. »Ich hab ein Taschenmesser dabei«, sagte ich und zog es hervor. »Vielleicht können wir damit ja was anfangen?«

»So langsam glaube ich, du hast einen Gemischtwarenladen da drin«, sagte Liz matt und lächelte.

»Cool, oder? Wie Hermines Perlenhandtasche.«

»Hermine?«, gab Liz verwirrt zurück. »Ist das eine aus deinem Semester?«

Ich schüttelte grinsend den Kopf. Genau wie bei allen anderen Dingen machte sich meine Schwester nichts aus Büchern oder Filmen, die älter als zwanzig Jahre waren. Banausin. Hermine Granger aus den Harry-Potter-Büchern kannte sie deshalb nicht.

»Ist nicht so wichtig. Jedenfalls wollte ich diesmal nicht unvorbereitet in den Kampf ziehen.«

»Ich könnte es schaffen«, murmelte Sash von seinem Platz auf der Treppenstufe aus, komplett in seine Arbeit versunken. Die eine Hand huschte blitzschnell über das Trackpad, während die andere sich unentwegt die Haare raufte. Das tat er immer, wenn er sich besonders stark konzentrieren musste.

»Der Stream startet in vierzig Minuten, ich will versuchen, das Video direkt hochzuladen.«

»Dann sendet NeuroLink das Video selbst?«

»Nicht ganz. Sie nutzen natürlich ihren eigenen Dienst und streamen über CineTube. Und weil es sich hier um eine sehr ... niedrigschwellige Plattform handelt, komme ich da bestimmt gut rein. Ich muss nur den richtigen Moment abpassen.«

»Aber wenn du in ihren Kanal reingehst, dann können sie dich doch wieder rauswerfen«, gab Liz zu bedenken, doch Sash schüttelte den Kopf.

»Nicht, wenn ich ihn hijacke. Außerdem senden sie nicht live, sondern mit zehn Minuten Verzögerung. Wahrscheinlich, um Komplikationen vorzubeugen. Im Saal läuft alles weiter wie geplant, während wir unser Video senden. Bis die merken, was los ist, ist es schon zu spät. Und in dem Chaos, das dann folgen dürfte, denkt da sowieso keiner dran.«

»Du bist genial«, sagte Liz und wuschelte Sash durch

die Haare. Dieser wehrte ihre Hände wie eine lästige Fliege ab.

Hinter mir begann Cliff, sich mit dem Taschenmesser am Türschloss zu schaffen zu machen.

Sash blickte kurz vom Bildschirm auf. Es sah immer ein bisschen so aus, als würde er aus einem Teich auftauchen.

»Willst du noch was aufnehmen?«, fragte er Liz. »Ein kurzes Statement oder so?«

»Würde ich ja gerne, aber womit denn? Mein Handy liegt in irgendeiner stinkenden Polizeikiste und unsere anderen Sachen sind da drin.« Sie zeigte auf die Tür. »Falls sie überhaupt noch da sind.«

»Kein Problem«, sagte Sash und drehte den Laptop in Richtung meiner Schwester. »Der Rechner hat ne Kamera. Wir können eine kleine Videobotschaft aufnehmen und davorschneiden.«

»Meinst du echt?«, fragte Liz.

»Deine Entscheidung«, sagte Sash. »Aber entscheide dich bitte schnell.«

Liz sah mich an. »Was meinst du?«

Ich dachte kurz nach. »Es ist eine gute Idee«, sagte ich schließlich. »Ich finde, du solltest es tun.«

Liz grinste. »Wie sitzen meine Haare?«, fragte sie und versuchte sie mit den Fingern durchzuwuscheln, was ihr kläglich misslang.

»Die eine Hälfte sieht aus wie ein Haufen toter Regenwürmer, die andere erinnert mich an Schrödingers Fell.«

Liz schlug nach mir und ich duckte mich schnell, da ich wusste, wie fest diese Schläge sein konnten.

Sash lächelte und schüttelte den Kopf. »Geschwisterliebe. Da brauchst du keine Feinde mehr.«

»Quatsch«, sagte Liz. »Schwesternliebe rockt. Schwesternliebe for President!«

Ich lachte und wurde in diesem Augenblick von einer solchen Zuneigung für Liz überschwemmt, dass ich sie einfach umarmen musste.

»Schwesternliebe forever«, raunte ich ihr ins Ohr.

»Ich hab dich lieb, Phee.« Liz zog mich noch fester an sich. Bei diesen Umarmungen hatte ich immer Angst, sie könnte mir eine Rippe brechen.

»Ich hab dich auch lieb, Schraubzwinge!«, japste ich.

LIZ

Beinahe eine halbe Stunde lang fummelte Cliff mit Sophies Hilfe am Schloss der Tür herum, doch es hatte keinen Zweck. Das Büro von Pandoras Wächtern würde sich heute für uns nicht mehr öffnen.

Weil ich mir langsam Sorgen machte, es könnten zu viele Keime in Mareks Wunde geraten, erbarmte ich mich und machte ihm einen provisorischen Verband mit einer Kompresse und viel Klebeband aus Sophies Zauberrucksack. Da ich das allerdings auf dem Treppenabsatz tun musste, kamen alle in den Genuss von Mareks hübschem Surferhintern.

Die Minuten verstrichen und allmählich ging es auf neunzehn Uhr zu, dem Zeitpunkt, an dem die Übertragung starten sollte.

»Ich hab's, glaube ich«, verkündete Sash schließlich und ich atmete erleichtert aus.

»Großartig!«, rief ich. »Wie spät ist es?«

»Sechsundfünfzig«, antwortete er, dann sah er mich an. »Wenn wir aufs Dach gehen, können wir die große Leinwand sehen.«

»Das ist eine hervorragende Idee«, sagte ich und Marek nickte eifrig.

Das Dach war unser geheimer Rückzugsort. Niemand

sonst wusste, dass man durch ein Fenster im oberen Flur direkt auf den unteren Teil des Flachdachs klettern konnte. Von dort aus konnte man die große Leinwand am Hermannplatz sehen, die den ganzen Tag nichts als Werbung und Nachrichten zeigte, allerdings ohne Ton. Marek und ich hatten uns einen Spaß daraus gemacht, den Models und Politikern irgendwelchen Quatsch in den Mund zu legen. Darin war ich richtig gut. Da die Bildschirme alle von NeuroLink betrieben wurden, war davon auszugehen, dass sie die Feierlichkeiten übertrugen.

Im Sommer hatten wir dort oft mit Bier und Pizza gesessen, ganz zu Beginn auch manchmal mit Sophie, wenn sie von der Uni kam, bevor der Skandal mit Stina die beiden auseinandergebracht hatte. Nach der SmartPort-Affäre hatten wir ein unbeschwertes Jahr miteinander verbracht, bevor die Dinge schlimm geworden waren. Bevor der Skandal begann und meine Eltern in dieses beschissene kleine Propellerflugzeug gestiegen waren. Sophie und ich nannten es unser ›glückliches Dazwischenjahr‹.

Wir hatten weder Pizza noch Bier, aber in dem engen Treppenhaus bekam ich allmählich Beklemmungen, und mich mit den anderen hinter den kleinen Laptop zu quetschen, erschien mir auch nicht sonderlich erstrebenswert, geschweige denn dem Augenblick angemessen. Also stiegen wir die letzten zwei Stockwerke nach oben und kletterten durch ›unser‹ altes Fenster nach draußen. Es war schon dunkel und bitterkalt, aber daran hatte ich mich mittlerweile beinahe gewöhnt. Doch für Cliff, der seinen Mantelberg natürlich im Bau liegenhatte, war es eine furchtbare Tortur. Ich rechnete ihm hoch an, dass er es trotzdem auf sich nahm – schon nach wenigen Augenblicken zitterte er wie

Espenlaub und begann von einem Bein auf das andere zu treten, um sich ein wenig zu wärmen.

Wir drehten uns so, dass wir die Leinwand sehen konnten, und Sash stellte den Rechner auf einen Schornstein, damit wir den Ton dazu hatten.

Doch wie sich bald herausstellte, war das gar nicht nötig. Sobald das Programm auf den Stream umgestellt wurde, hallte der dazugehörige Ton über die ganze Stadt. Natürlich. Claudius wollte, dass jeder mitbekam, was heute geschah. Dieser arrogante Pavian.

Aber für uns war es hochpraktisch.

Eine Weile sah man nur einen geschmückten Festsaal mit einem Rednerpult auf der Bühne, das ein riesiges Emblem der Firma NeuroLink an der Vorderseite zierte.

Ich hoffte nur, dass dieses Video nun endgültig ausreichen würde, das Logo aus meinem Leben zu radieren. Wenn überhaupt, dann wollte ich es nur noch aus Mülltonnen lugen sehen.

Sash hockte sich vor den Laptop und gab ein paar Codes ein. Dennoch erschrak ich, als plötzlich mein Gesicht auf der großen Leinwand erschien.

Bleich und abgekämpft, mit unzähligen Schrammen an Stirn, Wangen und Kinn. Ich hatte keine Ahnung, wann und wo ich mir die alle zugezogen hatte.

»Guten Abend Berlin«, hörte ich mich sagen. »Guten Abend Deutschland. Für alle, die mich noch nicht kennen: Mein Name ist Elisabeth Karweiler. Meine Eltern waren Carlotta und Leopold Karweiler, im journalistischen Kontext bin ich den meisten besser als ›Watchdog Taylor‹ bekannt, mein Alter Ego für den Blog ›Pandoras Wächter‹, für den ich bis zu dem Tag schrieb, an dem mein Leben zusammenbrach. Ich wurde des Mordes an Harald Winter angeklagt, für schuldig befunden und aus der Stadt verbannt, meine Zwillingsschwester Sophie, meine beste Freundin und engste Vertraute, blieb zurück. Mein beträchtliches Vermögen wurde der Staatskasse zugesprochen. Viele werden von dem Fall gelesen haben. Mich verurteilt und verteufelt haben – und ich kann es niemandem verdenken. Doch was ihr da gelesen habt, war falsch. Ich habe Harald Winter nicht umgebracht. Dieser Mord war geplant, sauber und fast genial – aber nicht von mir.« Ich holte tief Luft, straffte die Schultern und blickte danach wieder in die Kamera.

Mit fester Stimme fuhr ich fort: »Den Mord beging niemand Geringeres als Tobias Claudius, der Mann, der heute Abend den NeuroLink-Thron besteigen soll, es jetzt in diesem Augenblick vielleicht sogar tut. Claudius hat mein Leben zerstört, ich kann nicht zählen, wie oft ich in den letzten paar Tagen dem Tod nur knapp entronnen bin. Und doch bin ich heute Abend hier, um euch die Wahrheit zu sagen. Natürlich müsst ihr mir nicht glauben. Ich würde mir selbst auch nicht glauben. Das ist auch gar nicht nötig – ihr werdet es gleich mit eigenen Augen sehen. Sollten gerade Kinder zuschauen, wäre es besser, ihnen die Augen zuzuhalten oder sie aus dem Zimmer zu schicken. Solche Bilder sind nicht für Kinderaugen bestimmt. Ich danke euch.«

Mein Gesicht verschwand und ich fühlte, wie Sophie immer näher an mich heranrobbte und schließlich direkt neben mir saß. Sie hielt mir die Hand hin und ich verschränkte meine Finger mit ihren. Dass die Leute ihre Kinder vor dem Video schützen sollten, war ihre Idee gewesen. Sie war die Einzige von uns, die es überhaupt schon gesehen hatte, und ich war froh, dass sie mich darauf aufmerksam gemacht hatte.

Das Gesicht von Harald Winter erschien auf der Leinwand und mein Herz begann zu rasen. Er schien konzentriert mit etwas beschäftigt zu sein, wirkte aufgeräumt und entspannt. Sein Telefon klingelte und eine Sekretärin kündigte mein Kommen an. Als ich kurz darauf meine eigene Stimme hörte, hätte ich mich vor Anspannung beinahe übergeben.

Ich sah, woran ich mich nicht mehr erinnern konnte. Und das ganze Land sah es mit mir.

SOPHIE

Es fühlte sich richtig, bedeutungsvoll und übergroß an, als das Video über den Stream gesendet wurde. Dieser Moment hatte eine unglaubliche Relevanz, das fühlte ich mit jeder Faser meines Herzens. Keiner von uns sagte auch nur ein Wort, während wir die Bilder in uns aufnahmen, die von der Rechnerkamera im Büro aufgezeichnet worden waren.
»Es funktioniert«, murmelte Sash und ich lächelte leicht. Natürlich funktionierte es.
Doch meine Augen waren nicht auf die Leinwand gerichtet. Schließlich hatte ich schon genug von diesem Video gesehen, dass es für ein ganzes Menschenleben reichte. Mein Blick galt einzig und alleine meiner Schwester. Für diesen Moment hatten wir all das auf uns genommen, dafür war ich zum Sandmann gegangen, hatte mich durch die ganze Stadt jagen lassen, wäre fast erstickt.
Damit ihr Gerechtigkeit widererfuhr. Ich hatte es nicht getan, um Tobias Claudius das Handwerk zu legen, den Sandmann oder NeuroLink endgültig zur Strecke zu bringen. Nein, ich hatte es getan, weil ich meine Zwillingsschwester liebte. Sie war das größte Geschenk, das mir mein Leben bisher gemacht hatte. Ohne sie hätte ich auch Sash niemals kennengelernt, das zweitgrößte Geschenk meines Lebens.
Während Liz' Blick unruhig jede kleine Bewegung auf

dem Bildschirm wahrnahm, zuckten ihre Mundwinkel und ihre Hand lag fest in meiner. Die Nasenflügel bebten.

In diesem Augenblick wurde mir klar, dass es für Tobias Claudius ein Leichtes gewesen wäre, Liz ebenfalls zu töten. Er hatte es nur deshalb nicht getan, weil sie ihm noch von Nutzen sein sollte. Sicher dachte sie auch gerade daran. Es musste schlimm sein, sich so was anzusehen. Ich persönlich glaubte, dass es besser war, ohne eigene Erinnerungen an diese Nacht zu leben. Ich wünschte ihr von Herzen, dass die Ereignisse von damals für immer tief in ihr verschüttet bleiben würden und nie wieder an die Oberfläche gelangten.

Doch wenn es geschah, dann würde ich bei ihr sein und sie festhalten. So wie immer.

Das Video brach ab und der Stream zeigte wieder den Festsaal, vermutlich im NeuroLink-Gebäude, der sich im Vergleich zu vorhin deutlich verändert hatte. Es herrschte das reinste Chaos, Leute brüllten durcheinander, Stühle flogen. Die Polizei hatte die Veranstaltung offensichtlich gestürmt, Beamte pflügten durch die Menge wie Frachter durch das offene Meer. Claudius war nirgendwo zu sehen.

Liz' Körper glich einer gespannten Sehne. Keiner von uns hatte gemerkt, dass sich eine Wachdrohne auf uns zubewegte. Wir nahmen sie erst wahr, als uns ihre kleinen Scheinwerfer trafen. Ich hob verwundert den Kopf und schaute direkt ins Licht.

»Lauft!« Cliff sprang auf und half Marek auf die Beine, Sash riss an meinem rechten Arm, Liz und ich kamen taumelnd auf die Füße und rannten ebenfalls los in Richtung Fenster.

Ich hörte eine Computerstimme, doch ich verstand nicht, was sie sagte. Liz hielt meine Hand fest, sie ließ mich nicht

LIZ

Sophie stolperte und fiel zu Boden. Der Sturz war so heftig, dass sie mich um ein Haar mit nach unten gerissen hätte. »Steh auf!« Ich zog an ihrem Arm, wollte ihr helfen, doch sie rührte sich nicht. War sie etwa in Ohnmacht gefallen? Ich kniete mich neben meine Schwester, um sie zu schütteln, doch sie war merkwürdig schlaff. Sash hockte mir gegenüber und ich forderte ihn mit einem Blick auf, sie umzudrehen, damit wir ihr Gesicht sehen konnten.

Als Sash meine Zwillingsschwester zur Seite drehte, sah ich es. Auf dem schmutzig grauen Flachdach, genau dort, wo Sophie gerade gelegen hatte, kam ein Blutfleck zum Vorschein. Er schimmerte frisch und dunkel im diffusen Licht der Stadt.

Panik überrollte mich plötzlich und mit voller Wucht. Noch während ich versuchte, zu begreifen, was das alles zu bedeuten hatte, hörte ich wie von ferne, dass Sash zu schluchzen begann.

»Sie haben sie erschossen«, schrie er, sprang auf die Füße und rannte in Richtung der Drohne, die wie festgenagelt in der Luft schwebte. Marek und Cliff eilten hinter ihm her.

In dem Moment zerbarst meine Welt in tausend winzige Teile, unwiederbringlich und unabänderbar – weil ich wusste, dass er die Wahrheit sagte. Sophies schönes blasses Ge-

sicht, das ich normalerweise lesen konnte wie ein offenes Buch, war so leblos wie das einer Porzellanpuppe. Da war nichts mehr übrig, alles in wenigen Sekunden ausradiert. Meine Schwester war fort.
Da begann ich zu schreien. Verschränkte meine Finger wieder mit ihren, forderte sie auf, wieder zu atmen, ihre verdammten Augen wieder aufzumachen. Verzweifelt und ungläubig zog ich sie an mich, stritt mich regelrecht mit Sash, der nun neben mir zusammengesunken war und sie ebenfalls umklammert hielt, als wolle er sie zurückzwingen.
»Ich lass sie nicht los«, schrie ich, während ich sie ganz fest an mich drückte. »Ich lass dich nicht los!«, flüsterte ich in ihre tauben Ohren. »Niemals.«
Ein letztes Mal hielt ich meine Schwester fest im Arm; während meine Tränen und mein Rotz in ihre Haare sickerten, schaukelte ich sie vor und zurück, als wäre sie ein kleines Kind, das beruhigt werden musste.
»Ich bin bei dir«, sagte ich immer und immer wieder. »Ich gehe nicht weg. Ich bin bei dir!«
Die anderen nahm ich gar nicht mehr wahr, da waren nur noch ich und sie, Phee und Lizzie, die Welt um uns herum existierte nicht mehr.
Und ich wünschte, sie würde explodieren. Ich wünschte in diesem Augenblick, jeder Mensch auf der Welt, inklusive meiner selbst, würde einfach tot umfallen. Es konnte nicht sein, dass noch irgendjemand leben durfte, wenn Sophie tot war.
Wie von ferne hörte ich Schreie und das Trampeln von Stiefeln. Doch ich schaute nicht auf, sondern vergrub mein Gesicht in ihren Haaren, zog sie nur fester an mich, wollte sie beschützen, doch ich versagte – wie schon zuvor.

Kräftige Hände legten sich um meinen Brustkorb und rissen mich nach oben, fort von ihr. Meine Hand hielt Sophies fest umklammert. Ich wollte nicht zulassen, dass sie mir weggenommen wurde. Sophie gehörte zu mir! Irgendjemand versuchte meine Finger zu lösen, doch ich trat nach ihm. Ich schrie, trat um mich, zappelte und spuckte.

Erst als ein Schlagstock mit voller Wucht auf meine Hand niedersauste und dabei meine Knochen brach, ließ ich los.

Und während die Polizisten mich von ihr wegzerrten, konnte ich nur daran denken, dass ich alles dafür gegeben hätte, wenn sie mich an ihrer Stelle erschossen hätten.

News of Berlin

Der Morgen danach

Ein stahlgrauer Himmel begrüßt uns an diesem Morgen in Berlin, an dem sich die Stadt noch die Wunden der vergangenen Nacht leckt. Neben der Eskalation im Festsaal des NeuroLink-Gebäudes, die schließlich mit der Verhaftung von Tobias Claudius ein Ende fand, spielte sich in der Nähe des Hermannplatzes eine ganz andere Tragödie ab. Unbestätigten Informationen zufolge hielten sich die Schwestern Elisabeth Karweiler und Sophie Kirsch gemeinsam mit Sascha Stubenrauch und Marek van Rissen auf dem Dach des Hauses auf, in dem die Redaktion von Pandoras Wächtern bis vor Kurzem ihren Sitz hatte. Wie die drei Verbannten Karweiler, Stubenrauch und van Rissen überhaupt zurück nach Berlin gelangt sind, wird noch zu klären sein, fest steht aber, dass die Gruppe von dort aus den Übertragungsstream der Ernennungsfeier manipulierte und so das Video von der Mordnacht einspielte, das zweifelsfrei die Schuld von Tobias Claudius und die Unschuld von Elisabeth Karweiler beweist.

Offenbar wurden die jungen Leute dabei von einer Wachdrohne entdeckt, die in Sophie Kirsch die flüchtige dreifache

Mordverdächtige erkannten, für die im Fluchtfall ein Schießbefehl galt, den die Drohne auch ausführte. Sophie Kirsch war sofort tot.

Das ist insbesondere im Lichte der Zeugenaussage tragisch, über die wir gestern am späten Abend bereits berichteten. Ein junger Mann hatte bei der Polizei ausgesagt, mit Sophie Kirsch zusammen gewesen zu sein, und zwar bis zu einem Zeitpunkt, an dem die Wachmänner laut Obduktionsbericht bereits seit mehreren Stunden tot waren. Da der junge Mann ebenfalls der Hacker-Szene zugeordnet wird und den Behörden bereits aufgefallen war, führte seine Aussage jedoch nicht zur Herabstufung des Fahndungsbefehls. Doch im Lichte der Videoaufzeichnungen aus der Mordnacht und der eindeutigen Unschuld von Karweiler drängen sich nun natürlich ebenfalls Zweifel an der Schuld von Sophie Kirsch auf. Vielleicht ist sie, genau wie ihre Schwester, einem Komplott zum Opfer gefallen, der sie schlussendlich das Leben kostete. So oder so ist ihr Tod ein schlimmer Verlust für Elisabeth Karweiler. Die Behörden werden prüfen müssen, welche Konsequenzen dieser Justizirrtum für die Arbeit der Sicherheitsorgane dieser Stadt und der anderen Safe-City-Zones zur Folge haben muss. Natürlich wird die junge Frau zu entschädigen sein, doch ihre Schwester kann ihr niemand wieder zurückgeben. Man kann ihr nur viel Kraft für die kommenden, dunklen Tage wünschen.

Pandoras Wächter

Abgesang

Dies ist kein normaler Artikel, keiner von denen, wie ich schon Hunderte für diesen Blog verfasst habe, sondern gleichzeitig ein Abschiedsgruß, eine traurige Liebesgeschichte und eine letzte Mahnung von meiner Seite. Am Abend des 2. Februar 2034 hat man mir das Leben genommen. Ich schreibe und atme noch, doch innerlich bin ich eine karge Wüste, weil mir der Mensch genommen wurde, den ich auf der Welt am meisten liebte. Und nicht nur für mich war sie der wunderbarste Mensch auf Erden, auch für ihre Schwester, euren Watchdog Taylor, die in diesem Augenblick neben mir sitzt. Sie kann nicht mehr schreiben, weil der Schlagstock eines Polizisten ihre linke Hand zertrümmert hat. Und obwohl sie früher nie zum Schweigen zu bringen war, fehlen ihr noch immer die Worte, um zu beschreiben, welche Zerstörungen diese Nacht bei uns angerichtet hat.
Sophie war meine große Liebe; das wussten nur wenige. Wenn sie lachte, dann verschwand jeder dunkle Gedanke aus meinem Herzen, wenn sie weinte, war ich bereit, alles zu tun, um ihre Tränen zu stoppen.
Der Abend des 2. Februar wird überall als der Startpunkt für den rasanten Fall der Firma NeuroLink kommuniziert, doch obwohl Liz und ich in den letzten Jahren genau gegen diese Firma wie die Löwen gekämpft haben, hat ihr Niedergang keinerlei Bedeutung für uns. Es

macht Sophie nicht mehr lebendig, aber mir ist wichtig, noch einmal zu berichten, wie sie gestorben ist.

Sophie wurde erschossen, weil sie verdächtigt worden war, drei Männer getötet zu haben, die jedoch, wie man inzwischen weiß, von Thomas Sandmann über ein Zerstörungsprogramm ums Leben gebracht wurden, mit dem er die SmartPorts in den Schläfen dieser Männer explodieren ließ.

Ihr Gesicht wurde daraufhin auf den Server von Neuro-Link hochgeladen, mit dem Status ›flüchtig‹ versehen und in die Kategorie ›besonders gefährlich‹ eingestuft, weil Thomas Sandmann ausgesagt hatte, dass sie eine neue, gefährliche Waffe bei sich führen würde – die jedoch überhaupt nicht existiert. Diese Einstufung hat grundsätzlich zur Folge, dass ein gesuchter Verdächtiger erschossen werden darf, wenn er versucht, zu fliehen. Diese neue Härte haben wir übrigens auch der Strafrechtsreform zu verdanken.

Dank der Gesichtserkennungssoftware von NeuroLink konnte sie sich in der Stadt kaum noch frei bewegen, jeder Spiegel, jede Kamera, ja sogar jedes Schaufenster erkannten ihre Gesichtszüge und übermittelten ihren Standort.

Und auch die Wachdrohnen, die über der Stadt und an den Außengrenzen kreisen, hatten diese Daten. Eine von ihnen hat uns an jenem Abend auf dem Dach aufgespürt, von dem aus wir das Spektakel bei NeuroLink auf einer der großen Leinwände verfolgten.

Zu diesem Zeitpunkt waren wir alle entweder Verbannte oder Verdächtige. Natürlich rannten wir los, als wir die Drohne entdeckten.

Sie schoss sofort.

Nicht ein Mensch hat die Liebe meines Lebens erschossen, sondern eine Maschine.

Ein Mensch hätte sie vielleicht nicht erkannt. Hätte abgewartet, vielleicht eine Warnung gerufen, wäre vielleicht hinter uns hergerannt oder hätte Sophie in den Fuß geschossen. Hätte Hemmungen gefühlt oder Gnade gezeigt. Doch Maschinen tun so etwas nicht. Sie funktionieren. Und da alles ›seine Richtigkeit‹ hatte und ›im Rahmen der Gesetze‹ abgelaufen ist, wird ihr Tod als tragischer Unfall bezeichnet und so gut wie möglich unter den Teppich gekehrt. Sie hat nichts getan – Sophie war von Anfang an ein Opfer. Das muss man sich mal auf der Zunge zergehen lassen. Vier Menschen wurden zu Unrecht beschuldigt, drei davon verbannt und somit wissentlich in Todesgefahr gebracht, und eine unschuldige junge Frau verlor sogar ihr Leben.

Und niemand sieht das große Unrecht, den großen Denkfehler unserer schönen neuen Welt.

Wir wurden rehabilitiert, unser Geld zurück auf die Konten transferiert, wir haben Entschuldigungsschreiben des amtierenden Bürgermeisters der Stadt Berlin und eine Entschädigungszahlung bekommen. Ach ja: Der Polizeipräsident hat auch noch unterschrieben. Alles wieder in Ordnung – nichts passiert.

Wir haben beschlossen, dass wir so nicht mehr leben können und wollen. Diese Gesellschaft hat uns alles genommen, wir verunmenschlichen immer mehr, ohne dass wir es merken.

Lange Zeit habe ich gedacht, ich müsste hierbleiben und gegen die großen Technikkonzerne kämpfen, die die

Macht in Europa nach und nach übernehmen. Der nächste Konzern steht schon in den Startlöchern, um den Platz von NeuroLink einzunehmen. Mittlerweile glaube ich, dass ich rein gar nichts tun kann, um diese Entwicklung zu verhindern. Also haue ich ab.
Ich möchte euch für eure Treue, eure Zuschriften und eure Anteilnahme danken. Uns allen bedeutet das sehr viel. Doch Taylor und ich, wir sind raus. Passt auf euch auf und bleibt wachsam.

Euer Watchdog Sash und euer Watchdog Taylor

LIZ

Ich stieg die Treppen nach oben in den fünften Stock und meine Füße fühlten sich dabei an, als seien sie schwer wie Blei. Seit vier Wochen war Sophie bereits tot und ich schämte mich, dass ich so lange gebraucht hatte, um diesen Gang anzutreten. Doch ich hatte bisher noch nicht die Kraft dazu gefunden.

Als ich endlich oben ankam, erwartete er mich bereits in der Tür. Er war alt geworden, fuhr es mir durch den Kopf. Die grauen Strähnen, die sich früher noch durch seine langen Haare und den Bart gezogen hatten, waren verschwunden und hatten reinem Weiß Platz gemacht.

Bei seinem Anblick wurde ich von Furcht, Trauer und Schuldgefühlen schier überwältigt – ich konnte kaum atmen. Doch ich zwang mich, ihm in die Augen zu sehen. Morgen würden wir endgültig das Land verlassen und ich würde hoffentlich nie wieder einen Fuß in diese Stadt setzen. Es musste also heute sein; das war ich Sophie schuldig. Und ihm auch.

Emmanuel Kirsch, Sophies Adoptivvater, lächelte traurig. »Hallo Liese«, sagte er. Nur Emmanuel nannte mich so. In diesem Kosenamen schwang mein gesamtes früheres Leben mit und ich konnte nicht anders, als mich in seine Arme zu werfen.

Bei der Trauerfeier war ich noch kaum ansprechbar gewesen, es war das erste Mal, dass wir wirklich aufeinandertrafen. Und sofort, wie in letzter Zeit immer und immer wieder, brachen die Dämme und ich begann zu weinen.
»Ich hab sie nicht losgelassen«, schluchzte ich. »Ich... ich...«
Emmanuel löste seine Umarmung sanft und schob mich so weit von sich weg, dass wir einander in die Augen sehen konnten. Seine waren wässrig blau, traurig und doch voller Wärme.
»Das habe ich auch nie geglaubt«, sagte er.

Er ließ mir Zeit, mich zu beruhigen und setzte einen Tee auf. Aus dem hinteren Teil der Wohnung kam meine alte Dalmatinerdame Daphne träge angelaufen, um mir mit leichtem Schwanzwedeln die Hand zu lecken und sich dann auf meine Füße zu legen. Ihre Anwesenheit tröstete mich ein wenig.

»Danke, dass sie bei dir bleiben darf«, sagte ich und Emmanuel lächelte leicht. »Sie ist nun wirklich keine Last. Daphne, der Kater und ich, wir bilden unser eigenes kleines Seniorenstift. Wir sind alt und unansehnlich, aber wenigstens nicht ganz so einsam.«

Er stellte mir eine Tasse Tee auf den Tisch. »Juan hat gesagt, dass ihr morgen fliegt?«

Ich nickte. »Ja, ganz früh.«

»Hm.«

Er setzte sich mir gegenüber.

»Du könntest mit uns kommen«, sagte ich, obwohl ich schon wusste, dass er dieses Angebot ablehnen würde. Juan hatte mit ihm schon ein paarmal darüber gesprochen.

Auch diesmal schüttelte er wieder den Kopf und nahm seine kleine Lesebrille ab, die er immer auf der Nasenspitze trug.

»Das geht leider nicht.«

»Wir haben mehr als genug Geld«, murmelte ich. »Und Platz haben wir auch. Cliff kommt auch mit uns. Nur Marek bleibt in Berlin. Er möchte seine Eltern nicht alleine lassen.«

»Das ist es nicht«, sagte Emmanuel. »So gern ich dich habe, Liese, aber ich könnte nicht mit dir unter einem Dach leben.«

Er griff nach meiner Hand und ich ließ es geschehen. Seine war von der Arbeit in den alten Kirchen schwielig und rau, aber warm und sein Griff war sanft.

»Es ist nur so, dass ich es nicht ertragen könnte. Du trägst ihr Gesicht. Aber du bist nicht sie.«

Meine Tränen tropften wieder auf die Tischplatte, eine nach der anderen. Es klang wie Regen.

»Ich weiß«, flüsterte ich kaum hörbar. »Seitdem sie tot ist, kann ich nicht mehr in den Spiegel sehen. Vielleicht werde ich es nie wieder können.«

Wir saßen einander schweigend gegenüber und die Stille dehnte sich beinahe bis zur Unendlichkeit aus. Ich hätte nichts dagegen gehabt, einfach mit dem alten Holzstuhl, auf dem ich saß, zu verwachsen. Ein alter, knorriger Baum zu werden, der nichts weiter tun musste, als Blätter zu bekommen und wieder zu verlieren.

»Bist du gekommen, um dich von mir zu verabschieden?«, fragte Emmanuel schließlich leise und ich hob den Blick.

»Ich bin vor allem hier, um dir zu erzählen, was passiert ist. Die ganze Wahrheit, von Anfang an.«

Ich merkte, wie seine Hände zu zittern begannen. Sein Atem ging nun flacher und ich hörte ihn leise schniefen. »Danke«, sagte er. »Das bedeutet mir unendlich viel.« Ich wusste nicht, wie ich anfangen sollte. An welchem Punkt begann die Geschichte, die auf dem Dach der Redaktion ihr Ende fand?

Noch während ich nach den richtigen Worten suchte, um etwas zu beschreiben, an das ich am liebsten überhaupt nicht mehr denken würde, sagte Emmanuel sanft: »Nimm dir so viel Zeit, wie du brauchst. Ich höre zu.«

LIZ

Cartagena

Ich saß auf meinem Lieblingsfelsen und schaute aufs offene Meer hinaus. Die sinkende Abendsonne tauchte den karibischen Ozean in glitzerndes Leuchten. Niemals hätte ich gedacht, dass Kolumbien so schön sein konnte. Seitdem wir das Haus in der Altstadt Cartagenas gekauft hatten, verbrachte ich die meiste Zeit hier auf diesem Felsen und schaute hinaus aufs Wasser. Juan, Fe, Cliff und Sash ließen mich die meiste Zeit gewähren und ich war ihnen dankbar dafür. Sash verschanzte sich ohnehin oft tagelang in seinem Zimmer und bastelte an irgendwelchen Programmen herum; zu arbeiten wie ein Wahnsinniger, schien seine Art zu sein, die Trauer zu bekämpfen. Er war bitter und hart geworden. Ich konnte ihn verstehen. Manchmal, wenn wir nachts nicht schlafen konnten, trafen wir uns auf der Dachterrasse, blickten über die Dächer der Stadt und flüsterten uns leise unsere Lieblingsgeschichten über Sophie zu. Manchmal weinten wir aber auch nur zusammen. Fe sorgte nur dafür, dass wir genug Kalorien zu uns nahmen, um nicht umzukippen. Die meiste Zeit des Tages verbrachte ich hier draußen am Ozean. Wenn ich aufs Wasser schaute, hörte ich wenigstens auf zu denken.

Ich ließ meinen Blick umherwandern. Er fiel auf meine Arme. Der Flügel mit Sophies Todesdatum, den ich mir auf den rechten Arm hatte tätowieren lassen, glänzte noch frisch, die Schwellung war noch nicht ganz abgeklungen. Ich legte die beiden Arme aneinander und betrachtete das Flügelpaar. Ich würde niemals abheben, dafür war mein Herz einfach zu schwer. Meine linke Hand lag steif und ein wenig verkrümmt in meinem Schoß. Sie würde nie wieder richtig funktionieren, aber das war mir ganz recht. Ich würde schließlich auch nie wieder richtig funktionieren.

Nach einer Weile fühlte ich, dass sich jemand neben mich setzte.

»Hey«, sagte Cliff und ich nickte.

»Fe meint, ich sollte dir das hier bringen. Es kam gerade mit der Post.«

Er legte mir einen Umschlag in den Schoß. Mein Name und meine neue Adresse waren mit blauem Kugelschreiber sorgfältig auf den Umschlag geschrieben worden, doch der Brief trug keinen Absender.

Ich nickte wieder. »Okay.«

»Hast du ein bisschen Kleingeld?«, fragte Cliff. »Ich brauche was zu trinken. Willst du auch was?«

Mir war klar, dass er nur einen Vorwand suchte, um mich taktvoll mit dem Brief alleine zu lassen, und das war auch gut so. Mit der rechten Hand zog ich einen Geldschein aus der Hosentasche und hielt ihm diesen hin. »Reicht das?« Ich hatte mich noch nicht mit der Währung Kolumbiens beschäftigt, seitdem wir hier angekommen waren. Eigentlich hatte ich mich noch mit überhaupt nichts beschäftigt.

»Locker«, sagte Cliff, nahm den Schein entgegen und verschwand.

Ich öffnete den Umschlag und zog eine Karte und einen zusammengefalteten Brief heraus.
Die Karte las ich zuerst.

›Sehr geehrte Frau Karweiler,
mein Name ist Winfried Huber. Ich bin Polizeikommissar in Pension. Mein letzter Fall als aktiver Polizist war der Mord an einem Berliner Anwalt, der allerdings nicht aufgeklärt werden konnte. Vor drei Monaten erhielt ich per Mail einen anonymen Hinweis auf Beweisstücke zu diesem, die sich auf der Flughafenbrache des BER befinden sollten. Ich gab nicht viel darauf, fuhr aus Neugierde aber dennoch hin und fand einen großen Karton vor, genau an beschriebener Stelle. Zwischen einigen Akten, die damals aus der Kanzlei des Anwalts verschwunden waren, fand ich auch folgenden Brief. Ich habe ihn einbehalten, anstatt ihn meinen Kollegen auszuhändigen, weil ich der Auffassung bin, dass er Ihnen gehört. Es tut mir aufrichtig leid, dass er nur noch Sie erreicht, doch ich hoffe, dass er Ihnen etwas bedeuten wird.
Mit den besten Wünschen für Ihre Zukunft, W. Huber.‹

Ich wusste nicht genau, was mich erwartete, doch ein nervöses Prickeln raste über meine Wirbelsäule, als ich den Brief öffnete. Das Papier hatte eindeutig schon bessere Tage gesehen, der Brief war oft gelesen worden und er hatte schon einige Jahre auf dem Buckel. Die Worte, die daraufstanden, waren in einer zackigen Handschrift verfasst. Mir stockte der Atem, als ich die erste Zeile las.

›Meine Mädchen,
wenn ihr diesen Brief in den Händen haltet, dann bin ich ge-

storben, bevor ich das Privileg hatte, euch kennenzulernen. Meine Krankheit schreitet voran und ich weiß nicht, ob ich bis zu eurem achtzehnten Geburtstag durchhalte. Doch vorher darf ich euch nicht sehen, so sieht es leider das Gesetz vor. Ich hoffe, ihr habt euch mittlerweile kennengelernt und kommt gut miteinander aus. Glaubt mir, ich würde alles geben, um zu sehen, was aus euch geworden ist. Aber manche Dinge sollen nicht sein.
Sicher seid ihr wütend, enttäuscht, verwirrt und wollt nichts von mir wissen, und ich kann es verstehen. Ich kann euch nicht erklären, was passiert ist oder warum eure Mutter sterben musste, da euch dieses Wissen in Gefahr bringen würde, doch ich möchte unbedingt, dass ihr wisst, dass ich Helen nicht getötet habe. Sie war mein Leben, mein Ein und Alles. Niemals hätte ich ihr ein Haar krümmen können.
Ich kann euch nicht mehr sagen, als dass ich ins Gefängnis gehen musste, um die Welt vor meinem Wissen und euch vor Gefahren zu schützen, denen ihr hoffentlich niemals begegnen werdet. Alles, was ich getan habe, habe ich aus Liebe getan. Ich kann mir nur wünschen, dass ihr mir glaubt.
Habt ein wundervolles Leben, seid aufrecht, ehrlich, haltet zusammen und wascht euch vor dem Essen die Hände. Zieht euch warm an, wenn es kalt ist, und kalt, wenn es warm ist. Stellt die richtigen Fragen und lasst euch niemals verbiegen. Liebt einander so, wie wir euch geliebt haben, dann kann gar nichts schiefgehen. Helen und ich sind immer bei euch, in eurer Vergangenheit, in eurer DNA und hoffentlich, von nun an, in euren Herzen.
Es küsst euch für immer
euer Vater
Sebastian‹

Ich las den Brief wieder und wieder. Nahm nur am Rande wahr, dass Cliff mir eine kalte Limonade hinstellte. Meine Finger zitterten, als ich ihm wortlos den Brief herüberreichte.

»Wow«, sagte er nach einer Weile und ich wunderte mich darüber, dass es genau das richtige Wort war, um zu beschreiben, was dieser Brief für mich bedeutete.

»Glaubst du, der Tipp kam von diesem Sandmann? Dass er deswegen nicht mit uns raus aus dem Bau ist?«, fragte er nun und ich zuckte mit den Schultern. Denn die Wahrheit war, dass es mir völlig egal war. Wer immer es gewesen war, hatte mir einen großen Gefallen getan. Ich wollte nicht darüber nachdenken.

Er war ein kleines Wunder. Dieses Blatt Papier schenkte meinem Herz ein kleines bisschen Frieden. Es war nur ein Anfang, aber gerade in diesem Augenblick glaubte ich zum ersten Mal, dass ich vielleicht doch wieder heilen konnte. Mir würde immer etwas fehlen, ich war kaputt, aber vielleicht doch nicht ganz zerstört.

Vielleicht.

Ich faltete den Brief zusammen und steckte ihn sorgfältig in meine Hosentasche. Bereits jetzt schon wusste ich, dass ich mich niemals von ihm trennen würde.

Mein Kopf sank auf Cliffs Schulter und wir beobachteten, wie die Sonne im Meer versank.

Und zum ersten Mal sah ich die Farben. Sah leuchtendes Orange, Türkis, Gelb und Dunkelblau, sah die bunten Boote an den Molen schaukeln und den gelben Sand, der sich im Wasser verlor.

Es war wunderschön.

Danke!

Die Reise von Liz, Sophie und mir ist nun zu Ende und wieder muss ich ein riesenfettes Dankeschön loswerden. Denn niemand schreibt alleine. Jedes einzelne Buch ist ein Beweis für Freundschaft, gute Zusammenarbeit, einen langen Atem, ganz viel Herzblut (und manchmal auch Schweiß und Tränen, wie in diesem Fall) und Unterstützung. Und Unmengen verputztes Soulfood.

Markus – Ich danke dir für mittlerweile schon irre sieben Jahre Unterstützung in jedweder Hinsicht. Danke für die Begleitung auf dieser aufregenden Reise; sie hat gerade erst angefangen!

Anna – Mit dir am anderen Ende der Leitung fällt mir so vieles leichter. Vor allem aber das Schreiben. Ohne dich wäre dieses Buch nicht dasselbe. Danke, dass du in meiner Hosentasche wohnst!

Michelle – Danke für deinen Witz (»Alter, was für ein Arsch!«), deine großartigen Vorschläge und deinen Einsatz. Entschuldige, dass ich George sein musste. Es ging nicht anders.

Susanne & Martina – Ich danke euch, dass ihr auf meinen verrückten Vorschlag eingegangen seid und Cassandra möglich gemacht habt. Ich bin gerne bei euch und freue mich auf das, was kommt.

Mama & Papa – Ich danke euch für dieses zauberschöne Leben, dass ihr jeden Quatsch mitmacht und immer für mich da seid.

Sophie, Silke, Daniel, Judith, Rieke, Sandra – Ihr seid

die besten Freunde, meine Leute eben. Das Leben ist trist ohne euch.

Patrick – Du bist mein Alles. Danke für jeden Schritt, den du an meiner Seite machst. Raus in die Welt und nach Hause zurück. Du machst mein Leben wundervoll.

Ihr alle – Seitenfresser, Buchhändler, Blogger, Gelegenheitsleser, Bücherwürmer, Zwischenzeilenbewohner, Bücherhelden, Federschwinger, Tastenakrobaten, Buchagenten, Weltenwechsler und Buchgeruchsüchtige … DANKE, dass ihr dieses Buch und mein Leben als Schriftstellerin überhaupt möglich macht.

Eva Siegmund
Pandora –
Wovon träumst du?

ca. 400 Seiten, ISBN 978-3-570-31059-5

Sophie lebt in einer Welt, in der alle durch einen Chip im Kopf jederzeit unbeschwert online gehen können. Als sie erfährt, dass sie adoptiert ist und eine Zwillingsschwester hat, erkunden die Mädchen damit ihre Vergangenheit – und stoßen schon bald auf seltsame Geheimnisse. Ihre Recherchen bringen den Sandman auf ihre Spur. Er will die Menschheit mithilfe eines perfekt getarnten Überwachungssystems beherrschen, und nur die Zwillinge können ihn und seine allmächtige NeuroLink Solutions Inc. zu Fall bringen. Doch das bringt sie in höchste Gefahr ...

www.cbt-buecher.de

Eva Siegmund
LÚM – Zwei wie Licht und Dunkel

400 Seiten, ISBN 978-3-570-16307-8

In der Trümmerstadt Adeva entscheidet sich für alle 15-Jährigen in der Nacht der Mantai, welche Gabe sie haben. Ein Mal, das auf dem Handgelenk erscheint, zeigt an, ob man telepathisch kommunizieren, unsichtbar werden oder in die Zukunft sehen kann. Doch bei Meleike, deren Großmutter eine große Seherin war, zeigt sich nach der Mantai – nichts. Erst ein schreckliches Unglück bringt ihre Gabe hervor, die anders und größer ist als alles bisher. Als Meleikes Visionen ihr von einem Inferno in ihrem geliebten Adeva künden, weiß sie: Nur sie kann die Stadt retten. Und dass da jenseits der Wälder, in der technisch-kalten Welt von LÚM, jemand ist, dessen Schicksal mit ihrem untrennbar verknüpft ist ...

www.cbt-buecher.de